世界から消えた50の国
1840-1975年
NOWHERELANDS

ビョルン・ベルゲ
Bjørn Berge
角敦子［訳］

原書房

世界から消えた50の国
1840-1975年

目次

まえがき

人生そのものと同様に歴史が複雑であることを思いおこさせる。人生も、歴史も、純朴さや一貫性を求める人々のための営為ではないのだ。

（ジャレド・ダイアモンド『文明崩壊』、楡井浩一訳、草思社）[1]

わたしにとって、自分が世界のどこにいるのかを実感することは、いつも人生の意味そのものだった。

毎年夏に一週間の休暇をとって、ヨーロッパの海岸線を徒歩旅行していたときは、目を大きく見開き五感を開放した。嵐にも灼熱の太陽にもめげずに、入り江という入り江、波止場という波止場をくまなくめぐり、砂浜を突っ切り堤防にのぼった。そうして一一年かけて、デンマーク北部のヒアツハルスから、フランスのル・アーヴルにほど近いサン＝バレリ＝アン＝コーまでを踏破した。直線距離にして南西に一〇〇〇キロあまり。この間の行程の一歩一歩がにおいと色、音の記憶とともにわたしの体に刻まれている。まるで自分が地図の縮尺線になったかのように。歩みはのろいが着実に、わたしは地球を攻略しつつあった。

少々せつないが、次第にわかってきたのは、地球を一周するのは無理そうだということだった。むろん、作戦を変更し生涯をかけて三六五日一年中歩きつづけてもよい。だがいうまでもなく、て来るようにしたのである。

それでは体がもちそうになかった。そう悟ったのをきっかけに、わたしは二種類の補完計画に着手した。どちらの計画にも同じ特徴があった。自分が行くのではなく、世界がわたしのほうにやって来るようにしたのである。

第一の計画は、自宅下の小石に覆われた海岸で漂着物を集める方法だった。プラスチック製、木製、なんでもよい。質と見てくれにはあまりこだわらない。何より重視するのは、できるなら旅の過程を再構築できるように、漂着物に痕跡が残されていること。こうした収集を繰り返すうちに、地上で攻略した領域が少しずつ広がった。

なかでもわたしの宝物となったものに、藻とフジツボで覆われたブリキ缶がある。刻印されているのはハダム語の文字なので、モンゴル地方かロシア連邦に属するトゥバ共和国から来たのだろう。いずれにせよ海岸線のない国で作られているので、旅の最初の行程でエニセイ川に入ってシベリアを縦断し、北極海に出たにちがいない。

さらに嬉しいことにこの缶は未開封だった。もっとも当然といえば当然だが。こうした缶のほとんどに混入されたわずかな気泡の浮力のおかげで、海岸で見つかるビールやソフトドリンクの缶が損傷していなかったとしても、少しも不思議ではない。ハダム文字の缶に何が入っているかは定かでないが、ひとつだけ確かなことがある。わたしの死の床で開封されることだ。

そしてあわせて企てたのは切手のコレクションである。切手の収集といっても、ただ古切手ならよいというわけではない。目標は一八四〇年にイギリスで世界初の郵便切手ペニーブラックが発行されて以来、体制を維持していたあらゆる国家または政権が出した切手を集めること。わたしにいわせれば未使用の切手はさして面白みがない。取り扱われた形跡や生活の跡があればあるほど、価値が高まるように感じられるのだ。切手を取りだすと、わたしはにおいをかぎそっと撫でて、場合によっては舐めてみる。粉っぽいアラビアゴム、植物性の糊、獣皮膠《ゼラチン》の味。年月を隔てて世界のどこかの僻地で舐められた当時にさかのぼれるような、名状しがたい何かがあれば理想的だ。わたしの印象ではなく、かつて誰かがいだいたイメージが通り過ぎるのを感じ取るのだ。

かくしてわたしは地球と万物を、三方向から囲み制覇している。

読者が今手にしている本は、切手収集を出発点にして、もはや地上に存在しなくなった国々を取り上げている。執筆にあたっての材料はたっぷりあった。世界を見渡すと、政権の存在意義を切手の発行を通して示した例は一〇〇〇以上にのぼる。

オボック、セダン、ジュービ岬といった謎めいた名称に、わたしたちが関連性を見出せる情報はほぼない。ビアフラと飢餓、ボパールと環境災害のように連想できる例もあるだろうが、その多くが残念としかいいようのない出来事である。そうした国名の多くは無害そうに聞こえるが、背後には例外なく虚偽の物語と権力の行使が隠れている。なにしろ領土を国境で囲むことが第一の目的であるときに、国民の幸福度が上がったためしはないのだ。アフリカと中東に目をやれば、事態がどれだけ悪化するかがよくわかる。こうした地域では、植民地保有国が、伝統的な部族の領地の境界を尊重して領土を分割した事例はきわめてまれだった。またバルカン半島では、東西の大国同士の政治的攻防のために、異質な住民集団が入り交じる状況になった。その結果が血みどろの抗争という形で紛糾し、泥沼化している。

郵便切手のモチーフは、そうした諸々の事情をかなり明確に示している。たとえば判で押したように威風堂々としている君主像、あるいは侵略と愛国の英雄を称えた記念建造物（代わりに気取って歩くクジャクや胸を張ってドラミングしているゴリラを図柄にしたほうがまだましだ）といったものは、画一的な男性文化を象徴している。行動生態学者なら即座に、このような図柄をすべて純然たる誇示行動として分類するだろう。その主たる目的は権力の掌握で、誇張と自己欺瞞の要素が欠かせない。[2]そうなると男というのは男性ホルモン、テストステロンの奴隷のように思えてくる。いや少なくとも、そう見えるケースが多いのだ。

ただし戦争の勃発にはほかにも歴然とした理由がある。そのひとつが倦怠感だ。もっとも冒険心という言い方のほうが好まれるが。人は誰しも、ときに人生の中で日常からかけ離れた何かを必要とする。良くも悪くも、自分の存在を拡大して勝負を賭ける何かである。たまたまその人物が皇帝や大統領、カリスマ性のある首相であったりすれば、自分で口火を切ることができる。そしてその勢いが最下級にいたるあらゆる階級の兵士に伝わることもある。女も凶暴な力に翻弄される陶酔感を味わいたくて、人類に貢献するためというより自分のために戦場に身を投じることがある。だが復員して家に戻るときには、たいていの者が意気消沈している。戦争はつまらない意地の張り合い以外の何ものでもなかった、自分は騙されて参加させられた、という惨めな思いにとらわれるのだ。[3]

むろん王や指導者、有力政治家が、テストステロンや退屈を根拠にして戦争と征服を法に矛盾しないように正当化できるはずはない。かわって物質的需要の充足、市場の安定化、国内消費の維持もしくは増加を図るための原材料の確保、といったことを理由にあげてくる。あるいは隣国の国民を圧政から救って、住民のためによりよい統治機構や宗教を導入することが重要だと主張する。こうした大義名分にはえてして論理の矛盾がある。

だが国家を樹立する理由がなんであろうと、次のような一定のパターンが当てはまる。計画は、数日から百年以上にいたるまでのスパンで当分うまくいく。だがその後は必ず崩壊が待ち受けている。その事実は変わらない。必然といってもよい。

わたしは信頼度において三つのレベルにある資料にもとづいて調査している。「切手」と「目撃証言」、後世の「歴史的解釈」である。

切手は、その国が実在していたことを示す動かぬ証拠になる。ただ、切手がウソで塗り固められているというのも、それと同じくらい真実である。国というのはどこまでも、他国から見られたいように体裁を整えようとするものだ。実際よりも頼りになり、自由を尊び、慈悲深く、畏怖の念をいだかせる国、あるいは行政手腕に優れている国といったように見せかける。したがって切手はプロパガンダとみなさなくてはならない。真実はいつも二の次だろう。だとしても、必ず出現する一定のパターンや色彩、質感、におい、味はまだ情報源として頼りになる。

その次に来るのが目撃証言で、じかに出来事に接した一次資料である。そのためそうした文章には、数学の教科書の基本公式に相当する、特別な場所を用意した。目撃証言は、限りなく真実に近いイメージを呼び起こすのに利用できる。ただし用心するのに越したことはない。ここにも虚偽はあるのだ。

三番目の信頼度がいちばん低い資料が、歴史家や小説家が伝える間接的な知識である。政治的な目的はあったりなかったりする。こうした情報源は洞察や分析を展開している。このような資料に対してわたしは、批判的能力を発揮しようとした。もっともうまく行かず歯がゆさを感じることもあったが。歴史の専門家はともすれば非情なまでに客観的になり日付を偏重するが、小説家は概してその正反対の路線を進んで、物事を脚色する。

読者がわたしの解釈の是非を確認してさらなる見聞を広げられるように、推薦する参考文献をつけ加えた。何か国かについては音楽と映画のタイトルも掲載し、折に触れて料理のレシピも紹介している。執筆を進めるにあたり、わたしは地に足をつける手段としてその土地のさまざまな名物料理を食べ歩いた。収録したのは満足度抜群のレシピである。

最後になるが、この本をまとめるにあたりご尽力いただいたみなさんに、感謝を捧げたい。世界各地の司書の中でも、以下の方々にはとくにお世話になった。ソフィア・レルソル・ルン、ラーシュ・モーエセン、スティアン・トゥヴァイテン、アネテ・ローゼンベルク、アンナ・ファラ・ベールシ、マリー・ローゼンベルク、スヴァンヒル・ナテルスタド、トロン・ベルゲ、ダグ・ロアルクヴァム、フリオ・ペレス、ギャルド・ヨンセン。

また読者が次のページをめくる前に、強調しておきたいことがある。それは、この本は忘れられた国々や王国の廃墟に、人を呼びよせて捜索させることを意図したガイドブックでは決してないということだ。通常ここで語っているのはパック旅行ではなく、さまざまな交通手段を乗り換える複雑な長旅である。しかも気候はとんでもないレベルになるから、おそらく冒険の入り口にもたどり着けないのではないか。それよりこの本を就寝前の楽しみと考えて、物語を夢に仕込んでから眠りに漕ぎだすほうがはるかによいだろう。

ビヨン・ベルゲ

二〇一七年春、リスタにて

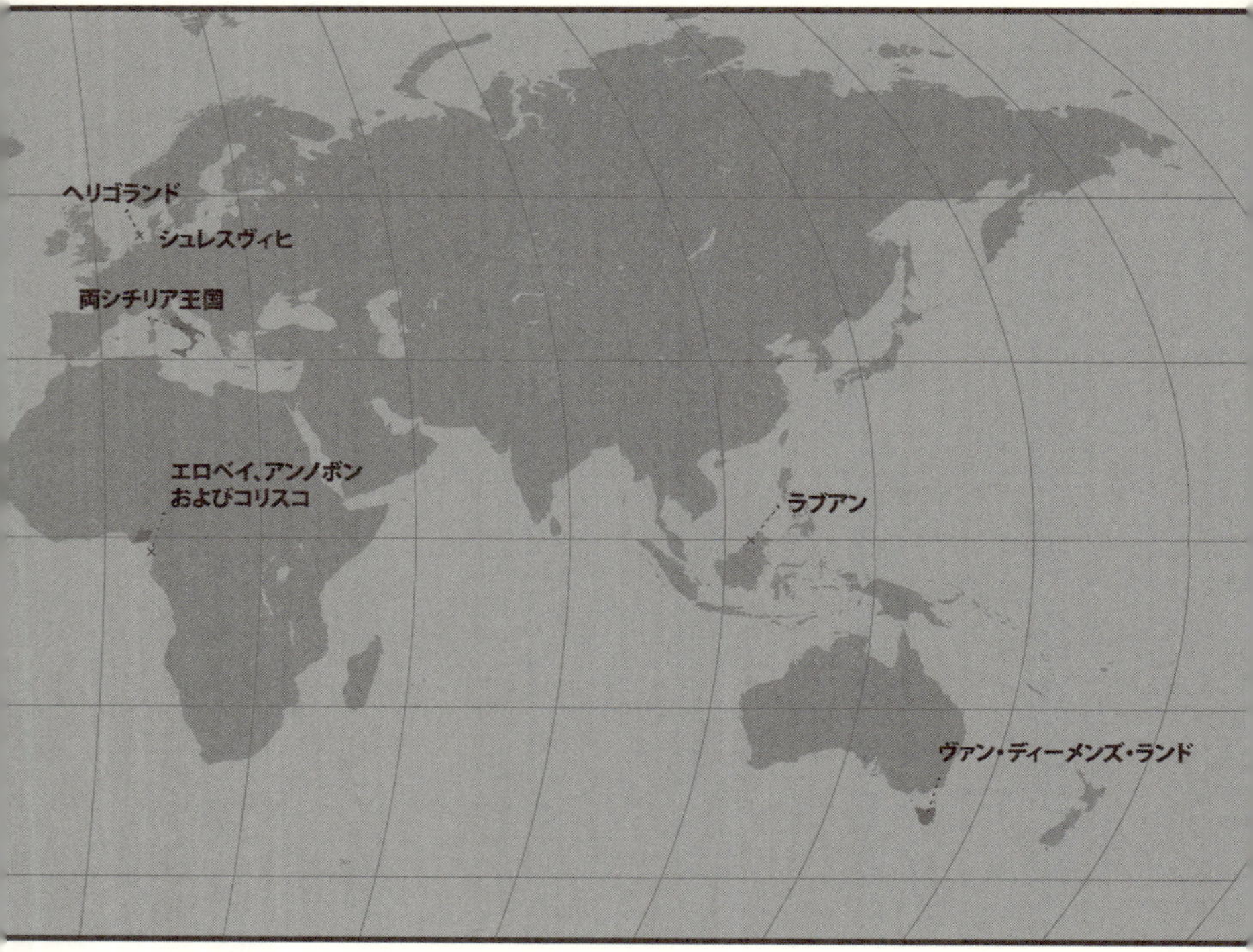
ヘリゴランド
シュレスヴィヒ
両シチリア王国
エロベイ、アンノボン
およびコリスコ
ラブアン
ヴァン・ディーメンズ・ランド

1840-1860年

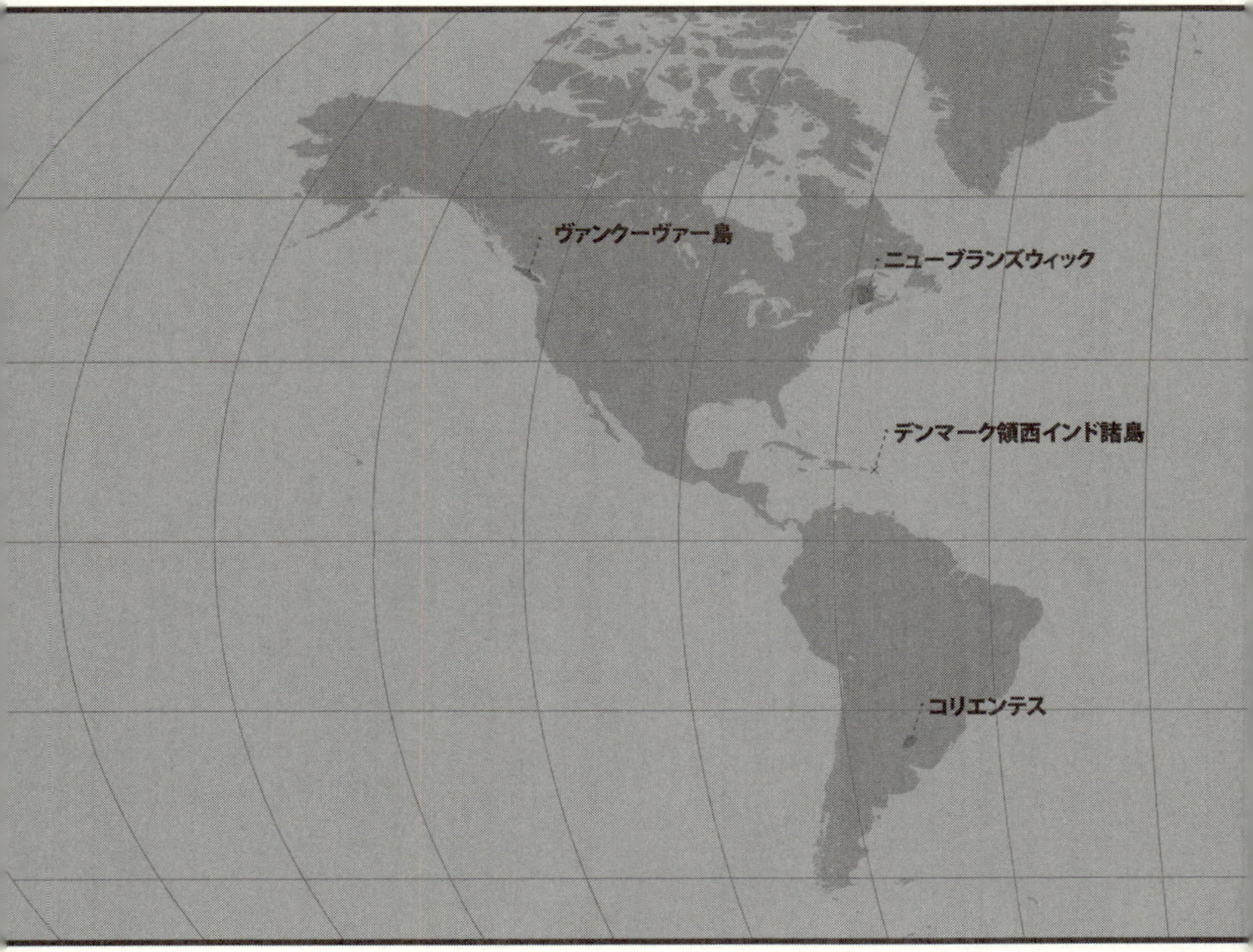

両シチリア王国

底なしの貧困と飽食の貴族

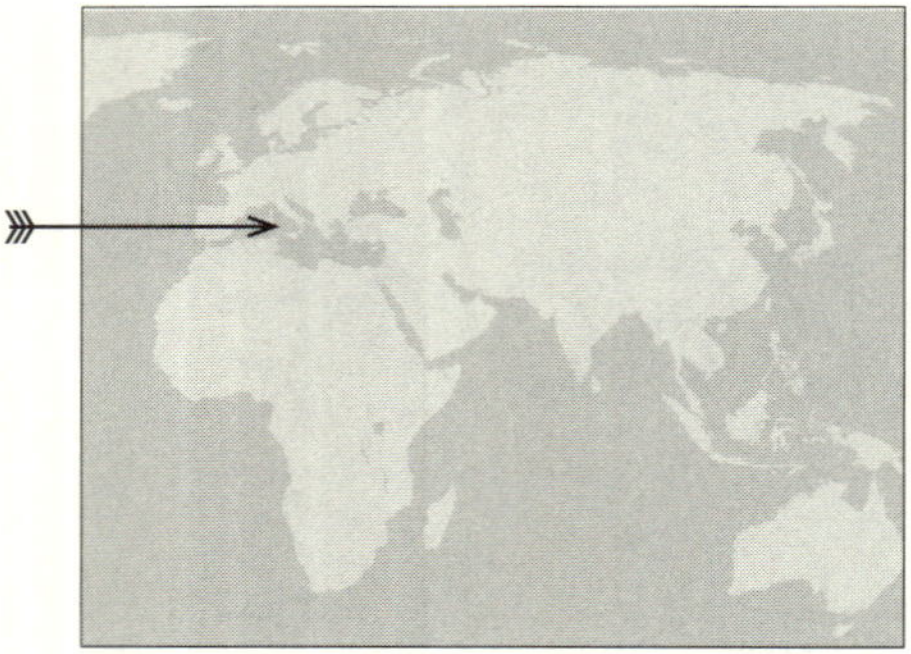

存続年　一八一六－一八六〇年
国名・政権名　両シチリア王国
人口　八、七〇三、〇〇〇人
面積　一一一、九〇〇平方キロメートル

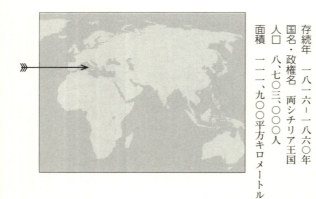

肉、ケーキ、フルーツ、拳ほどの大きさの真っ白なモッツァレッラ・チーズ。こうした食べ物がイワシのミートボールや牛の胃袋、オリーブの実と一緒くたになって山盛りに積みあげられている。このヴェスヴィオ山のミニチュア版は、ナポリの王宮の前方にある石だたみの上で、午後の陽光を浴びながらいかにもうまそうに輝いていた。大砲から号砲が放たれ、飢えきった群衆に合図を送る。バルコニーに出ている長年飽食してきた貴族のあいだから、一斉に気の抜けた拍手が起こった。とてつもなく肥大化した王、フェルディナンド一世は、ほかの者よりはるかに熱心に、指で手すりを気ぜわしく叩いている。[4]

フェルディナンド一世は、一七五九年、まだ八歳という若年で皇位についた。いまや二〇歳代前半の青年となった王にとって、人生の第一の関心事は、次の大がかりな祝祭のために人をあっといわせるアイディアをひねり出すことだった。このような機会において、平民は富のおこぼれに直接あずかることができる。そうでもなければ、めったにあることではなかった。

フェルディナンド一世の父で、スペイン王のカルロス三世の時代までに、ナポリ王国とシチリア王国はすでに数度にわたり、両シチリア王国として統治されていた。カルロス三世は一七三五年にこの統合を復活させて、ナポリに首都を置いた。北限は教皇領に達したこの国は、ヨーロッパの基準からすると大国だった。

一七九九年、ナポレオンがその過剰な大きさを削り取るべく、王国のナポリ側を攻め落とした。当時王位に就いていたフェルディナンドは、シチリアに逃れてここで屈強なイギリス海軍の保護を受けた。

フェルディナンド一世はウィーン会議のあと一八一六年に復位したが、イギリスに条件として、その当時のほかのヨーロッパ地域の水準に合わせて、社会改革を推進することを約束させられた。ところが彼はそんな合意などあっけなく忘れてしまい、以前と変わらぬ施政を行なった。あくまでも貴族政権の長として、上流階級を満足させることにしか関心を向けなかったのである。

都市部では根強い不満が蓄積して、シチリアとナポリの両方で反乱が勃発した。フェルディナンドはそれに恐怖政治をもって応え、スパイや密告者を使って根拠の不確かな処罰を科した。このパターンはその後子孫にも堅持されており、フェルディナンド二世などは、一八四九年にパレルモの反乱を照準の定まらない砲撃の嵐で鎮圧して以来、「砲撃王」（Re Bomba）と呼ばれた。

イギリスの著述家ジュリア・カヴァナは、一八五〇年代にこの国を縦横に旅してまわった。子どものころからどうしてもかなえたかった夢は、火山のエトナ山とヴェスヴィオ山に登り、ふわりとした綿モスリンのドレスに身を包んで地中海の景色の中を歩きまわり、教会や過去の征服者が残した無数の廃墟を訪れることだった。だがそのロマンはみるみるうちに消え失せた。その旅日記には、次々と出会う不正や貧困、文盲の実態、国としての衰退の兆候が書き連ねられている。

カヴァナはナポリからシチリアに向かう船に乗っている。その出航を待っていると、後甲板で乗客が集まって少年の芸を見ていた。日記によると船から船をめぐり歩く少年は九歳ぐらい。ボロをまとってはいるが「利発な顔立ち」をしている。船の中央にあるこぎ座の上でバランスをとりながら、陽気な踊りのタランテラで始まる寸劇を披露した。さらに道化を演じて短いアリアを歌うと、締めくくりに見えない敵に胸を刺されるふりをして、白目をむきながら甲板にばったり倒れた。そうして少し死んだふりをしてふたたび跳ね起きたときには、手に帽子をもっていた。少年に向かって銅貨が二、三枚投げられた。

船がようやくナポリ港を出ると、ジュリア・カヴァナは安堵のため息をついた。「ナポリから遠ざかると、少し距離を置いたほうがはるかに美しく見えた」[5]

絶望がとりわけ色濃く表れていたのは都市部だった。田舎に行くと、空きっ腹をかかえて眠りにつく者はそう多くない。そこでは昔ながらの生活が送られていて、何百年も居座っている厳格な中世の行動様式が守られていた。

ナポリのすぐ南にあるチレント地域では、海岸の崖の上に景色が広がっていた。野生のオリーブやゴムの木、ギンバイカの低木。オークとサンザシの森を抜けて高木限界線を越えると、万年雪をそこここにいただいて山がそびえている。村はこぢんまりとしていて、赤い瓦屋根が並んで全体的に黄褐色に見える。建物は山の斜面や丘の頂上にしっかりしがみついており、たいていそり立つ要塞壁に囲まれている。教会の塔や点在する鳩小屋と同様に、貴族の邸宅は必ずそういった場所から離れた上方にあった。村の曲がりくねった路地や玉石で舗装した狭い道を下りていくと、悪臭が強烈になる。下水溝や家畜を夜間収容する地下室からたちのぼってくるのだ。

チレントには現在も村が残っている。これから訪れるのなら、悪臭がしないのに気づくだろう。年月の隔たりを感じると思いきや、その当時から時間が凍結しているように見える。まるでおとぎ話の小さな王国のように、古くも新しくもなっていない。いや、それは昔も同じだったのだろう。ここの村はすべてナポリの中央政権に恭順の意を表していたが、村同士の衝突は絶えなかった。

両シチリア王国に独自の郵便切手ができたのは一八五八年である。その全てが橙褐色で、亜麻仁油に溶かした安価な土顔料で印刷されているようだ。顔料は北方のシエナ地方から来たのだろう。モチーフの王の紋章には、後足で立つ馬、そして三つ巴に広がる人の膝を曲げた脚三本、つまりトリスケリオン（三脚巴）という、見るからにおかしな形が使われている。右側にありスタンプが押されていて見にくいが、この文様の起源は、シチリアがマグナ・グラエキア（古代ギリシャ）の一部だった時代にさかのぼり、三角形の島の形に発想を得たとされる。「ANNULLATO」（取り消し）のスタンプは、この切手が試験的に発行されて手紙に貼られなかったことを示している。そのため糊がまだ少し残っており、かすかに小麦の味が感じられる。

両シチリア王国が存続したのは一八六〇年までだった。前年に戴冠したばかりのフランチェスコ二世はこの年に、ジュゼッペ・ガリバルディ率いる反乱軍によって、王座から追い落とされた。サルディーニャ王国の支援を受けたゲリラの指導者は、一八六〇年五月一一日に、千人隊を引き連れてシチリア島の西岸に上陸した。ここで、三千のシチリア人義勇兵という援軍を得てパレルモに進軍したあと、メッシーナ海峡を渡ってナポリに向かった。

イタリア人作家のジュゼッペ・トマージ・ディ・ランペドゥーサは、自分の家族の体験をとおしてこの国についての直接的な知識を得ていた。その小説『山猫』（小林惺訳、岩波書店、二〇〇八年）の中で、彼はパレルモ陥落直前の貴族ドン・ファブリーツィオ・コルベーラの数日間を追っている。[6]コルベーラは時折相反する感情を見せる。ほかの市街地の貴族と同様、彼の一族は所有する邸宅に、召し使いと専属の神父とともに住んでいた。邸宅の天井はローマ神話の神々のフレスコ画で飾られ、周囲は広々とした庭園になっていて、それを錬鉄製の柵がぐるりと取り囲んでいる。ある日彼が胸の悪くなるような異臭に気がついたのも、この庭園だった。においをたどると、第五猟騎兵大隊の若い兵士の死体があった。この兵士はサン・ロレンツォの戦いで負傷して庭園に入りこみ、レモンの木の下で人知れず息を引き取ったのだった。

その後の数日間は、夜になるとガリバルディ軍が町の南側と西側の山頂に次々とかがり火を焚いた。コルベーラの一族もその様子を目撃していた。いまだに王に忠誠を誓う都市に対する無言の脅しだった。するとコルベーラの甥のタンクレーディが、唐突に領地を離れて反乱軍にくわわった。ただ彼はその前に、叔父がグレートデーン犬のベンディコとともにいる書斎を訪れた。自分の立場を弁明しようとしたのだ。「もしわれわれが参加しなかったら、連中はこの国を共和国にしてしまいます。すべて現状のままであって欲しいからこそ、全てが変る必要があるのです。ぼくの言うことがおわかりになりましたか？」（『山猫』、小林惺訳）コルベーラは答える代わりに、指で犬の片耳を強く握りしめたので、哀れな犬は悲しげな鳴き声をたてた。主人の仕打ちを甘んじて受けたが痛かったのだろう。[7]

1858年　国家の紋章。モチーフはユリの花、トリスケリオン（三脚巴）、後ろ足で立ち上がった馬。

その日夕食のテーブルで、タンクレーディが別れを告げると騒ぎになった。コルベーラは一同を静めようとして説明した。王国軍のマスケット銃が役立たずで、巨大な火砲の砲身に命中精度を高めるライフリング（旋条溝）がないこと、発射される弾丸に威力がないこと。その後タンクレーディも一族の者もこの動乱の日々を生き延びて、イタリアがサルディーニャ王ヴィットリオ・エマヌエレ二世のもとでひとつの王国として統一されるのを見守った。

同時に普通教育や社会保障、医療サービスの導入といった改革も進められた。それでもイタリアの南部が北部より貧しいのは変わらず、その後まもなく大量の移民がアメリカに流出した。そこではマフィアが冷酷無比な者を両手を広げて待ち受けていた。

文献

ジュリア・カヴァナ（一八五八年）
『両シチリア王国の夏と冬 *A Summer and Winter in the Two Sicilies*』
ジュゼッペ・トマージ・ディ・ランペドゥーサ（一九五八年）
『山猫』（小林惺訳、岩波書店、二〇〇八年）
スーザン・ソンタグ（一九九五年）

『火山に恋して　ロマンス』（富山太佳夫訳、みすず書房、二〇〇一年）

映画

『山猫』（一九六三年）
監督　ルキノ・ヴィスコンティ

ナポリから遠ざかると、少し距離を置いたほうがはるかに美しく見えた

ジュリア・カヴァナ

ヘリゴランド

島の王国から爆撃の標的へ

存続年　一八〇七－一八九〇年
国名・政権名　ヘリゴランド
人口　二、二〇〇人
面積　一・七平方キロメートル

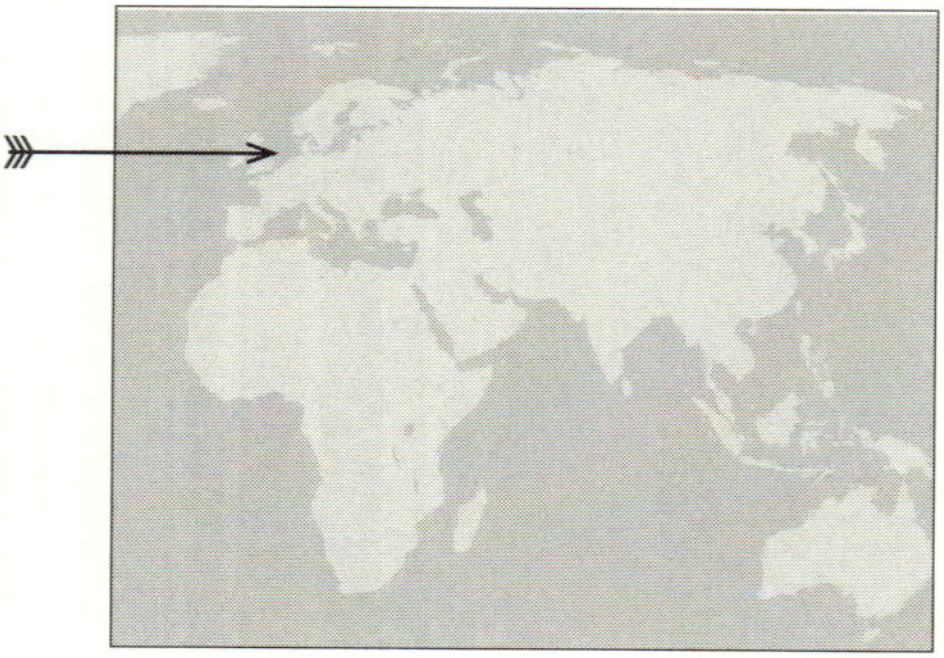

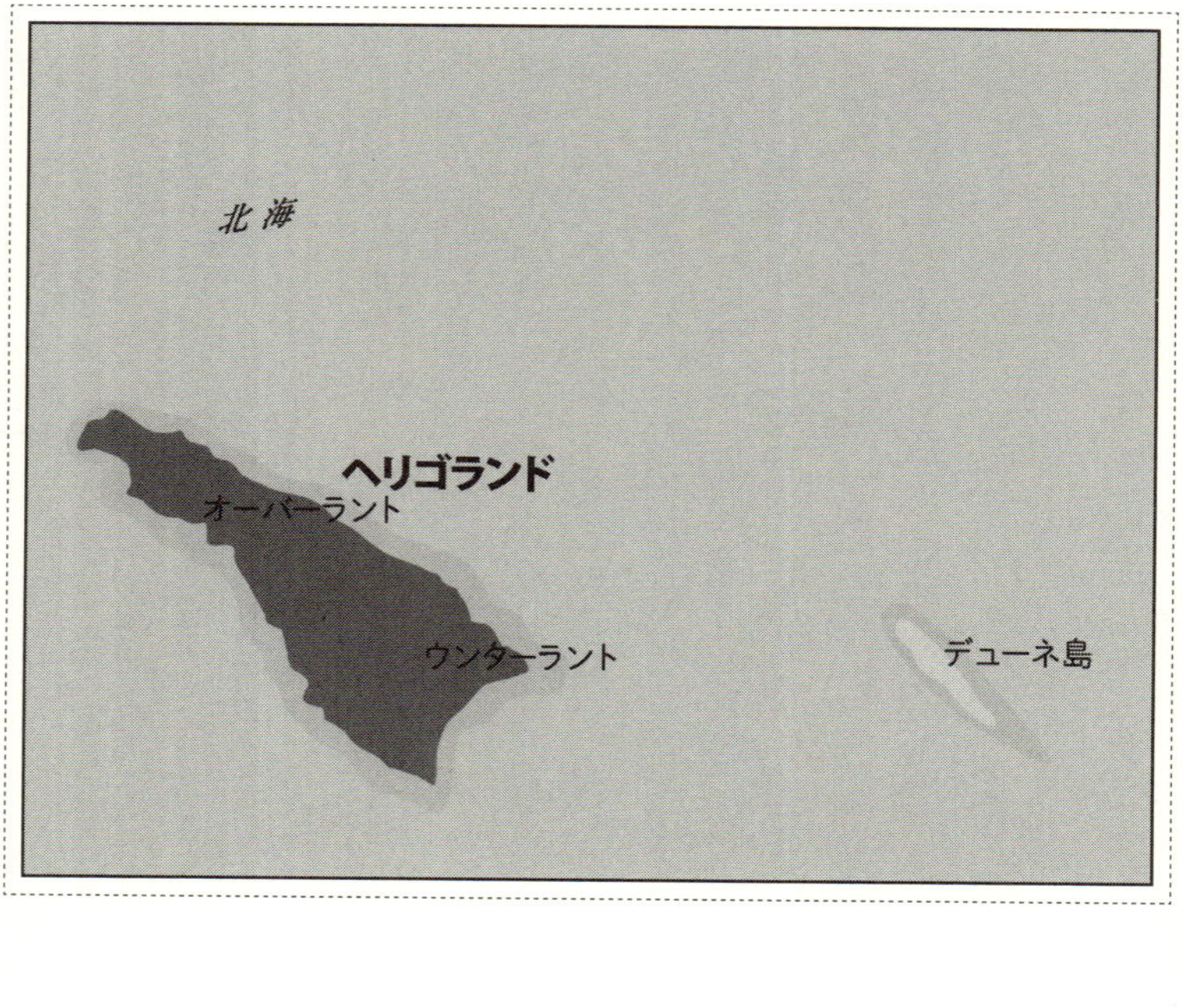

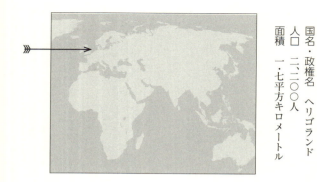

ヘリゴランド（「聖地」の意）島を形成するふたつの小島は、ドイツ西岸から七〇キロの沖合にあり、大きな群島の一部が残ったものだとされている。ローマの歴史家、タキトゥスが紀元九八年ごろに著した民族誌の文献『ゲルマーニア』によると、この島はエルベ川の河口いっぱいに広がっており、その両側を通る水路はひどく狭かった。[8] また言い伝えによると、キリスト教の時代には、ヘリゴランドには九つの教区とふたつの修道院まであったという。

北海はこの島を絶え間なくかじりつづけているが、ときには大口をあけてかじり取ることもあった。一七二〇年もそうで、激しい嵐によって二分されたヘリゴランドは、その後もとには戻らなかった。小さいほうの片割れは、終いには砂と砕けた貝殻が堆積した浅瀬でしかなくなった。もう一方の島は直立した砂岩が固まってなんとか踏みとどまり、北西側で砕け散る波に負けまいとしている。面積一平方キロメートル、最高地点の海抜は六〇メートルで、島の上にまばらな草が生えるスペースがある。

一見ヘリゴランドにはあまり価値がないように見える。ところがハンザ同盟の有力都市やドイツの何本かの大きな川に海から接近しようとすると必ず通過する位置にあるために、このちっぽけな群島をほしがる者はいつも絶えなかった。初めは海賊の基地となり、その後は水先案内と漁に利用された。さらに数百年にわたりデンマークとドイツの連合公国などによって交互に領有されたあと、一八〇七年に無抵抗のままイギリスに征服された。デンマークがナポレオンと同盟を結んだので、イギリスにとって、ヨーロッパ大陸との接触を保ち貿易関係を維持することが重要になったのである。

同時にこの島は、ナポレオン軍に対する諜報活動の拠点となった。ナポレオン軍は大陸の海岸線全体を掌握しつつあった。水先案内の商売はさっぱりになったので、案内人の中にはイギリス人を相手にガイドを始めた者もいた。その多くは目をつぶっても沿岸を進んで行けたにちがいない。砂州の在り処を知り尽くして、それがどのように刻々と移動し、形を変えるかを心得ていた。ブルンスビュッテルだろうとクックスハーフェン、エルベ川河口内からグリュックシュタットだろうと心配ない、任せておけ！

イギリス軍将校の娘、M・レストレンジは、子ども時代の一八二〇年ごろにこの島で体験したことにもとづいて、一八五〇年に『ヘリゴランド *Heligoland*』と題した本を出版した。[9] 表紙にもどこにも作者のフルネームが見当たらないので、かなり内気な女性だったにちがいない。

この本は主に、レストレンジと妹たちが肺炎で両親を亡くす痛ましい出来事を追っており、とくに両親の最期の二日間を描いたくだりには、切々と胸に迫るものがある。だがこの本にはそれだけでなく、少女が島で安全に子ども時代を過ごしていた様子も描かれている。将校の家族は、召し使いと料理人つきの小さな家を与えられていて、生活環境は快適だった。毎週郵便船で、二食分に相当する新鮮な肉のほか、小麦粉、オートミール、エンドウ豆、米、ラム酒が運ばれてきた。「普通」の家族が消費するにあまりある量だった。それ以上に、異国風の商品が豊富に手に入った。水先案内人をやめた人間の多くが、イギリスの入植地からドイツへ品物を密輸しはじめ、しかもそれ以上に魅力的でさえあるドイツ製品を密輸出していたのだ。

レストレンジは本島のふたつの村、西の高所にあるオーバーラントと、下の平らな砂地にあるウンターラントにも言及している。ウンターラントを南東に行くと港があり、その波止場は大型船用に確保されていたので、漁の終わった漁船は浜にそのまま引き上げられていた。建物はこぢんまりとしていた。狭い三、四階建ての家屋で、鋭角的な切妻窓が狭い街路に面している。伝統的なフリースラントの建築物は赤レンガ造りだが、ここの家屋はたいてい木造だった。というのもこの地域には、少々心もとない砂岩以外に建材になるものがほとんどなかったからである。何から何まで本土から船でわざわざ輸送しなければならなかったし、レンガは重かった。

島の生活は、たいていふたつの村のあいだにある急な階段で営まれていた。ここで男は煙草をくゆらせながら談笑して時間をつぶす。女はパンかごや水汲みの重いバケツをもって、階段を急いで上り下りするか、ここから西の尾根に行って、放牧されている山羊や羊の乳を搾る。女は深紅の長いスカートを穿いており、冬になるとその上にマントを頭からすっぽりかぶるが、顎の下で手で強く引っ張るので目と鼻の先しか見えなくなる。「男が穿いているズボンはかなり織りの粗い布地でできており、ペティコートかと思えるほど幅広だ。木のボタンはやたらと大きく、喉のほとんどが丸見えで、頭にちっぽけな帽子をちょこんと載せている」[10]

人が道で出会うと、たいていフリジア語の変形であるここの方言、ハルンダー語で先に「今晩は」と挨拶を交わし、すれ違いざまに「わたしのことを忘れないで」と声をかける。女の名前も独特で、必ず語尾に「o」がつく。Katherino、Anno、Marioといった具合である。

静かな日課を乱すことがある数少ない出来事が、ツグミ、ムクドリ、ヤマシギの飛来だ。こうした渡り鳥は春と秋の旅の途中に島に立ち寄る。すると島の人は何を運んでいようが放りだして、狩りにくりだす。老若男女が糸とつるはし、ショベルをつかむと、血相を変えて尾根の上へ、砂丘へと駆けていくのだ。

ナポレオン戦争は島民にとって繁栄の時期だった。だが一八一四年に、スウェーデン王国とデンマーク＝ノルウェー連合王国とのあいだでキール条約が締結されると、密輸はぴたりとやんだ。さらに一八二一年に最後のイギリス兵が島を去ると、売買活動も唐突に停止した。小売店がもぬけの殻になり、商人が姿を消した。

当時ヘリゴランドには二二〇〇人がおり、島を出たいと思う者は誰ひとりいなかった。そんなとき、誰かが観光に手を出すという、どう考えても無茶なアイディアを思いついたが、これは根拠のないでっち上げではなかった。それどころかちょうどその数年前に、イギリスの医者が、考えうるかぎり最高の健康増進法は塩水浴である、と宣言していた。しかもその水は冷たくなければならない。ヘリゴランドに一年中豊富なものがあるとしたら、冷たい海水だった。住民はそれに命運を賭けた。するとはやくも一八二六年にはイギリスやプロイセン、ポーランド、ロシアの富裕市民が詰めかけて、保養と海水浴の行楽地としての全盛を迎えた。

島は次第にイギリスにとって戦略的重要性を失ったが、やがて独自の切手を発行するにいたった。イギリス領地の例に漏れず、モチーフは当時の女王ヴィクトリアである。この切手の注目すべき特

1869 – 71 年。エンボス加工された英ヴィクトリア女王のシルエット。

徴は、二色使いであることだ（余分な製造工程が増えるとともに、寸分の狂いもない精密さが必要になる）。白い紙に赤と緑というのが決まった取り合わせだ。「緑は陸地、赤は崖、白は砂。ヘリゴランド島の色である」[11]さらにヴィクトリア女王の白い頭には、立体的に浮きあがらせるエンボス加工がほどこされている。わたしが手に入れたものはよほど指でこすったとみえて、ちぎれて油っぽい。両手ではさんで温めて、そっと表面を撫でると、不快なにおいをなんとか感じ取れる。それは一八六七年版の最初の切手で、切手代はイギリスのシリングで支払われていた。一八七五年以降は、ドイツ本土との親交が深まりつつあったこともあり、ドイツ通貨のペニヒでの支払いに変更された。

その後の一八九〇年には、まるでボードゲームのモノポリーのように、イギリスが東アフリカ沖のザンジバル島と引き換えに、ヘリゴランドのドイツへの移譲を決定した。ドイツはそれに同意すると早速名称を簡素化して、「i」を除いたヘルゴランド（Helgoland）とした。やがてここに建設された海軍基地は、第一次、第二次世界大戦の要衝となる。それと並行して、島は依然として観光ブームに沸いていた。ドイツの原子力研究者、ヴェルナー・ハイゼンベルクは重度の花粉症に悩まされており、体調回復のためにこの島で長逗留したあと、やっと量子論をまとめ上げられたという。[12]

第二次世界大戦の最終局面では、イギリスの空爆にみまわれて存在を忘れ去られた。だが戦後にイギリスがふたたびこの島を併合する。そのころの景色は黄緑色でまったく生き物の気配がなく、まるで月面のようだったので、航空機や軍艦の爆撃訓練の標的ぐらいしか利用価値はなかった。

一九五二年には再度ドイツに返還された。その当時になると、ところどころに爆撃でできたクレーターがあるだけで、歴史の痕跡を記すものは一切なくなっていた。それだから、切手のにおいが魚のはらわた、あるいは腐った油のものであっても、かつてそこにあった文化が残した最後の痕跡のように思えてならないのである。

文献

M・レストレンジ、アンナ・マリア・ウェルズ（一八五〇年）『ヘリゴランドの子ども時代の思い出——すべて実話の物語 *Heligoland or Reminiscences of Childhood: A Genuine Narrative of Facts*』

アレックス・リッツェマ（二〇〇七年）『ヘリゴランド、過去と現在 *Heligoland, Past and Present*』

男が穿いているズボンはかなり織りの粗い布地でできており、ペティコートかと思えるほど幅広だ。木のボタンはやたらと大きく、喉のほとんどが丸見えで、頭にちっぽけな帽子をちょこんと載せている

M・レストレンジ

ニューブランズウィック

うまい話に一杯食わされた移民

存続年　一七八四―一八六七年
国名・政権名　ニューブランズウィック
人口　一九三、八〇〇人
面積　七二、九〇八平方キロメートル

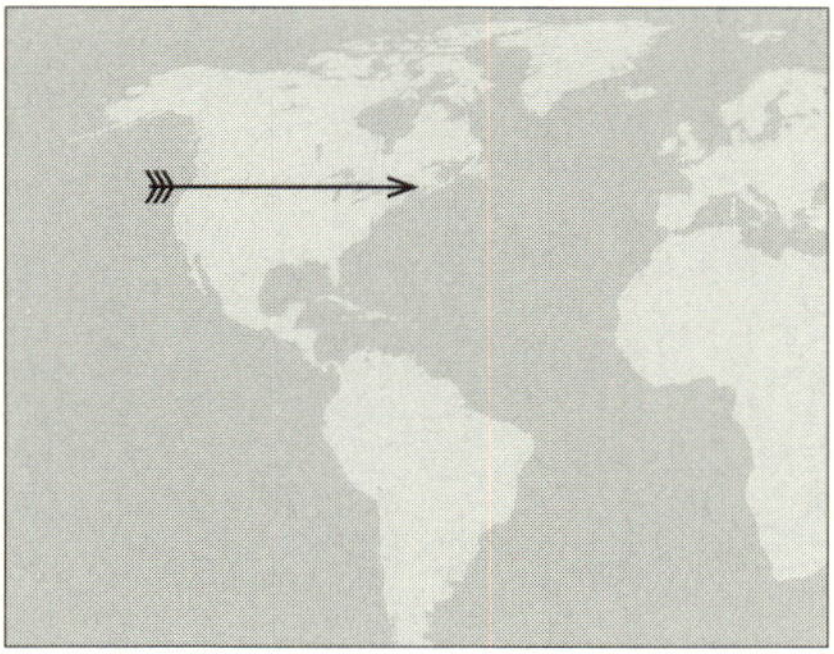

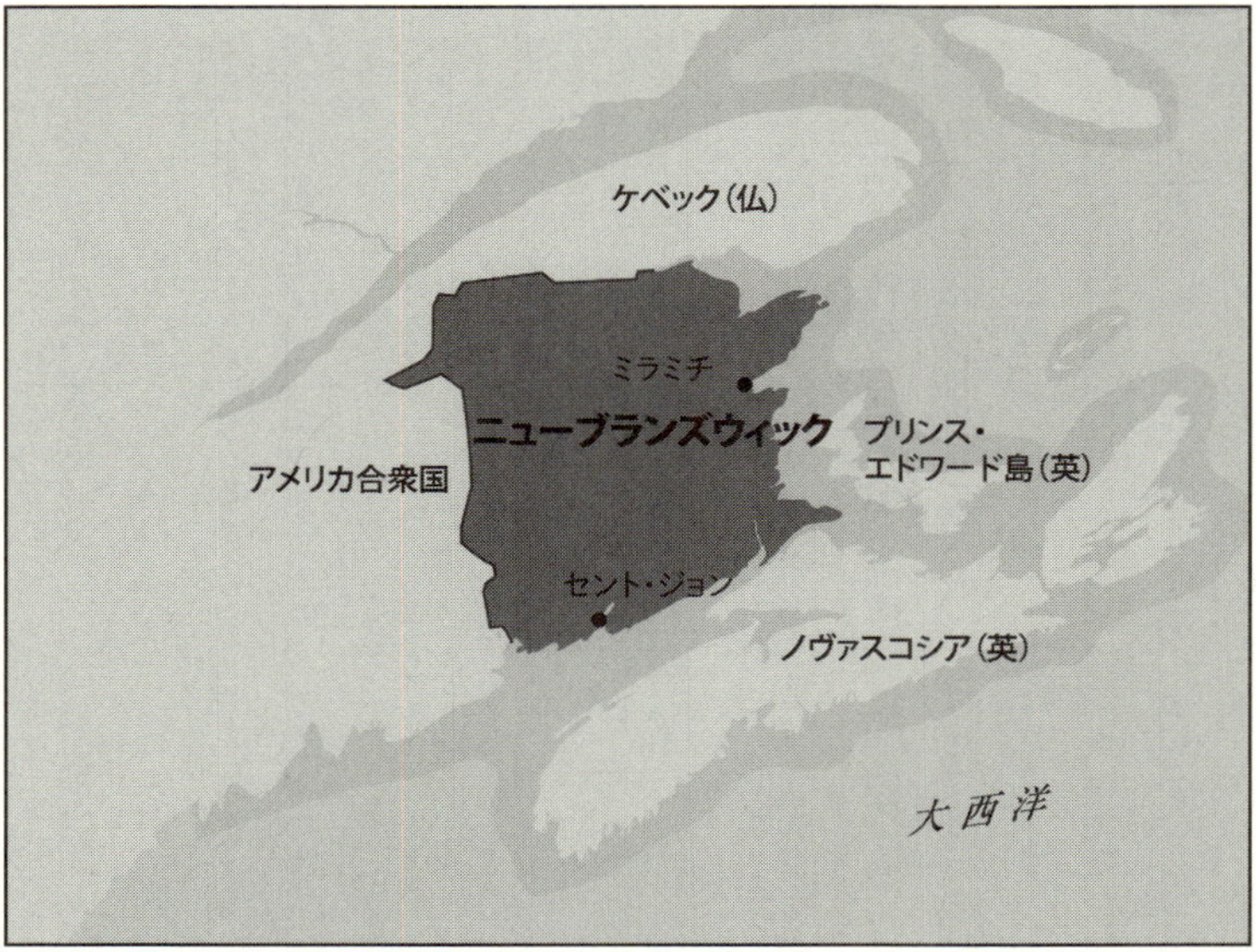

一〇〇〇年ごろにノルウェーを出発したレイフ・エリクソンは、ヴィンランド（「ブドウの国」の意）探検でほぼ確実にこの地域に到達していた。だがカナダの正式な発見者は、一五三四年にフランス国王の命を受けたフランス人探検家、ジャック・カルティエとなっている。フランスは大陸の内陸部でアメリカ先住民の制圧に労力を費やしたが、イギリスはその外側の群島を一部占拠して、ノヴァスコシア（ラテン語で「ニュースコットランド」の意）植民地を建設した。その勢力範囲は徐々に西の本土にまで広がり、一七八四年にはニューブランズウィック（「新しいブラウンシュヴァイク」の意）植民地がノヴァスコシアから分離した。新植民地の名称の由来は、ドイツ北部のブラウンシュヴァイク公国にある。ここはイギリス王ジョージ一世が生まれ育った場所だった。南の米メーン州との境界が定まるのはそのかなり後、一八〇〇年代に入ってしばらくしてからで、いわゆるアルーストゥック戦争でようやく境界が画定した。ただし恐ろしげな名前ではあるが、この紛争は純然たる法的な争いだった。

イギリスの植民地ニューブランズウィックで発行された一一種類の郵便切手の中には、切手史上はじめて蒸気船を素材にしたものがある。この切手は一八六〇年に発行されており、船はイギリスのアラン汽船が所有する大西洋横断客船、ハンガリアン号だと思われる。この船はその前年に進水するとすぐさま、大西洋を渡る移民を輸送しはじめた。このような移住は、アイルランドでジャガイモが何度も壊滅的な害虫被害を受けたあと増加傾向にあった。船旅はふつう三六日間だが、嵐にそなえてその倍量の食料と水を積むことになっていた。出航は通常晩春。航行に適しているとされていた時期である。

そのため一八六〇年二月中旬の夜に、ハンガリアン号が大西洋を横断したあと嵐に揉まれながら岸に接近したのは、時期的にいささか早かったのである。視界が悪いために、多くの前例と同じように、ケープ・セイブル島の危険な砂堆に乗り上げて座礁してしまった。この島はノヴァスコシアの南に位置している。難破の生存者は陸地から確認できた。転覆した船体にしがみついているのだが、強風と高波に阻まれて、いかなる手段を用いても救助に向かうのは困難だった。乗船していた二〇五人全員が海の藻屑と消えた。[13]

それ以前の比較的海が穏やかなときに到着した移民は、第一印象でかすかな安堵しか覚えなかった。フィヨルドの入り江はたいてい濃い海霧にすっぽり覆われていて、満潮と干潮の潮位の差はせいぜい一六メートルしかなかった。M・H・パーレイによれば、海岸線はノルウェーの西岸部によく似ていて、人を寄せつけない荒涼とした風景だったという。パーレイは移民が感じたであろう絶望を次のように表現している。

> 花崗岩などの硬い岩でできた、地肌の露出した崖やなだらかに傾斜した海岸、単調な松林の光景から、彼は救いようのない荒れ地だという印象を受ける。そして岩だらけの海岸の居住地は、当然貧しくて不毛だろうと思うのだ。[14]

だが次の瞬間、パーレイはそうした恐怖に救いを与える。実をいうと彼はイギリス出入国管理局の広報官なのである。それには海岸から少し内陸に入っただけで、大西洋岸の気候のために状況が一変するという理由があった。彼はイギリス議会のために用意された報告書を引き合いに出している。「ニューブランズウィックの気候と土壌、可能性は賞賛してもしたりない。世界でこれほど美しく樹木が茂って、水で潤された国はない」[15]さらにパーレイの同僚で検査官のアレクサンダー・モンローがその先を続ける。

……健康によい気候、農業目的に適した素晴らしい土壌。高価な木材のとれる無尽蔵の森には、長大で海岸から航行可能な川をたどれば近づける。とてつもない量の鉱物資源、そしてしばしば別次元の体験となる沿岸部と川の漁。[16]

それでもモンローが記録の正確を期すために、年に四回以上吹雪になるのはまれだと言及したところで、植民地の生活に好ましくない面があるかもしれないという考えがよぎる。モンローは続いて、低温のおかげで雪の重さが母国イギリスの半分になる、という慰めにならない慰めを述べている。さらに狼や熊がもたらす危険についても触れ、ついでに先住民のミクマク族について説明している。ミクマク族は鎮圧されたが、一七〇〇年代にフランスを相手に屈辱的な軍事的敗北を喫して以来、いまだに立ち直れずに恨みをいだいていた。

ミクマク族は移動生活をしていた。夏は海辺で過ごして、漁やガチョウのわな猟、卵の採取をした。

1860年　英アラン汽船所有の、大西洋横断客船ハンガリアン号と思われる蒸気船。

冬になると内陸部へ移ってヘラジカを追った。ヘラジカの肉は干して、皮は衣類や道具にしたほか、ウィグワムと呼ばれるテントの下敷きに用いた。ウィグワムは円錐形の構造をしていて、腕ほどの太さのモミの柱を組み、カバの樹皮の薄片で屋根を葺く。この樹皮は根から出る細い萌芽で継ぎ合わされていた。厳しい冬の寒さに対処するために、その下に断熱材になる草のマットも入れられていた。

移民が船で次から次へとこの地域に到着したとき、ミクマク族の暮らしはほぼこのようだった。先住民は新参者と距離を保っていたが、そこにいる以上、影響を受けざるをえない。猟場は縮小し、「火の水」、つまりアルコールはあまりにもたやすく手に入るようになった。

移民船はセント・ジョンの波止場に接岸していた。ここは小ぶりの木造家屋が立ち並んでおり、急ごしらえの入植地から、この地域を代表する町にまで短期間で発展した。感染症の流入を防ぐために、船の乗客は到着後少なくても四八時間は下船できない。その後も症状が現れている者は、町の検疫所に収容された。

もし「精神障害または知的障害、あるいは身体障害、盲目、身体虚弱で、移住した家族がいない者」が見つかったら、船長は七五ポンドの罰金を科せられる。到着後三年間その人物にかかる費用を肩代わりさせるためだ。それ以外の移民は入国審査に滞りなく合格して、宿泊場所を探しに行く。

初日の夜には、教会のそばの集会場でステップだけのダンスに興じる。移民の中にはセント・ジョンやミラミチの造船所で職を得る者がいる。かたや幌馬車を待って内陸部に向かうと決めた者は、やって来た最初のポンコツ幌馬車に飛び乗って、ノーサンバーランドやグロスター、ケントを目指す。どこに行っても、土地は月ごとに開催されるオークションで売却されている。時価の一エーカー三シリングというのは、公道の建設労働でまかなえる額だ。[17]

一八六七年、ニューブランズウィックは州としてカナダに組み入れられた。多くの人々がそれに抗議し、カナダ中部とくらべて何かと後回しにされるだろうという予測が、少なくとも当初は当たっていることが証明された。だが世紀の変わり目に向けて状況は変化した。林業が起こって、飽くことを知らない製紙業者に原材料を供給するようになったからである。

ニューブランズウィックは現在、カナダで唯一の二か国語を公用語としている州で、学校では英語とフランス語の両方を母国語として授業している。この地域にはまだ何千人というミクマク族が居住している。林業関連の事業は重要性を失っていないが、東側の海では生態系が破壊されて魚影が消えている。

文献

アレクサンダー・モンロー（一八五五年）『ニューブランズウィックとノヴァスコシアとプリンス・エドワード島についての概略　その歴史と市民区分、地理と生産物 *New Brunswick: With a Brief Outline of Nova Scotia and Prince Edward Island. Their History, Civil Division, Geography and Productions*』

M・H・パーレイ（一八五七年）『ニューブランズウィックへの移住者のための情報ハンドブック *A Hand-Book of Information for Emigrants to New-Brunswick*』

ウィルソン・D・ウォリス、ルース・ソーテル・ウォリス（一九五五年）『カナダ東部のミクマク・インディアン *The Micmac Indians of Eastern Canada*』

花崗岩などの硬い岩でできた、地肌の露出した崖やなだらかに傾斜した海岸、単調な松林の光景から、彼は救いようのない荒れ地という印象を受ける。そして岩だらけの海岸の居住地は、当然貧しくて不毛だろうと思うのだ

M・H・パーレイ

コリエンテス

パン屋の切手

存続年　一八五六－一八七五年
国名・政権名　コリエンテス
人口　六、〇〇〇人
面積　八八、一九九平方キロメートル

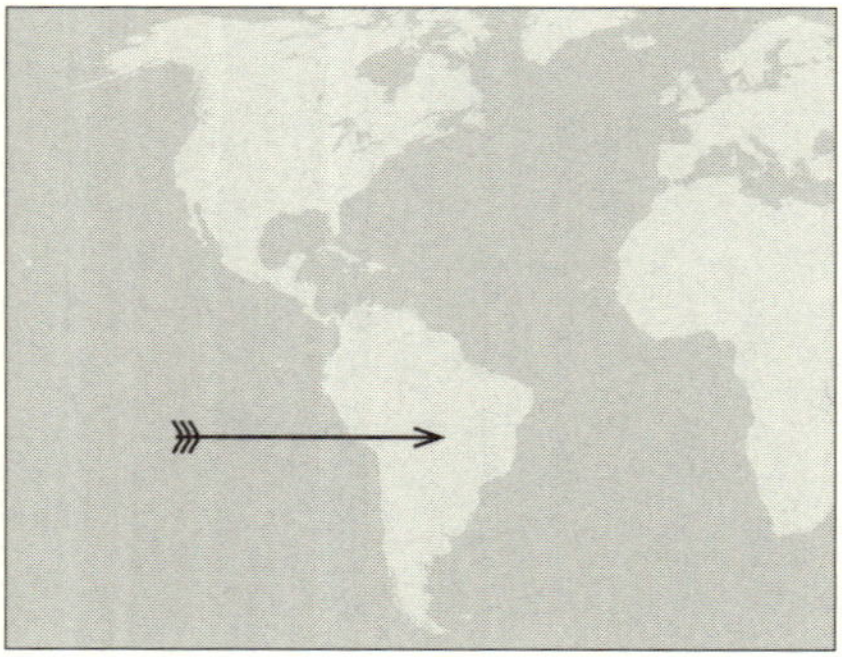

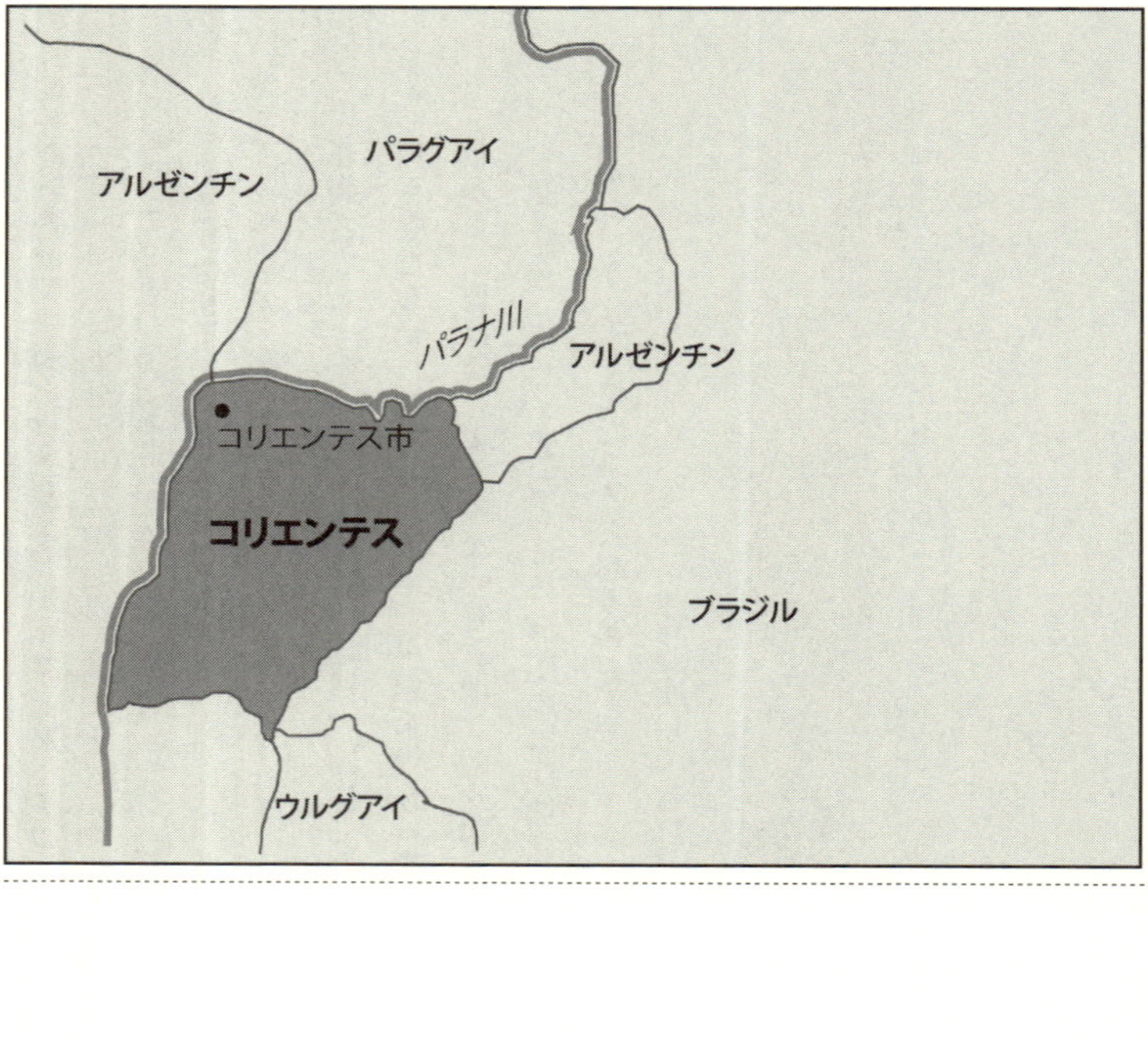

ノルウェーの作家でジャーナリストのウヴレ・リヒテル・フリックは、一九〇〇年代初めにアルゼンチンのコリエンテス州を旅してまわって、その風景を後年何作かのスリラー小説の舞台に使用した。たとえば『コンドル *Kondoren*』では、パンパス（大草原）の花のカーペットが波打ち、そのあちこちでアザミが影を落としている様子を描写している。

それは数メートルの高さにもなって小さな木ほどに育ち、青々と茂った未開の地一面に、さながら鎧で固めた無敵の戦士のように展開している。……またプレーリードッグに似たビスカーチャが、地面に落とし穴を掘っている。さらには類人猿や吸血コウモリ、先住民のごくごく小さな子どもしか襲いたがらない熱帯の小型のワニも、コリエンテスの広大な湿地をうろついている。[18]

スリラーにうってつけの背景だ。ところがその十年後にはノルウェー人で同業者のゲオルギ・ヴェーデル＝ヤリスバルギが、このぞっとした雰囲気を同じ地域で盗難にあったあとに経験している。被害を届けに行くと、彼は州知事にこっそり呼ばれて打ち明けられた。知事は額に玉の汗を浮かべていた。「アルゼンチンでもコリエンテスの住民は最低な連中でね。ほとんどがローマ民族の血をひいているのだ。臆病なくせに二枚舌を使うし執念深い」[19]

一八〇〇年代の初期に、ここで解放を求めて起こった反乱と戦争のおかげで、三〇〇年間スペインの植民地だったアルゼンチンは独立に近づいた。だがその後の歩みは円満にはほど遠く、大規模な内戦や内乱が起こっている。

内陸部と沿岸部の州がとくに激しく対立したのは、川の利用とパンパスで色鮮やかに繁茂する牧草地の配分だった。こうした衝突はアルゼンチン憲法が一八五三年に調印されてからも治まらず、その結果アルゼンチンは独立志向のある州がゆるやかに寄り集まった国となった。

そうした州のひとつ、コリエンテスは内陸部から北東部の端に位置していた。なだらかに傾斜した台地にあって、煙草と綿花の栽培に適しているが、高い気温と雨量の多さのために牛の飼育にはあまり向いていない。コリエンテスというのは、もともとこの地域最大の都市につけられた名前だった。この都市ははるか以前の一五八八年に、パラナ川東岸の隆起した土地に建設されている。そのもととなった「サン・ファン・デ・ベラ・デ・ラス・シエテ・コリエンテス San Juan de Vera de las Siete Corrientes」(七つの流れの岸の聖ヨハネ)という名称は、川に向かって半島状に小さく突きだしている場所が七か所あり、その周囲で流れが速くなっていることを意味している。

かつてこの都市は交通の要衝として繁栄していた。イエズス会士が布教のために、西のアンデス山脈や北のアマゾン川源流を行き来して交通路を切り開いたのだ。コリエンテスは一八〇〇年代をとおしてかなりの規模にまで発展しており、教会が数棟作られて、いくつかの区画にレンガ造りでパステル色に塗られた家が立ち並んだ。ただし平屋より高い家はまれで、どの家もお馴染みのスペイン風コロニアルスタイルだった。この都市で唯一目立つ特徴は、樹木の豊富さだったにちがいない。ジャカランダとオレンジの木がほとんどで、花が咲きだしたら目の覚めるような景色になったろう。

コリエンテスははやくも一八五六年に、アルゼンチンの州として初の郵便切手を発行している。川の利権をめぐって、沿岸のブエノスアイレス州と新たな争いが紛糾しており、コリエンテスは郵便制度を作って州としてのまとまりを示そうとしたのだ。他方で八センタボ未満の紙幣と硬貨が不足してもいたので、郵便物の印紙にすると同時に支払いの手段にする目的で、切手の発行が決定された。

製作を任じられたパブロ・エミリオ・コーニは、州の印刷局局長に二年前に就任していたが、印刷板を作った経験はなかった。するとちょうどそのとき、目端の利くパン屋の助手のマティーアス・ピペットが名乗り出て、自分はイタリアで彫版工の修業をしたと告げた。[20] その結果を一瞥しただけで、ピペットはただキャッサバ粉で作るエンパナーダを焼くのに、心底うんざりしていたのだろうと思えてくる。

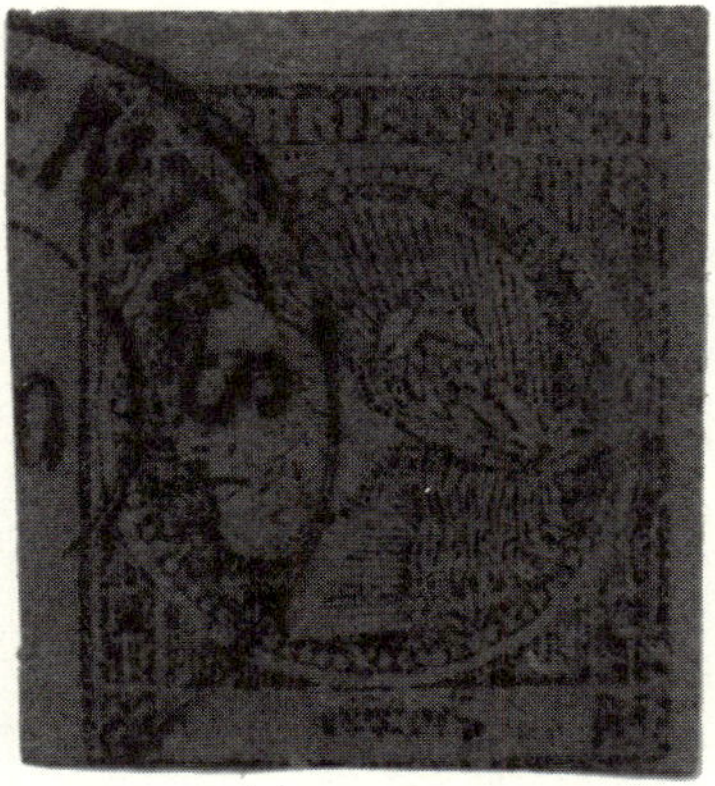

1860年 ローマの農業と豊穣の女神、ケレス。フランスが1849年にはじめて発行した切手を模倣している。

フランスが一八四九年にはじめて発行した切手を、模倣しようとしたのはなぜなのかはまったく不明である。この切手の図柄は、ローマの農業と豊穣の女神、ケレスの横顔になっている。だが州政府が、文明国のフランス共和国との共通点を強調したかったのだと考えると納得がゆく。いずれにせよ、似せたといってもかなり雑である。髪飾りになっているブドウの房は、おおむね簡略化されて形がわからなくなっているし、女神の鼻は額からおろした直線になっている。また女神の眼差しは、神性よりひどい

牛肉とキャッサバ粉のエンパナーダ（10 個分）

◆生地
キャッサバの根　500g
コーンスターチ　180g
塩

◆フィリング
ピーマン　50g
玉ねぎ　100g
ニンニク　1 かけ
バター　25g
牛ひき肉　250g
かたゆで卵　1 個
クミン　小さじ 2 分の 1
塩、コショウ

《生地の作り方》
キャッサバの根の皮をむき、塩ゆでしてよくつぶす。塩少々をくわえたコーンスターチの中で、生地がしっかりまとまるまで練り混ぜる。

《フィリングの作り方》
バターでピーマン、玉ねぎ、ニンニクをさっと炒めたら、ひき肉をくわえる。塩、コショウ、クミンで味を調える。

《仕上げ》
生地を直径 12cm ぐらいの円形にする。フィリングを載せ、その上にみじん切りにした卵を載せる。生地を半月の形に折って口を閉じ、油できつね色になるまで揚げる。

頭痛を思わせる。版を重ねるにしたがって、硬材の印刷板にほどこした彫刻に、やや品質の向上が見られるのは確かである。この切手は八版にわけて発行されている。パブロ・エミリオ・コーニは版の出来を見て発行をためらったが、期日が差し迫っており選択の余地はなかった。

コリエンテスは深刻な紙不足に陥ってもおり、切手が印刷されている小さな紙には、青、灰色がかった青、緑がかった青などの色が薄くついている。包装紙から切りとったもので、サトウキビから作られているこの紙は、もともと輸入商品を発送する際に使われていた。

初版の切手の一番下の欄には値段が印刷されているが、この部分は一八六〇年には印刷板から乱暴に削り取られている。と同時に今度は紙の地の色で値段を示すことになって、ピンクと淡い黄色がくわえられた。わたしの入手した切手もこのタイプで、ピンク地は三センタボを表しているようだ。
切手の製造は、一八七八年にアルゼンチンの郵便制度が国営化されるまで続いた。この時期をはさんで多くの偽物が出たが、そのどれにもいえる特徴が、ほぼまちがいなくオリジナルより品質が高いということである。そのためわたしの切手が本物である可能性はあるが、もちろん断定はできない。

二〇世紀をとおして、コリエンテス州は農業地域としての重要性を増した。それでもアルゼンチンでは一、二を争う貧困地帯とされている。ここでは、土地面積の五〇パーセントを人口の二パーセントが所有している。というのもどんなに軽微な土地改革にも、少数の地主一族が反対して阻む、というパターンが繰り返されてきたからだ。なかでも強大な力を誇るロメロ・フェリス一家は、一八〇〇年代の終わりから煙草産業をほぼ一手に収めており、この州をまるで私企業のように牛耳っていた。[21]
一九九一年には、次から次へと物議をかもす選挙結果が出て、アルゼンチンの地方住民も中央寄りの政治家も我慢の限界に達した。当時の州知事「タト」・ロメロ・フェリスは公金横領罪で告訴され、罷免後に投獄された。

文献
ジョゼフ・クリシェンティ（一九九三年）『サルミエントと彼のアルゼンチン *Sarmiento and his Argentina*』
ウヴレ・リヒテル・フリック（一九一二年）『コンドル *Kondoren*』
ゲオルギ・ヴェーデル＝ヤリスバルギ（一九一三年）『わたしがカウボーイだったころ *Da jeg var cowboy*』

アルゼンチンでもコリエンテスの住民は最低な連中でね。ほとんどがローマ民族の血をひいているのだ。臆病なくせに二枚舌を使うし執念深い

ゲオルギ・ヴェーデル＝ヤリスバルギ

ラブアン

いかがわしい南海の天国でどんちゃん騒ぎの酒宴

存続年　一八四六－一九〇六年
国名・政権名　ラブアン
人口　九、〇〇〇人
面積　九二平方キロメートル

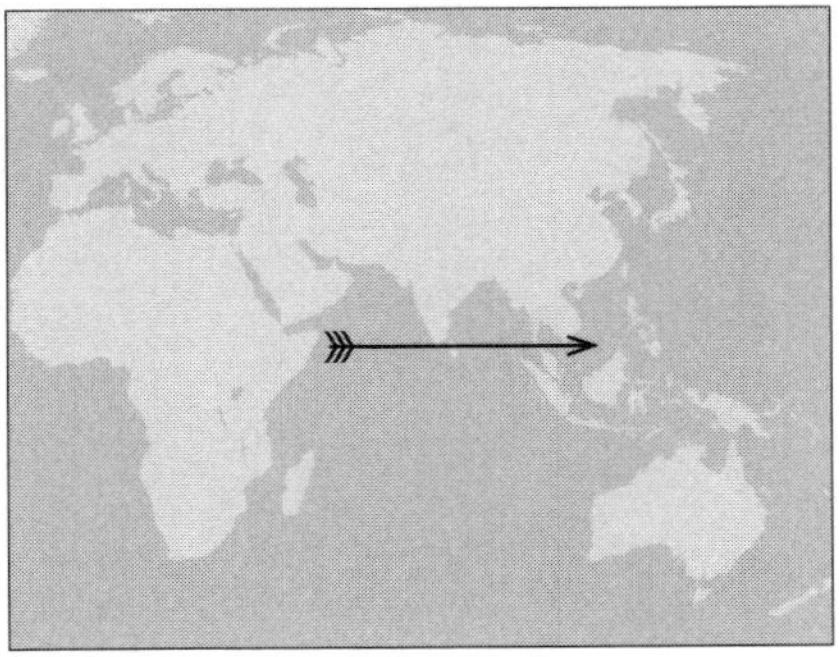

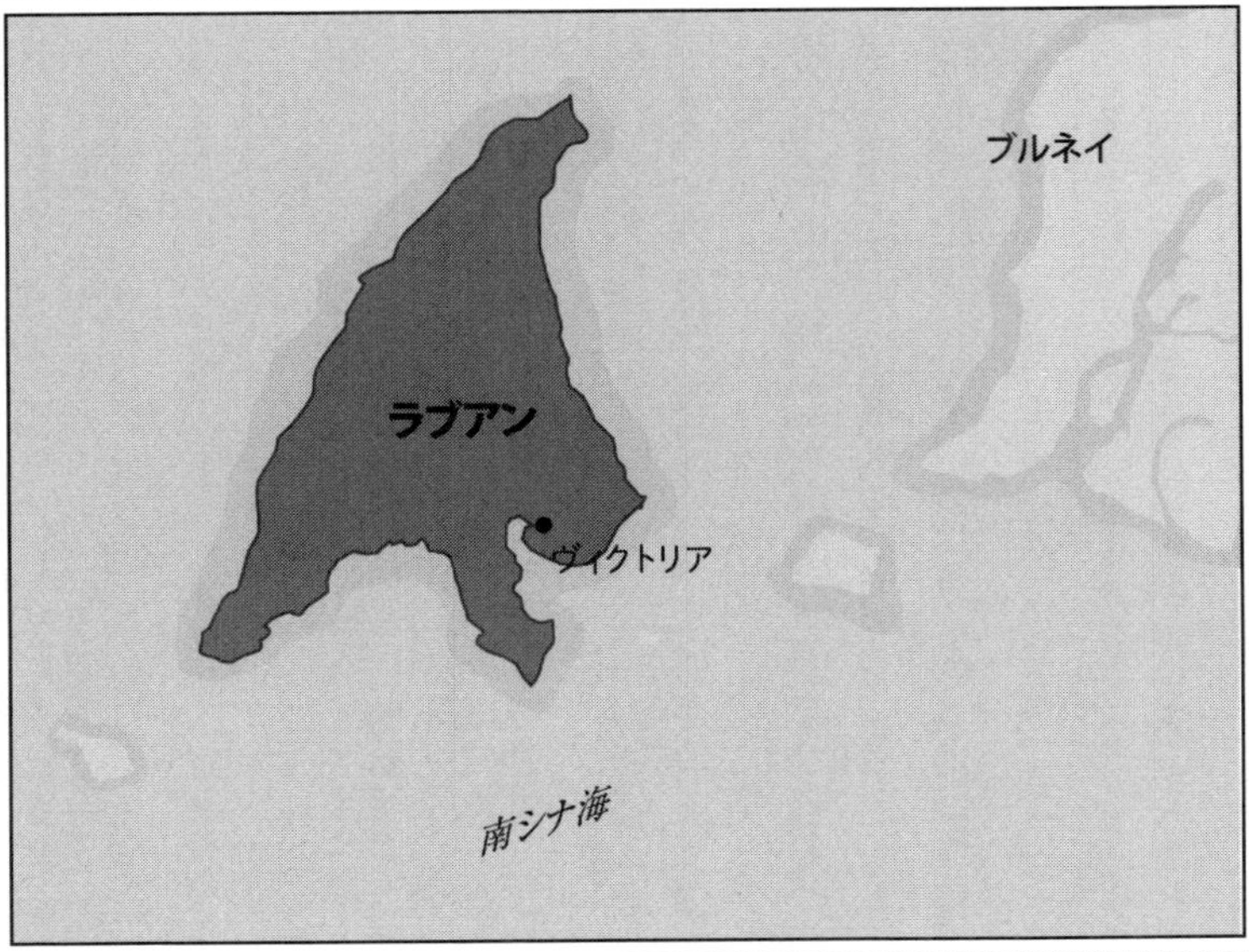

ボルネオ島から北西の沖合に八キロほど出たところに、ラブアン島はある。北部ではブキッ・クボン山が標高一四八メートルの控えめな高さに盛りあがっているが、それを除けばこの島は一様に平坦だ。

イギリスがこのほとんど無人に近い島を手中にする可能性を探っているとき、ここは伸び放題の熱帯雨林に覆われており、湿地の迷路を通り抜けるルートを見つけないかぎり、奥地に入りこむのは実質的に難しかった。だが港の条件はよく、南シナ海に位置しているために、この海域を荒らしまわっているおびただしい数の海賊に対抗するなら、ここはよい基地になりそうだった。それにくわえて、ブキッ・クボン山付近で石炭鉱床が地表に露出しているのが見つかると、イギリスはそれ以上逡巡するのをやめた。

一八四六年のクリスマスが迫ったころ、ブルネイのスルタン、オマール・アリ・サイフディン二世は、ラブアン島と付近の小島をイギリスが領有することを認める協定に同意した。強大な力をもつスルタンにとって、このようなことがなければラブアン島など大した価値もなかっただろうが、ある程度の圧力があったことは想像がつく。のちにイギリスの軍艦が、協定を拒めばスルタンの宮殿を砲撃すると脅したとも伝えられた。真相はおそらく、島は「みかじめ料」の前金だったのではないか。現代のマフィアについてよく聞く話と変わりない。

総督府を置く町が東岸に急ピッチで建設された。この町にはヴィクトリアという、ごくありふれた名称がつけられた。大英帝国のほかの場所でこの名称は、すでに無数に使われていた。ここからは、ブルネイの沿岸で波が砕ける様子や、さらには内陸でそびえ立つ標高四〇〇〇メートル級の山の頂上までもがかろうじて見えた。招かれて入植者がやって来たが、なかには香港やシンガポールの服役囚など、明らかに不承不承連れてこられた者もいた。この島の住民はまもなく九〇〇〇人を超えた。

時を待たずして、ラブアン島の難点が明らかになった。モンスーン後にヴィクトリアの居住区が何度も高波に襲われたために、建物の多くを移転させなければならなかった。案外湿潤な気候でありながら、雨の少ない過酷な季節もあった。だが何よりも暑さが問題だった。夏のあいだ気温はつねに三〇度を下らなかった。

マラリアを媒介する蚊にとっては、全てがおあつらえ向きだった。大勢が病に倒れて亡くなった。効果のある治療薬はキニーネのみだった。これはキナの樹皮の成分をトニックウォーターに溶かして作る。またこの炭酸水は苦いが、ジンを混ぜるとずっと胃に流しこみやすくなった。

当然といえば当然だが、ラブアンはイギリス海軍には不人気だった。海軍は、石炭をじゅうぶん用意できる場所をほかに探して、上陸許可を出すことのほうが多かった。この島は寄港地から外された。

当時ラブアン島に虎がいたとしたら、今は絶滅してしまったジャワトラの一種である。こうした猛獣が森林のはずれをうろついて、植民地統治当局が内部からじわじわと衰弱して崩壊するさまを眺めていたのはまちがいないだろう。

アルコールや病気でまだ完全に弱っていない者は、英国人クラブの会員資格から、地元の事業をボルネオに食いこませるための奇策まで、あらゆることを議論している。またイギリスの初代総督のジェームズ・ブルックは、経済手腕においては無能であるが、それと同じ程度に積極的だった。同僚は「友人のブルックは商売について、牛が清潔なシャツについて理解している程度のことしかわかっていない」[22]と語っている。

だがよくあることだが、スウェーデンの海洋探検隊が一八七九年に入港したとき、イギリス人はまだ無理をしてでも体面をつくろっていた。この探検隊の隊長はのちに爵位を授かった、科学者で探検家のアドルフ・エリク・ノルデンシェルドである。探検隊は捕鯨船を改造したヴェガ号で、北東航路の開拓に成功して帰国する途中だった。

そのおかげでノルデンシェルドは、全てが完璧な状況であると思いこむ。そして炭層の構造に夢中になり、ボルネオ島の地質をくわしく調査するなら、この島は申し分のない基地になると考えた。海岸沿いを歩いていくと、数か所で海中の支柱の上に載っている漁師の家を見かけたが、人が住んでいる気配はなかった。

こうした家は、満潮の海水に取り囲まれていた。潮が引けばあたりは乾いた浜になるが、そこには植物がまったく生えていない。小屋に入るためには、海のほうを向いて高さ二メートルから二・五メートルのはしごを上らなくてはならない。家はわが国の海岸にある倉庫にそっくりで、非常にきゃしゃな作りになっている。床にはギシギシいう割った竹が数本固定されずに渡されており、しかもかなり薄かったので、その上に乗ったら折れるのではないかと心配だった。[23]

ノルデンシェルドはそんな場所に家があるのに驚くが、理由を思いついている。「それはまた海辺のほうが内陸部に入った場所より、蚊に悩まされないからでもあろう」[24]

ノルデンシェルドがイギリス人にたらしこまれたとしたら、イタリアの作家エミリオ・サルガーリは、それどころかその数年後に、有名な海賊冒険小説『サンドカン――モンプラチェムの虎 *Sandokan: The Tigers of Mompracem*』の中で、現実をはるかに飛び越えてみせている。この本はシリーズ化して超ベストセラーになり、何百万部も売れた。世紀の変わり目に向けて、ヨーロッパ人の南シナ海に対する印象を大いに変えたのはまずまちがいない。

全盛期にはイタリアのジュール・ヴェルヌとも目されたサルガーリは、詳細な地図を用いてこの地域についての確かな知識を積みあげていた。とはいえ、作品にはあまりにもふんだんに劇的要素がふりまかれる傾向があった。舞台は嵐の海や畏怖の念をいだかせるジャングルで、極めつきに、ラブアン島の奥地で奇想天外な虎狩りが展開される。ただしこのシリーズの中心テーマは愛である。第三巻の初めには、「ラブアンのパール」が登場する。彼女は次のように描写されている。

小柄ですらりとして優雅で、見事なプロポーションをしており、片腕でまわるほど腰が細かった。肌は咲いたばかりの花のようにみずみずしく、バラ色をしている。小さな顔は麗しく、目は海のように青く、額はたとえようもなく清らかで、その下のくっきりしたふたつの眉は、ゆるやかにカーブしながらいまにもくっつきそうに並んでいた。[25]

もちろんイギリス系の海賊王は、すっかり心を奪われる。そして数章後にはすでにラブアンのパールは憔悴しはじめるのだが、それでもサンドカンはほとんど報われない愛を胸に、シリーズの最後まで戦いつづける。

小説家で哲学者のウンベルト・エーコによると、エミリオ・サルガーリは立派な文学作品を書こうとしてはいなかった。望んだのはただ、大衆に逃げ場所になる夢を与えることだった。そうした全てに対するひたむきさのために、エーコはキッチュ［俗受け狙いの低級作品］として片づけられることを免れているとしている。[26]

1894年　同年の北ボルネオの切手に加刷［既成の切手に訂正をくわえること］したもので、イリエワニが描かれている。

一八六四年以降にラブアンで発行された多くの切手は、サルガーリがヨーロッパの大衆の心に植えつけた、ロマンチックな先入観をさらに強める役割をした。製作と印刷はロンドンで行なわれ、いかにも恐ろしげで魅力的な動物の図柄が使われた。わたしの手元の切手も、水に入ろうとするイリエワニがモチーフになっている。

ただし現実のその後のラブアンの運命は、ロマンチックというにはほど遠い。建物は朽ち果て、石炭会社は閉鎖し、植民地を管理する人間はたちまち三人しかいなくなった。そのひとりが総督である。終局は一九〇七年一月一日に訪れ、ラブアンは規模ではるかに勝るイギリスの海峡植民地の傘下に置かれた。この統治方式は一九六三年まで続き、最終的にこの島は、マレーシアに受け渡されてサバ州の一部になった。

友人のブルックは商売について、牛が清潔なシャツについて理解している程度のことしかわかっていない

英国総督について、
ケッペル大尉

文献

スティーヴン・R・エヴァンズ、アブドゥル・ラフマン・ザイナル、ロッド・ウォン・ケット・ニー（一九九六年）『ラブアン島の歴史 *The History of Labuan Island*』

エミリオ・サルガーリ（一九〇〇年）『サンドカン──モンプラチェムの虎 *Sandokan: The Tigers of Mompracem*』

シュレスヴィヒ

スカンジナビア主義と軍歌

存続年　一八六四－一八六七年
国名・政権名　シュレスヴィヒ
人口　四〇九、九〇七人
面積　九、四七五平方キロメートル

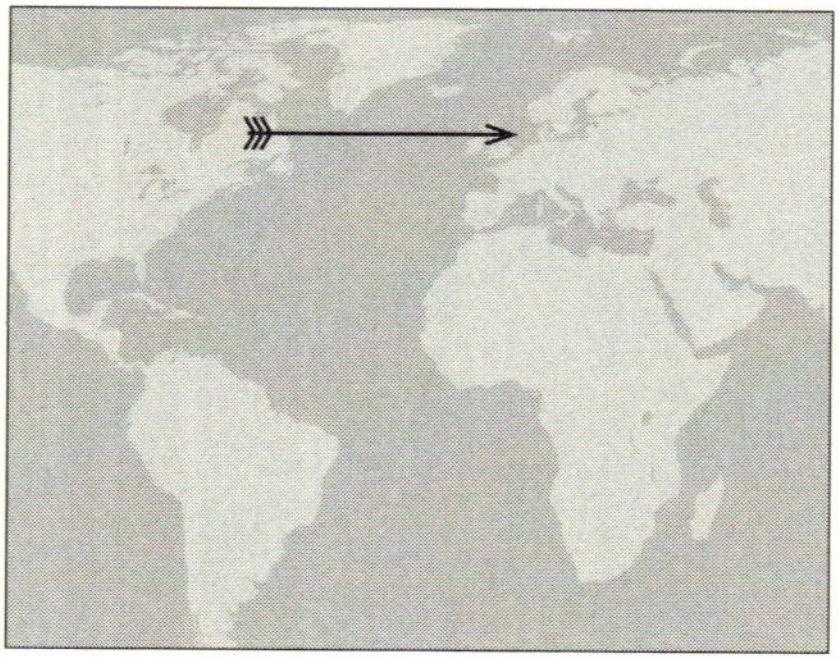

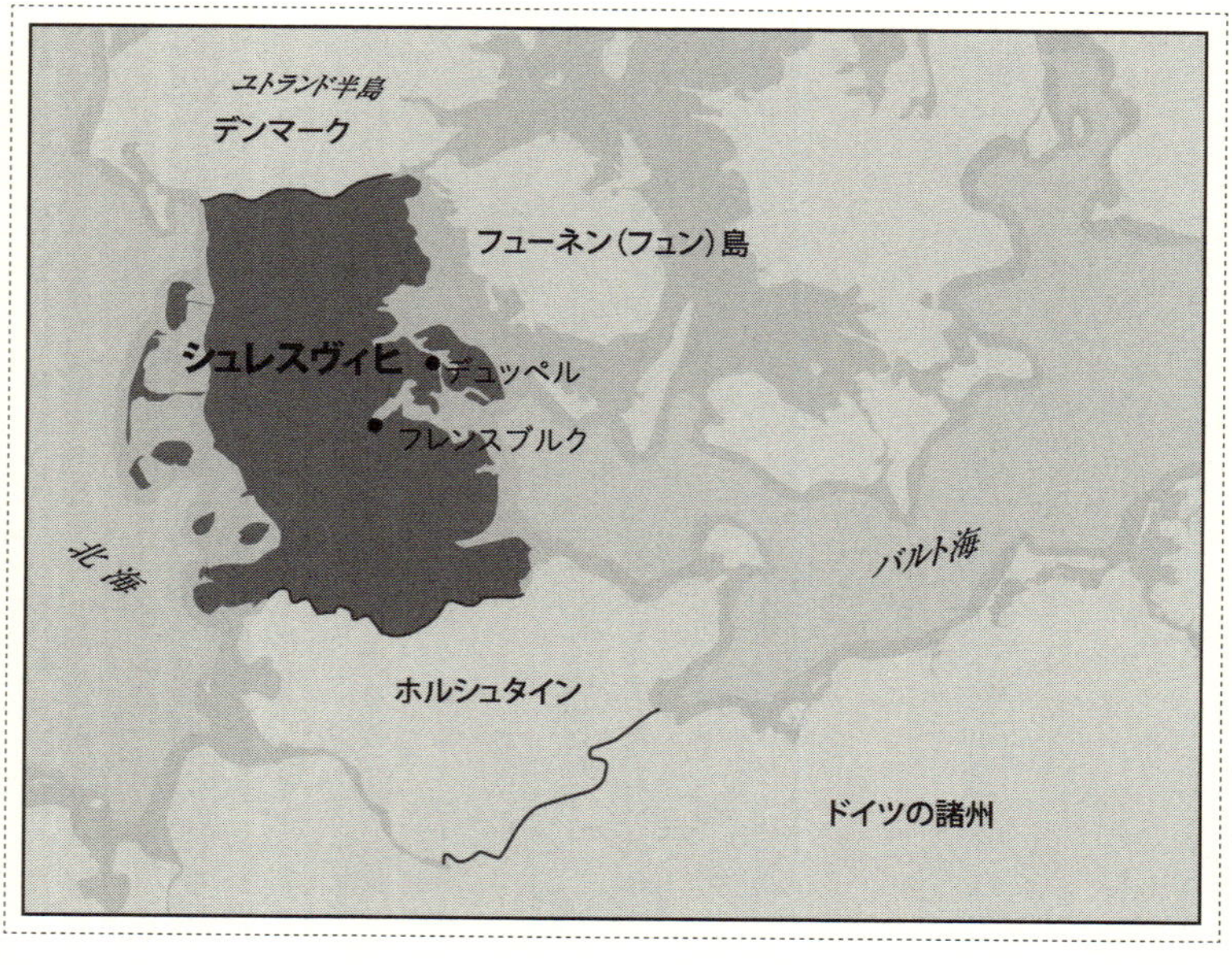

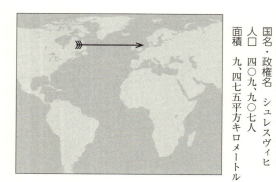

一八六三年のクリスマスの直前に、ノルウェーの劇作家、ヘンリク・イプセンは「追い詰められた兄弟」という詩を書いた。「余命いくばくもない国民、その弔鐘が鳴っている／友という友から欺かれて！　／聖書は閉じられ鎮魂歌は歌われたのか？　／これがわれらがデンマークの最後なのか？」[27]イプセンの狙いは、自国民を煽りたててデンマークを支援させることにあった。デンマークは王国の一部をドイツ連邦に奪われそうになっていた。焦点となっていた地域、スレスヴィ（現シュレスヴィヒ）は海にはさまれた公国で、東側には青々とした牧草地と波風から守られた湾があり、そこから西に向かって遮るもののない荒地と低湿地を突っ切ると、北海の風に吹きさらされた干潟に出る。画家のエミル・ノルデは、その当時からしばらくのあいだここの景色を繰り返しキャンバスにとどめていた。青、ピンク、赤、濃い緑が大胆な筆致で水平に広がる風景。人影はなく、どの絵も陰鬱だ。

当時北欧の知識人の多くがそうだったように、イプセンもノルウェーの作家ビョルンスチェルネ・ビョルンソンも、スカンジナビア主義者だった。またデンマークではふたりの詩人、N・F・S・グルントヴィとアダム・ゴットロブ・エーレンシュレーガーが、スカンジナビア主義の牽引役を務めた。一八四〇年代に北欧各国で出現したこの理想主義的な運動は、北欧で共通の歴史遺産や言語、民族性に敬意を表した。目標としたのは、スカンジナビア諸国の統合である。その魂となる部分を形成したのは、一八四六年、詩人ヨハン・ヴェルハヴェンがクリスチャニア（現オスロ）で学生を前に行なった講演だった。「わたしたちが古代のイメージを思い浮かべるのは、そこが民族の生活の原点に近い場所だからです[28]」

スレスヴィの地形は開けていて、戦闘にもってこいだった。二〇〇〇年にわたりここは一種の政治的無人地帯であり、南からやって来る侵入者――ゲルマン人であろうとフランク人、サクソン人、神聖ローマ帝国であろうと――とデーン人とのあいだの緩衝地帯となっていた。ある時点のこの地域は、デンマーク語、フリジア語、ドイツ語の言語圏のパッチワークのようだった。

それでも一七〇〇年代初期の大北方戦争で、デンマークは南のエルベ川にまで達するこの地域をどうにか手中に収めていた。その範囲にはスレスヴィだけでなく、ホルシュタイン地方も含まれていた。どちらも公国として存続することになるが、このときはデンマークの支配下に置かれていた。その結果奇跡のようなことが起こった。百年以上平和が破られなかったのである。

一方、ヨーロッパで盛んになったリベラルで民族主義的な運動は、一八四八年パリの二月革命でピークを迎えた。この動きはまた、スレスヴィとホルシュタインのドイツ語系住民の希望に火をともした。こうした人々は群衆となりいつ果てるともなく数を増やしつづけて、賛歌「シュレスヴィヒ＝ホルシュタイン、海に囲まれしドイツのならわしの守護者よ」を歌いながら士気を鼓舞した。ちなみにこの賛歌は、各声部が調和しながらも独立して展開する多声唱法で歌われる。またスレスヴィとホルシュタインの議会もただちにコペンハーゲンの王に代表を送って、完全な自治を要求した。

もともと運動に無関心なフレデリク七世は、この要求をはねつけた。それどころかこの王は、地域一帯の学校でデンマーク語の授業をさせるなどして、あえて締めつけをきつくしたのである。それを不服として一八四八年に勃発した第一次シュレスヴィヒ＝ホルシュタイン戦争は、一八五〇年まで続いた。ドイツ側には大規模なプロイセン軍がくわわったが、ロシアがデンマーク側に加勢する構えを見せると、やむなく進軍を止めた。ロシア皇帝のニコライ一世は、プロイセンがバルト海周辺で影響力を強化する危険性を看過しなかった。最悪の場合、大国に成長させることにもなろう。

フレデリク十世はスレスヴィ、ホルシュタイン両公国の不満をなだめるために、自治権をほんのわずかだけ認めた。だがその後継者は違った。スレスヴィのゴットルプ城で誕生しているクリスチャン九世は、前君主の約束を突然反故にして、一八六三年の晩秋にスレスヴィを共通の「一一月憲法」のもとで、デンマークに併合することを決定した。これを機にプロイセンがふたたび宣戦布告をするが、このときは強国のオーストリアを味方につけていた。第二次シュレスヴィヒ＝ホルシュタイン戦争は避けられない情勢だった。

ノルウェーでは、イプセンの提案に好意的な反応があり、多くの人々がデンマークを支持する声をあげはじめたが、議会は紛争に関わらないという決定を覆すことはなかった。それでも少数の者が義勇兵となって国を発った。若き神学者、クリストファー・ブルーンもそのひとりだった。

プロイセンの兵は多く、デンマーク兵より優れた装備を身につけて迅速に進軍した。その冬は特別に寒く、広範囲を覆う低湿地が凍りついたために、前進も容易だった。クリストファー・ブルーンが、一八六四年四月の中旬過ぎにデュッペルの戦場に駆けつけたとき、デンマーク軍はその少し前に、ヴァイキング時代のダーネヴィルケ堡塁から撤退していた。ダーネヴィルケは全長三〇キロにおよぶ盛り土の防塁で、ユトランド半島のいちばん狭い部分を貫いている。デュッペルの堡塁はそれより近代的だった。

ブルーンは一日も経たないうちに、座る場所を確保してリレハンメルの母親に手紙を書いている。ただし、デュッペル周辺の戦場がみるみるうちに血の海になったことについては伏せている。彼はわざと茶目っ気のある態度を装っている。

爆発した砲弾やその破片から身を隠すときは、たいてい雪玉を避けるときにかがむのとまったく同じ要領で動いていましたよ……。盛り土の後ろに飛びこんで何もかも終わったら、よく顔を見合わせてたまらずに吹きだしていましたけどね。[29]

塹壕を襲う砲撃が数週間休みなく続いたあと、ドイツ人は四月一八日の朝に突撃を開始した。前進する際には、大編成の軍楽隊をともなっていた。指揮者は作曲家のゴットフリート・ピーフケ。この楽隊は戦闘中、特別に作曲された「デュッペル要塞突撃行進曲」を繰り返し演奏していた。砲弾が楽隊の近くに落ちると音は少しのあいだやむが、その間もフルートと小太鼓《スネアドラム》だけが曲を続けた。このような演奏はのちに、編曲で特殊効果としてくわえられ、この曲は、およそ考えうるかぎりのドイツ軍のパレードでの定番となった。[30]

本格的な戦闘が始まるとたった数時間で、デンマーク軍は負けを認めて戦場から逃げだした。クリストファー・ブルーンは腹立ちのあまり、デンマークの島の臨時の野営地に到着したとたんに、母親に手紙を書いている。「これがどこの演説でも語られていた、『存続をかけて戦う』人々なのでしょうか[31]」

ブルーンはノルウェーの故郷に戻ると、聖職に従事した。のちにさらに自由主義に傾いた神学者となり、ノルウェーの民衆のための成人教育機関、フォルケホイスコーレの設立に尽力した。

プロイセン軍が北進しつづけてユトランド半島全体を占領したのは、主に力を示威するためだった。その後まもなくプロイセン軍は、コレングの真南にあるスレスヴィの国境まで撤退した。公国の自由と主権が宣言されて、国名もシュレスヴィヒに変更された。

その直後に、シュレスヴィヒは独自の切手を発行する。デンマークはすでにこの地域で二世代の切手を出していた。最初がスレスヴィとホルシュタインとの共同発行、次がデンマークの通常の切手である。新シリーズには硬貨のようなシンプルなモチーフが使われて、シリングでの価格が示されている。ドイツらしいデザインの典型例で、すっきりとしていて質素で必要最低限の要素しかない。誇張は不要、脅威になる者はいない。デンマークは徹底的に叩きのめされている。

1865 − 1867年　楕円形のモチーフに価格が記された切手。シュレスヴィヒ公国の発行。

わたしの手元の深紅の切手には、一八六七年の消印が押されている。同年のその後の時期に、ホルシュタインとシュレスヴィヒの郵便制度は統合されて、共通の切手に切り替えられた。そうした切手が有効だったのは一年間だけで、両公国が北ドイツ連邦に組みこまれてからは、また新しい世代の切手が必要になった。さらに一八七一年にドイツ帝国が成立すると、通常のドイツの切手が流通するようになった。

第七世代の切手は一九二〇年に出ている。ドイツが第一次世界大戦に敗北したあと、帰属にかんする国民投票に先立って発行された。国民投票の選挙区を設定したのはデンマークである。ホルシュタインと南スレスヴィでは、どちらもドイツ人の人口が多く、デンマークを選ぶ望みは薄かった。デンマークはそれ以外の投票地域を、中部スレスヴィと北スレスヴィのふたつに分けた。中部スレスヴィでは、住民の八〇パーセントがドイツに留まる意志を示した。北スレスヴィでは、七五パーセントがデンマークへの併合を支持した。その結果、ユトランド半島のフレンスブルクを南限とする地域は、デンマークに返還された。投票地域を分割せずにいたら、デンマークは対象地域全体を失っていただろう。

爆発した砲弾やその破片から身を隠すときは、たいてい雪玉を避けるときにかがむのとまったく同じ要領で動いていましたよ……。何もかも終わったら、よく顔を見合わせてたまらずに吹きだしていましたけどね

クリストファー・ブルーン

文献

クリストファー・ブルーン（一九六四年）

『真実と正義を求める兵士　一八六四年のデンマーク・プロイセン戦争からの手紙 *Soldat for sanning og rett. Brev frå den dansk-tyske krigen 1864*』

音楽

ゴットフリート・ピーフケ（一八六四年）

「デュッペル要塞突撃行進曲」

デンマーク領西インド諸島

奴隷島のバーゲン・セール

存続年　一七五四-一九一七年

国名・政権名　デンマーク領西インド諸島

人口　二七、〇〇〇人

面積　四〇〇平方キロメートル

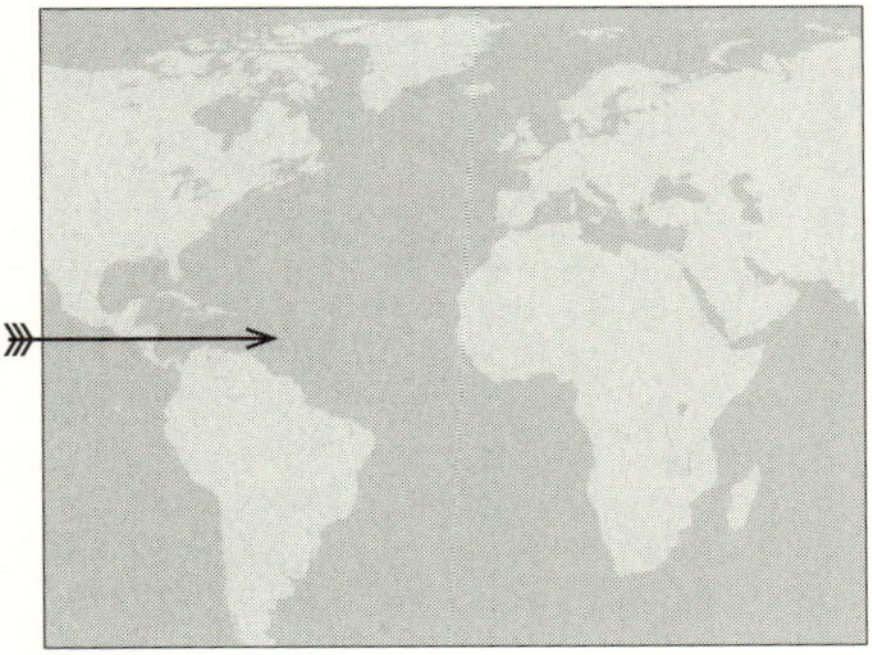

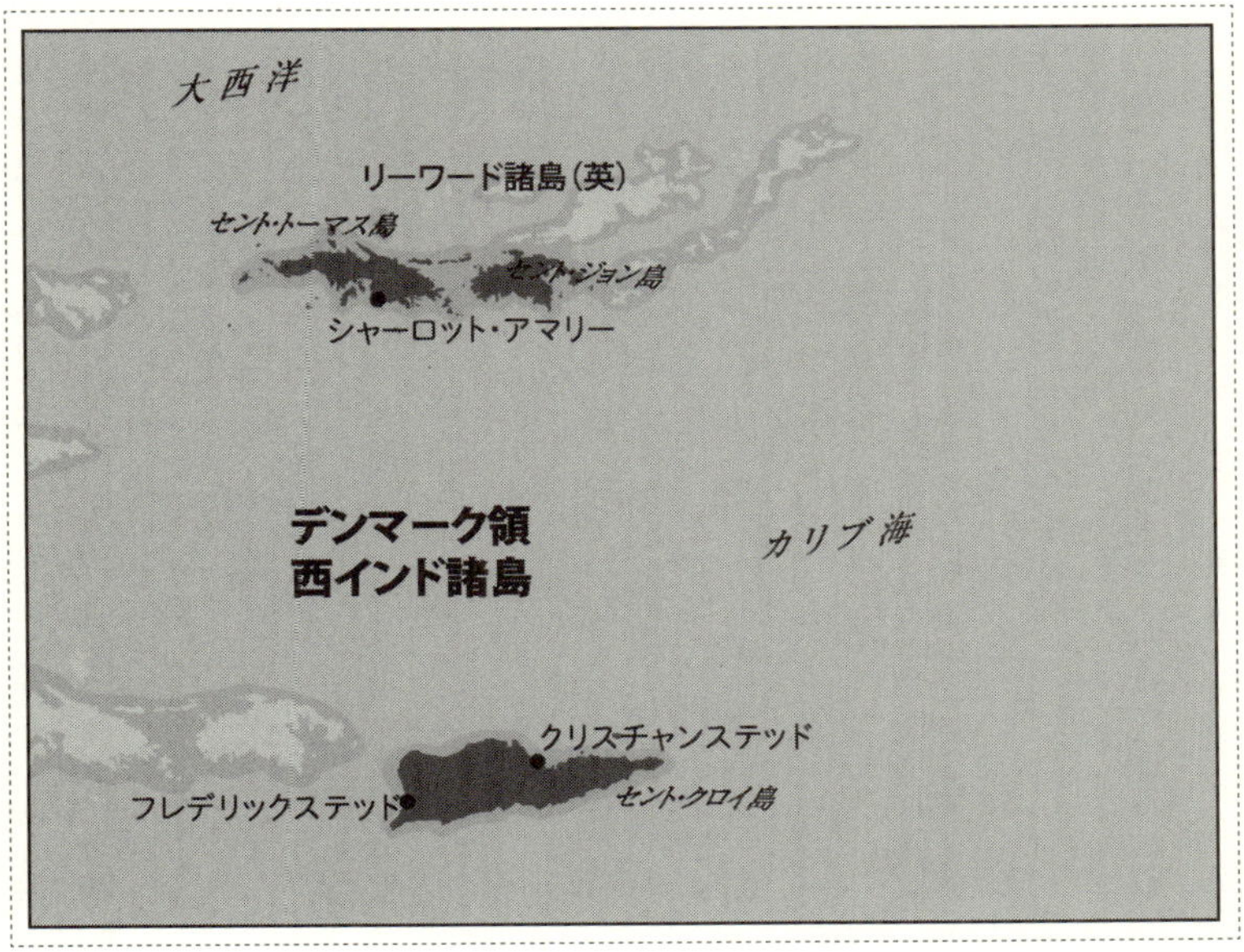

どんなに荒唐無稽な悪夢にも出てきそうもないほど桁外れに大きな海。何より彼らはその海を何か月もかけて航海してきたのだった。その真ん中に浮かんでいたのはいくつかの小島だけだが、そこにはアフリカで見たこともないような優雅で洗練された家々があった。……シャーロット・アマリーの街路は人通りが多く、狭くて曲がりくねっている。クリスチャンステッドの直線が延々と続く明るい街路は、互いに直角に交わっている。アーケード、そして舗装された広場。階を重ねた壮麗な邸宅、塔と尖塔をそなえた教会、馬車。しかもあのほっそりとしていて、絹や綿モスリンをまとった人間がいたるところにいるのだ。白人の女をアフリカで目にした者はほんの一握りしかいないのに。だがそれでも、この遠方の島々の住民のほとんどは、故郷と同じく黒人だった。[32]

そもそもの発端は、一六〇〇年代の半ばからしばらくのあいだ、デンマーク西インド・ギニア会社がハイチの真東にある群島の権利を主張したことにあった。問題の三島は驚くほど肥沃だった。セント・トーマス島とセント・ジョン島はもともと火山で、山々が連なり起伏の多い地形だった。セント・クロイ島はサンゴ礁からできた島で、真っ平らな外見をしていた。この三島の面積を足すと三五〇平方キロメートルになり、しかもインディオはすでに姿を消していた。スペイン人がカリブ海の内奥にある植民地に、奴隷として根こそぎ移送したからである。

最初の船に乗っていたのは、自由意志でやってきた入植者一九〇人だった。デンマークとノルウェーの男女で、ノルウェー人はベルゲンから出航していた。半年後には、主にさまざまな熱帯病のために一六一人が命を落としたが、それでも小規模な家族経営の農場が次第に形を整えていった。ただしプランテーションで利益をあげて、島の可能性を最大限に引きだすためには、さらに人手が必要だった。一時しのぎの解決策として、デンマークの囚人や罪人が利用された。こうした者は、二、三年の島での労働の見返りに自由を約束された。しかしそれを要求するまで生きていられた者はほとんどいなかった。

それより頑強な労働力の船荷がアフリカのギニアからはじめて到着したのは、一六七三年だった。現地の族長から購入した奴隷で、部族間の戦争で捕虜になった者だ。この計画はうまくいくことが証明されて、ほんの数年で奴隷貿易は本格的に軌道に乗りだした。奴隷の輸出の便宜を図るために、アフリカ西岸の数か所に要塞が築かれた。ここからフリゲート艦［木造の海軍快速帆船］に最大で五〇〇人の奴隷が積みこまれて、海の向こうのセント・トーマス島に送られた。この島はにわかに、カリブ海全体の奴隷貿易の一大拠点となった。

奴隷の多くが島々に留まり、やがて人口の大きな割合を占めるようになると、白人は脅威を感じるようになった。その結果、厳格でこと細かな規則が導入された。それによると反乱への参加は死刑に処せられ、逃亡と盗みは額に焼き印を押される。あるいは手足を切断されるが、それはなくなっても働く能力を妨げないいずれかの一本となった。また「労働をいやがっている者がいたら、そんな病はムチで即刻治るだろう」[33]と考えられていた。

西インド・ギニア会社はすぐにいわゆる「三角貿易」の可能性に目をつけた。簡単にいえば、武器などの工業製品をアフリカに輸出し、それと引き換えに奴隷を受け取るというもので、奴隷はその後西インド諸島に輸送されて、砂糖のプランテーションで労働力を提供する。三番目の最終段階では、砂糖、ラム酒といったプランテーションの産物が出発点のヨーロッパに送り返される。これはよくできた構想だった。

それでもデンマークが、一七五四年に群島をまとめて買収して植民地化した際には、西インド会社はうまく立ちまわれずに倒産の危機に陥った。島々には二〇八人の自由白人と一〇〇〇人強の奴隷がいた。デンマークのあこぎさは、世紀の変わり目の人口調査に表れている。奴隷の数が三万五〇〇〇人に急増したのに対し、白人の人口は三五〇〇人程度だった。

民間の貿易商は、依然として全事業を運営していた。国は管理者でしかなかったが、動物と設備と同じ扱いで奴隷にかけた財産税は、手間を惜しまず回収した。それだけにエーリク・ブレデル総督は、人口調査の時期がめぐって来ると、多くの者が奴隷を隠して脱税するとこぼしている。[34]

一七〇〇年代の終わりまで、この植民地はデンマーク＝ノルウェー同君連合に莫大な富をもたらしたが、そうした商業的成功は完全に奴隷制度に依存していた。そのころにはすでに一〇万人の奴隷が投入されていた。一八〇三年にデンマーク＝ノルウェーがヨーロッパではじめて奴隷の輸入を禁じると、先はないように思えた。それでもカリブ海のほかの島への奴隷の移送と、島と島のあいだの奴隷貿易はある程度容認された。ここで重要な役割を果たしたのがデンマーク船である。一八四八年、奴隷の大規模な反乱が危機感を煽ると、ようやく奴隷制度が正式に完全廃止された。

そのため植民地は一夜にして儲からなくなり、デンマーク議会は早々にその売却を検討しはじめた。またこうした火急の事態に、スレスヴィ（シュレスヴィヒ）の国内問題が追い打ちをかけた。スレスヴィが国庫から吸いあげる金額が、じりじりと増えつづけていたのである。

一八六七年には、アメリカ合衆国が購入の名乗りをあげていた。ところが交渉半ばで西インド諸島が猛烈なハリケーンにみまわれ、続けざまに地震と火災に襲われた。アメリカは急速に関心を失った。

その二、三年前に、この群島は独自の切手の発行に踏み切っている。印刷はデンマークで、現地の薬剤師ふたりがアラビアゴムでの糊づけを担当した。わたしの所有する切手には、セント・トーマス島の港をバックにしたスクーナー［二本以上のマストに縦帆をつけた帆船］、インゴルフ号が描かれている。煙が出ているのは厨房からで、昔のデンマークで郵便馬車の御者が用いた警笛ラッパ（ポストホルン）が四隅に配置されている。消印から、セント・クロイ島のクリスチャンステッドから送られているのがわかる。このタイプは植民地の最後の版なので、使用されたのは一九〇五年以降にちがいない。古臭く見える帆船のモチーフを採用した理由は、純然たる郷愁以外に解釈のしようがない。

その一方で植民地は徐々に弱体化していった。政府役人は腐敗とアルコール依存症に一段と磨きをかけた。解放された奴隷にとっても、状況はさほどよくならなかった。ひとたびただの賃金労働者になれば、プランテーションの所有者にとっては、その健康を保つことも、いや、生かしておくことさえも、もはや重要ではないのだ。

そういったことが積もり積もって、一八七八年には自然発生的な暴動が起こった。ここで島の宿屋のベッドにうつ伏せで寝ている女主人を思い描いてほしい。昨夜も遅くまで、粗野な船乗りや世の中に嫌気が差した官僚の相手をしていた。そのときはちょうど、メイドに運ばせたトレイのお茶とケー

1905年　スクーナーのインゴルフ号。背景にセント・トーマス島の港が見えている。

キを楽しんだばかりだった。そよ風がレースのカーテンを優しく揺らせている。開いた窓からは海が見えていた。「海底に白いサンゴ砂が積もっているおかげで、海は空気と同じくらい澄んで見える。海は日光を浴びると、ときには青、ときには緑の目でウインクしてくる」[35]下から興奮した声が聞こえて女主人はわれに返ったが、ようやく事態の深刻さを悟ったのは煙のにおいがしてからだった。フレデリックステッドの帯状の区画では、ほんの数時間で狼藉のかぎりが尽くされ、火がつけられた。プランテーション所有者の多くがリンチを受けて殺害された。

この暴動をきっかけに、植民地の行政機関は行動を改めて、プランテーションの所有者は締めつけを少しだけ緩めた。しばらく静けさが続いたが、一九一五年には農業労働者が労働組合を結成した。その直後に組合は、賃金の値上げと労働環境の改善を求めてストライキに入る用意があると宣言した。この事態にデンマークは、ふたたびこの群島の買い手を探すようになった。

一九一七年、ついにアメリカが二五〇〇万ドルでの購入に同意した。アメリカ国内では前回の交渉後に、あらたに購入を支持する議論が起こっていた。ヨーロッパの戦場ではまだドイツが追い風を受けて進撃していたので、開通したばかりのパナマ運河へ海上から接近する足がかりを与えるのは、絶対に避けなければならない。この島々にUボートの基地ができれば、致命的になりかねなかった。
アメリカはここをヴァージン諸島と改名したが、デンマーク語の街路名は変えなかった。デンマークの祝日も残したので、それ以降島民はデンマークとアメリカの祝日を両方祝っている。以来、この島々が押しも押されもせぬ魅力の観光地になっていることを考えると、しごく妥当な選択だった。
その一方で、ホテルや浜辺からほんの目と鼻の先で、プランテーション時代の建物の最後の残骸が、ますます人を寄せつけなくなった熱帯雨林にゆっくりだが確実に呑みこまれている。

労働をいやがっている者がいたら、そんな病はムチで即刻治るだろう

『プランテーションの生活について』

作者不明

文献
ヘンリク・ケヴリン(一九八四年)『デンマーク領西インド諸島 *Det Danske Vestindien*』
トーキル・ハンセン(一九九〇年)『奴隷諸島 *Slavenes øyer*』

ヴァン・ディーメンズ・ランド

流刑地と不気味な切手

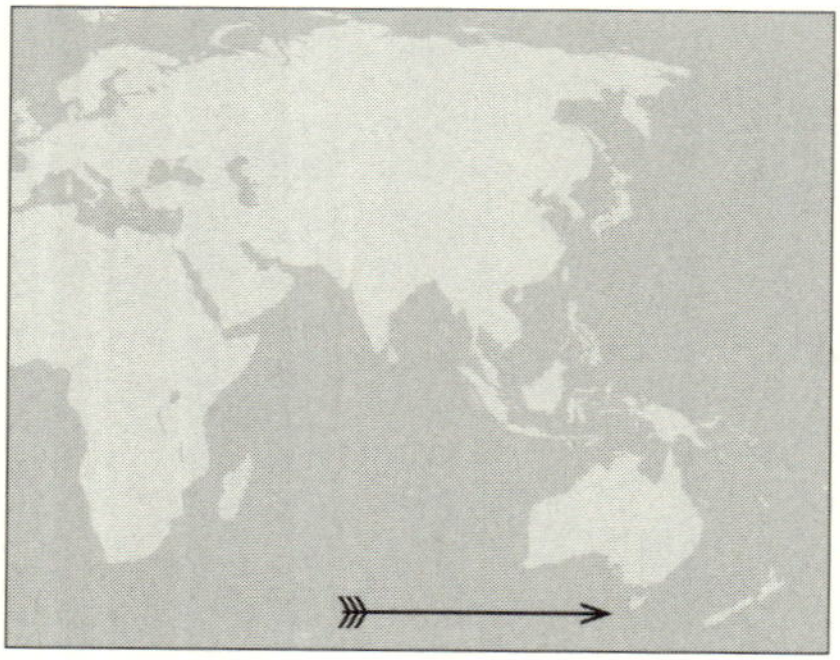

存続年　一八〇三－一八五六年
国名・政権名　ヴァン・ディーメンズ・ランド
人口　四〇、〇〇〇人
面積　六八、四〇一平方キロメートル

「われわれの船が激しい暴風雨にみまわれて、ファン・ディーメンズ・ランドの北西にあたる海域にまで押し流されたことだけを読者に告げれば十分だろう。観測の結果、船の位置が南緯三〇度二分であることがはっきりした。乗組員のうち一二名は、過労と栄養失調のために死に、残りの者たちも気《き》息奄々《そくえんえん》たる有様であった」(平井正穂訳、岩波書店)と、ジョナサン・スウィフトは『ガリヴァー旅行記』の中で書いている。[36] その数段落あとに船は難破するが、主人公のガリヴァーは自力で脱出して、浅瀬を進みリリパットという国の海岸にたどり着く。その国には身長が一五センチしかない小人が住んでいた。

スウィフトの本が出版されたのは一七二六年。当時のヴァン・ディーメンズ・ランドの北西部の海岸は、その舞台になるにふさわしく未知の謎めいた場所だった。当時は島であることも知られていなかった。一七〇〇年代の終わりまでに、訪れたヨーロッパの船は数えるほどしかない。しかもその際は、南東部に到達しただけだった。乗組員は首の後ろに南極の寒風を受けながら、岩だらけの風景を見つめた。その先には標高一六〇〇メートルを超える山がそびえている。山間の谷には川が縦横に走っていて、人を拒むうっそうと生い茂った森が影を落としていた。心が引き立つ光景ではなかった。

イギリス人はこの島を周回して、島の大きさがアイルランドほどだと確認したあと、植民地の建設を決めた。ここは、太平洋南部への往復航路を利用しやすい位置にあった。この航路は交通量がきわめて多い。しかも島の南方の入り江は、良港の条件をそなえていた。海岸から出発した内陸への最初の探検では、この島が良質の土に恵まれていて肥沃であることがわかった。ただし、岩を除くなどの整地は必要だった。

かくして、ヴァン・ディーメンズ・ランドはイギリス最大の囚人流刑地となった。罪人の多くは、イギリス政府に対する反逆罪で有罪の判決を受けたアイルランド人、ウェールズ人、スコットランド人で、それ以外は一般的な犯罪者だった。重罪人は閉鎖施設に収容されたが、ほかは道路工事にまわされるか、増加しつつあるイギリス人入植者に労働力として貸しだされた。

一八二二年にこの島にいた一万二〇〇〇人のうち、六〇パーセントが囚人だった。法と秩序を守るために、島全体が警察国家として編成されて、九の警察管轄区に分割された。公の集会の全面禁止は島中で徹底され、管轄区間の移動には特別な通行証が必要だった。また総督の手下となる精力的なスパイ集団が、いたるところでかぎまわっていた。

囚人施設の中でもすぐさま悪名を轟かせるようになったのが、ポートアーサーである。森林に覆われた半島に立つこの施設は、首都ホバートの南東の入り江に位置しており、島本土とは、イーグルホーク・ネックと呼ばれる砂地の地峡でつながれていた。囚人入植地は草の生えた丘の上に建設されており、この丘を下ると砂浜に出る。建物は天然石と、赤味を帯びた黄色のレンガで作られていた。塀の内側には岸壁や管理棟、病院、教会、穀物の製粉所のほかに、巨大な四階建ての監獄があった。これは円形刑務所の形に配置されており、中央の一か所の監視所から、十字に並べられた四つの監獄の翼棟に確実に目が届くようになっていた。

兵士が犬を連れてイーグルホーク・ネックを定期的にパトロールをしたのにもかかわらず、脱走を試みる者は跡を絶たなかった。役者の経験があるジョージ・「ビリー」・ハントは、カンガルーの毛皮をかぶってここを突破しようとした。が、自由の身になるまであと数歩というところで警備兵に見つかった。警備兵は新鮮な肉を目当てに、猛然と追跡を開始した。ハントはたまらず地面に伏せて大声をあげた。「撃つな！　オレはただのビリー・ハントだ」[37]
おかげでハントはむち打ち一五〇回の刑に処せられた。しかもムチはそれまでにないタイプだった。ジョン・フロストは一八四〇年に、ウェールズで炭鉱労働者の反乱を先導して懲役刑を受けていた。そのフロストによれば、

特別に固いムチ縄で作った結び目は、尋常でない大きさだった。この縄に塩水をじゅうぶんに染みこませる。その後天日で乾かすと、この過程で針金のようになり、八一個の結び目がノコギリで引いたかのように肉を切り裂いた。[38]

入植者の家で刑期を務めている者は、それほどひどい目に遭わなかった。ほとんどがよい待遇を受けて、ある程度の敬意を払われた。またほんのわずかでも自由時間があれば、多くの者がカンガルー狩りに出かけた。カンガルーの肉は脂肪がほとんどなく豚肉ぐらいの硬さで、変わった味だが鶏肉と魚の混じったような風味がした。ホバート周辺の広い範囲でカンガルーは急速に死に絶えて、やがては内陸部でも同じ運命をたどった。

イギリス人はその時点まで、アボリジニの小集団にとくに悩まされることはなかった。アボリジニ

はこの島に何千年ものあいだ住みついていた。五、六〇人の集団で狩りと採集をしながら移住生活をしていて、たいてい内陸部に留まっていた。ここで彼らは枝を組んだ質素な小屋に、樹皮の薄片の屋根を葺いて居住していた。カンガルーは基本的な食生活で代替えのきかない重要な部分を占めており、食料にだけなるのではなかった。皮は衣類に、骨は道具と狩りの武器にというように、体のあらゆる部位に使いみちがあったのだ。

一八二〇年には三〇〇〇〜七〇〇〇人のアボリジニがおり、パニック状態に陥っていた。自衛手段以外の何ものでもない理由から、多くの農場に火がかけられて居住者が殺害された。それにイギリス人は、目には目をの手段で応えた。巨大な人間の鎖が、島のいたるところで猛攻を繰り広げた。生き延びたアボリジニは強制収容所に入れられたが、たちまち弱っていった。一八五〇年代初めの生存者は、一六人だけになっていた。

植民地に最初の切手ができたのもこの時期である。一八五三年五月九日に、ホバートの植民地長官はロンドンの中央当局に次のような発注をしている。

拝啓……お手数ですが、パーキンズ、ベーコン両氏から必要な切手用印刷版の1d、2d、3d、4d、8d、1s番を取り寄せて、印刷用の紙とインクに、糊材になるものをつけて送ってくださるようお願いいたします。[39]

パーキンズとベーコンは高く評価されている彫刻師で、世界初の切手、ペニーブラックも手がけていた。またこの注文は滞りなく処理・発送された。最初の切手が出まわったのは、その数か月後だった。いうまでもなく、切手の中にはお馴染みのヴィクトリア女王の肖像画があった。女王はすでに三〇歳を超えていたが、どういうわけか版の彫刻は、スイスの画家、アルフレッド・エドワード・シャロンが二〇年近く前に描いた肖像画をもとにしている。シャロンの絵は女王の全身画で、女王は白い大理石の階段のいちばん上にいる。そしてジョージ四世王冠を頭に載せて、はにかみながら美しい笑顔を見せている。切手には王冠はまだあるが、女王の笑顔はもはやなく、萎縮した表情になっている。その怯えてずるそうな目つきは、残酷さを増している島の評判と完全に符号している。

1855年　イギリスのヴィクトリア女王。スイスの画家、アルフレッド・エドワード・シャロン作の1837年の絵画をもとにしている。

ウィリアム・デニソン総督は不満を表明している。「ここではヴァン・ディーメンズ・ランドという名前に、ある種の不名誉がどうしてもつきまとっているような気がする」[40] そこで総督は改名という解決策を提案する。ヴァン・ディーメンズ・ランドは、一八五六年にタスマニアに変わった。アボリジニ最後の住民、トルガナンナという女性は一八七六年に死去した。その翌年に囚人入植地は閉鎖され、さらに一九〇一年には、この島は独立した植民地ではなくなって、オーストラリアの統治下に置かれた。
今日ポートアーサーの監獄は、タスマニア観光の目玉となっている。

文献
シゼル・ウォル（一九九九年）
『出て行け！　失せろ！　白人がオーストラリアにやって来たとき *Warra! Warra! When the Whites Came to Australia*』
ジェームズ・ボイス（二〇一〇年）
『ヴァン・ディーメンズ・ランド *Van Diemen's Land*』

映画
『ヴァン・ディーメンズ・ランド *Van Diemen's Land*』（二〇〇九年）
監督　ヨナタン・アウフ・デル・ハイデ

絵画
アルフレッド・エドワード・シャロン（一八三七年）
《ヴィクトリア女王 *Queen Victoria*》

この縄に塩水をじゅうぶんに染みこませる。その後天日で乾かすと、この過程で針金のようになり、八一個の結び目がノコギリで引いたかのように肉を切り裂いた

ジョン・フロスト

エロベイ、アンノボンおよびコリスコ

反帝国主義の気の弱い宣教師

存続年　一七七七－一九〇九年
国名・政権名　エロベイ、アンノボンおよびコリスコ
人口　二、九五〇人
面積　三五平方キロメートル

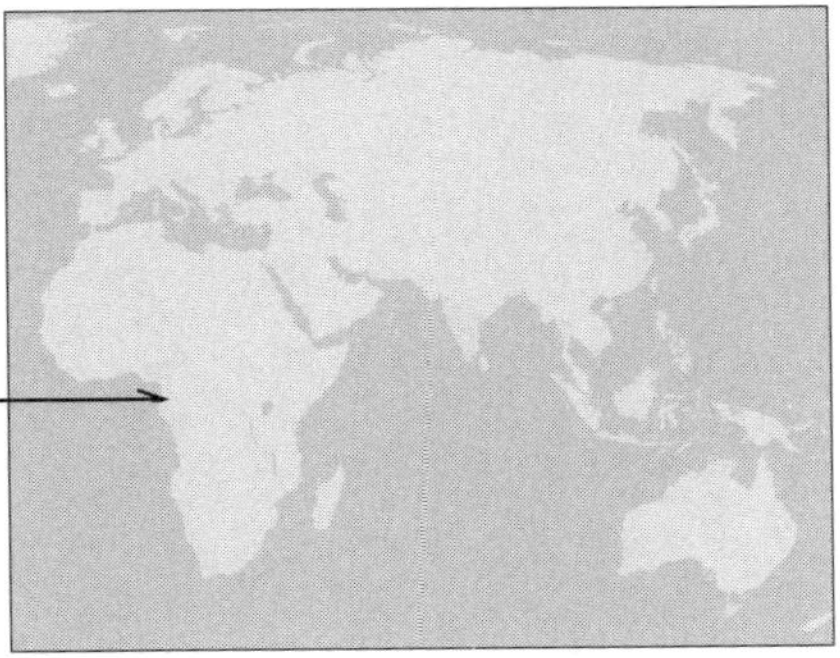

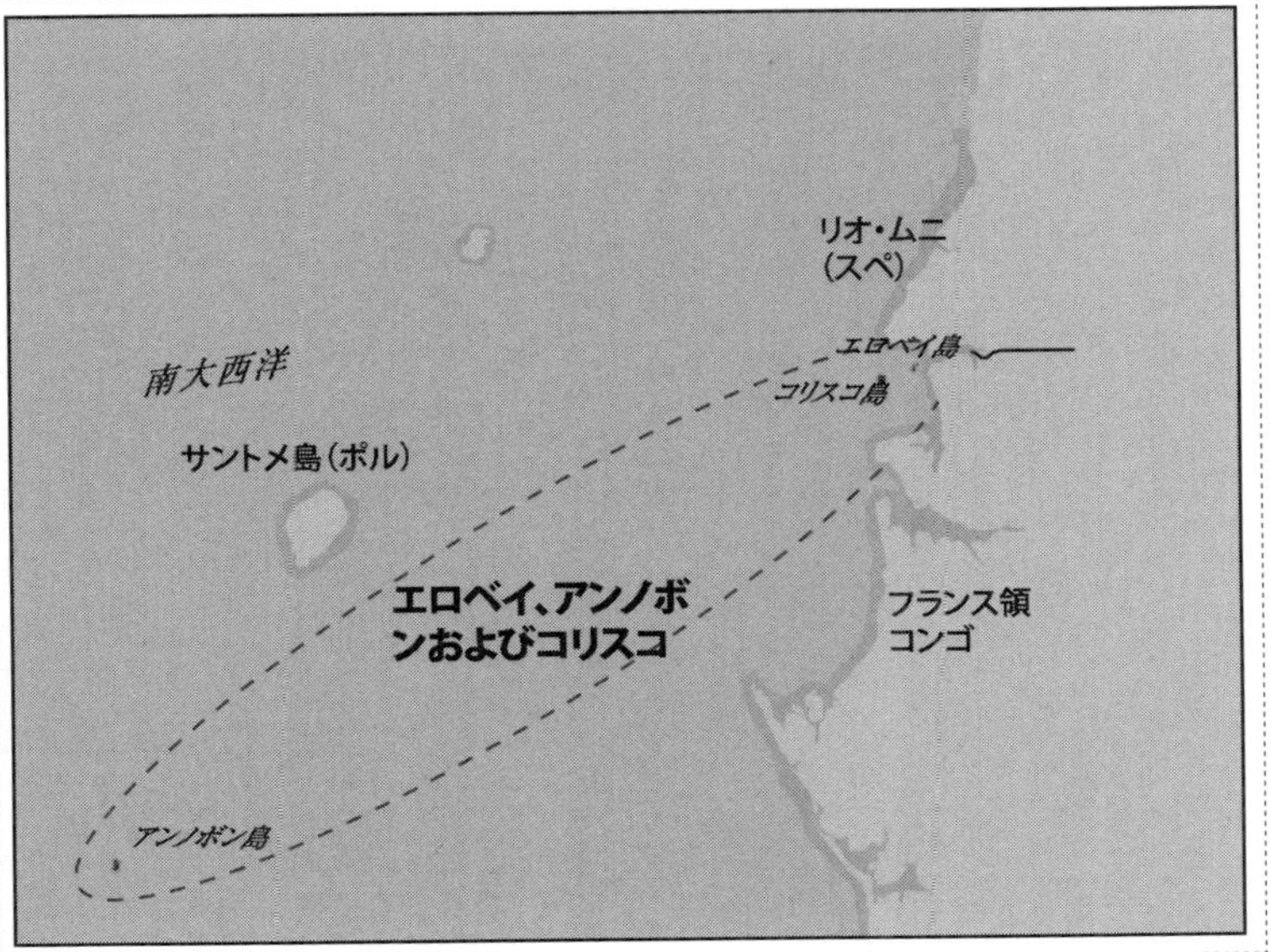

森林がちっぽけな砂浜を縁取っている。その深緑色と対照的に砂浜はチョークのように白いが、湾曲している波打ち際は、南大西洋から絶えず押し寄せる波に洗われて、ピンクがかった薄い暖灰色になっている。

われわれがいるコリスコ島は、イギリス人旅行家メアリー・キングズリーが、一八九五年に一本マストのカッター型帆船、ラファイエット号から降り立った場所でもある。男物の薄手の服を着たキングズリーは、優雅で細身で、威厳があった。その瞳は澄んでいたが、薄い唇の周囲にかすかな険しさが表れており、晴れやかな表情ではなかった。キングズリーは現地人の乗組員ふたりをともなって木々のあいだを歩きはじめ、草原に出てまた森に入った。ここに立ち並んでいる野生のイチジクの木は、故国のブナの木に似て樹皮が灰白色をしている。のぼりの急斜面になっているこの森の先には台地があった。するとココヤシの木立の前に小さな村がある。そこにある竹小屋は、扉がなかったら周囲の景色に溶けこんでいただろう。扉にはコバルトブルーと白の塗料を使って、チェック柄、もしくは横または斜めの縞模様が描かれていた。ひとつとして同じ模様はない。村には人気がなかった。たったひとり、煙草をねだる老婆を除いては。[41]

コリスコ島は、ギニア湾南部のアフリカ西岸のすぐ近くに浮かんでいる。ポルトガルは一四〇〇年代末にはすでに、領有権を主張してこの島を領土としていたが、一七七七年になると近隣の島々とともに、ブラジル沖の一群のスペイン領の島々と「物々交換」した。その結果誕生したのが、スペインの植民地であるエロベイ、アンノボンおよびコリスコだった。

もっとも沖合に出ているのがアンノボン島だ。三島のうち最大の島ではあるが、南北の長さはわずか七キロ程度で、東西の幅も最大で四キロしかない。起伏が激しい地形で、火山を取り囲む密林と藪がそのまま広がって海岸にまで下っている。奴隷とポルトガル人入植者の血を引くクレオール人が、一五〇〇年代の初めに良質の木材になる樹木を切り倒したために、値打ちのあるものはここになかった。スペイン人はあまり関心を示していない。

コリスコ島にしても大した違いはない。スペイン人の気を引いたのは主にエロベイ諸島、いやもっと正確にいえば小エロベイ島だけだった。このミニサイズの小島は沿岸部の間近にあり、良港の条件を整えていた。ここに交易所がいちはやく作られて、ギニア湾周辺の本土でとれる象牙やヤシ油、ゴム、マホガニー材、コクタンの輸出を担った。同時に武器、弾薬、織物、酒類の買い入れもしている。

そうなるとわたしの手に入れた切手に、よく見かけるエロベイからの消印が押されていたとしても偶然ではない。ほかの島では、郵便配達はまったくといってよいほど行なわれていなかった。モチーフは幼少時代のスペイン王、アルフォンソ一三世である。その表情から察するに意志は強そうだが、顔立ちは天使のようだ。この幼王は一八八六年の誕生と同時に君主となった。父親のアルフォンソ一二世は、母親のマリア・クリスティーナに子どもをやっと授けた直後に、結核で力尽きている。

小エロベイ島は、宣教師が大陸に渡る際に使うルートの途上にもあった。ただし宣教師の多くは短期間のうちに命を失っている。原因は主に、ツェツェバエが媒介する寄生虫によって起こる眠り病だった。すると海上の島々の新鮮な潮風がそのリスクを低減する、という見解がいつしか流布されるようになった。

アメリカの長老派教会伝道団は、一八五〇年に拠点をコリスコ島に移した。ここも伝道師が大陸に気軽に行ける距離にあったが、伝道師が何より熱心だったのは現地人を訓練し道具を与えて、その先も続く啓蒙のために探検を引き継がせることだった。[42] 結果的にこの移転は失敗だった。ツェツェバエはコリスコ島でも変わらず活動的だったので、長老派教会は二、三年で撤退した。

一八九五年にメアリー・キングズリーがコリスコ島にやって来たとき、この島にはカトリック教会の司祭がふたり、修道女が三人いた。彼らが住んでいた聖クラレチアン宣教会伝道所は、カラフルな扉の村から少し歩いた距離にあった。マンゴーの木が整然と並んだ林のなかで、キングズリーは学校の制服を着た子どもの集団と出会い、一瞬イギリスの公園にいるような錯覚にみまわれる。密集して立っている家々は、ヨーロッパにあっても場違いに見えないだろう。大きな伝道所の建物にくわえて、小さな教会と店、学校があった。すべて白く塗られているが、村と同じように扉と窓はコバルトブルーだ。キングズリーは応接室でお茶とアヴォカドをふるまわれた。家具は思いのほか豪華だった。ダイニングテーブルを椅子九脚が取り囲んでおり、香水瓶が置かれて、イギリスの風景の石版画が壁にかけられている。

メアリー・キングズリーは、すでに大陸のジャングルで先住民とともに長い時間を過ごしていたので、こうした一切を軽蔑する気持ちを抑えられなかった。キングズリーは一八九五年一一月にイギリスに帰国すると、その体験を一冊の本にまとめた。[43] 彼女は読者に直接語りかけている。

素晴らしい森林に川、そしてアニミズム（霊的崇拝）の心をもつ住民。この本の読者には、そうしたものがある国にわたしが愛着をいだくことをご容赦いただきたい。そしてイギリスよりもそんな場所にいるほうが心地よく感じられることも。優越的な文化から来る直感が邪魔をすれば、西アフリカを楽しめないかもしれないが、実際に行ってみればわたしが伝えたとおりだとわかるだろう……。アフリカの部族の存在を脅かす一番の敵は、そこに出向いてこういう者だ。これからお前たちは文明化して学校に通い、徒党を組んで反抗する悪い態度をすっかり改めて、落ち着いておとなしくしていなくてはならない。[44]

こうした考えは、今日ではとくに物議をかもすことはないだろうが、当時は世間の激しい抗議を招いた。英国国教会は絶望し、大手新聞社はキングズリーの本の書評を拒んだ。イギリスの利益をひそかに侵害していると見たからである。

一九〇九年、エロベイ、アンノボンおよびコリスコは、ギニア湾周辺のほかのスペインの領土と統合されて、結局はあらたにスペイン領ギニアと命名された。一九六八年にこの地域が赤道ギニアとして独立国になったころには、コリスコ島の伝道所はすでに火事で廃墟になっていた。火事の原因を作ったのはアンドレアス・ブラボ神父だった。イースターの祝祭の準備でイギリス式庭園を掃除しているときに、積みあげたココナツの樹皮を燃やしているうちに失火した。神父はその夜のうちに島を離れて、二度と戻って来なかった。[45]

1905年　アルフォンソ13世。1886年の誕生とともに戴冠したスペイン王。

小エロベイ島でさえも、かなり昔から時代に取り残されていた。半世紀近くは行政の中心だったが、一九二七年に全ての商取引が停止した。今日この島は、島全体が巨大な廃墟となっている。光を通さないほど葉が茂った樹木は、空からは切れ目のないひとつの塊のように見える。その下にあるのは、ひしめきあうように立っている商館や工場といった、さまざまな建物の残骸だ。よく見ると、有機物はすべてずっと以前に粉々になって土に還っているのがわかる。ただ、あちこちのかつては家だった場所で、錆びたシンガーのミシンや子ども用のサークル・ベッドに出くわすかもしれない。それが豪華な邸宅なら、歪んだ形の噴水やアール・デコ調の窓、錬鉄製の階段と手すりが残っていて、いたるところに大量の卓上食器類とヨーロッパ産の酒類の空き瓶が転がっているだろう。[46]

アンノボン島では時間が停滞している。二〇一三年に総人口は二万人に達しているが、島民の貧しさは変わらない。一九九〇年代と二〇〇〇年代には、イギリスとアメリカの企業が大量の有毒な放射性廃棄物をこの島に投棄した。その補償金は結局すべて、本土の支配層エリートのポケットに消えている。[47]

アフリカの部族の存在を脅かす一番の敵は、そこに出向いてこういう者だ。これからお前たちは文明化して学校に通い、徒党を組んで反抗する悪い態度をすっかり改めなくてはならない

メアリー・キングズリー

文献
ロバート・ハミル・ナッソー（一九一〇年）『コリスコ島の日々　西アフリカ伝道の最初の三〇年間 *Corisco Days. The First Thirty Years of the West African Mission*』
メアリー・キングズリー（一八九七年）『西アフリカ旅行記　フランス領コンゴとコリスコ島、カメルーン *Travels in West Africa. Congo Français, Corisco and Cameroons*』

ヴァンクーヴァー島

木造の神殿

存続年　一八四九－一八六六年
国名・政権名　ヴァンクーヴァー島
人口　三〇、〇〇〇人
面積　三一、二八五平方キロメートル

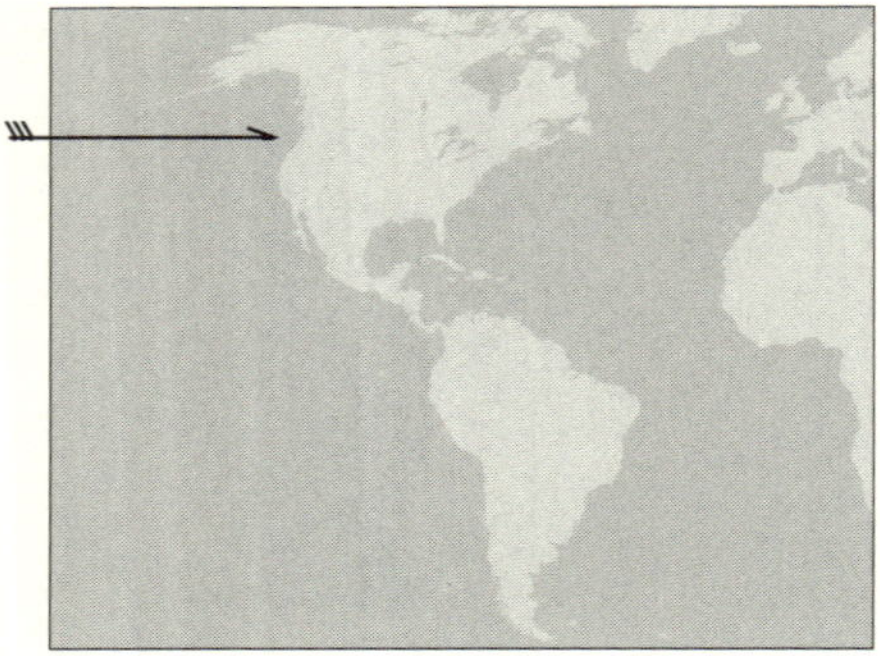

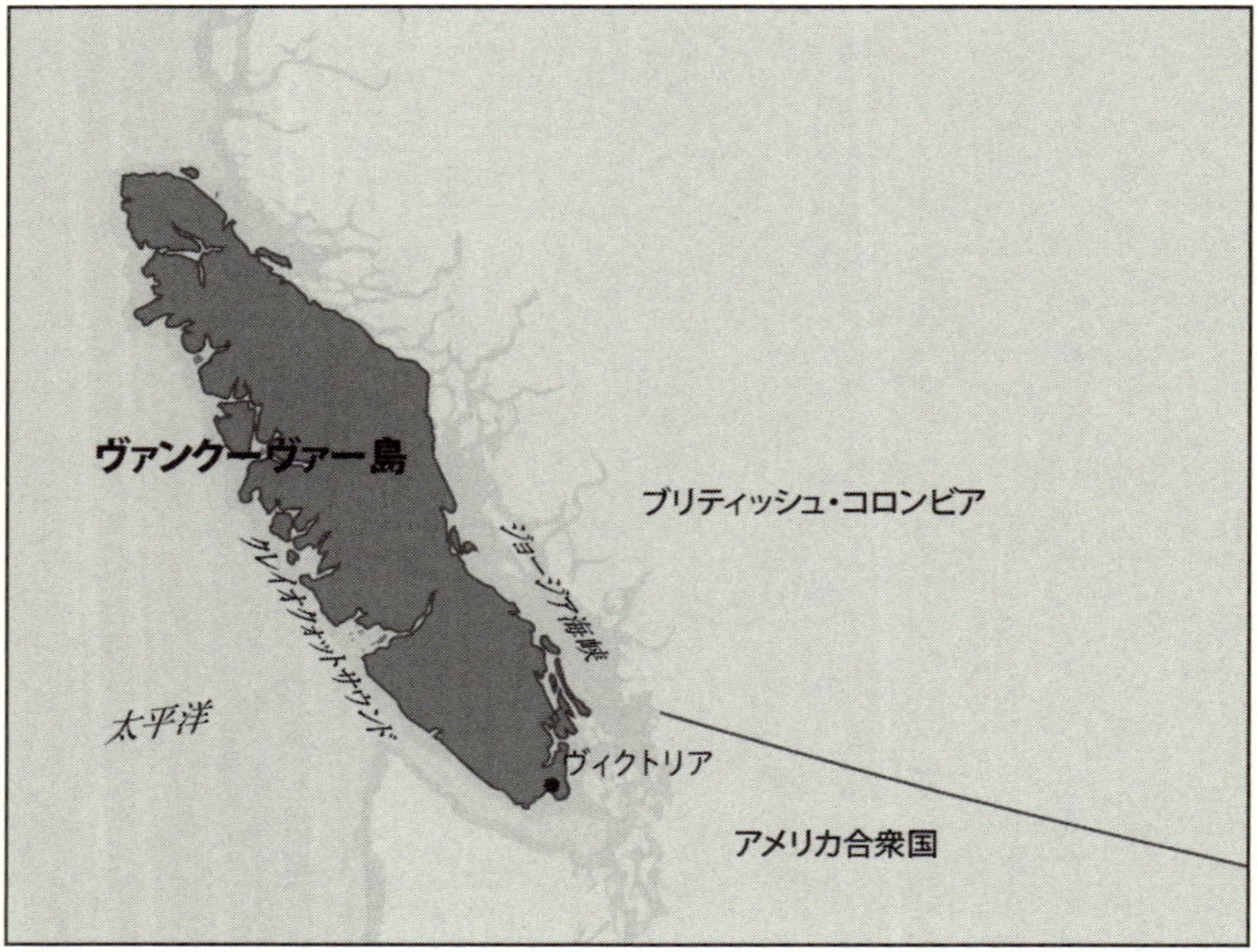

彼は煙草を一本抜き取ると箱をブレザーのポケットに滑りこませて、デッキチェアにもたれた。驚きだった。その島はまさしくひとつの大岩のような外観で、北から南にいたるまで巨大な森林に覆われている。青年貴族のチャールズ・バレット＝レナードは、ツァイス社製の双眼鏡を構えて、ニュージーランド以東の太平洋上で最大の島、ヴァンクーヴァー島を仔細に観察した。

バレット＝レナードは、竜騎兵としてクリミア戦争での困難な配備期間を終えたあと、同僚将校のナポレオン・フィッツスタブズとともに気晴らしの旅に出かけていた。ふたりは甲板積み貨物として、居住空間にゆとりのあるカッター船と数匹の犬をともなっていた。そこには純血種のブルドッグも混じっていた。一八六〇年の夏も去ろうとしていたころで、これからヴァンクーヴァー島を周回する予定だった。この島には一七七八年に、ジェームズ・クックがヨーロッパ人としてはじめて足を踏み入れている。

この島の最南端にある行政の中心地ヴィクトリアに、少しばかり木造家屋が集まっている場所がある。ふたりはそのあたりでカッターの準備を整えると、東に向かって出発した。まずは島に沿って大陸側を帆走し、ジョージア海峡を抜ける。追い風を受け強い日差しが照りつける中、船尾でロイヤル・テムズ・ヨットクラブの旗がはためいた。するとまもなくはじめてのアメリカ先住民に遭遇した。肌は赤褐色、顔は幅広で目が黒く、頬骨は高くて一度も切ったことのないような滑らかな黒髪を垂れている。しかもひとりの例外もなく、「奇妙な色とりどりの上着」をはおっているのだ。[48] ある族長がブルドッグを物々交換で手に入れたがったが、バレット＝レナードはきっぱり断った。代わりにズボンでどうかと尋ねたが、ボンド・ストリートのヒルズの仕立てでも、族長は興味を示さなかった。クラクワット・サウンドでは、海岸線に沿った開けた場所に多くの先住民の村があったので、ふたりはその様子を素早く観察した。驚いたのが建物の伝統的な建築術である。「こうした建物の光景を見て、わたしは先史時代のストーンヘンジをはじめて訪れたときと同じ驚嘆を覚えた」[49]家は鉄道の駅ほどの大きさで、大雑把な骨組みで構成されている。使用されている柱は直径が一メートルを超える。切妻屋根と壁は幅の広い外板で覆われている。この外板は楔で縦に割って作られている。しかもなんとも信じがたいことに、住民は移動生活をしているのである。ひとつの部族は一般的に数か所の村を使用して、そのあいだを移動する。出て行くときはそのたびに外板を持ち運び、骨組みは崩さずに残しておく。

一八〇〇年代半ばには、ヴァングーヴァー島には三万人以上のアメリカ先住民が住んでいた。クワキュートル族やヌーチャヌルス族、そしてさまざまなセイリッシ族の支族である。先住民は狩りと採集をして暮らしていたが、イギリスのハドソン湾会社にカワウソやヘラジカ、ビーバー、リスの皮も提供していた。その報酬はナイフ、シチュー鍋、針と糸でも支払われたが、何よりも多かったのはウールの毛布だった。毛布は実質的に島の通貨の役割を果たしていた。ハドソン湾会社が特別に製造したもので、その価値は大きさと織りこまれているカラーのストライプの量によって決まっていた。

ハドソン湾会社は一六七〇年の創立以来、北極にまでいたる北アメリカ大陸で、あらゆる毛皮にかんする貿易の独占を確立していた。ヴァンクーヴァー島にヴィクトリア交易所を設立したのは一八四六年で、その直後にイギリス政府から、十年間現地の輸出入を独占的に行なう許可を取りつけている。この会社の現地責任者、ジェームズ・ダグラスは叩き上げの人物だ。筋骨たくましい体つき、もじゃもじゃの眉毛、長いひげのおかげで権威ある人間の風格があった。またダグラスは先住民ともうまくやっていた。

ほどなくしてこの会社が莫大な利益をかき集めているというニュースが海を渡ると、イギリスは一八四九年にこの島を正式な植民地にすることにした。三二歳の貴族、リチャード・ブランシャードが、植民地の初代総督として派遣された。この人物は高い学歴をもち、ダグラスよりはるかに教養があった。少なくとも本人の見解からすれば、だが。ブランシャードの使命は効率的な行政機関の創設だった。さらに、イギリスからの移民のために受け入れ準備をすることにもなっていた。だがそうした計画全体が大きな問題のために行き詰まった。ハドソン湾会社が一切の変化を嫌ったのである。そしてこの島が入植者であふれるのをよしとせず、むしろ人を拒む広大な森と、そこにある狩猟に適した環境が現状のまま保たれることを好んだ。さらに毛皮を提供する先住民との良好な関係の維持も望んでいた。

ダグラスとブランシャード、実力者と権力者という、典型的な対立関係のお膳立てが整った。ブランシャードはすぐにこの会社のイニシャル、ＨＢＣが「Here Before Christ」（有史以前からそのまま）とも読めるのを理解するようになった。[50] 一般市民から政府の役人まで、あらゆるレベルで意見の一致している反対者と対決するには武器が足らず、ブランシャードは第一ラウンドでタオルを投げた。

その後ブランシャードは、先住民への八つ当たりで欲求不満を発散したようだ。彼は先住民文化へ

1860年　英国ヴィクトリア女王の半身画。

の侮蔑を隠そうとしなかった。また先住民は無規律で理性がなく、「全ての野蛮人にありがちな突然の怒りの爆発」を防ぐためには、抑制しつづける必要があると考えた。[51]先住民が関与した殺人事件と放火事件が発生すると、総督は討伐を計画した。しかも真犯人を特定する努力を惜しんで、村々を焼き払い部族に集団懲罰をくわえたのである。結果は破滅的だった。しばらくのあいだ、ハドソン湾会社を含めて、島にいる白人と現地人とのあいだの協力関係は、あらゆる面で不安定で停滞した。

ブランシャードが結局は圧力を受けて島を去らざるをえなくなったのか、ただ健康を害してこうした一切にうんざりしたのかはわからない。ただ、二年も経たないうちに総督職を投げだして、イギリスに帰国してしまった。そしてその後の年月を、あの植民地は「毛皮の交易所にすぎない」と、ことあるごとに愚痴をこぼして過ごしていた。[52]

その後は当然の流れで、ジェームズ・ダグラスがハドソン湾会社の責任者を兼任しつつ、総督の地位を引き継いだ。ダグラスは先住民との協力関係の回復を強く主張して、かの「森の子ども」との友好を推進しつづけた。[53]その間にやってきた新たな入植者は失望して、大陸へと姿を消した。先住民と白人の雰囲気はおおいに改善されて、当時の北米の通常の他地域とくらべて、ヴァンクーヴァー島で記録される両者の衝突ははるかに少なかった。

ロンドンの植民地省に手紙を書いて、切手の必要性を説いたのもジェームズ・ダグラスだった。ダグラスは経費の節約のために、本土にある近隣のブリティッシュ・コロンビア植民地との共同発行を提案している。そして一種類で十分と考えて、必要と思われる切手のスケッチを自分で描いて同封した。一シート二四〇枚の切手シートが一〇〇〇枚あれば間に合うだろう。

この切手は一八六〇年にロンドンのデ・ラ・ルー社で印刷されている。明るい赤で二・五ペンスの額面価格が記され、ヴィクトリア女王の肖像がモチーフに使われている。この図柄以外は考えられなかったのだろう。ただしこのときの女王は、ヴァン・ディーメンズ・ランドの切手よりもっと成熟して女王らしくなっている。白目と厚ぼったいまぶたのためにギリシャの胸像のように見えて、尊大で近寄りがたく、冷たい印象を与えている。まさしくこうあってほしいという君主の姿である。だとしても、わたしの切手は若干精彩を失っているように思える。本来の色よりかなり薄くなっているので、長いあいだ日光にさらされていたのかもしれない。

本土で金が発見されたあとは、関心はすっかりそちらに移った。そして一八六五年にヴァンクーヴァー島の財政が破綻すると、その翌年には、ブリティッシュ・コロンビアの名前で同植民地と合併することが決定された。一八七一年には、この地域全体が州としてカナダに統合された。

文献

マシュー・マクフィー（一八六五年）『ヴァンクーヴァー島とブリティッシュ・コロンビア――歴史と資源、展望 *Vancouver Island and British Columbia: Their History, Resources and Prospects*』
チャールズ・バレット＝レナード（一八六二年）『ブリティッシュ・コロンビアの旅とヴァンクーヴァー島をめぐるヨットの旅の物語 *Travels in British Columbia: With a Narrative of a Yacht Voyage Round Vancouver's Island*』
マーガレット・ホースフィールド、イアン・ケネディー（二〇一四年）『トフィーノとクラクワット・サウンドの歴史 *Tofino and Clayoquot Sound: A History*』

こうした建物の光景を見て、わたしは先史時代のストーンヘンジをはじめて訪れたときと同じ驚嘆を覚えた

チャールズ・バレット＝レナード

SCHILLING
HELGOLAND
SCHILLING
DANSK·VESTINDIEN
LABUAN
12 CENTS

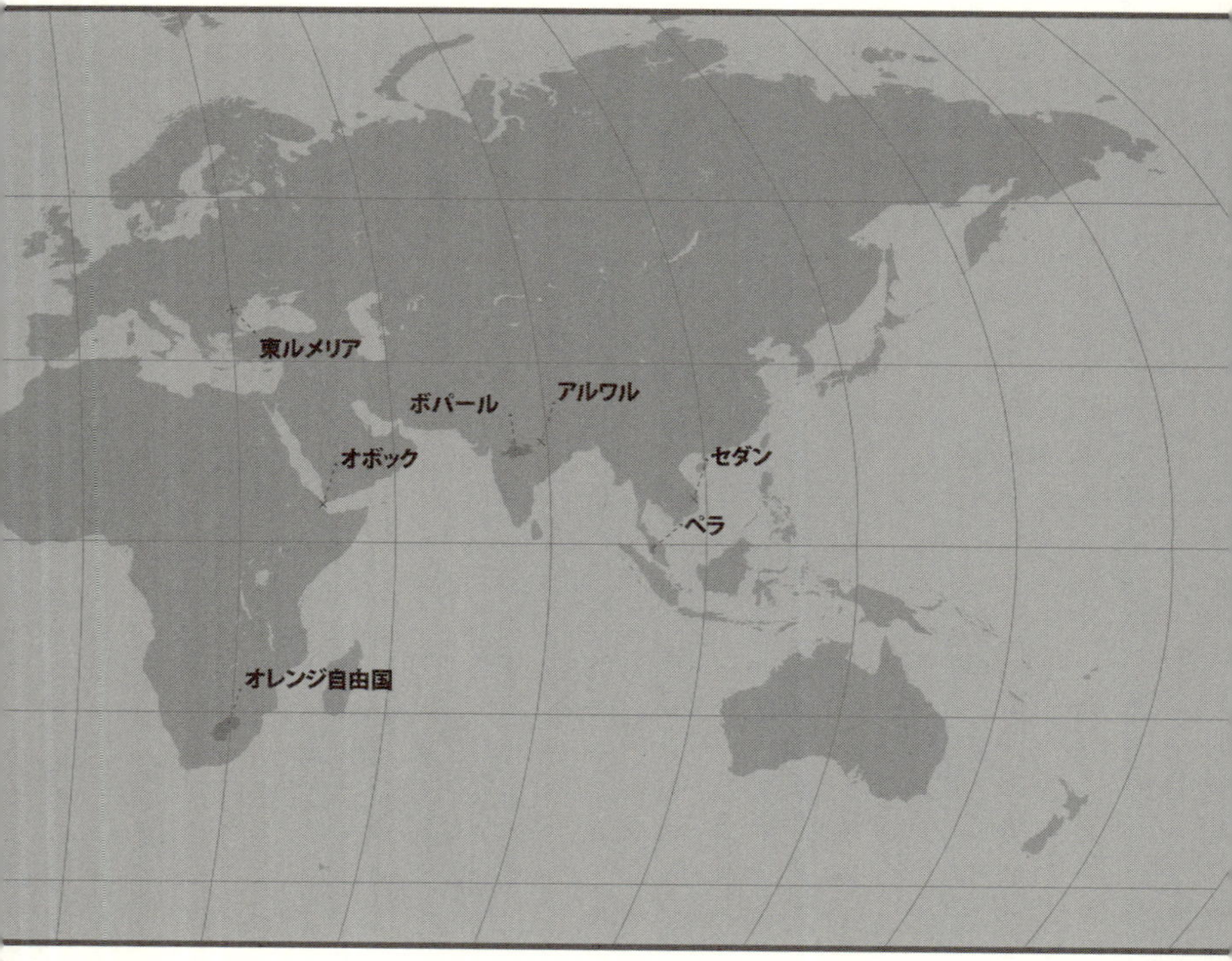
東ルメリア
ボパール
アルワル
オボック
セダン
ペラ
オレンジ自由国

1860-1890年

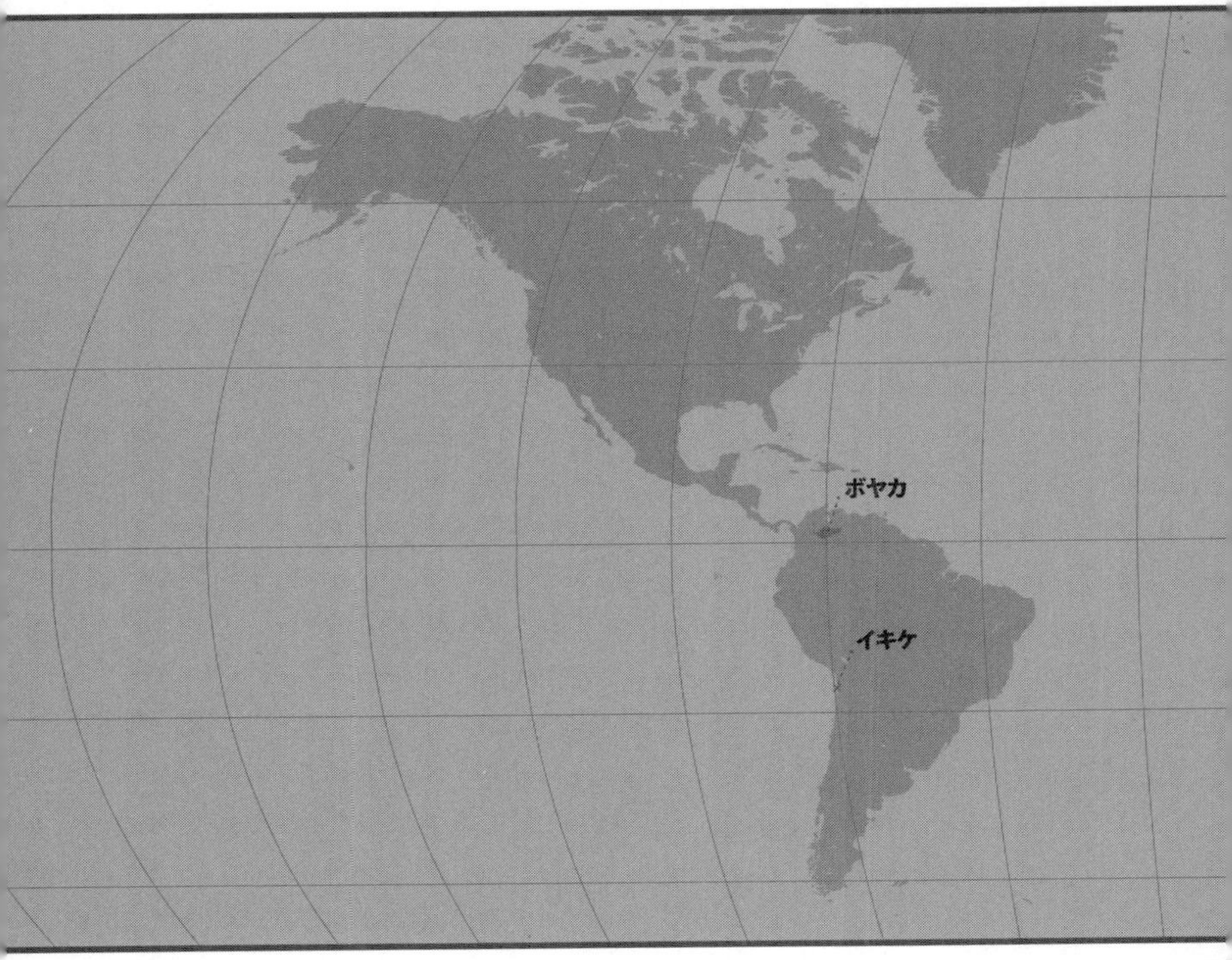

オボック

武器取引と山羊のスープ

存続年　一八六二－一八九四年
国名・政権名　オボック
人口　二、〇〇〇人
面積　七、五〇〇平方キロメートル

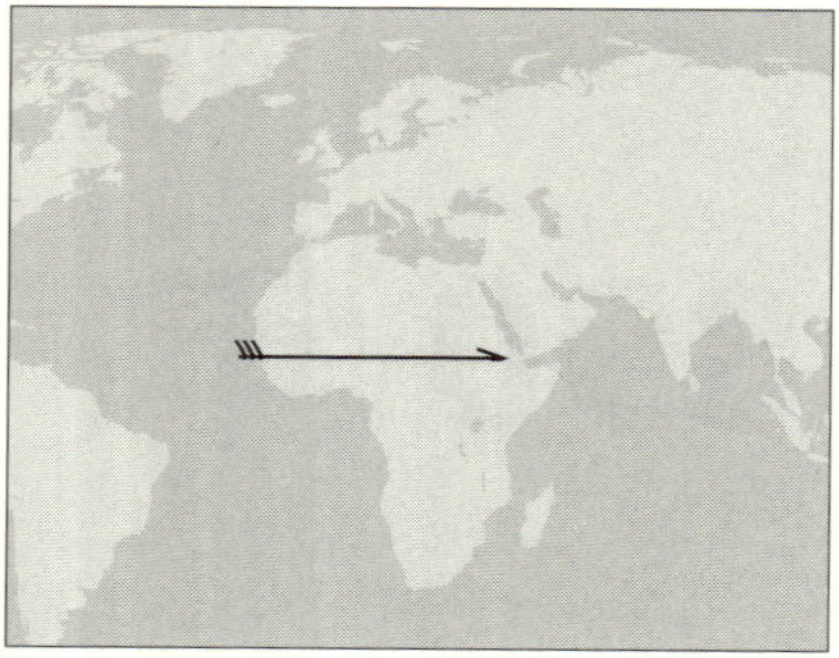

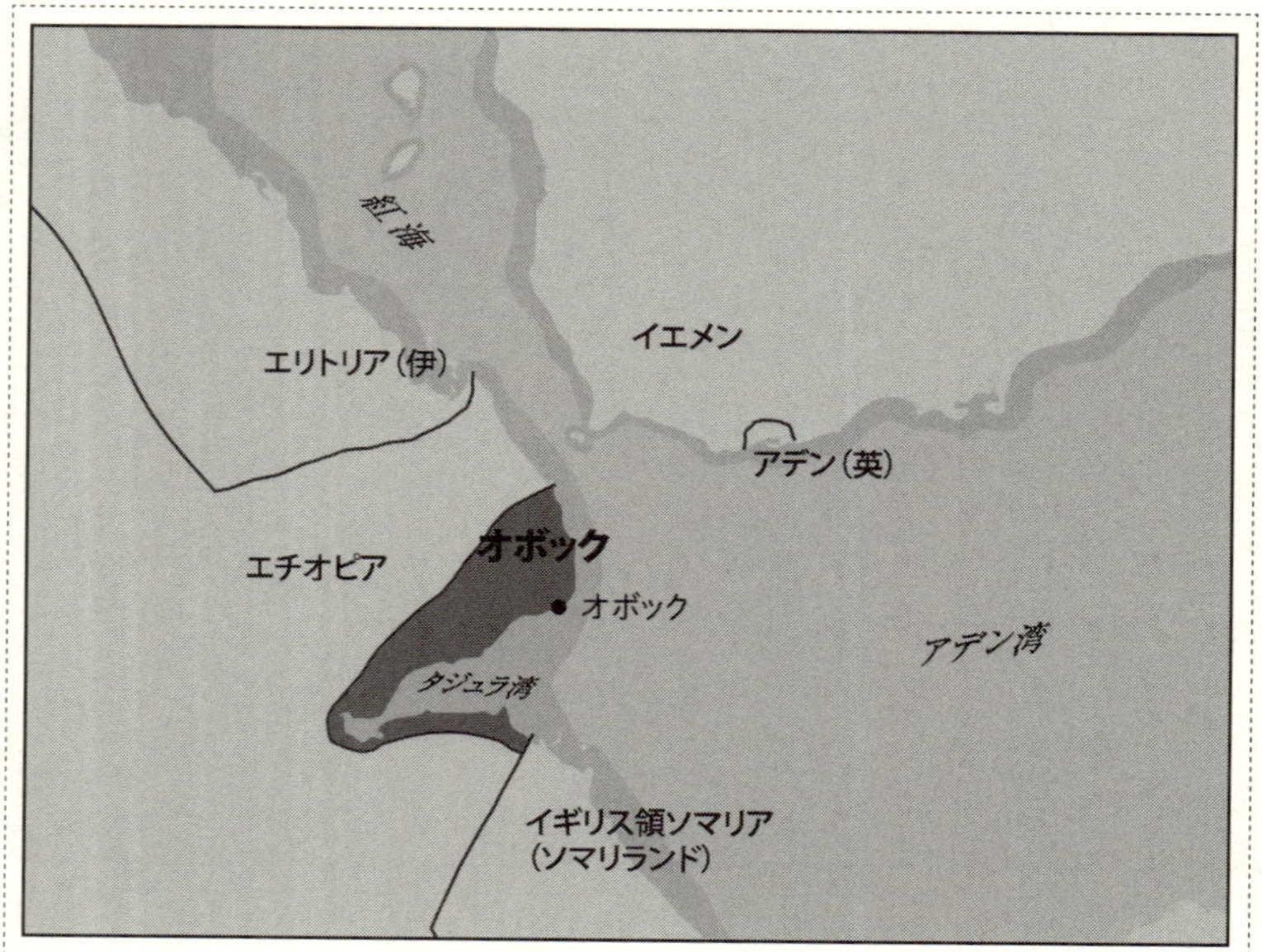

一八六二年にフランスに売却されたとき、オボックはわびしい漁村にすぎず、あたりはオリーブ色の砂漠に囲まれていた。この砂はほかの砂漠とくらべるといくらか粒子が粗かった。

開放感もあり、着任したばかりの植民地の役人が現地の過剰なもてなしにつかまらないわけはなかった。歓迎パーティーを中座して、酔いにまかせて歩いているうちにいつの間にか方向がわからなくなり、ゴツゴツして曲がりくねった道に出ていた。植民地政府の整然とした区画には、白しっくい塗りのレンガでできた一階建ての建物が並んでいるはずだが、そこから出てしまったらしい。そのあたりでは先住民が小枝や茎、泥で作った粗末な小屋に住んでいた。晴れて星の多い夜だったがそれでも暗く、ところどころで石油ランプの灯りが揺らめいているだけだった。彼はつまずいて、リコリス・リキュールのボトルを粉々に割ってしまう。口の中が砂でいっぱいになった。犬が吠える。誰かに抱きかかえられた。翌朝早く目が覚めると、毛皮の束によりかかっていた。頭がふらふらする。目を上げると、編んだ草を葺いた屋根の隙間から、陽の光が差していた。女が山羊のスープとパンを差しだしたが、口にする気になれない。最悪な気分だった。だがそんな混乱のまっただ中でも、家族をフランスに残してきたことを考えて一挙に救われた気分になった。

オボックは紅海地域でフランスが最初に獲得した植民地だ。二年前、在アデン・フランス大使がこのあたりを旅行していて殺害されると、タジュラ、ゴバード、レイタといった地元地域のスルタンは、フランスの出した全条件をのんだ。賠償価格は一万マリア・テレジア・ターレルという妥当な金額だっちなみにこの貨幣は、亡くなって久しいオーストリアの女帝の名前を冠しており、その当時までこうしたほとんどの地域で流通していた。

北に抜けるスエズ運河はすでに数年前に着工されていた。イタリアとイギリスはこの地域で地歩を固めており、フランスは近代化した海軍や、東南アジアの植民地から大量の荷を積んで続々と故国に引き返す商船のために、拠点を設けて石炭の供給を確保したいと考えていた。

だがオボックはすぐさままずい選択だとわかった。アデン湾は毎年インド洋の嵐から発生した大波に襲われる。オボックの港はサンゴ礁に囲まれてはいたが、大波に対しては無防備だった。それでもフランスはしばらく方針を変えずにいた。そしてようやく一八九四年になってから、タジュラ湾を渡って、港の条件がはるかによいジブチに全事業を移転したのだ。

一八八四年から翌年にかけてオボックは全盛期を迎え、二〇〇〇人ほどの人口をかかえるまでになった。植民地の行政府や少数の半官半民の商人を除くと、その多くが冒険家だったりケチな犯罪者だったりした。エチオピア帝国のメネリク二世が、莫大な量の象牙など金目のものをここに貯蔵していると高言したため、それに引き寄せられて来たのだ。

フランスの詩人、アルチュール・ランボーも一攫千金を狙うひとりだった。母国でランボーは、果てしない自由への欲求はもちろん、時代を先駆ける陶酔と性生活の試みで名を知られていた。ところが二一歳になると、全てを書き尽くしたような感覚にとらわれた。ヨーロッパを隅から隅まで放浪したあとは、ジャワ島のジャングルに忽然と姿を消し、ふたたびオボックに現れた。

長年の破天荒な生活に幻滅と悔やみきれない後悔を感じ、疲れ、弱り果てたランボーは、人生をきちんと立て直して、何よりも収入を安定させようとする。もはやその日暮らしの生活には耐えられない。その解決策が武器取引だった。

ランボーはここでほかの入植者の関心を引かないために、タジュラ湾から少し西に入った場所で簡素なレンガ造りの家を借りた。

そこはダナキル[55]という小さな村で、二、三堂のモスクと何本かのヤシの木が立っている。エジプト人の古い砦があり、今はここでフランス人の兵士六人が、駐屯地の指揮官である軍曹の命を受けて逗留している[56]。

ランボーはオボック社会に対する軽蔑を隠そうとしない。「ちっぽけなフランスの総督府は、政府の金で宴会を催して飲み食いすることばかりを考えている。そんな体たらくでは、このおぞましい植民地から一ペニーもかき集められまい。入植者も、十人あまりのただ飯食らいにすぎない[57]」

ランボーは自分は超越していると信じており、そのためメネリクに旧式のフランス製フリントロック（火打ち石銃）を一丁四〇フランで大量に調達して、見返りに大金をかき集めることで満たされた気分になった。交渉は思ったより簡単に進んだので、さらにどでかいことをやってやろうという気分になり、フランスの外務大臣に手紙を出して食い下がった。この国に武器を組み立てる現地産業を興すために支援を求めたのだが、当然のことながらこの試みはアイディアの域を出ない。

ファーファー・スープ
（5人分）

◆材料
山羊の肉　500g
ジャガイモ　250g
ケールまたはキャベツ　4分の1個
リーキ　1本
トマト　1個
ニンニク　1かけ
グリーンチリ　2分の1個
玉ねぎ　1個
塩、コショウ、コリアンダー

《作り方》
野菜と肉を細かく刻んで、水を入れた鍋にくわえる。弱火でことこと20分煮たあと、コリアンダーとつぶしたニンニクを入れる。さらに水を足して1時間煮込む。仕上げに塩コショウで味を調える。

予想にたがわず、ランボーはまた複雑な恋愛に巻きこまれる。相手はフランス人女性のようで、このときも愛は成就しなかった。そのときの様子が目に見えるようだ。だらしのない猫背の年齢不詳の男が、自己憐憫と落胆に浸りながら荒涼とした海岸を当て所もなくふらついている。浜に打ち上げられた大量のイワシの鼻をつく悪臭であれ、真っ青な海面に反射して揺らめく陽光であれ、外の世界の刺激には一切反応していない。「この手のまやかしはいやというほど見てきた。……だからこれからの残された日々は放浪して過ごさねば。疲れ果てて苦難を味わいながら、死と苦しみ以外は何も期待せずに[58]」

ついにはどうにか自分を取り戻して、紅海をはさんだ湾の反対側にあるイギリス領アデンに逃げこんだ。その後まもなくランボーは重病で倒れる。大急ぎで汽船のラマゾン号に乗せられてフランスに送られたが、病から回復することはなかった。

メネリク二世は何事につけても全力を尽くす人物で、エチオピア帝国の王座を独力で獲得している。その王位は、帝国末期に向けて孫から娘、従兄弟、そしてメネリク以上の伝説の人物となった、ハイレ・セラシエ一世へと受け継がれていった。

1894年　作戦会議のために集まった先住民の戦士。

わたしの所有する切手に描かれているのは先住民の戦士の一団で、一般的な装備の盾と槍をもっている。そうしたことからも、ランボーが調達した中古の火器がどれほど重要だったかがよくわかる。

切手の消印は一八九四年三月九日、つまりこの植民地が消滅する直前の日付になっている。おそらくは、近くフランス領として統合されることを告げる郵便物のために使われたのだろう。目打ちのギザギザが本物でないのに注目したい。目打ちの価値は、手で切手を切り離しやすくなることにあり、当時はほとんどの国で長年使用されていた。ただ、オボックは違っていたのだ。

タジュラ湾周辺ははじめフランス領ソマリランドと改称され、その後ここに住む主要な二部族の名をとって、フランス領アファル・イッサと改められた。その間、フランスはこの地域で宗主国としての立場を維持していた。

一九七七年、近隣諸国から強い圧力がかかる中、住民投票が実施されて、ジブチ共和国がようやく独立を宣言した。今日、この国は大陸北東部に突きでている「アフリカの角」でもっとも小さい国である。だがいまだに激しい内乱が続いており、流血の衝突が繰り返されている。小都市のオボックは伝統的にアファル族の所有する地域にあり、これまでは被害を受けていない。

ちっぽけなフランスの総督府は、政府の金で宴会を催して飲み食いすることばかりを考えている。そんな体たらくでは、このおぞましい植民地から一ペニーもかき集められまい。入植者も、十人あまりのただ飯食らいにすぎない

アルチュール・ランボー

文献

ワイアット・メーソン（二〇〇三年）『今度は悪いようにしないから――アルチュール・ランボーの書簡 *I Promise to Be Good: The Letters of Arthur Rimbaud*』
リチャード・アラン・コーク（二〇〇二年）『強欲なユダヤ人の中で――エチオピアの外交史 *Between the Jaws of Hyenas: A Diplomatic History of Ethiopia*』

ボヤカ

戦時の退廃

存続年　一八六三－一九〇三年
国名・政権名　ボヤカ
人口　四九八、五四一人
面積　九一、六四七平方キロメートル

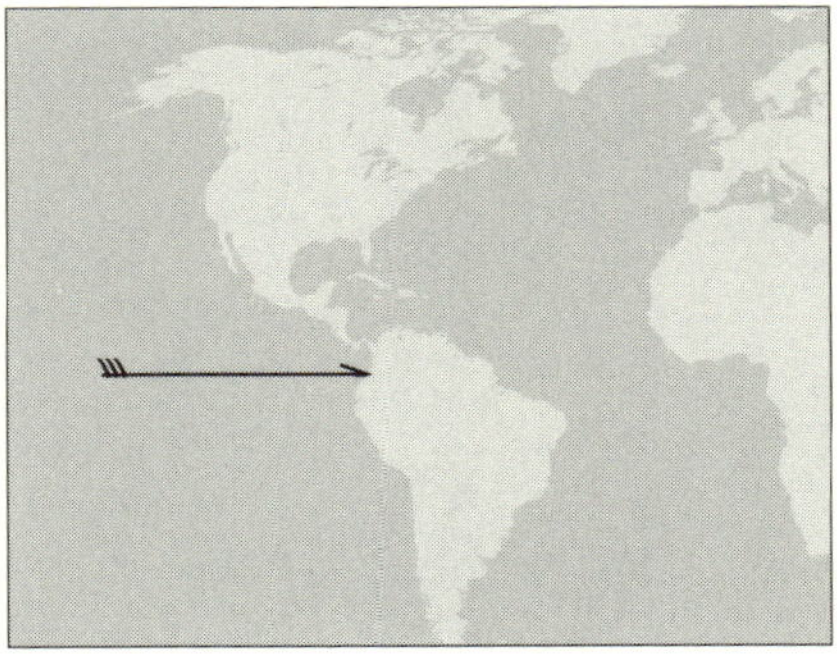

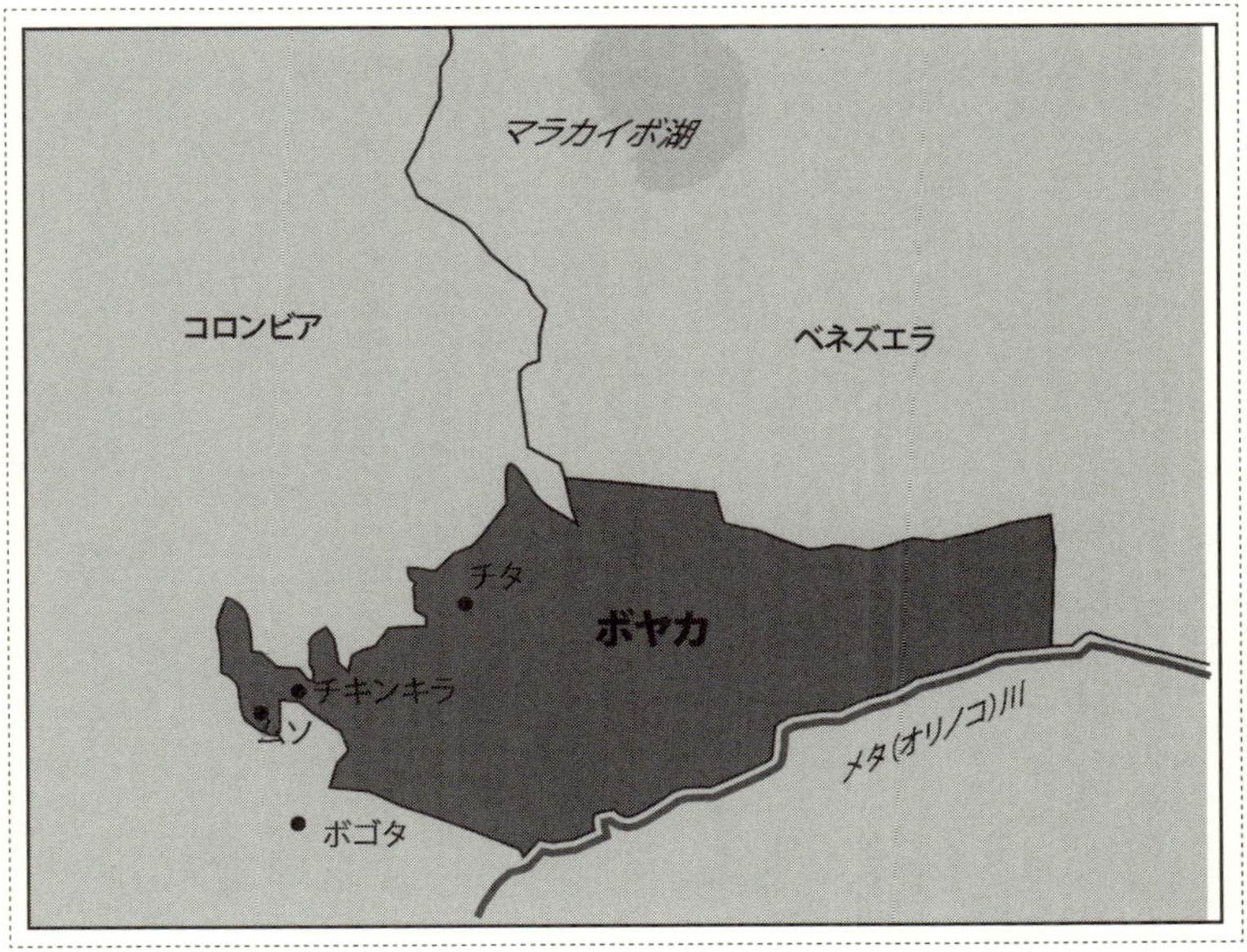

詩人のフリオ・フローレスは切手を集めたことはなかった。興味があったのは、まるで違う方向である。世紀の変わり目の少し前に撮った写真で、フローレスは自己陶酔的な威厳を漂わせている。グリースを塗って後ろになでつけた漆黒の波打つ髪、豹の尻尾のように跳ねあがらせた口ひげの端、画家のサルバドール・ダリをも喜ばせるほど湾曲させた眉毛。目の周囲はこのようにすべて入念に整えているが、目はというと、まるで内面の圧力の影響を受けているかのように、少し突きでている。詩人はよくこういう目つきをしている。少し前にエロチックな詩集を出版して、道徳的退廃を憂える世間の怒りを買った。フローレスにすればそのこと自体が刺激になって、エクスタシーに近い感覚を味わったにちがいない。それはまた父親への、母親への、そしてほかの家族へのあてつけでもあった。

一八六七年、フリオ・フローレスはチキンキラの小さな町で、進歩的な貴族の息子として生まれた。ここは主権国家ボヤカの行政の中心地で、アンデス山脈の北端までをすっぽり覆うコーヒー地帯《ベルト》に含まれていた。町はアンデスの東の山脈［コロンビアではアンデスは東、中央、西の山脈に分かれている］の西側の急斜面にへばりついている。この山々は標高五〇〇〇メートル超を誇り、東側の斜面は熱帯の大高原リャノスを経て、オリノコ川水系の水源とベネズエラとの北の国境に向かって下りてゆく。

一八六三年までボヤカはコロンビアの一部だった。コロンビアは一八一九年に南米初の立憲共和国となったが、血みどろの内戦のすえに崩壊して、事実上独立国家のひどく不安定な寄せ集めとなっていた。ボヤカはなかでも飛び抜けて貧しかった。とくに資源が乏しかったからではない。チタには大規模な岩塩坑が、ムソの近くにはエメラルドの鉱床があった。肥沃な農業地域もかかえており、とくに西側にはそうした細長い渓谷が数多く走っていた。だが道路網が貧弱で、年に二度ある雨季にはあらゆる物流を停止せざるをえなくなった。例外といえるのは、アルパルガタという地元で作られた麻のサンダルで、リャマ二頭に積んでボゴタの市場までかろうじて届けられた。

一八八五年にまたもや内戦が再燃すると、主権国家ボヤカは終焉を迎えて、コロンビア共和国が再建された。ボヤカは州に降格されたが、幅広い権限を保持していた。一八九九年、ボヤカは機を見て独自の切手を発行する。そのうちの一種類に描かれているのは、アンデス山地の頭がはげて首毛の白いコンドルで、少しぼやけた盾形の紋章にとまって翼を広げている。使用されている紙の質が悪く破れやすく、印刷の質も特筆するレベルではない。舌でひと舐めすると、すっかり乾ききった状態なのがわかった。

フリオ・フローレスの詩集は一八九九年に出版された。その同じ年には、大陸をさらに四七〇〇キロほど南下したブエノスアイレスで、未来の寓話作者でシュールレアリストのホルヘ・ルイス・ボルヘスが、はじめてこの世の光を見ている。またボヤカが最後の切手を発行した一九〇四年にはスペインのフィゲラスで、気取り屋の画家、サルバドール・ダリが誕生した。そのときにはすでに何年も活動していたフリオ・フローレスは、多くの意味でイデオロギー的な先駆者で、それを受け継いだ者のほうが有名になっている。

フローレスはこのころボゴタに移り住んで、気の合う芸術家仲間とともに「ラ・グルタ・シンボリカ」

（象徴の洞窟）を結成している。フローレスによればそのことを思いついたのは、ある晩外出禁止の時刻後に、大勢の政府軍の兵士からやっとのことで逃れたときだという。その後ラム酒を汲みかわしながら話した内容から、翌朝「デカダンスと象徴主義から」と題した小冊子が生まれた。この小冊子はフランスの詩人、シャルル・ボードレールとアルチュール・ランボーの影響を色濃く受けている。

一八〇〇年代の終わりは繁栄の時期で、未来への信頼に満ちていた。ところが芸術家や思想家をはじめとする多くの人々は、こうした楽観主義を受け入れていない。fin de siécle（世紀末）という造語で、ある種の哀愁とともに衰退しつつある時代が表現された。それに拘泥する者はみずからをデカダン派と呼んだ。「デカダンス」という言葉は、絶対的に衰退する現象を示し、挑発を目的とする意識的な戦略のひとつでもあった。デカダンスを標榜する芸術家は、自分が退廃的に見られるのを望んではいなかった。むしろその目的は、自分の生きる時代で目にしたと信じるデカダンスをさらけ出すことにあった。同時に彼らは、底の浅い権威主義的な影響から離れて、芸術を気ままに進歩させる権利を主張していた。「詩」の「自然を超越した」美の領域では、欲望は「純粋」で哀愁は「慈悲深く」、絶望は「高潔」であると、ボードレールは宣言している。[59]

ラ・グルタ・シンボリカは七〇人の画家、音楽家、詩人の集まりで、何人か女性も混じっていた。彼らはボゴタ大聖堂の近くのレストランで、「貪欲な猫」とか「ヴィーナスのゆりかご」といった名で秘密のサロンを開催していた。暖かい夜には、近所の墓地に侵入することもあった。

弦楽器の物悲しい音楽が地下聖堂から流れてくる。イトスギに隠れた鳥が羽を逆立て、ホタルが泳ぎまわり、月が大理石の墓石を照らしだす。墓はみな秘密を分かちあっている！　セレナーデは死者に届いている！　誰かが額を木の幹にあずけて瞑想している。[60]

その当時、コロンビアは千日戦争の渦中にいた。これは頑迷な保守政権に対する自由党の反乱で、一八九九年に保守党による選挙の不正が暴露されたあとに勃発し、コーヒー価格の下落に続く経済恐慌によって激しさを増した。この紛争で十万人以上が死傷したが、その中には大勢の少年兵士も混じっていた。子どもは保守勢力の側で強制的に徴集されていた。

アメリカ合衆国の強い圧力を受けて、一九〇二年に和平が結ばれたが状況に変化はなかった。アメリカが恐れていたのは、動乱によってパナマ運河の着工が遅れることだった。

1903 年　紋章にとまるアンデスのコンドルと旗。

ちなみにフリオ・フローレスは、神を冒瀆したとして一九〇五年に追放された。どういう理由かわからないが、その二年後には国に舞い戻ってうまく立ちまわり、スペイン大使館づきの書記官に就任した。一九二三年、フローレスは任地でおそらくはがんで亡くなった。今日、その名はあまり知られていないが、コロンビアでは彼の詩の「わたしの黒い花 Mis flores negras」はいまだに人々の記憶の中に生きつづけている。「聞いてください。わたしの情熱の残骸の下に／もうあなたが楽しませることのないこの魂の奥底に／夢と幻想のちりのあいだに／心を麻痺させたままわたしの黒い花は咲くのです[61]」この詩の題は、おそらくボードレールの詩集『悪の華』の言い換えだろう。詩にはメロディーがついており、ラテンアメリカの多くのタンゴ歌手によって歌われている。[62]

かつてのボヤカ州は現在、ボヤカ県、アラウカ県、カサナレ県に分かれている。新しいボヤカ県は、西側の山岳地域を中心とする領域になっている。県都のトゥンハ市は海抜二八二〇メートルにあり、一八万人の人口を擁している。道路事情は大幅に改善されて、今ではコーヒー、煙草、果物、穀物などの生産物が市場に届けられている。

水面下では右翼と左翼の対立関係の亡霊がいまだに居座っていて、ボヤカはときにはきわめて暴力的になる文化から抜けだせていない。だがほかのことはともかく、少なくともフリオ・フローレスの名は、誕生地のチキンキラの公園の名前に残されている。

文献

フリオ・フローレス（一九八八年）『新版詩選集 *Poesía escogida*』
ホセ・ビセンテ・オルテガ・リカウルテ、アントニオ・フェッロ（一九八一年）『象徴の洞窟　*La Gruta Simbólica*』

弦楽器の物悲しい音楽が地下聖堂から流れてくる。イトスギに隠れた鳥が羽を逆立て、ホタルが泳ぎまわり、月が大理石の墓石を照らしだす

ルイス・マリア・モーラ

ペール・ビュヴィック（二〇〇一年）
『デカダンス *Dekadanse*』

音楽
カルロス・ガルデル
「わたしの黒い花 *Mis flores negras*」

アルワル

尊大な藩王と甘いデザート

存続年　一七七〇－一九四九年
国名・政権名　アルワル
人口　六八二、九二六人
面積　八、五四七平方キロメートル

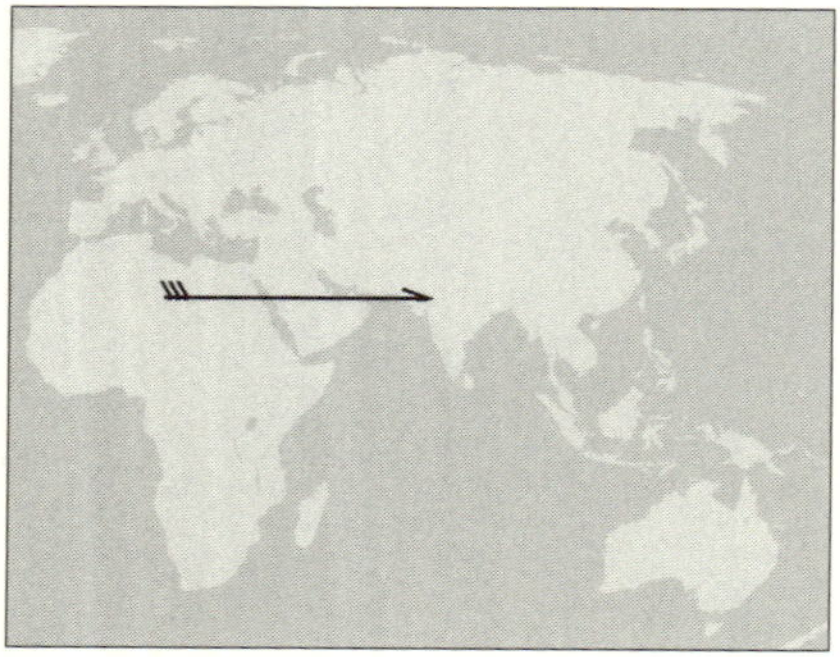

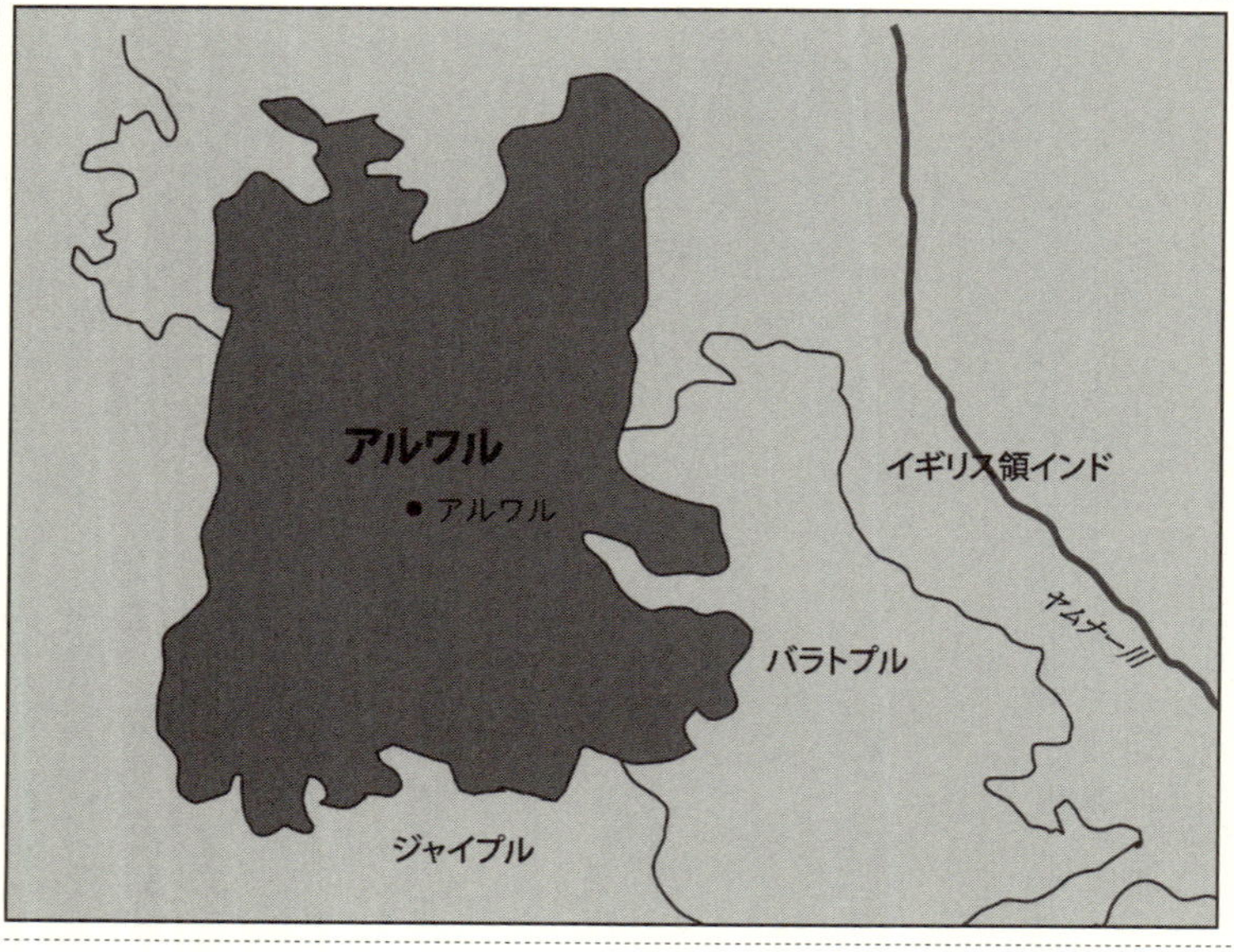

わたしの手元にある一八七七年発行の切手には、インドのデヴァナーガリー文字が記されている。いちばん上の文字から、アルワルという、イギリスの統治下で一定の支配権を認められていた藩王国のものであることがわかる。アルワルは英ノース・ヨークシャー州程度の大きさだった［日本で言えば広島県ほど］。下のほうには切手の価格が示されているが、その後ろにある「三二」という数字は謎である。おそらくは、ヒンドゥー暦の一九三一年、つまりグレゴリオ暦の一八七五年に金型が作製されたことと関連があるのだろう。切手が刷られたのはようやくその二年後だった。

図柄のジャマダハルという伝統的なプッシュダガー・ナイフは、H形の握手と三角形の刃の一体型に鍛造されている。これはある藩王の伝説を象徴している。王は暗殺者四人に襲われたが、そのかしらのジャマダハルを足のつま先だけを使ってベルトから抜き、腹を刺して逃れたというのだ。この物語はアルワルの本質をとらえている。『アラビアンナイト』の冒険が現実の出来事に思えてくるほど、裏切りと大胆な暴力行為が伝統に深く根づいているのだ。

こうしたことの全てには、インドにいわゆる藩王国が出現したという背景がある。ここでもまた、糸を引いていたのはイギリスだった。

北米のハドソン湾会社に相当するのが、アジアの東インド会社だった。この会社は一六〇〇年代に純粋な営利会社として、イギリスの貴族と富裕な商人によって設立された。その目的は東方の綿花、絹糸、インディゴ染料、香辛料、お茶、アヘンといった輸入品を母国に届けることだった。国家としてのイギリスはまったく関与しておらず、この会社は倫理的、外交的な制約を受けずにかなりの自由裁量をもって、最大限の搾取をしていた。私兵の軍隊と統治機構を創設して、いかなる形であれ残存していた地方政体を抑制した。インドでは、東インド会社が全体の六〇パーセント以上を領有して支配し、残りの地域を藩王国として配下に置いた。

一八〇三年に最初に友好条約を締結して藩王国となったのは、アルワル（当時のウルワル）である。そのマハラジャ（藩王）のバクタワール・シンの君臨する王朝は、好戦的なラージプート族の武人階級を始祖としていた。この条約で、シンは莫大な収入を約束されるとともに、王座を狙う者が出てきたとしても手の届かない存在になった。東インド会社の後ろ盾を得たからである。

それでもこのマハラジャはまだ不安を感じて、一八一一年には王国内の全イスラム教徒に対して恨みを晴らすことにした。モスクを焼き払い、片端から鼻と耳を切り落とすと、荷造り用の木箱に詰めてほかの地域のイスラム教徒の藩王に送りつけたのである。虐殺した者の骨も、王国の外に送りだした。[63]

東インド会社は、イスラム教徒との問題が長期化すると見て、穏やかではいられなくなった。インドの多くの州でイスラム教徒は人口の大きな割合を占めていたからだ。同社の軍隊に脅されるとバクタワール・シンは折れて、同じことを二度と繰り返さないと約束した。その埋め合わせに、マハラジャはウルワルをアルワルに改名することを許された。そのおかげでこの藩王国は、アルファベットの順番だけでなく、当時インドで進められていた事務手続きにおいても、たいてい優先順位を繰り上げられることになったのである。

植民地の商品への需要がヨーロッパ全土で高まっていたのにもかかわらず、一八〇〇年代に入ると東インド会社はいつしか深刻な経営危機に陥っていた。しかも同社が一貫して穀物の栽培をアヘンの栽培に切り替えさせたために破滅的な飢饉が繰り返されると、一八五七年を皮切りに、インド大陸の広大な領域がまたたく間に反乱の炎に包まれた。総勢二八万の私兵軍が窮地に追いやられる事態になり、ようやく動乱が沈静化したのは、一八五八年にイギリス政府が介入して同社を国営化してからだった。そのため覇権は企業帝国主義から国家帝国主義に移ったが、アルワルをはじめとする藩王国のマハラジャらにとってはなんの意味もなさなかった。マハラジャらはわずかに鎮まったかもしれないが、権力構造は以前と変わっていなかったのである。

一八〇〇年代の終わりごろには、エリザ・ルアマー・シドモアというアメリカ人がアルワル中を旅行している。また、この女性が興味をそそられたのは、ほかの多くの外国人旅行者と同じく、藩王を中心とする夢のような文化と、ありあまるほどの富と壮麗さだった。

一八九二年にはジャイ・シン・プラバーカル・バハドゥールが即位した。それ以前のマハラジャは、みなこれ見よがしに豊かで染色した顎ひげをたくわえていたが、それにくらべると新君主はヨーロッパ人のように見えた。ただ薄い口ひげを生やしているだけか、ひげをきれいに剃りあげていたのである。だがその目は異国風の輝きを帯び、絹や金、ダイヤモンドをあしらった完璧な正装に身を包んで、ほかの藩王国のマハラジャをはるかにしのぐ輝きを放っていた。旅行者は圧倒された。

エリザ・ルアマー・シドモアは、王の象がどこを歩きまわろうと、そのあとを歌手三〇〇人が列をなしてついて行く様子を伝えている。宮殿には堅固な大理石で作られただだっ広い部屋があり、純銀の調度品があつらえられて、風景式庭園には珍しい種類のランが茂っている。飼い慣らされている虎もいれば、完璧なラージプート語の言葉を話す青いオウムもいた。畜舎では五〇〇頭の馬と四〇頭の象が「ラージャ（王）の栄光を称えて、足を踏みならしたり鼻をブラブラさせたりして」いた。[64]

シドモアはホテルに戻ると、旅の仲間とともにお茶を飲んだ。またカラカンドというこの地方特有のケーキも頼んだ。これは大きな鍋で温めた牛乳に砂糖をくわえて作ったケーキで、ドライフルーツが飾られている。部屋にはこの藩王国の知られざる一面を表す注意書きがあった。「召し使いをぶたないでください。お知らせいただければ支配人が罰します」[65] シドモアはベイガー制〔強制労働制〕というものについてもはじめて知った。これは貴族でない者に毎年一か月以上、無報酬の労働奉仕を義務づける制度である。強制労働の時期は王自身が判断する。女は宮殿に招集されるために家事を放棄せざるをえず、男は王のプランテーションのアヘンを収穫するために、自分で育てた作物を畑で腐るままにしなければならない。それにくわえて重税があった。王女の婚礼などがあれば、なんの前触れもなく法外な税が徴収されることもある。

ジャイ・シン・プラバーカル・バハドゥールは、ひっきりなしにヨーロッパ旅行に出ておびただしい数の自動車を購入した。しかもそれは必ず高級車だった。ロンドンのロールスロイス社のショールームで侮辱されたときは、高額な順に六種類のモデルを買ったが、国に戻ると路上のゴミを集められるように改造してしまった。ロールスロイス社は短期間でこの地域での契約をことごとく失い、落胆した。

地域で開催されるポロの試合で馬が気に食わないと思ったときなどは、競技場で馬にガソリンを浴びせて生きたまま火をつけた。この出来事にイギリスの役人は民衆とともに忍耐の限界を試されることになったが[66]、その後いつもの虎狩りで、小さな子どもを生き餌に使ったときにはいよいよ限界に達した。一九三三年、マハラジャは王位を追われてパリに移送され、白人の体を触らないように手袋をはめて、精神病院で晩年を過ごした。

その後釜には従兄弟のティージ・シン・プラバーカル・バハドゥールが据えられた。前王ほど残忍ではなかったが、横柄さも、社会改革に興味がまったくない点も変わりなかった。「われわれは太陽神の息子だ。民はわれわれの子どもであり、その関係は父と子に相当する。聖典は改革について触れていない[67]」

1877年　ジャマダハル・ナイフとデヴァナーガリー文字の切手。

いずれにせよ一九四九年には、全てに幕が下ろされた。アルワルが、それよりはるかに民主的なインド連邦に組み入れられたのである。ただしティージ・シン・プラバーカル・バハドゥールが譲歩したのは、悪あがきをしてからだった。この地域で民主主義に傾いていたイスラム教徒が主にとばっちりを食って、半年のうちにそのほぼ全てが追放された。

ティージ・シン・プラバーカル・バハドゥールはデリーに戻り、二〇〇九年に死去するまで蓄えた金で快適に暮らした。

カラカンド

◆材料
牛乳　1.5L
砂糖　100g
サフラン　小さじ1
酢　大さじ2
ドライフルーツ（飾り用）

《作り方》
牛乳を沸騰させ、砂糖とサフランを入れてかき混ぜる。牛乳の量が半分になるまで煮詰める。その中から150mlを取り分け、残りに酢をくわえたら、牛乳が固まってくるまでゆっくり混ぜながらさらに2、3分煮る。鍋を火からおろし15分休ませる。濾して水分を除き、固形分のカッテージチーズを丁寧にこねる。

取り分けておいた牛乳の3分の2を温めて、カッテージチーズをくわえる。牛乳が吸われて全体がまとまってきたら、ボウルに移し替えて冷やす。仕上げに残しておいた牛乳を上からかけて、刻んだドライフルーツを散らす。

文献
エリザ・ルアマー・シドモア（一九〇三年）
『冬のインド *Winter India*』

われわれは太陽神の息子だ。民はわれわれの子どもであり、その関係は父と子に相当する。聖典は改革について触れていない

ティージ・シン・プラバーカル・バハドゥール

東ルメリア

図面上の国

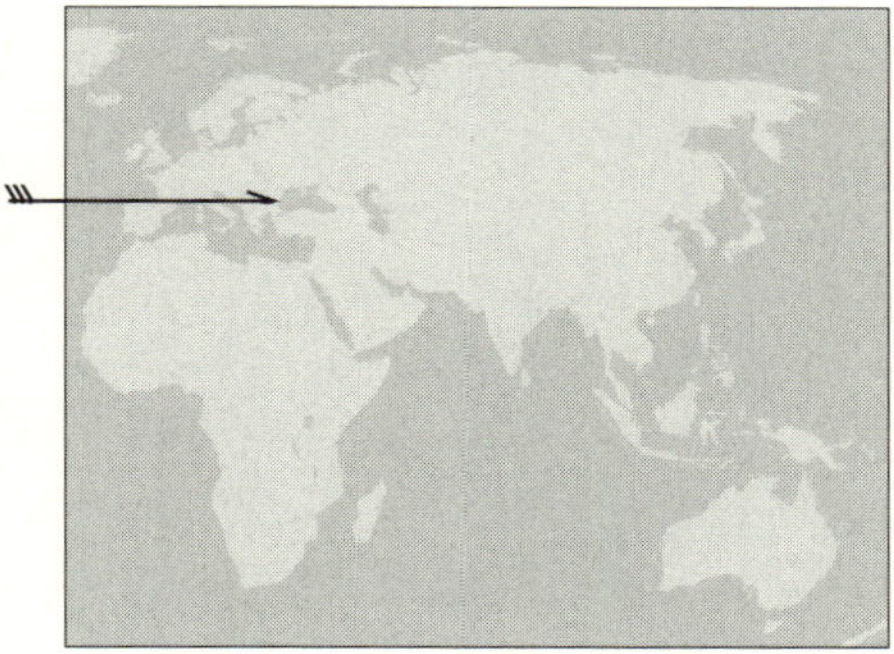

存続年　一八七八－一九〇八年
国名・政権名　東ルメリア
人口　九七五、〇三〇人
面積　三二、五五〇平方キロメートル

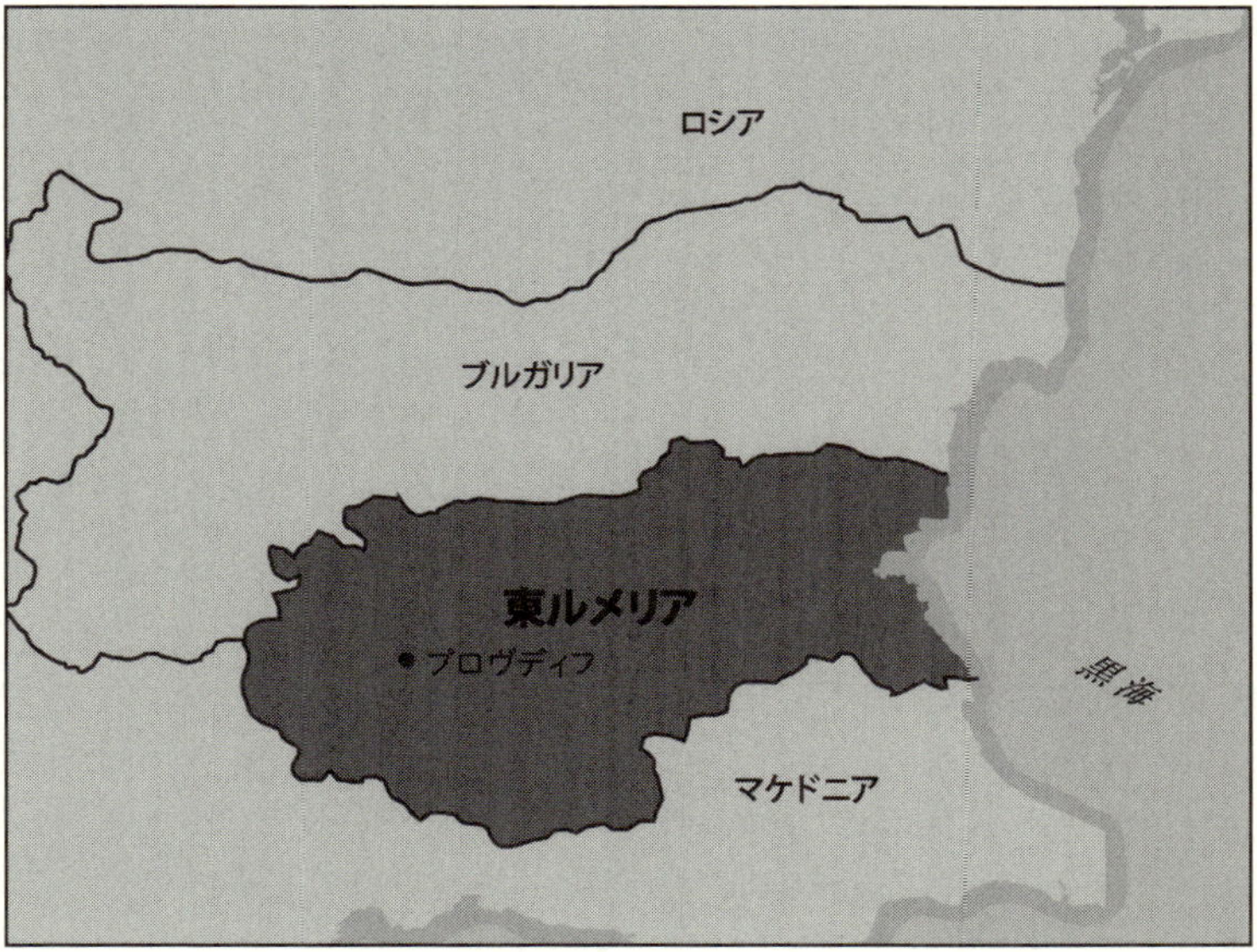

バルカン半島はいつの時代も不穏な地域だった。一八七〇年代の終わりにも紛争が再燃する。このとき揉めたのは、黒海に面した東部を南に下った地域だった。国際外交はほとんど役に立たなかった。西欧列強の中には諜報員を送りこんで、実際に何が起こっているのかを把握しようとすると同時に、この状況に影響力をおよぼそうとした国もあった。

われわれの時代に少し近い題材を探すと、フランシス・ヴァン・ウィック・メーソンの小説『ダーダネルスの落伍者 *Dardanelles Derelict*』が、この地域を場面設定として使用している。この小説は、アメリカの諜報員ふたりが、雪に閉ざされた山岳地域にパラシュート降下する場面から始まる。そのひとりのヒュー・ノースはジェームズ・ボンドばりのキャラクターで、ウィック・メーソンの数篇のアクション小説に登場している。もうひとりは、ジングルズ・ローソンという美人新聞記者だ。ふたりは事前に農民に変装しており、このあたりの男は絶対に髪を切らないのでノースはカツラをかぶらなくてはならない。そのくせこれもこの地方の伝統に従って、ほかの体毛をすべて剃り落としている。「明らかに害虫を寄せつけないためよ」とジングルズが赤面しながらいう。おまけにふたりは目が充血しているように見せかけるために、目の端にかぎ煙草を擦りこんでいる。また手以外のもので鼻をかんではならないという、明確な指示を受けている。ウィック・メーソンは歴史家としての素養があるので、おそらくこうした細部の信憑性はある程度保証されているのだろうが、読者はこの部分ではいささか演出が過ぎるとひそかに思うだろう。

一八七〇年代は、その前後の時期もたいていそうであったように、全ては地元住民の頭をはるかに飛び越えて、競いあう列強が有利な立場をとれるかどうかが問題だった。ロシアは地中海への交通路を確保するために、必要な領土を武力で獲得することに目標を置いていた。それを達成するためには、オスマントルコ人を蹴散らさなければならない。

オグズ部族の一支族によって建設されたオスマン帝国は、一六〇〇年代が全盛期だった。このとき帝国は地中海沿岸の南部と東部を手中に収め、小アジアを経てインド洋にまで版図を広げていた。二世紀におよぶ停滞期が続いたあと、帝国は崩壊しはじめる。ロシアは一八七七年に好機を見出し、武力介入のすえに目をつけていた領域をやすやすと勝ち取った。そして翌年のサン・ステファノ条約で、ロシアが支配する大ブルガリア公国を成立させた。この公国の領土はエーゲ海を臨む港湾都市、テッサロニキにまでおよんでいた。

ほかのヨーロッパ列強はそれまで傍観者の立場をとっていたが、この地域にロシアの影響力がおよぶことに、次第に不安を覚えるようになった。そのためイギリス、フランス、イタリア、オーストリア゠ハンガリー帝国は協定を受け入れなかった。この事態にドイツのオットー・フォン・ビスマルク首相は仲介役を買ってでて、一八七八年の夏にベルリン協定を立案した。この協定でロシアの戦利品は大幅に削減された。いずれにせよ強硬な脅しを受けて、ロシアは協定を締結したのである。

ビスマルクは、イギリスのベンジャミン・ディズレーリ首相の堅実な貢献を認めていた。「あの老練なユダヤ人め。なんという男だ」[68] 実のところ北部ではロシアがブルガリアの一部で一定の影響力を残す一方で、南部ではオスマン帝国がマケドニアを統治下に置くことになっていた。

平和的共存を確固たるものにするために、緩衝的な自治区が両地域のあいだに設けられた。イギリスの提案にもとづいて、名称は東ルメリアとなった。東は黒海、北はバルカン山脈、南はストランジャ山地におよぶ地域である。オスマン帝国はある種の行政権を保有するが、それにはこの新国にキリスト教徒の総督を置くという条件がついた。

影響を受ける地域の民族や政治上の関係を考慮しようという努力は、まったくなされなかった。全てが図面上の計画にすぎず、イギリスのロバート・A・T・ギャスコインセシル外相でさえ、このやり方に欠点があることを認めていた。「われわれはまたバルカン半島の南部で、いわば屋台骨が崩れかかったトルコに統治を任せることになるだろう。しかしそれはただの先延ばしにすぎない。トルコの活力は尽きているのだ[69]」

それでもオスマン帝国は満足し、イギリスの支援に感謝してキプロス島を譲渡した。一方、オーストリア＝ハンガリー帝国にはボスニアとヘルツェゴヴィナの全域を割譲した。

当然のことながらロシアはこの結果に不服だったが、かろうじて残された北部のブルガリア公国の新君主を、ロシア皇帝のアレクサンドル二世が選ぶ保証を取りつけた。皇帝は綴りが同じアレクサンダルという、ドイツ人の妻の甥を選任した。さらに親ロシアの陸軍大臣まで任命すると、ブルガリア国民の怒りは沸点に達した。新君主のアレクサンダル一世はまったく予想に反して、民衆の側についたが、すぐさまロシアの諜報員に拉致された。彼は声をあげることなく王座を放棄した。ブルガリア人は突然生じた政治的空白につけこんで、自分らの手で君主を選んだが、信じられないことにこの君主は、一九一八年にいたるまで首都ソフィアで王位に座りつづけて、ロシアをおおいに落胆させた。

創設された国家、東ルメリアではその間にオスマントルコ人が、キリスト教徒でオスマン帝国に好意的なブルガリア公、アレクサンドル・ボゴリディを見出して総督に任命していた。ほとんどがブルガリア人の九七万五〇〇〇人の住民は、それにまったく関心を示さなかったが、草の根のレベルでは何かがくすぶりはじめていた。

　東ルメリアの最初の切手は一八八一年に発行された。ちょっとした国際感覚を導入しようとしたのだろう。コンスタンティノープルで印刷されており、既存のオスマン帝国の切手のものとわかるデザイン要素が取り入れられている。またアラビア語表記のトルコ語で次のような文字も堂々と記されている。「オスマン帝国からの郵便」ギリシャ語、ブルガリア語、フランス語で同じ言葉が繰り返されているが、それは混乱をさらに広げるだけでしかない。

1881年　三日月とトルコ語、ギリシャ語、ブルガリア語、フランス語で書かれた「オスマン帝国からの郵便」の文字。

　わたしの入手した切手にはフィリッポポリスの消印がある。これは東部のトラキア平野の中央に位置する都市、プロヴディフのギリシャ名である。この都市を取り囲んで、マリーツァ川河岸の低い丘陵がうねうねと連なっている。六〇〇〇年以上もさかのぼる歴史があり、ヨーロッパでも五指に入る古い都市なので、新しい国の首都にしないわけにはいかなかった。

　この地域全体で、世論はそれまで以上に明確にブルガリアの統一に傾いた。しかもただ東ルメリアと残った北部のブルガリア公国を合併するだけでなく、マケドニアもくわえるべきだという見方である。その激しい剣幕に押されて、オスマン政府は東ルメリアに軍隊を駐留させる権利を放棄して、マケドニアに撤退させた。やがてマケドニアでクレスナ＝ラズロクの反乱が起こると、何百人という義勇兵が北から国境を越えてなだれこんだ。オスマン軍はこの騒乱をかろうじて鎮圧した。

ブルガリアの統一を支援するさまざまな組織の活動が継続されて、ブルガリア秘密中央革命委員会が結成された。東ルメリアからはすでにオスマン軍が撤退しているので、委員会はここでの蜂起に賭ける決定をする。一八八五年九月六日、反逆者はブルガリア正規軍の支持をたくみに取りつけて、一滴の血も流さずに新生国家の権力を掌握した。住民はそのとたんに街にくりだしてデモ行進を始め、自由に酔いしれた。手には洗濯板から鍋、角笛、トランペットにいたるまで、音の出るものを手当たり次第につかんできている。やがて街には耳をつんざくような音が響きわたり、無数の帽子が宙を舞った。

東ルメリアは一夜にして消えて、ほかのブルガリアの地域に再統合された。だがマケドニアを大ブルガリアに併合するという目標は達成されなかった。強国は乗り気でなかったし、実現させるためにはオスマン帝国がまだ強大すぎた。東ルメリアは一九〇八年まで、ある程度の自治支配を実現しながら自治州として運営されつづけた。オスマン帝国は、少なくとも名目上この地域での影響力の保持を許された。

この切手が有効だったのは一八八五年の革命までで、まだ大量の在庫が残っている（その後ブルガリア国章のライオンが加刷された。わたしの切手にもある）。一八八六年以降は、ブルガリアの切手だけが使用された。

文献
R・J・クランプトン（一九九七年）『ブルガリアの歴史』（高田有現他訳、創土社、二〇〇四年）
フランシス・ヴァン・ウィック・メーソン（一九五〇年）『ダーダネルスの落伍者 *Dardanelles Derelict*』

われわれはまたバルカン半島の南部で、いわば屋台骨が崩れかかったトルコに統治を任せることになるだろう。しかしそれはただの先延ばしにすぎない。トルコの活力は尽きているのだ

ロバート・A・T・ギャスコインセシル

オレンジ自由国

賛美歌と人種差別

存続年　一八五四－一九〇二年
国名・政権名　オレンジ自由国
人口　一〇〇、〇〇〇人
面積　一八一、二九九平方キロメートル

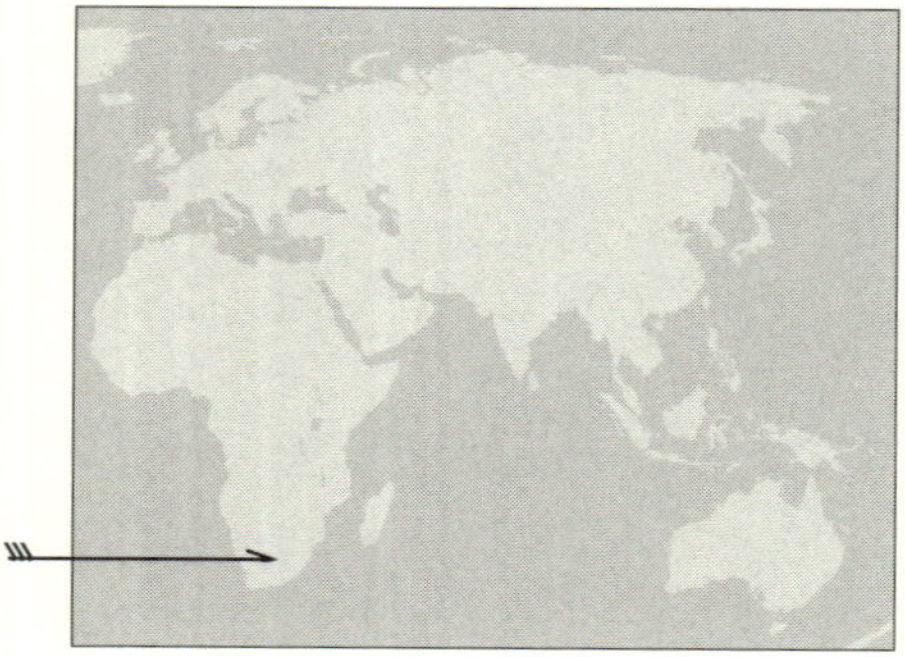

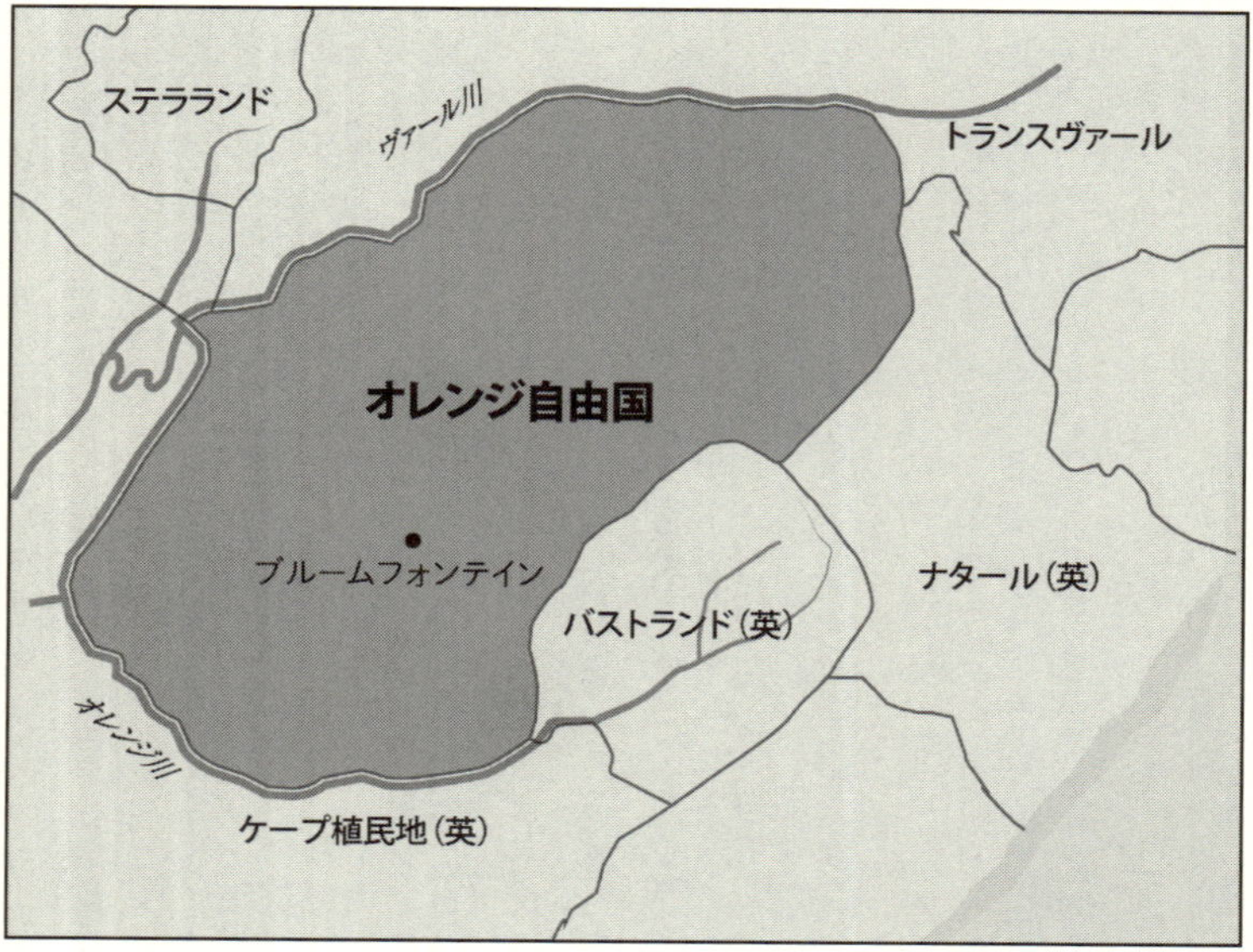

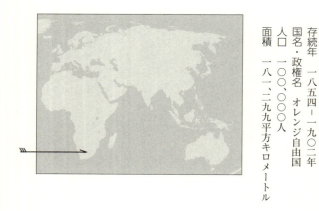

「目の前にどんな特徴があってもわかるものではない」[70]ノルウェー中部のトロンデラーグから来ているイングヴァルド・シュレーダー＝ニールスンは、深くため息をつきながら画板に身を乗りだす。ここは南アフリカの高地の草原に張ったテントの中。彼は測量技師として雇われている。もう日が落ちていて、日中の仕事の成果を清書しようとして悪戦苦闘している。インクがにじまないようにするためには、線を引くあいだずっとつけペンをしっかり握っていなければならない。こうハエが多いのではほとんど無理な作業だ。

それは一八九八年のことで、南アフリカの高地にあり、ヴァール川とオレンジ川にはさまれたオレンジ自由国は五〇年近く存続していた。大きいほうのオレンジ川は、ドラケンスバーグ山脈に水源がある。この国の東側にあるドラケンスバーグ山脈は、標高三〇〇〇メートルを超える高さにそびえていた。山岳地帯の年間降水量は二〇〇〇ミリにおよび、冬にはそれが雪に変わって切り立った山頂を白い帽子で飾った。オレンジ川は西の大西洋に向かう途中で性格の違う川になる。濁ったオレンジ色の流れになり、その比較的穏やかな場所には鳥やワニ、カバ、象などが群がる。両岸にはトゲのあるアカシアの茂みのバリケードがあるが、さほど密生していないので、雨の降らない夏のあいだに太陽に照らされて、土は干上がり茶色になった。

ここはもともとツワナ族とコイコイ族、サン族（ブッシュマン）の土地だった。ところが一八〇〇年代の前半に、好戦的なズールー族によって東からほぼ破壊し尽くされた。そのため一九世紀末ごろに南方からやって来た白人入植者にとって、道は拓けていたのである。オランダ人とフランス人のユグノー（新教徒）は、その数百年前に喜望峰から内陸部に入って、丘陵地帯に入植していた。この白人はその子孫で、一七九五年にイギリスが沿岸部を植民地化したことに不満を覚えていた。

白人はみずからをボーア人と呼んでいた。オランダ語で農民を表す言葉である。また背が高くがっしりしており、乗馬も射撃もうまかった。だが何よりも教義に忠実なカルヴァン派の信者で、個々の罪人が救われるか地獄に落とされるかは、神があらかじめ決めていると信じていた。こうした宗教観に合わせて家父長制度を基盤としながら、ボーア人は分散した小規模な農場で質素でつましい生活を営んでいた。

イングヴァルド・シュレーダー＝ニールスンは測量の旅のあいだに、ボーア人の文化に間近で接している。またまだ若いだけあって、まず魅力を感じたのは女の子だった。

……カーピという変わったボンネットをかぶっている。つばが前方に大きく張りだしているので、顔は深い影の中に隠れている。彼女らがひどく恐れているらしい日焼けから完璧に守られているのだ。だがその結果、若い女性の肌は、まるでおとぎ話に出てくるような牛乳色と血色をしている。……若い娘はたいてい綺麗でふっくらしているが、美人といえる者はめったにいない。……またそれより少し年上の母親はみな、人の妻となると娘がそうなると想像できないほどでっぷりしている。[71]

ニールスンはたびたびコーヒーや夕食に招かれている。食事には普通じっくり煮込んだ牛肉にサツマイモのマッシュ、カボチャ、つぶしたコーンが出された。平屋の屋内で供されたが、その家は日干し泥レンガで作られて、屋根はわらか波型鉄板で葺かれていた。

家は四、五部屋に分かれていて、床は板張りか土間になっている。……唯一くつろぐのを許される「ルストバンク」、オランダ語でいう休憩ベンチは粗末なソファで、牛革の紐を編んだものを座面と背もたれに使用している。床が土間の場合は、粘土と牛の糞を混ぜて非常に固く滑らかに仕上げている。[72]

またシュレーダー＝ニールスンは、ボーア人の教会にも同行している。

全員が咳払いをしてしばらく喉の調子を整えてから、聖歌隊の指揮者でもある牧師が、出だしを突拍子もなく甲高い声で長々と朗唱した。最後は凄まじいまでのヴィブラートで終わり、その直後から会衆があらんかぎりの声で先を続ける。あんな歌は聞いたことがない！[73]

オランダの四倍の面積があるオレンジ自由国は、一八五四年に独立共和国として建国された。その二年前には、隣国のトランスヴァール共和国がこれもまたボーア人によって創設されている。オレンジ自由国の行政の中心地はブルームフォンテインで、低層家屋の四角い区画が集まっている市街地のあいだを、不釣り合いなほど広い、茶色い砂利の街路が数本通っていた。公用語はオランダ語で、一八歳以上の白人男性にはフォルクスラート、すなわち「国民会議」の選挙権が与えられた。この地域にわずかばかり残っている先住民を蔑視する考え方は、憲法で認められている。「教会においても国家においても、国民は有色人種とこの国の白人居住者の平等を望んでいない」[74]

それでも平和で穏やかな年月が続き、建国時一万五〇〇〇人だった白人の人口は、一八七五年には七万五〇〇〇人に増えた。だが多くの農場で規模が拡大したために、それ以上の労働力が必要になった。するとボーア人にカファーと呼ばれていた地元民が、小作人制度に似た仕組みに徐々に取りこまれていった。ニールスンはそのおかげで、この地方の農場経営はノルウェーよりはるかに楽になったようだ、と述べている。

農民は田畑を耕す時期にカファーに雄牛と鍬を貸すが、その見返りにカファーは農作業をすべてその農場で行なわなくてはならない。また女は主婦の手伝いとして、家事や庭仕事以外にも洗濯や食肉の解体を行なう。子どもは夜牛を集めて、家まで追っていかねばならない。[75]

それと並行して奴隷制も次第に広がった。奴隷はマダガスカル、モザンビーク、マラヤから輸入された。イギリスはその間に奴隷廃止令を成立させていたので、このことを大義名分に掲げて一八九八年にオレンジ自由国に侵攻した。実のところ多くの事実から、この国より隣国のトランスヴァールに興味を引かれていたことがわかっている。その少し前にトランスヴァールでは、金とダイヤモンドの大規模な鉱床が発見されていた。[76] オレンジ自由国はトランスヴァールとの相互防衛協定を結んでいたために、揉め事に引きずりこまれる形になった。

いずれにせよ、ボーア戦争は止めようがなかった。ボーア人は一人ひとりがゲリラ戦の達人で、あちこちに散らばる多くの農場が頼りになる物資の補給源になった。イギリスはその抵抗をうち破るために焦土作戦を展開して、農場と作物を焼き払い、家畜を虐殺して耕作地に塩をまき散らした。無数の強制収容所も作られ、ここで短期間のうちに三万人の女子どもが飢えや病気、心身の消耗のために命を失った。

わたしの手元の切手には一八九九年のブルームフォンテインの消印がある。この都市がイギリスに占領される直前に作られたものだ。オレンジ自由国は一八六八年に最初の切手を発行している。値段とインクの色は異なっても、共通して、きれいに刈りこまれたオレンジの木とそれを取り囲む郵便馬車用の警笛ラッパ（ポストホルン）三本が描かれている。この絵柄は、熱狂的愛国主義が完全に抜け落ちており、地道で誠実で、愚直に近い印象を与える。イギリスはブルームフォンテインを手中にしたあとに、この切手の販売前の大量在庫を発見すると、ただちに「V・R・I」（Victoria Regina Imperatrix「ヴィクトリア女王女帝」の略）のゴム印を押して市場に出した。

1869年　標準的モチーフのオレンジの木の切手。

一九〇二年にはフェリーニヒングで停戦協定が結ばれて、オレンジ自由国とトランスヴァールはどちらもイギリスの植民地になった。オレンジ自由国はオレンジ川植民地と改名されて、一九一〇年には自由州として南アフリカ連邦に組みこまれた。

ニールスンはボーア人のために戦うはめになった。捕虜収容所から解放されるとノルウェーに帰国し、最終的にモルデ電信局の局長になった。

大勢のボーア人も出国したが、大半はこの地に留まった。彼らの考え方はやがて南アフリカの憲法と、いわゆる主従法に結実されることになる。そのために先住民は土地所有の権利を奪われて、農民と採掘会社に命じられるままに労働を提供しなければならなくなった。それに歴代政府によるアパルトヘイト政策が追い打ちをかけたが、一九九四年にネルソン・マンデラが大統領になって、この政策に終止符が打たれた。

文献

作者不明（一八七五年）『オレンジ自由国のスケッチ *Sketch of the Orange Free State*』

イングヴァルド・シュレーダー＝ニールスン（一九二五年）『平時と戦時のボーア人の中で *Blant boerne i fred og krig*』

全員が咳払いをしてしばらく喉の調子を整えてから、聖歌隊の指揮者でもある牧師が、出だしを突拍子もなく甲高い声で長々と朗唱した。最後は凄まじいまでのヴィブラートで終わり、その直後から会衆があらんかぎりの声で先を続ける。あんな歌は聞いたことがない！

イングヴァルド・シュレーダー＝ニールスン

イキケ

不毛な土地の硝石戦争

存続年　一八七九－一八八三年
国名・政権名　イキケ
人口　一六、〇〇〇人
面積　三〇平方キロメートル

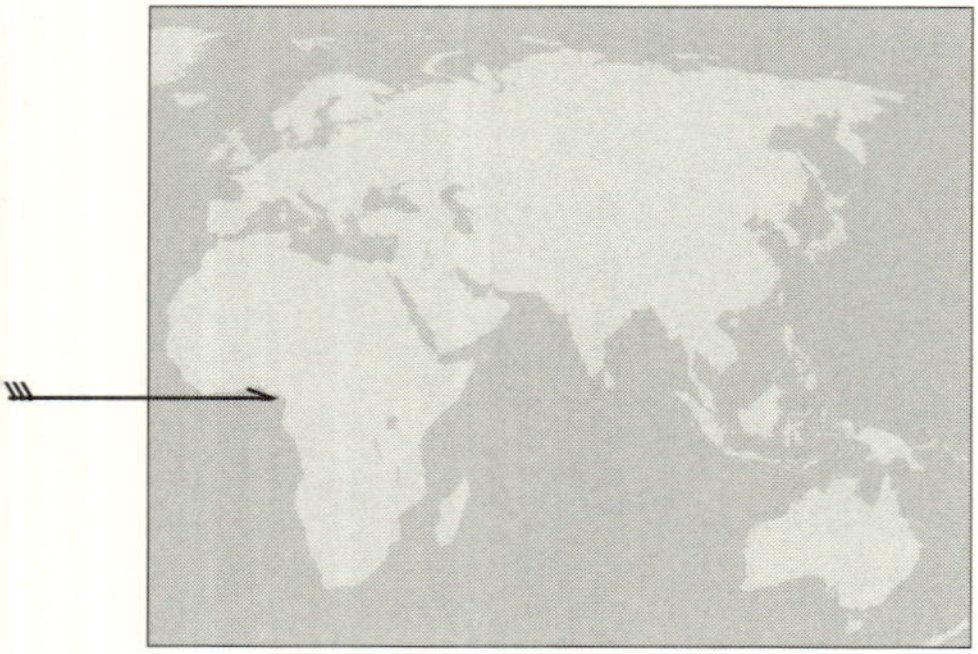

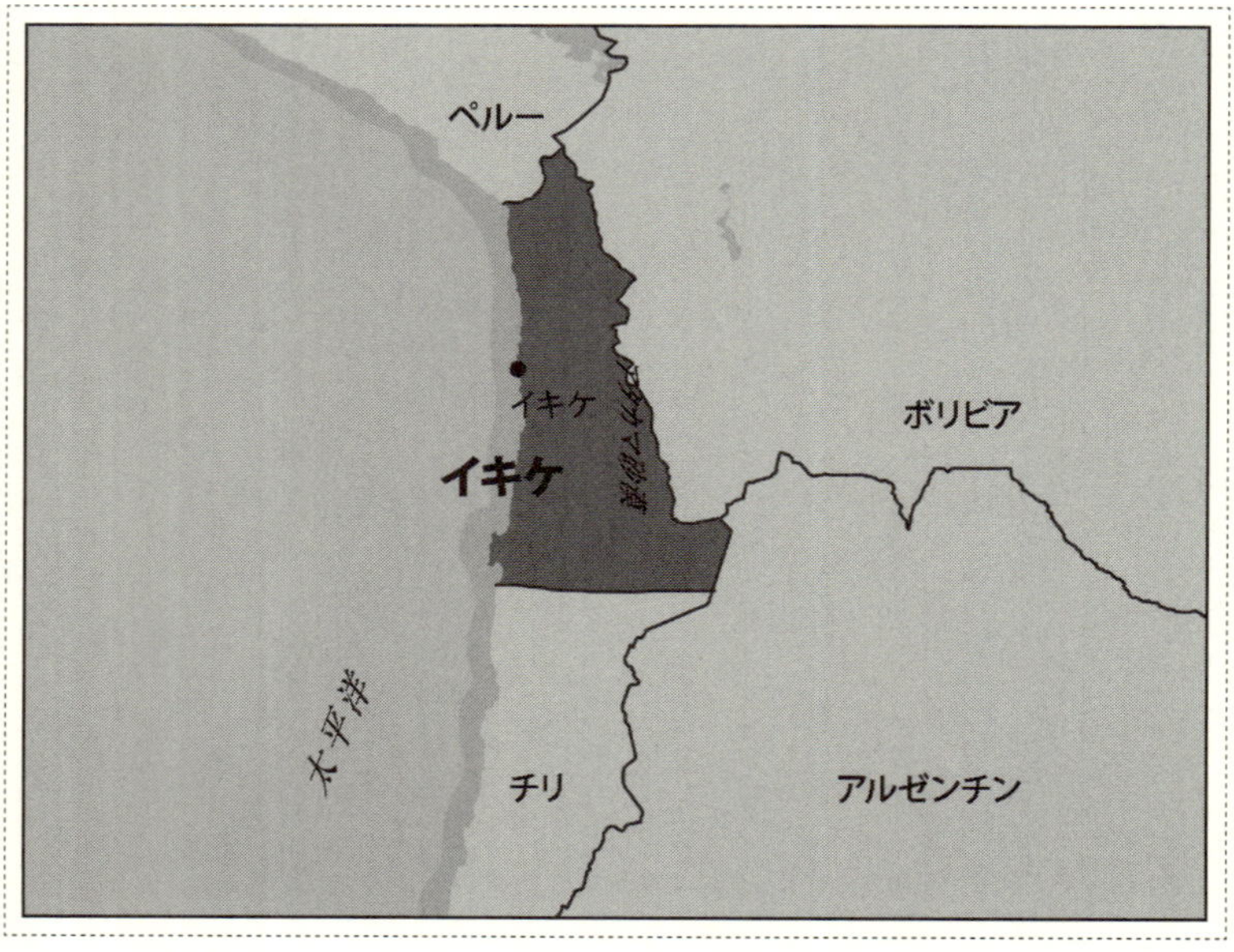

鉱物の硝石は、動植物の分解された遺骸が塩土と反応して生じる。たとえば、かつては海底だったが海水面の上に隆起した土地などにできる。この物質は、中国が火薬を発明した中世初期から需要が増えた。火薬を調合するためにはまず、細かい粉末状にした硝石七五パーセントと硫黄一〇パーセント、木炭一五パーセントの混合物を作る。それに酒をくわえたものをこねて柔らかい塊を作り、さらに平らにのばす。その後乾燥させて粉砕すると、貴重でつややかな黒色火薬ができあがる。当初はほとんどが花火用だったが、試行錯誤を徐々に重ねた結果、世界中の戦場で火薬は欠かせない物資となった。

一八〇〇年代になると硝石の適用範囲は広がった。この物質はほぼ純粋な窒素なので、欧米で成長しつつあった大規模農業で、堆肥などの天然肥料と容易に置き換えられた。爆発物産業での技術の発達は新たな方向に向かい、まもなく農業が硝石のもっとも重要な用途にとって代わった。

アタカマ砂漠では、地上最大規模の硝石鉱床が発見されている。硝石はここの厚さ一メートルの地層に含まれているが、この鉱床は南米太平洋岸の標高一〇〇〇メートルの高原にあり、距離にして六〇〇キロメートルの範囲に分布している。ペルー、ボリビア、チリにまたがる大鉱床だが、チリの企業だけが採掘して全利益をかき集めていた。チリの北に位置するペルーとボリビアは面白くない。両国で輸出税の引き上げと採掘事業の国営化を通告してきた。この挑発に乗ったチリが、一八七九年の春に宣戦布告。この武力衝突はのちに「硝石戦争」と呼ばれるようになった。ペルーとボリビアは古臭いフリントロック（火打ち石銃）とライフリングのないマスケット銃で装備して、チリの近代的軍隊に立ち向かった。またチリが自国の兵士に組織的に「チュピルカ・デル・ディアブロ」を飲ませたことで、事態はさらに複雑化する。この火薬を混ぜた強い酒は、恐れや後悔を忘れさせて歩兵を獰猛な戦士に変えるのだ。

戦争でよくあるように、進軍するチリ軍がおそらくは勝利を見せつけるために強姦や略奪におよんだのはほぼまちがいない。ところがそうした蛮行のかたわらで、チリ軍は切手も使っていた。町を落とすと必ずその直後から消印作りにかかって、行軍中に携帯していた大量のチリの切手に使用した。どの切手の図柄もクリストファー・コロンブスの肖像で、つばと耳あてがついたトレードマークの水兵帽を頭にかぶっている。しかも顔に腹立たしくなるような物思いにふけった表情を浮かべている。どの新しい消印も前進の道筋をたどっており、母国で手紙を手にした人々におおいに喜ばれた。

わたしのもっている切手にはイキケの消印がある。ここはペルーの町で、すでに一八七九年の一一月に陥落していた。細長い海岸沿いの平地に位置しており、アタカマ砂漠に続く急斜面と海にはさまれている。世界でも珍しいほど乾いた地域で、何年も雨が一滴も降らないこともある。[77]ここでは一本の草木も育たない。そして定期的に塩水を散水している表通りを除いて、建物も道路も造船所も、灰白色の土埃の厚い層に覆われている。全てが硝石を中心にまわっており、クロアチア人であろうとスコットランド人、中国人、パキスタン人であろうと、ここに人が来るたったひとつの理由は仕事と金儲けだった。

大手硝石会社の幹部の多くもイキケに住んでいた。ジョン・トマス・ノースなるイギリス人もそのひとりだ。一八六六年にバルパライソに降り立ったときノースは、それほど有望な人物に見えなかった。スーツは古くて流行遅れで、ポケットに入っていたのは十ポンドだった。だがゼロから始めて一歩ずつ進み、ついには自分の会社を経営するにいたった。この会社が町の給水事業を独占した。

いまや新しいチャンスが出現しつつあった。開戦のために硝石採掘場の価値は暴落した。するとノースはそれに続く混乱に乗じて、採鉱業や海運業、運送業と、ほとんどの関連事業の経営権を確保した。賭けは吉と出た。チリがアタカマ砂漠を征服すると、買収した事業の株価が以前と同レベルもしくはそれ以上に上昇したからである。[78]

わたしのもっている切手の消印の「1882」はかろうじて見える程度だ。一八七九年に誕生したイキケはペルー領だったが、三年後の一八八二年にはチリの占拠下となった。これはまたノースがイギリスに帰国した年でもある。このとき彼は世界有数の富豪になっていた。「硝石王」と呼ばれるようになり、にわかに金を浪費しはじめた。巨額の金を豪華な不動産や競走馬、グレーハウンド［エジプト産の猟犬、競争犬］に投資した。贅を尽くしたパーティーも主催して、イングランド王のヘンリー八世のように着飾り、イギリス上流階級の名士の取り巻きを増やしつつあった。その中にはウィンストン・チャーチルの父、ランドルフ・チャーチル卿や、のちにエドワード七世となる英国皇太子も混じっていた。[79] ノースが名誉大佐になると、新聞はすぐに王室とほぼ同じ扱いで取り上げるようになった。しかもこの男は悪い噂に事欠かなかった。ハンプシャー・テレグラフ紙は「ノースの否定」という見出しをつけて、事実を次々と否定していく形で、彼の手広い事業を誇張する記事を掲載している。

ノース大佐は、国立美術館の展示物のために政府に三百万ポンドきっかりを払っておらず、そのようなところから入手した巨匠の絵画を自宅のダイニングルームの壁にかけようなどとは思っていない。この「硝石王」は次に主催する私的なパーティーで、「コーイヌール」［インド産の大ダイヤモンド］等の王室の宝石で飾ったえんび服を着ようと提案してはいない。大佐は巨大客船グレート・イースタン号を購入しておらず、ましてや浮かぶ宮殿に改造し英国皇太子を招いて「ヨット遊び」をしようとは考えていない。「硝石王」は夕食後決まって金の爪楊枝を使うが、ダイヤモンドのカミソリでひげを剃る習慣はなく、娘にイングランド銀行発行の新札で前髪を巻くよう勧めてはいない。[80]

硝石戦争はやがて立ち消えになり、一八八三年の晩秋に結ばれた講和条約で、ペルーはイキケをはじめとする広範囲の領土をチリに割譲することになった。その翌年には、ボリビアから全ての海岸線が奪われることが確定した。

その結果硝石鉱床は、チリ領内に収まることになった。だがそれでも利益の大半は、ジョン・トマス・ノースを中心とする海外投資家の手に渡っていた。それがゆえにチリのホセ・マヌエル・バルマセダ大統領は、一八八八年に硝石採掘場の国有化を提案した。ところがノースから多額の賄賂を受け取っていた保守派の政治家から、異口同音に反対を受けた。内戦が勃発し、保守勢力がイギリス海軍の援軍を得て港を封鎖した。イギリスの報道機関は、バルマセダを「最悪の無類の独裁者」「肉屋《ブッチャー》」と形容して追い打ちをかけた。[81]戦いに敗れたバルマセダはみずから命を絶った。

ジョン・トマス・ノースはその数年後に牡蠣にあたって死去するが、それでチリ経済に対するイギリスの影響力が弱まることはまったくなかった。現在も全輸出品の七五パーセントがイギリスを経由している。またそのほとんどが硝石である。

アタカマ砂漠にある硝石採掘場の労働条件は劣悪で、一日一六時間働かされて賃金はやっと食いつなげる程度だった。一九〇七年一二月、ストライキに突入した労働者がスローガンを大声で唱え、歌いながらイキケに集合した。それに決着をつけたのが、いわゆる「イキケのサンタ・マリア学校の虐殺」である。この惨事で男女子どもをあわせた二〇〇〇人が、チリの機関銃になぎ倒された。[82]

1878年　クリストファー・コロンブスの肖像が特徴的なチリの切手。消印は1882年、イキケ。

そのころにはすでに、ヨーロッパの研究者が空気から窒素を抽出する低コストの方法を発見していた。一九二〇年代にはこの製造方法で本格的な生産が始まったが、チリ産の硝石の需要は、二〇世紀半ばになって突然価格が大暴落するまで継続していた。

オランダ人作家のカースン・イエンスンは、一九九〇年代の終わりにイキケの採掘地域を訪れて採掘場の廃墟に遭遇した。イエンスンは、そこが恐竜の骨より恐竜らしかったという。「工業主義の考古学的なポンペイ［イタリアの古代都市。七九年、火山灰の下に埋もれた］」は、株式上場の大博打をして株価が暴落してから、降りそそぐ灰の下に埋もれて見捨てられている[83]」

文献
ウィリアム・エドマンドソン（二〇一一年）『硝石王ジョン・トマス・ノース「大佐」の伝記　*The Nitrate King: A Biography of 'Colonel' John Thomas North*』

「硝石王」は夕食後決まって金の爪楊枝を使うが、ダイヤモンドのカミソリでひげを剃る習慣はなく、娘にイングランド銀行発行の新札で前髪を巻くよう勧めてはいない

ハンプシャー・テレグラフ紙

ボパール

ブルカをまとった王女

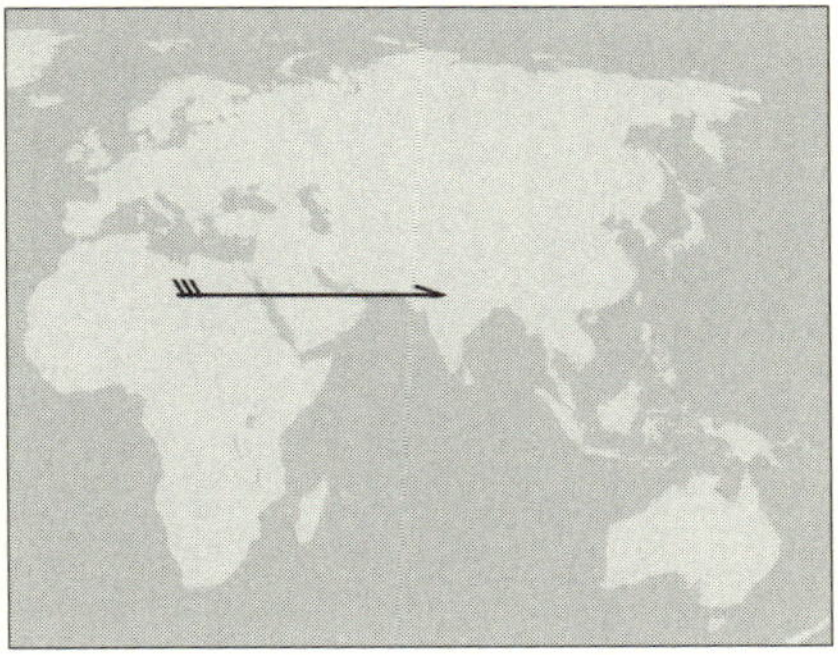

存続年　一八一八－一九四九年
国名・政権名　ボパール
人口　七三〇、〇〇〇人
面積　一七、八〇一平方キロメートル

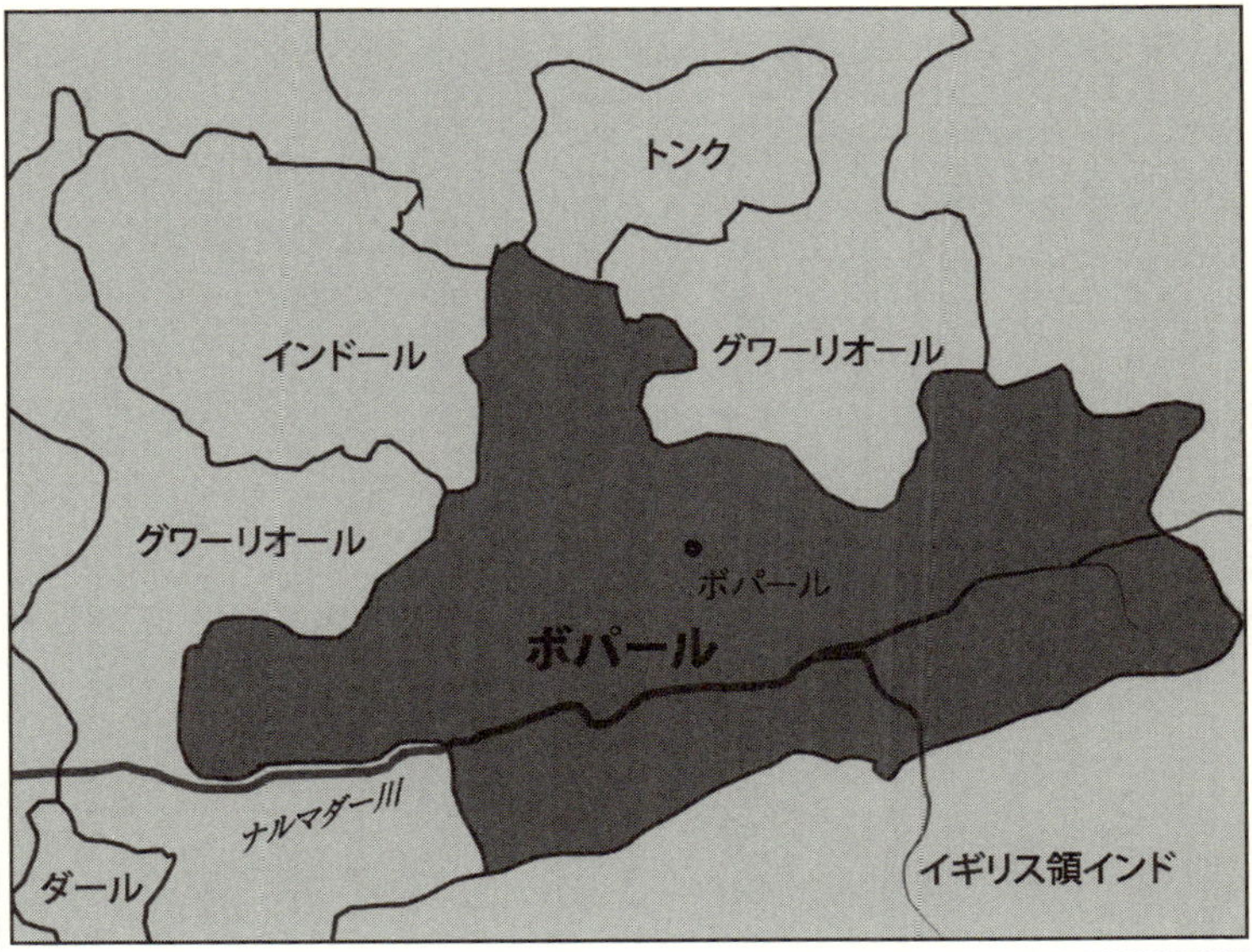

「息ができなくて目が焼けるように痛むんです。濃い霧が発生して道路はほとんど見えず、サイレンが鳴り響いていました。みんなどこに行っていいかわからなくて」[84]。これは一九八四年一二月二日の夜から三日にかけて起こった大惨事の被害者の証言である。災害現場はインド中部の都市、ボパールだった。

アメリカ企業、ユニオンカーバイド社の農薬製造プラントで貯蔵タンクからの漏洩が生じ、腐食性があり目に接触すると失明にいたる毒ガス、イソシアン酸メチルの巨大な雲が出現した。このプラントは住宅地の真ん中にあったため、のちに世界最悪の産業災害と判明する悲劇で、一万五〇〇〇人以上の命が奪われた。

それ以来ボパールの名は、地上に現れた地獄とほぼ同義語になっている。だがその破滅的な夜より前、この名前はまったく違う連想をさせていた。というのも、百年前にラドヤード・キップリングが『ジャングル・ブック』の舞台にしたのがここだったからだ。暑い夏の乾季も秋のモンスーンの雨季も、熊のバルー、黒豹のバギーラ、ジャングルで育った少年モーグリはボパールの山野で活躍していた。振り仰ぐとうっそうとした樹葉の天蓋のところどころを、砂岩の山が突き抜けている。それ以外は平坦な地形の中で地溝と峡谷が交差して、川が勢いよく流れている。開けた場所には、泥を固めた小屋の小さな村がある。そしてそうした景色の中心に、ふたつの人工湖にはさまれて千年の歴史がある美しい都市、ボパールがたたずんでいるのだ。

ムガル帝国が縮小して撤退したあと、ボパールは百年以上独立した君主国だった。一八一八年、この国はイギリス東インド会社と協力協定を締結して、藩王国の立場に甘んじることになる。早い話が、イギリスが外交政策と貿易の一切を取り仕切る一方で、ボパールは小規模な軍隊と国旗を存続させて、国独自の王位継承法によって指名した藩王をいただいたのである。

ほかの藩王国の大半とは違って、ボパール国民はイスラム教徒だった。そのためなおさら、初代から四代までのベーグム王朝の統治者がすべて女性だったという事実に驚かされる。

旧来の伝統を破って即位したのは、初代のクドシア女王だった。一八歳のクドシアは、藩王国が成立してわずか数日後に夫が暗殺されると、王位を継ぐという主張を貫き通した。女王は優れた統率力を示して一八三七年まで国を治めた。それに続いたのが娘のシカンダールである。彼女は戦う王女で、こと乗馬や武芸、軍の指揮にかんして卓抜した能力をもっていた。この国のほとんどの導師《イマム》は、女の君主は反イスラム的だという考えだったために憤慨した。しかもクドシアとシカンダールが「パーダ」に従おうとしなかった問題も、イマムの戒めで改善されることはなかった。パーダとは、女は何よりも体と顔を覆い隠さなくてはならないとする行動規範だ。それでも女王らは誠実であると同時にイギリスに友好的だったので、イギリスは彼女らを残す選択をした。

シャー・ジャハン・ベーグムは一八六〇年に戴冠した。この人物は多少無理はあるにしても、文化的な女王だといえる。詩や芸術、建築術に関心をもっていたのはまちがいないからだ。その関心がどれだけ深かったかというのは別問題である。いずれにせよアヘンの集約農業のおかげで、女王は都市の中と周辺部で豪奢な建物を建設する費用をまかなえた。

最初の夫に先立たれると、シャー・ジャハンは再婚した。二番目の夫、セディク・ハサン・ハーンはペルシャ系で、宗教にかんしては正統派のようだった。すると王女はあえて流れに身をまかせることにした。王女がパーダに従うと、セディクはこの機に乗じてあらゆる公の対外交渉を代行するようになった。イギリスとのやりとりも例外ではない。そのためセディクの権力と影響力は飛躍的に強化された。

最初に切手が導入されたのは一八七六年、シャー・ジャハンの治世だった。モチーフの八角形は王女の指輪のダイヤモンドを表している。その周囲に記されているのは王女の名前だ。この切手が発行されてから二〇年間、版が違っても変化があったのはその文字だけだった。最初の切手での文字は、バラバラでやっと判読できるほどだ。イスラム教の正統的信仰では、何もかも完璧にすると嫉妬と現実の歪みが生じるとされている。それがゆえのことで、完璧なのはアラーの神だけなのである。わたしの一枚は一八九〇年の発行で、ほとんどの文字が整然と並んでいる。セディク・ハサン・ハーンは反植民地的な行動を非難されたあとに、イギリスによって権力から退けられている。この文字の再構成がそのあとで起こっているのは、おそらく偶然ではないだろう。[85]

この切手にはほかにも見るべきものがある。八角形の内側の白紙の部分に、エンボス加工で打ちだした文字がかろうじて見える。これもまた女王の名前だが、この場合はウルドゥー語だ。打ちだした文字は女王個人の有効な印章となるので、加工作業は女王の監視を受けながら宮殿で行なわれていた。[86] 不揃いな目打ちにも注目したい。一〇枚のシートをまとめて、キリ一本を使った手作業で穴をひとつずつあけている。強い存在感を発散させているのは、その日穴をあけていた人物の影響を受けているからだ。調子がよかったか念入りに作業を行なっていたのか、気が散っていたかのいずれかだろう。

シャー・ジャハンは宮殿での多くの執務の合間を縫って、藩王国を旅してまわっている。女王は慕われていた。いや、少なくともその後書かれた自伝からはそうした印象を受ける。

わたくしが近づいていることに村人が気づくと、すぐさま大勢の女が小さな子どもを抱いたまま、水の入った小さな容器をもって出迎えます。というのも水をふりまくと庇護者である女王に幸運がもたらされると固く信じているからです。わたくしの四輪馬車がいよいよ近づくと、みんな声を合わせて歓迎の歌を歌いだします。[87]

そして話をほんの少し割り引けば、慈愛の表れととれないこともない一行が次に来る。「わたくしはその小さな水の容器に施しを入れて、感謝を示します[88]」

シャー・ジャハンの娘であるカイフスラウ・ジャハンは、一九〇一年に王位を継承した。社会に関心の深い女王で、女性の立場を強化するためにいくつもの改革に手をつけたことで知られている。また国民投票に近い形で選挙を実施して立法議会を設立しており、ヒンドゥー教徒が重要な行政職に就く機会を拡大した。

同時にカイフスラウは、正統派だった母親を超える正統派ぶりを見せた。決定は必ずしきりごしか、頭からかぶったブルカのかぎ針編みの網目を隔てて伝えた。だがそれがただ宗教的なこだわりで

1890年　女王の指輪のダイヤモンドをかたどった八角形の枠の内側に、エンボス加工のシャー・ジャハンの名前がかろうじて見える。

なかったのは疑問の余地がない。この国の貴族からイギリス植民地政府の代表者にいたるまで、多くの男の敵が女王に影響を与え威圧しようとするのを、ある程度抑制できたのである。

一九二六年に退位したカイフスラウは、息子のハミドゥラー・ハーンに王位を譲って、百年にわたる女王統治の伝統を破っている。意外なことだが、女王四人がどのような外見だったかはわからない。初代、二代目の女王の統治はカメラの時代よりも前だったし、あとのふたりはヴェールをまとっていた。女王の夫のほうは、それ以上に多くのことがわかっている。その一人ひとりが母親または娘の慎重な吟味を経て選ばれていた。そしてその全員が例外なくとびきりのハンサムで、アーモンド型のキラキラ輝く目をしていた。ベッドで天上の喜びをもたらすのか、あるいはビロードや絹で覆われた王室のソファの第一級の飾りとしてふさわしいのか。女王らの努力はたしかに報われている。

一九四七年にイギリスがインド大陸から手を引くと、ハミドゥラー・ハーンはボパールの完全な独立を要求したが、藩王国内で猛反対にあって断念した。その後ボパールは一九四九年にインド連邦の一部となり、つづいてその南にあり面積ではるかにしのぐマディヤプラデーシュ州に併合された。それから二〇年もしないうちにボパールを襲った惨事は、ほぼ全てを一変してしまった。

わたくしが近づいていることに村人が気づくと、すぐさま大勢の女が小さな子どもを抱いたまま、水の入った小さな容器をもって出迎えます。というのも水をふりまくと庇護者である女王に幸運がもたらされると固く信じているからです

シャー・ジャハン・ベーグム

文献

シャハリヤル・M・カーン（二〇〇〇年）

『ボパールのベーグム家――ボパール藩王国の歴史 *The Begums of Bhopal: A History of the Princely State of Bhopal*』

ナワーブ・スルタン・ジャハン・ベーグム（一九一二年）

『わが人生の物語 *An Account of My Life*』

セダン

シャンゼリゼからコントゥムへ

存続年　一八八八－一八九〇年
国名・政権名　セダン
人口　不明
面積　一〇、〇〇〇～三〇、〇〇〇平方キロメートル

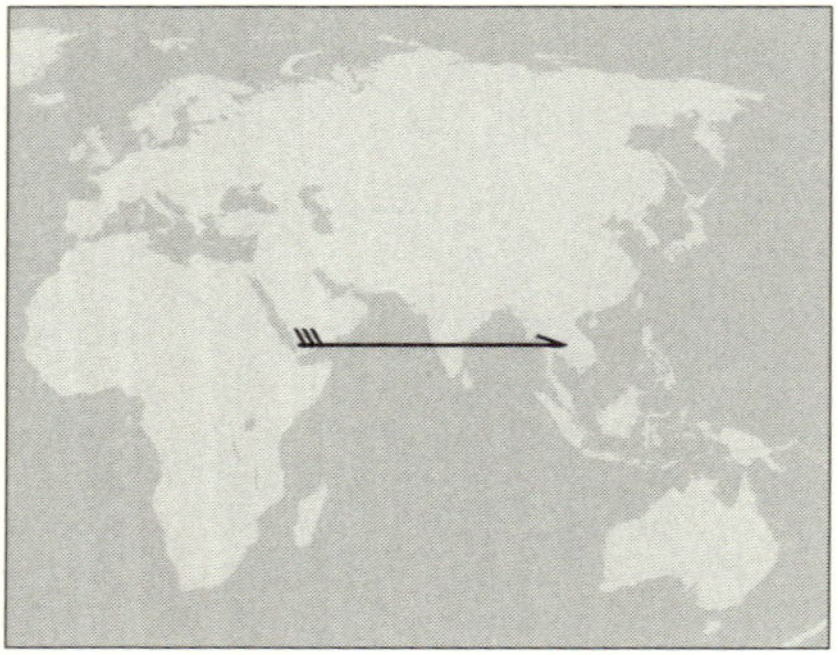

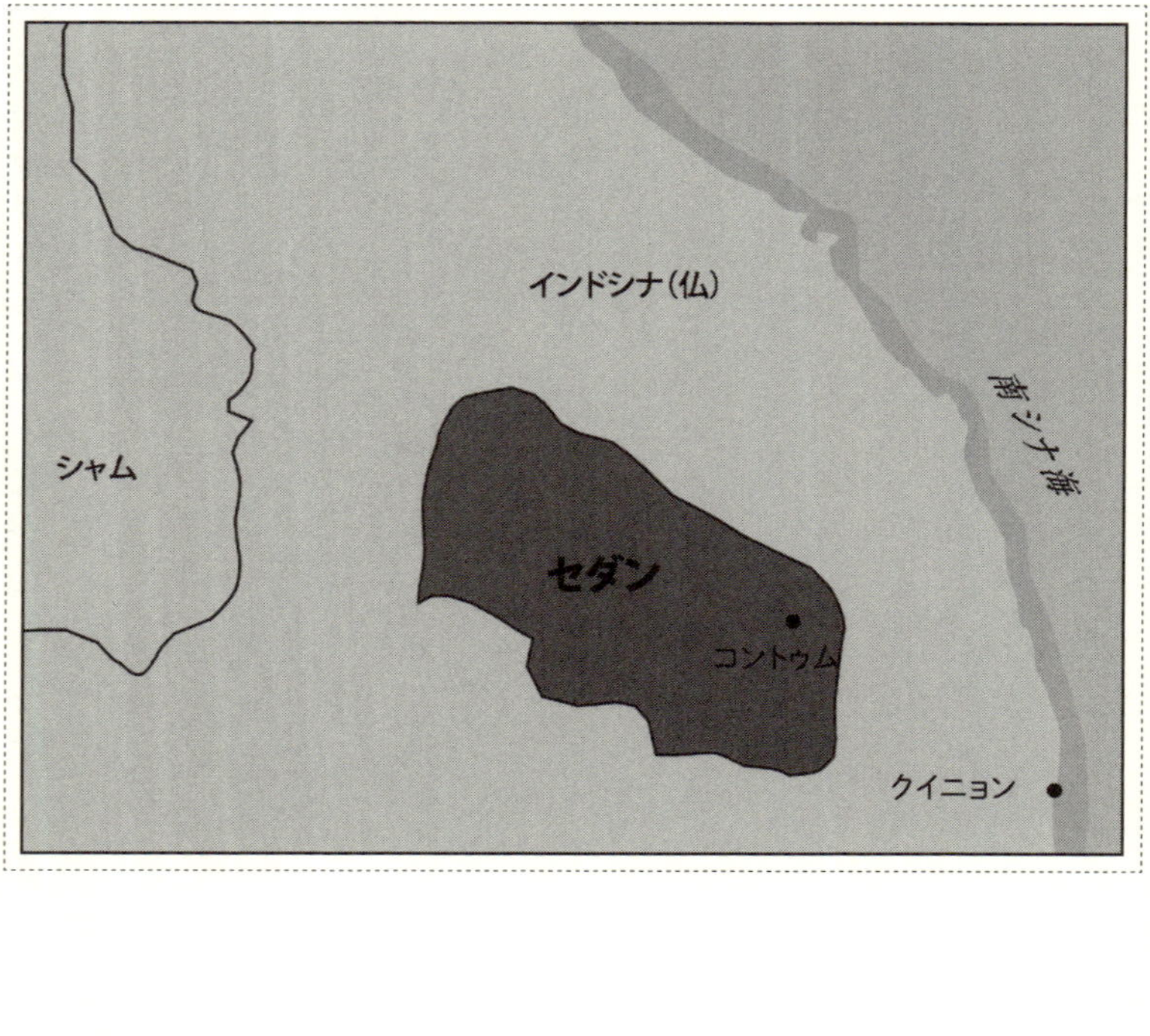

「王国を手に入れてやる」というのは、シャルル＝マリー・ダヴィッド・ド・マイレナの心のつぶやきである。ド・マイレナはインドシナ半島の港町、クイニョンを出発して草木に覆われた山中を苦労しながら進んでいる。同行しているのは、仕事仲間のアルフォンス・メルキュロルと中国人商人の四人、ベトナム人の愛人ふたり、荷役人八〇人で、現地の兵士一八人も護衛につけている。この探検隊の目的地は、コントゥムの町を取り囲む高原だ。なるべくこの地域の村々のあいだの小道をたどっているが、それ以外はのび放題のつる植物や竹藪を切り開きながら進まねばならない。湿気が多く道はぬかるみ、ひどく暑苦しい。ド・マイレナはパリの大通りで長年、伊達男として悪名を馳せていた。ここはそこから可能なかぎり離れた土地だ。横領の罪で告発されての逃避行だった。今頭を占めているのは復讐のこと、それも胸のすく復讐の方法である。

この寄せ集めの隊列が最終的にたどり着いた高原には、バナール族、ロンガオ族、セダン族といった現地の部族が住んでいた。本来ならこの地域一帯の先住民なのだが、中国人とマレー人によって沿岸部から追いだされた部族である。高原では小さな村を作り、焼き畑農業と素朴な牧畜をして暮らしている。どの村の中心部にも「ロング」と呼ばれる目を引く建物があった。土台になる脚柱の上に立ち二〇メートルの高さにそびえ、勾配の急なわら葺き屋根をわずかに反らさせたさまは、巨大な帆船のように見える。ここでは村の会議が行なわれて揉め事の決着がつけられ、神への供物が捧げられた。また村人には名字がなかった。ただ男はA、女はYというような性別を示す文字が、名前の前につくだけである。だからフルネームは、A・ニョン、Y・ヘーンといった具合になる。もうひとつ特徴的なのが言語だった。まるで優しい歌のような響きがあり、母音の数が五〇を超えていた。これほど母音をもつ言語はここ以外に世界中どこにもない。

それは一八八八年のことだった。その前年にフランスは植民地として、フランス領インドシナを建設していた。ド・マイレナはフランスの植民地政府にその西側の地域で力を見せつける必要があると訴えていた。フランス政府はそれまで足を踏み入れていなかったのだ。さらにまた、とてつもない金鉱が発見を待っているという噂もあった。

だが知ってのとおり、ド・マイレナには腹案もある。村に到着したとたんにロングを接収し、村々の全部族長を招集して会議を開いた。ここでド・マイレナは宣言する。この村の人間はフランス人からも誰からも一切恩義を受けていない。立ち上がるときが来たのだ、と。そして「ケ・セダン」（セダン王国）を作り、自分を国王にすることを提案した。部族長らは同意した。

六月三日、四六歳のド・マイレナはマリー一世として即位する。相棒のメルキュロルはハノイ公爵の称号を得た。ド・マイレナはコントゥムを首都に定めて、巨大なわらの小屋に移り住んだ。ここにはまもなく国旗が翻ることになる。青の地に白い十字をあしらい、中央に赤い星を配置したデザインだった。王の巨大な象には、同様の装飾をしたハーネスがつけられた。

ド・マイレナは北のジャライ族を従えるために、ものの二、三日のうちに戦士一四〇〇人を集めて軍を仕立てた。ジャライ族は、この地域のフランス人宣教師を長らく悩ませていた。この討伐遠征は成功を収めて、インドシナ在住のフランス人の司教から好意を勝ち取った。さらにカトリックを国教に定めると、感謝の印として赤いかけ布と特別なクッションとともに個人用の祈禱机を贈られた。ただしその祈禱机を使うことはあまりなかった。というのもイスラム教に改宗してしまったからだ。それには部族長の娘たちと結婚するため、という理由もあった。

数週間後ド・マイレナは、司教の推薦状をポケットに香港に渡った。自分の王国の国際的な認知と国家運営の資金を求めてのことである。この魅力的な人物は上背があり、容姿端麗で、髪は漆黒でふさふさとした見事な顎ひげをたくわえている。会った者には強烈な印象を与えた。

どの顔の線にも力があった。固く結ばれ毅然として非情そうな口にも、鼻梁の上でほとんどつながっている豊かで黒い眉にも、広くてシワひとつない額にも、鋭くて険しく、刺すようで皮肉っぽい目にも。[89]

深紅の上着に絢爛豪華な肩章をつけて、金のストライプの入ったズボンを穿き、胸におびただしい数の飾りをつけて、王のような装いをしていたとしても、こうした印象が弱められることはなかった。たちまち数人の中国人事業家がエサに飛びつき、新国との貿易独占権を得るために金を用意した。そうしてできた資金の一部が七色もの切手の印刷に使われた。切手の価格は現地の通貨単位で示されている。色は違ってもデザインは共通で、王冠の下に紋章が配されている。切手の新版は後日、パリで印刷された。

わたしの所有する切手には一八八九年の消印があるが、これが本物かどうかは若干疑わしい。先住民は字を読めなかったし、郵便制度といえるものがあったかも怪しいのだ。

香港で成功を収めたあとは、全てが坂道を転げ落ちるように急速に悪化した。ド・マイレナはパリを皮切りにヨーロッパ各国を歴訪したが、反応はぱっとしなかった。たしかに身分にふさわしい暮らしはしていた。最高級のホテルに宿泊して、誰彼となく「マリー一世勲章」を差しだし、名誉を表す称号とともに、さまざまな種類の鉱物資源の開発権と貿易の独占権を与えた。だが関心を示す者はおらず、その見返りはたいしてなかった。

フランスのル・タン紙は、事業全体が「かなり漠然」としていると評し、終いにはド・マイレナのスキャンダルを取り沙汰した。フランス政府は当初、何もしなくても騒ぎは沈静化するだろうと見ていたが、明確な非難声明を発表した。そしてセダン国王としての認知を求められてもことごとく却下して、ド・マイレナに対する法的手続きに踏み切った。

ド・マイレナは死刑になるきわめて現実的な可能性を恐れて、汽船に飛び乗り帰国の途についた。だがあえて旅の最後を、フランス領インドシナからセダンに入る行程で締めくくらずに、マレー半島

1888年か1889年、ライオンの紋章に王冠をかぶせた標準版。

の東岸沖にあるティオマン島に向かい、小屋に立てこもった。この小島は緑は豊かだが無人島に近い。小屋は窓のよろい戸に銃眼が設けられており、「王の館」と呼ばれた。ここには二、三人の女にくわえて、ピンクがかったクリーム色のプードルもいた。オギュストという名のこの犬に、王はいつも助言を求めていた。

ティオマン島はイギリスの管轄区下にあり、状況を確かめるためにイギリスの若い役人が訪ねたころには、ド・マイレナは、残ったひと握りの半フラン硬貨だけで生活していた。それでもド・マイレナはイギリス人を熱烈に歓迎した。「おぬしは勇気があるぞ。われらは勇気を高く評価し、愛しておる。考えてもみよ。軍隊が差し向けられると予想していたのだ。それがやって来たのが若造ひとりだけとは。さあさ、入るがよい！」[90]

そのわずか数日後の一八九〇年一一月一一日に、ド・マイレナはコブラに嚙まれて死んだ。生前の望みに従って、イスラム教の葬儀が執り行なわれた。フランスはただちに王国の痕跡を抹消すべく万全の手を打つと同時に、これをチャンスとばかりに、この地域のカトリック宣教師の恨みを晴らした。

今日、セダン地区はカタングと改称されて、ベトナムの一部となっている。そのすぐそばにはラオスとカンボジアの国境がある。ベトナム戦争では大きな被害を受けた。いまだにかなり孤立した場所で、ガイドブックによれば、旅行客が訪れたことのある村は全体のわずか五パーセント程度だという。[91]あちこちにフランスの伝道所の廃墟がある。セダン王国のもので切手以外に残されたものはない。

文献

ジェラルド・キャノン・ヒッキー（一九八八年）『朝霧の中の王国　ベトナムの高原のド・マイレナ　*Kingdom in the Morning Mist. Mayréna in the Highlands of Vietnam*』
アンドレ・マルロー（一九三〇年）『王道』（渡辺淳訳、講談社、二〇〇〇年）
ウォルフガング・バルドゥス（一九七〇年）『セダン王国の郵便切手 *The Postage Stamps of the Kingdom of Sedang*』

どの顔の線にも力があった。固く結ばれ毅然として非情そうな口にも、鼻梁の上でほとんどつながっている豊かで黒い眉にも、広くてシワひとつない額にも、鋭くて険しく、刺すようで皮肉っぽい目にも

ヒュー・クリフォードによるド・マイレナの描写

ペラ

スズに取り憑かれて

存続年　一八七四－一八九五年
国名・政権名　ペラ
人口　一〇一、〇〇〇人
面積　二一、〇三五平方キロメートル

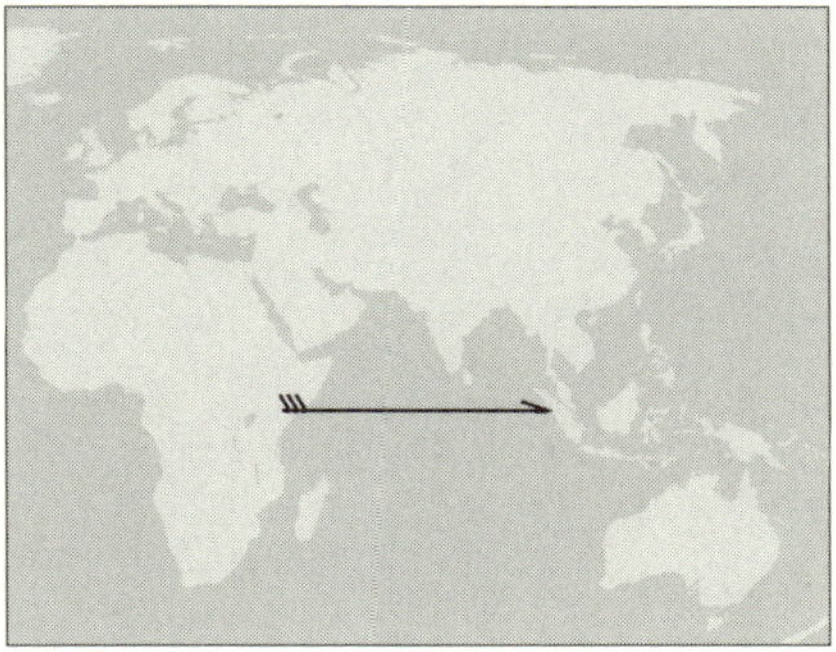

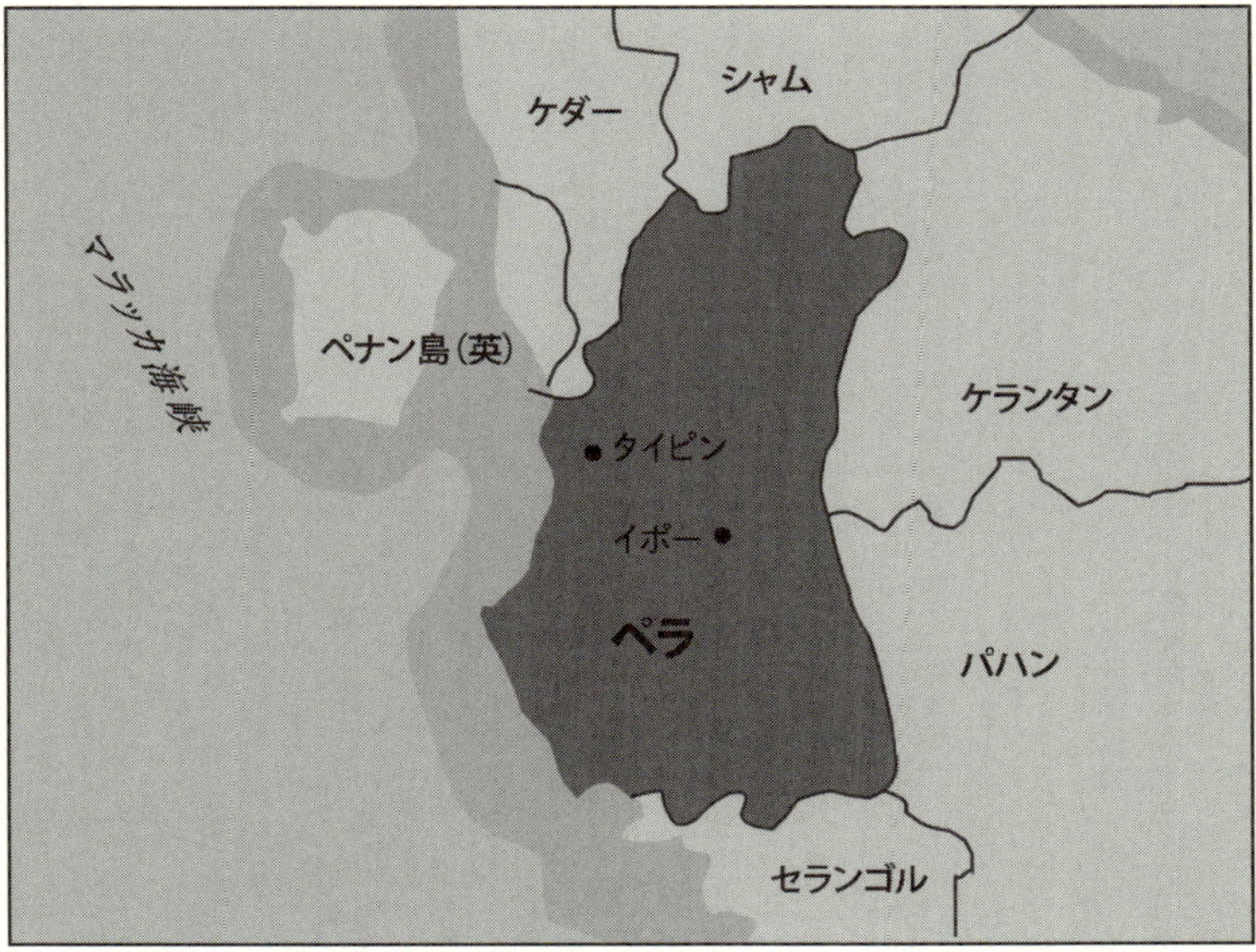

平底の小舟、サンパンが熱せられたヘドロの上に並んでいる。その川岸に沿ってココナツの並木がしばらく続いている。枝を張りだした大木も何本か混じっており、そうした木がたわわにつけている花は、見たことがないほど大きく、鮮やかな深紅色をしている。あでやかなホウオウボクでさえかすみそうだ。それでもここで魅力的に見えるものは何ひとつない。目の前は沼地で背後はジャングルだ。ジャングルではサイがわが物顔で歩きまわっているという。野菜が腐敗するときのお馴染みのにおいが漂っている。ミアズマ熱[92]（の原因と思われる黴菌）が、たっぷりのヘドロと沼地の泡がはじけるたびに放出されているのだ。[93]

これは一八七〇年代の終わりごろの描写である。書き手はイギリス人冒険家のイザベラ・ルーシー・バードで、友人のデーリー夫人とともにマラッカ半島を旅してまわっている。[94] ふたりが立っているのはベルナマ川の河口で、向こう岸にはペラ国が見えている。バードは病弱な体によいからと医者から船旅を勧められて以来、旅の虫に取り憑かれていた。写真の中の彼女は、小柄できゃしゃに見え、かすかに厭世的な雰囲気を漂わせている。だがそれは誤った解釈にちがいない。なぜならそれからほんの数年でバードは、世界中を見てまわることになるからだ。

ペラはマングローヴの生える沼地の向こうにあるが、どこまでも続く森に包まれていてその様子は見通せない。森のところどころを白い石灰岩の山頂が貫いており、それが最後には東の山脈へとつながっていく。この地域は珍しいほど肥沃である。だがそれでも、人の口に上るのはスズのことばかりだ。一五〇〇年代にははやくも、大規模なスズ鉱床から得た資金で、ペラはイスラム王朝のマラッカ王国から独立を果たしている。さらに一八〇〇年代の半ばには、この貴重な鉱物の世界最大級の沖積層がジャングル地帯に眠っていることが判明した。三〇メートルの厚さの層を成す鉱石は、川砂利の中に堆積しているので、採掘はきわめて容易だ。石などの不純物を簡単に洗い流せば、巨大な溶鉱炉の中でスズだけが溶解して、ピカピカのクリーム状の塊になる。さらにその塊を冷却して延べ棒にすれば、象と鉄道に載せて沿岸部まで輸送できる。

スズはいつの時代も需要が多く、何千年ものあいだ強度を増した銅との合金、青銅の材料として使われてきた。産業革命が進むと応用範囲が飛躍的に広がり、何よりも急速に成長する缶詰産業で利用された。また一八〇〇年代には男の子のスズの兵隊のゲームが一世を風靡した。とはいえ、おもちゃが突出してこの金属の用途の大部分を占めたとは考えにくいが。

イザベラ・ルーシー・バードがペラに到着したとき、イギリスはすでにここに入りこんで総督を任命していた。その五、六年前から、総督はイギリスに友好的なスルタンの行政府を意のままに操れるようになっていた。

だが中国人のほうがスタートを切るのは早かった。はやくも一八六〇年には、秘密結社の海山公司と義興公司がスズの本格的な採掘に乗りだして、この目的のために多いときには雇った労働者三万人を差し向けていた。このふたつの秘密結社はよい鉱床をめぐってことあるごとに衝突したが、一見関連のない問題でも激昂してぶつかることがあった。それが頂点に達したのが、義興公司のボスが、海山公司のボスの甥の妻と姦通しているのが発覚したときである。海山公司は不義の現場を押さえると、ふたりを拷問にかけたうえに、カゴに閉じこめて廃鉱に沈め溺死させた。これに義興公司が中国からの傭兵四〇〇〇人を引き連れて反撃すると、長年にわたる確執に火がついた。この騒ぎはやがて内戦にまで発展し、現地の大勢のマレー人族長をも巻きこんで、何千人もの屍が積みあげられる結果となった。採鉱の町ラルは町ごと消滅した。[95]

この状況を利用したのが、ほかの事態なら表舞台に出てくるような人物ではないラジャ・アブドゥッラーである。この族長は実力者の中国人商人の助けを借りて、海峡植民地のイギリス人に出す手紙の文案を練った。ちなみに海峡植民地とは、マレー半島の複数の場所に戦略的に置かれたイギリスの領土群のことである。この手紙の中でアブドゥッラーはイギリスにこの混乱への対処を求め、それにくわえて政権は握っているが明らかに役立たずのスルタンを退位させて、ラジャ・アブドゥッラー本人を新王にしてくれるよう強く懇願した。

イギリスは大喜びで手を貸した。なんといってもスズ鉱床の規模が、以前の予想をはるかに上まわっているのがわかったからだ。イギリスは中国人と地元の族長の頭を冷やすのに必要な外交的圧力を行使すると、一八七四年にラジャ・アブドゥッラーをペラの新スルタンに据えた。そしてこの地域でイギリスの利権を獲得し守る目的で、使節を派遣してのちに総督とした。

まもなく、国内でのアブドゥッラーの孤立無援ぶりが浮き彫りになった。このスルタンはすべて自分の利益のために交渉して、それ以外の国家運営に関わりがありそうなことには無関心をとおした。地位は主に、女を手に入れるため、アヘンを吸い闘鶏の試合を催すために利用された。イギリスはこの男に見切りをつけて、セーシェル諸島に追放した。そしてその空席に、はるかに問題の少ない族長、ラジャ・ムダをペラの統治者として座らせた。

イザベラ・ルーシー・バードが到着したのはこの時期である。バードはこの国をくまなく見てまわり、とくに動植物でも昆虫に興味をもって重点的に観察している。

ここには「トランペッター・ビートル」という甲虫がいる。体は明るい緑色で膜状の透明な羽が生えていて、体長は一〇センチ程度。馬ほどの大きさの生き物を想像させる鳴き声をたてる。今夜は家の中に二匹いたので、人の話がよく聞こえなかった。[96]

だがバードは人間にも興味をいだいている。総督の屋敷の外では、不満を訴える族長が続々と詰めかける様子が見受けられた。族長らは自分の部族には何が起こっているのか伝えられていないと不平を述べている。

この熱帯のジャングルでは、民意は絶対に届かない。わたしたちはそうした住民と権利、わたしたちの介入から生まれた慣行、そしてそれがどう実行されているかについて、おそろしく無知だ。[97]

イギリスは立場を強化するためにペラに切手を供給したが、海峡植民地が発行した原版に「Perak」

1892年　ペラの最初の切手。図柄は狩りをするマレートラ。

（ペラ）の文字を加刷したものだった。ペラがオリジナルの切手をもつのはやっと一八九二年になってからである。図柄は狩りをするマレートラで、わたしの深紅のバージョンにはタイピンの消印がある。漢字で「太平」と書くタイピンは、切手発行の数年前に、かつて徹底的に破壊されたラルのあった場所に再建された都市だ。

原則として、ペラがイギリスの植民地であることにはまだまちがいなかったし、この状況は一八九五年の時点でも変わらなかった。この年ペラは近隣土侯国のセランゴル、ネグリセンビラン、パハンと合併されてマレー連合州となった。だがこうした動きは、徹頭徹尾イギリスの厳密な指示のもとに起こっている。イギリスは鉄道やプランテーション、造船所の建設によって、輸出志向の経済を発展させようと考えていた。ほとんど全てが依然としてスズを中心にまわっていたが、ようやく土壌がゴムの木の栽培に向いていることがわかってきた。

イギリスはこの地域を厳しく統制していたが、一九四八年にはマラヤ連邦が成立した。ただしこの国が最終的に独立を獲得したのは、ようやく一九五七年になってからである。一九八〇年代にスズ産業は世界的に破綻した。今ではマレーシアの一三州のひとつになったペラは、その打撃からまだ完全には回復していない。

ここには「トランペッター・ビートル」という甲虫がいる。体は明るい緑色で膜状の透明な羽が生えていて、体長は一〇センチ程度。馬ほどの大きさの生き物を想像させる鳴き声をたてる

イザベラ・ルーシー・バード

文献
イザベラ・ルーシー・バード（一八八三年）『黄金半島 *The Golden Chersonese*』
H・コンウェー・ベルフィールド（一九〇二年）『マレー連合州ガイドブック *Handbook of the Federated Malay States*』

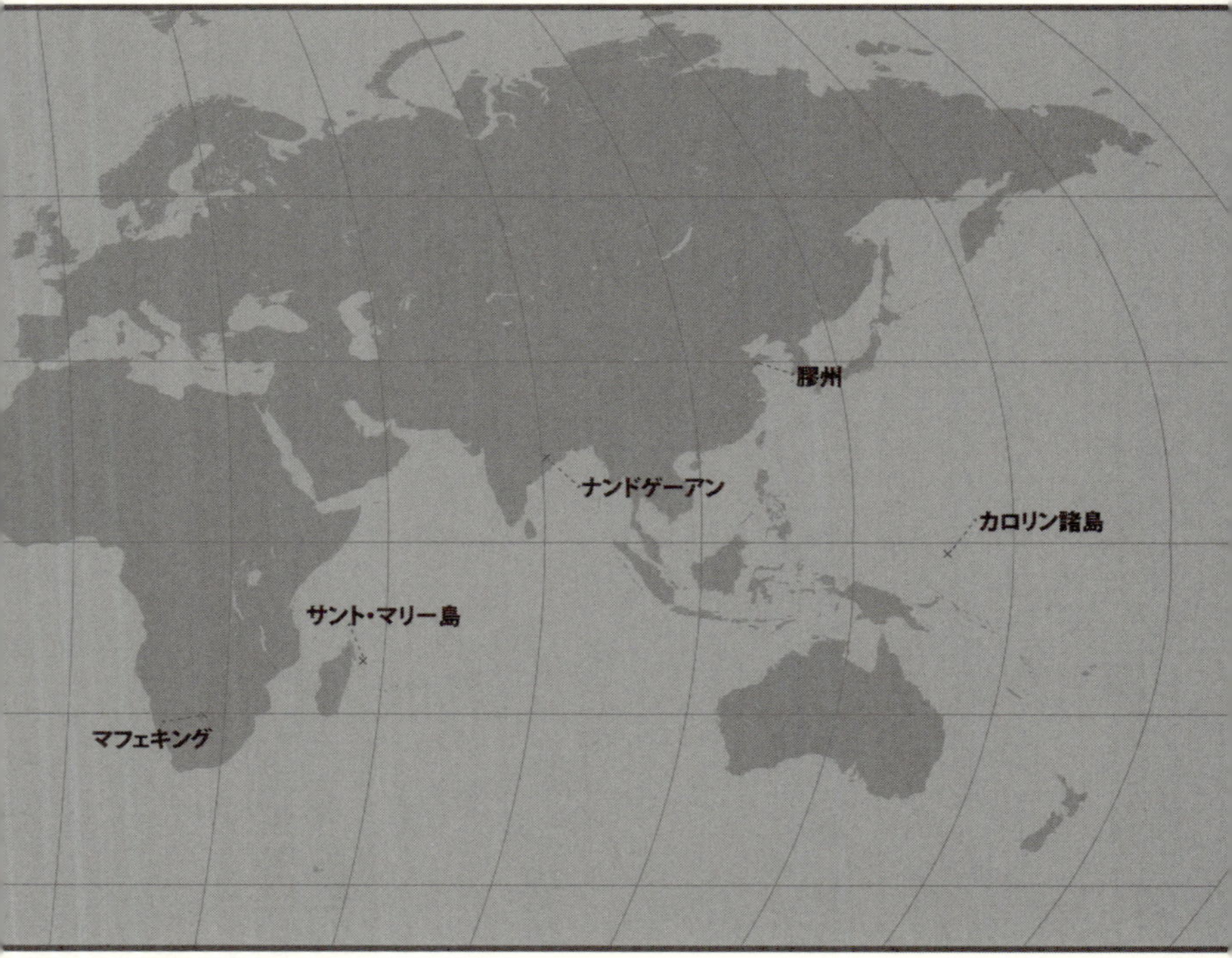

膠州
ナンドゲーアン
カロリン諸島
サント・マリー島
マフェキング

1890-1915年

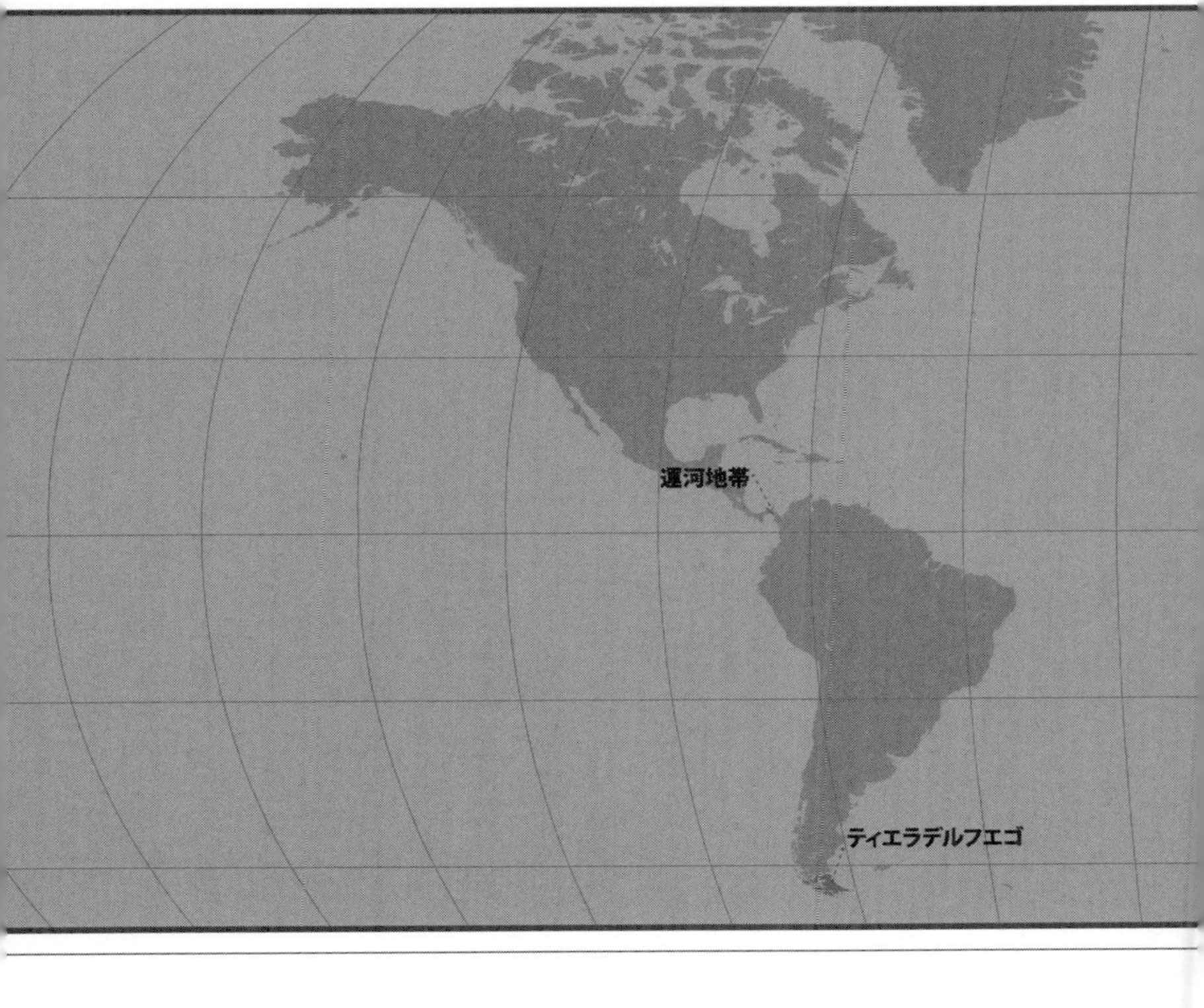

サント・マリー島

熱帯ユートピアの文明人のパニック

存続年　一八九四－一八九六年
国名・政権名　サント・マリー島
人口　五、九〇〇人
面積　二二二平方キロメートル

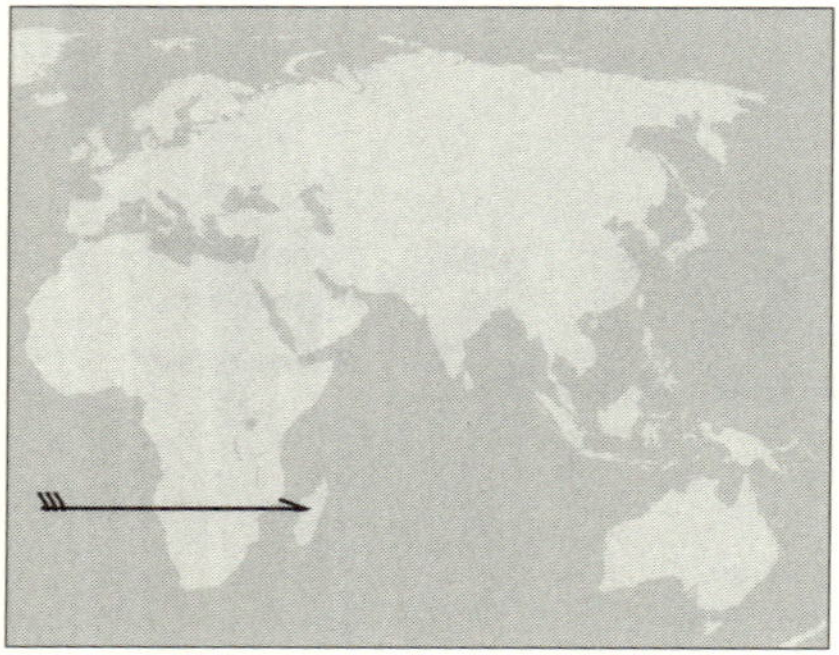

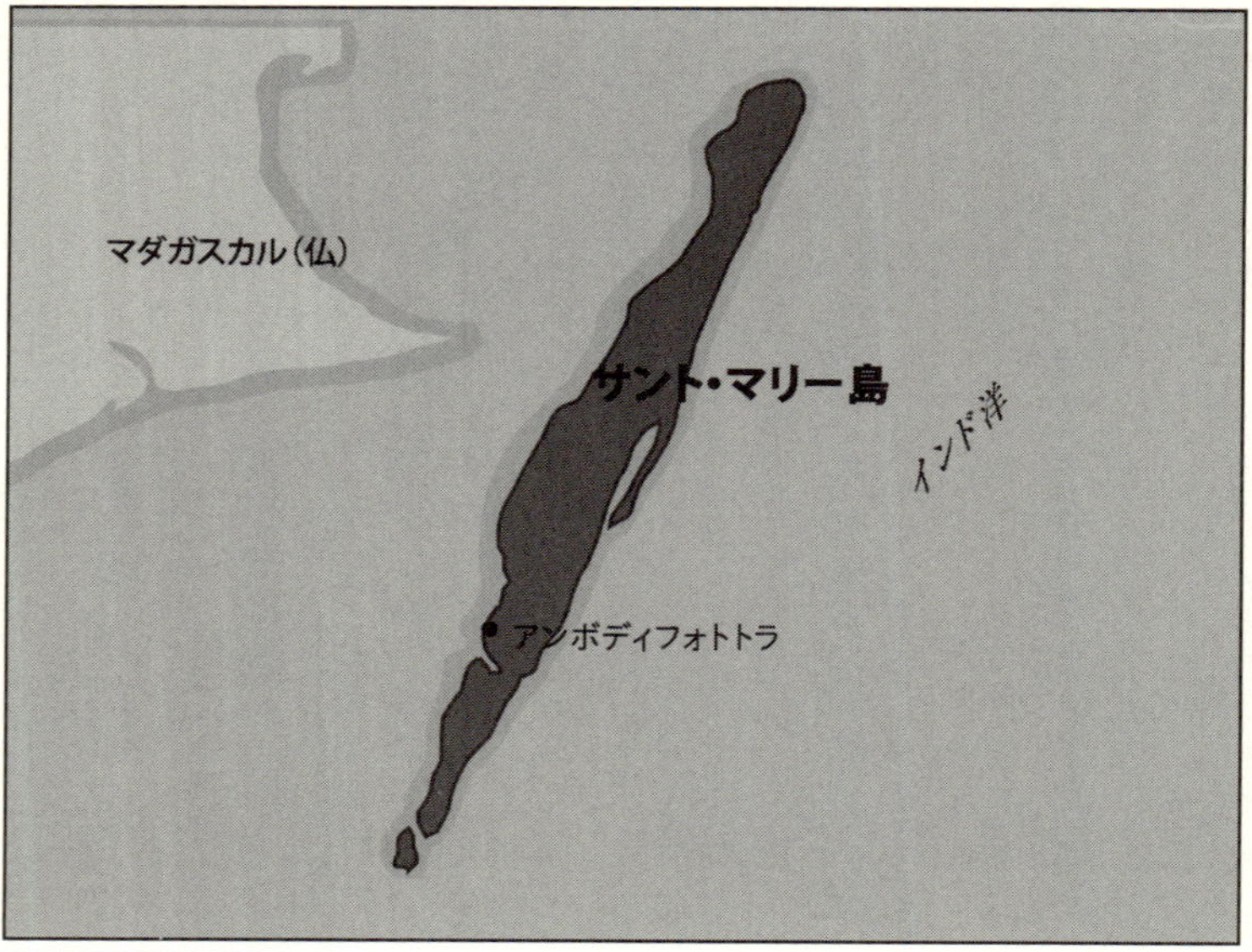

二〇〇〇年代の初めごろに、ノルウェー人作家のビャルテ・ブレイテイグは家族旅行でサント・マリー島を訪れた。静かに執筆できる場所を求めて、マダガスカル島の東岸沖に浮かぶこの島までやって来たのだ。ここは本土から一〇キロの距離にある。長細い形の島で、端から端まで五〇キロしかない。一八二〇年頃からフランスの植民地だった。

頭上高くまでのぼる太陽、揺れるココヤシ、白い砂浜。サント・マリー島には、南の海に期待するものの完璧なハーモニーがあるはずなのに、ここに滞在した若い家族にとってはロマンチックどころではなかった。地元民と出会えば不安を掻き立てられるし、島の野生生物は気味が悪かった。砂浜から少し行くと、黒アリやゴキブリ、ネズミの天下になっている。しかもオカガニの群れのおかげで、夕方の散歩がぞっとする体験になった。

ある日の夕方、ブレイテイグの妻のトニヤがなんの痕跡も残さずに姿を消した。あたりはみるみるうちに暗くなる。ブレイテイグはライターの火を頼りに探すしかなく、しかも息子のアスキルをベビー・キャリアに入れて背負っていた。と、にわかに激しい暴風雨に襲われた。

> わたしはパニックに陥った。暗い雨の中で足を泥にとられながら駆けだし、気が触れたかのようにトニヤの名を呼んだ。周囲を見渡すと、小屋の中で小さな灯りが弱々しく光っており、雨の夜とほとんど区別のつかない黒い顔が見えた。もう終わりだと感じた。サイクロンなのだ。トニヤは二度と戻ってこないだろう。[98]

その恐怖が漠然としたものだとしても、おそらくサント・マリー島は安らぎと静けさを求める繊細な作家の行くべきところではないのかもしれない。だが、ここに二世紀近く住みついていたヨーロッパの海賊にとっては、さぞかし願ってもない環境だったのだろう。条件が何もかも整っていたのだ。アジアからの貿易路に近く、波風を避けられる港があり、水はもちろん、果物、肉、海鳥の卵は無尽蔵に手に入る。また豊富なヤシの樹液はすぐ発酵してワインになり、それを蒸留するとラム酒に似たアラック酒ができる。それ以上に、この島には美しい女がたくさんいた。

海賊はたいてい、島のベツィミサラカ族の娘と結婚した。娘の両親とシャーマンの同意を得たあとに始まる結婚式は、島とヨーロッパの儀式が強烈に入り交じっていた。ある記述によれば、新郎の晴れ姿は胸にレースをあしらった新品の白シャツ、逆毛を立てたカツラ、略奪品であるオランダ製の膝まである赤い長靴下というものだった。両親にはすでに贈り物を山ほど贈っている。龍の模様を織りだしたダマスク（紋織物）、薄手のティーカップ、バロック様式の金の額縁に収まった真っ白い貴婦人の絵……。白い絹の衣装に身を包んだ花嫁は、その夜秘密の贈り物があることを約束され、初夜のベッドにはシナモンがふりまかれていた。

一六〇〇年代の終わりには、サント・マリー島を一五〇〇人以上の海賊が根城にしており、島の経済は良好、もしくは今風の言い方をすれば持続可能だった。これはフランスの一部の海賊が先頭に立って、「神と自由のために」をモットーに、無政府植民地リバテーシアを建設したときによくある状況だった。[99]

海賊は、金持ちから略奪してその収穫を分配することを目標に掲げており、反資本主義者のようである。また教会や君主制など権威をにおわすものには、断固として敵対する姿勢を示している。仲間とのあいだでは、さまざまな海賊グループの代表から成る会議を作り、その組織をとおして直接民主制を実施していた。個人への権力集中や、有権者の意志の無視に走る者は、リコールとともに代表から即刻外されることもある。島ではキャッシュレス経済が成り立ち、農作業はすべて共同で行なわれた。海賊遠征の略奪品は平等に分けられて、地元民への配慮もあった。

リバテーシアの海賊船はほかの海賊船とは違って、白い旗を掲げて帆走している。その当時、海洋を忙しく横断していた奴隷船を拿捕したときは、その場で捕虜を解放してやり、サント・マリー島に住んで仲間になる機会も与えた。その結果民族が混ざりあって独特な方言が生まれ、島に住んでいない者にはいよいよ理解しがたくなった。そのため仲間意識が強まった。

それでもリバテーシアの共同体はわずか二五年で突然行き詰まった。そうなると、それには何かほかの理由があったように思えてならない。イギリスなどヨーロッパ諸国がこの海域に軍艦を送ったあと、海賊行為の収穫がなくなったのかもしれない。でなければ、その一切が壮大なホラ話であったかだ。というのも正直なところ、リバテーシアがかつて存在したと断言できる者はいないからである。社会が権威主義に傾いていればそれを反映して豊富にある文献資料が、どこにも見当たらない。

一七五〇年にサント・マリー島はフランスに譲渡される。もっともその背景事情もまともな文書としては残っていないが。伝聞によると、全てはフランス人将校のジャン＝オネジム・フィレから始まっている。サント・マリー島から少しインド洋に寄ったところにレユニオン島がある。その島で不倫を犯し復讐を逃れようと海上に出たフィレは、難破しサント・マリー島に漂着した。[100] ここで彼はほ

1894年　航海と貿易は、フランス植民地で発行される切手の標準的な図柄。

かならぬベティアに助けられる。この王女の父はラツィミラフ王で、祖父はかつてイギリス人の海賊だった。ふたりは婚礼を挙げ、王が一七五〇年に崩御すると島をただちにフランスのルイ一五世に寄贈した。

このことは地元民の反感を買い、二年後に反乱が起きた。フランス人入植者の一部が虐殺されて、先住民が島の支配権を取り戻した。フィレのその後の消息は不明だが、ベティア王女はモーリシャス島に永久追放されたという。

そしてついに一八一八年にフランスは、大規模な海軍部隊とともに舞い戻った。あっさりと再征服が成し遂げられたあと、この島は流刑地として使用された。それ以外のこの植民地の管理には、中途半端に取り組まれていたようだ。ただ単にあまりメリットがなかったのだ。

一九世紀の後半になると、この島はレユニオン島、マヨット島、港町のディエゴスアレスなどといった、重要性の高いフランスの領土の従属的な位置づけになり、何かと後回しにされるようになった。その後一八九四年に、理由はわからないが、他地域から分離した位置づけの植民地に指定されている。この統治状態が二年続いた。そのあいだに、サント・マリー島は独自の切手を発行している。いうまでもなく、フランス植民地で広く出まわっている種類のもので、寓意風の図柄で航海と貿易を表現している。たとえばこの絵で女性がもっている旗は、航海を表している。わたしの集めた切手には一八九六年八月一一日の消印がある。おそらく貼りつけられていた手紙は、植民地が消滅してマダガスカルに吸収される直前に投函されたのだろう。マダガスカルはというと、一九四六年までフランスの植民地だったが、その後フランスの保護領になった。一九六〇年には完全な独立を果たしている。

今日サント・マリー島は、もともとのマラガシー語の名称、ノシボラハの名を復活させて使用している。島は世界から取り残された穏やかな僻地のような趣で、時折少しばかり風変わりな旅行者が、日中はデッキチェアに身を沈め、夜間になると藪の中を息を切らせながら走っている。

オー・フォルボン島は、小さな港町アンボディフォトトラのすぐそばの沖合に浮かぶ小島だ。ここには海賊の墓地の跡があり、ヤシの下に広がる緑の草地に崩れかけた墓石が並んでいる。さらにその先の湾には、何十隻もの海賊のスクーナー〔二本以上のマストに縦帆をつけた帆船〕がずらりと一列になって沈んでいるのが、海面の下の透明度の高い水をとおしてよく見える。

文献

ビャルテ・ブレイテイグ（二〇一三年）『サント・マリー島　*Ile Sainte-Marie*』
チャールズ・ジョンソン（一七二四年）『海賊一般史　*A General History of the Pyrates*』

映画
『全ての旗に背いて』（一九五二年）
監督　ジョージ・シャーマン

神と自由のために
リバテーシアの海賊のスローガン

ナンドゲーアン

平和な熱狂

存続年　一八六五－一九四八年
国名・政権名　ナンドゲーアン
人口　一二六、三六五人
面積　二、二五六平方キロメートル

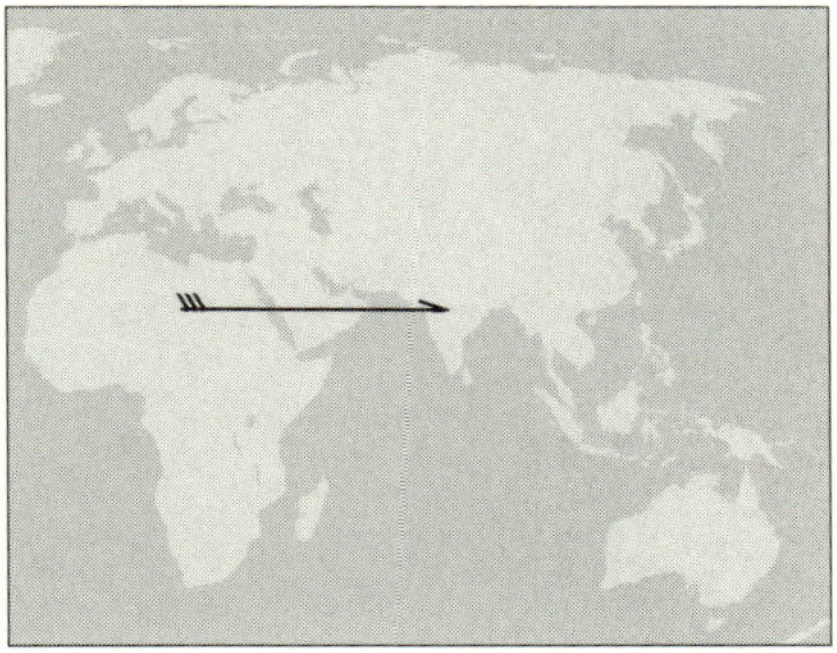

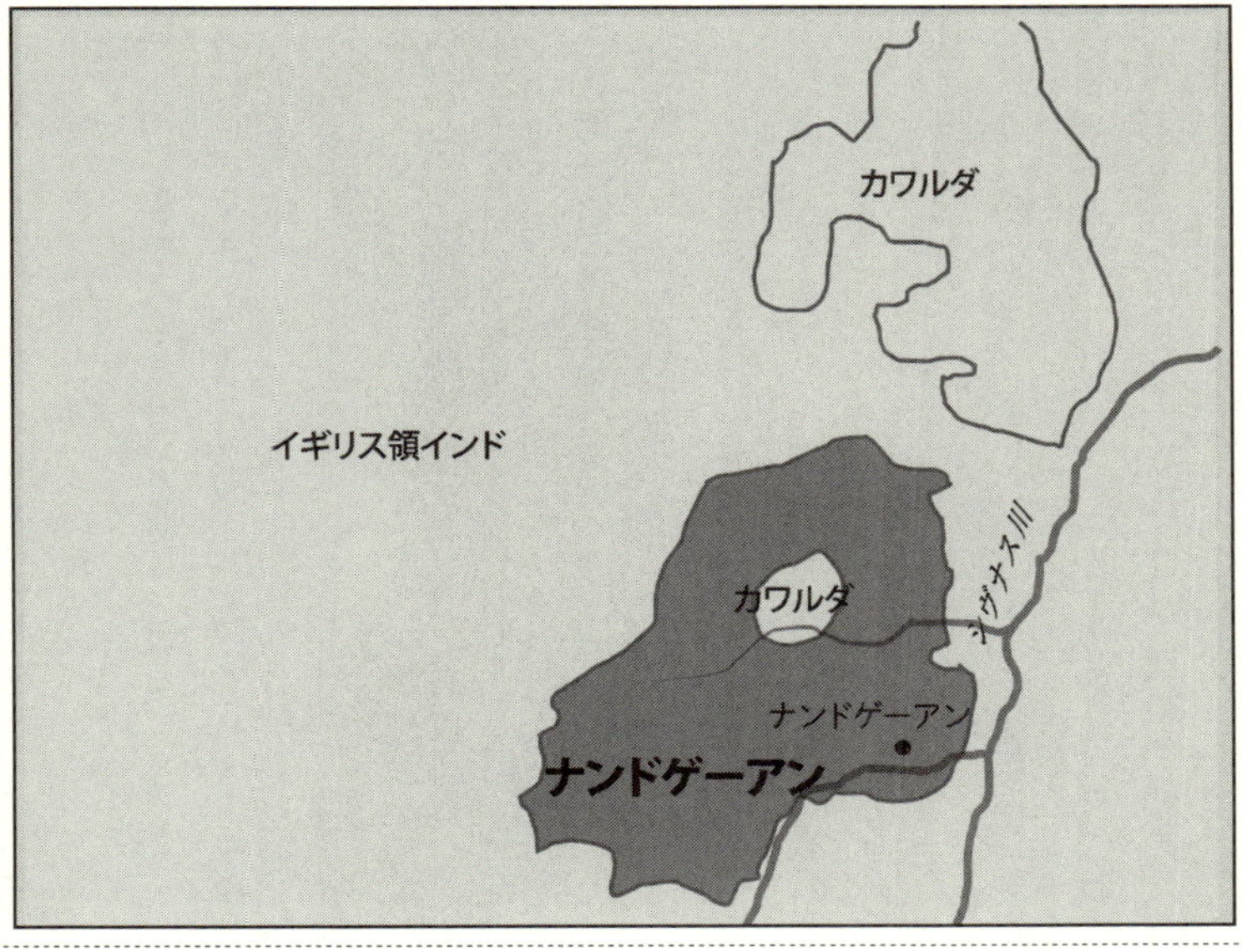

毎年ホリー祭になると、ナンドゲーアンの大通りで水差しが紐で高く吊りあげられる。中身はバターミルク。牛乳からバターやミルクを分離した残りだ。男の子は人間ピラミッドを作って、どうにかして水差しに手をのばして割ろうとするが、女の子の集団は色粉を雨あられと投げつける。ピンク、黄、青、緑とそれは色とりどりだ。これでヒンドゥー教の神、クリシュナと友達が不遜にもバター泥棒を働いたひと幕を再現している。

ナンドゲーアンではこれ以上過激な出来事はないだろう。植民地時代のイギリス人の役人も、インドで平和な藩王国の筆頭にあげていた。ここで紛争は一度も起こらなかった。その理由が藩王自身にあると示唆する事実は多い。歴代の藩王はヒンドゥー教のバイラギ派の熱心な信者だった。

バイラギの由来であるサンスクリット語の言葉は、感情からの解放を意味する。人生の真の目的は、魂の探求と成長とされている。したがってバイラギ派の信者は、物質的な対象にほとんど興味を示さない。食べ物でさえ重視すべきではないのだ。信者がとくに心を砕いたのは、食べ物の準備と食事をひとりですることだったろう。高潔な生活は禁欲的であり、禁を破れば厳罰に処せられることもあった。女との交合は食事二〇〇～三〇〇食分に相当する罪になった。[101]

ナンドゲーアンはデカン高原の北西部に位置している。標高三〇〇メートルにある緑の濃い森の景色の中で、唯一発達した都市だった。この地域のほかの場所には、数百の小さな村が散らばり、村人は素朴な自給自足の生活をしている。この小王国は、もともとマラータ族によって統治されていた。マラータ族は、数世紀にわたりインド中部の広い範囲に居住していた。

一七〇〇年代の初めには、パンジャブ地方からプララド・ダスが訪れている。この人物はショールの商人として成功しているだけでなく、バイラギ派の信者で、またたく間にこの地方の君主らの注目を集めて、宗教的助言者として雇い入れられた。するとその後も数人のバイラギ派の信者が現れて、徐々に影響力を増していった。そして一八六五年にはついに、そのひとりのガシ・ダスが、イギリスによってナンドゲーアンの初代藩王に迎えられた。

藩王はマハント（高位聖職者）の称号を与えられて、建前ではやはり禁欲生活を送っていた。だがマハント・ガシ・ダスは、あっさりとそれをひっくり返してしまう。結婚して息子バルラム・ダスをもうけると、称号を継承させた。切手の印刷を始めたのはこのバルラム・ダスである。評判はかんばしくなかった。「切手の石版印刷《リトグラフ》はかなり稚拙で不鮮明な状態だ」[102]たしかにひどい仕上げで、紙の質が悪く、あちこちで線がぶれて交わりあっている。しかも先に出てきたオボックの切手のように、無意味な目打ちの模様が描かれている（だがこの場合は歪みすぎているので、切手を切り離す印としても役に立たない）。これほど美的な虚飾と物質主義から切り離されたものを想像するのは難しい。その一切がバイラギの教えに沿っていたので、マハント・バルラム・ダスは安全圏内に留まっている。

だが、一八九三年にはマハントは少々やりすぎたのではないか、と思う人もいるだろう。この年、マハントは売れ残った在庫の切手に、自分のイニシャルのアルファベット「M・B・D」を加刷するのを許した。これは生々しい虚栄心の例ではないだろうか。でなければただ、イギリス人のご機嫌取りにやったのだろう。

この切手は、マハントが創設したばかりの印刷所で印刷されている。ここではナーラーヤン・ヴァーマン・ティラクなる人物が採用されている。ティラクは西部の出身で、カーストの最上位であるバラモン階級だった。バラモンは全ヒンドゥー教徒のうち四パーセントを占める。司祭者の階級で、人間と神とのあいだでメッセージを伝える役割をする。ティラクはこのことを意識していた。バラモン教の文献ヴェーダは隅から隅まで理解していた。またその後は高名な詩人になり、宗教的な賛美の詩を集めた大著をまとめている。

彼が敬虔なマハントからこの地域に呼ばれたという推測も、あながち外れではないだろう。ティラクはちょうどサンニャーサの開始を決めたところだった。これはヒンドゥー教ビシュヌ派のしきたりで、人生の第四段階にあたる。修行をする者は世界創造神プラジャーパティに所有物を捧げなければならない。そしてひたすら瞑想しクリシュナを賛美しながら、托鉢をして暮らすのだ。すでに既婚者であるというので気後れしている様子はない。妻はラキシミバイといい、やはりバラモン階級だった。彼女が一一歳のときにふたりは見合い結婚をしている。

ナンドゲーアンで、宗教的野心を満たそうとするのは主に男である。ラキシミバイはとくに宗教に傾倒していたわけではなかったが、それでも夫の日常的な犠牲的行為に耐えなければならなかった。食べ物や衣類を含めて自分の所有物をすべて、貧しい者に再三再四喜捨している。

ラキシミバイは、使用済みのマッチの先で次のような日記を書いている。「わたしはまるでゴムボールのよう。何度も何度も跳ね返ってくる」[103] いきなり真夜中に出て行く夫についての記述もある。金も食べ物ももたずに、明らかになんの目的もなく出発するのだ。「あの人にわかっているのは、足が動くかぎり歩くということだけだった」[104]

それでもティラクは、成り行きで列車に乗ることもあった。そうしてあるときなどは、深夜の列車でアメリカ人宣教師のアーネスト・ウォードと出会った。ウォードが属しているメソジスト教派伝道団は、地方のハンセン病療養所を数か所運営している。ウォードは二、三〇人の同僚とともに、昼も夜も死ぬ間際の魂をできるかぎり救おうとしていた。しかもこの病気は生まれもった罪から生じているという思いがあったので、なおさら身を粉にして働いていた。

アーネスト・ウォードはティラクに聖書を贈ると、耳元で君は二年以内に改宗するよとささやいた。[105] ティラクはそんなことはないと答えたが、聖書は読もうと約束したので実行した。はたして一八九五年にティラクは改宗し、それと同時に驚いて飛んできた義兄に警告した。「わたしはもうキリスト教信者です。妹さんの面倒をみてやってください。ナーシクにもジャラルプールにも川はあります。ラキシミバイが自殺しないよう気をつけてください」[106]

ラキシミバイにとってはこの改宗はとうてい受け入れがたく、夫と離別した。だが結局は運命に身をまかせようという気になり、五年後には洗礼することに同意して夫のもとへと戻っている。そうさせたのが愛なのか、離婚した女性の立場の弱さなのかはわからない。このときも以前と同じ苦行と物質的なものの放棄は行

1893年　ナンドゲーアン藩王、マハント・バルラム・ダスの頭文字「M.B.D.」が加刷されている。

なわれ、ラキシミバイは前と変わらぬストレスの日々を送った。ティラクは日常的に出ていた旅の合間に、百曲以上の啓発的な歌を書いて、一九一九年に生涯を閉じた。

ラキシミバイも執筆活動を続けるが、この場合は完全に政治的な方向に傾いて、女性解放と非識字の撲滅を訴えて、カースト制度を拒絶している。彼女は、とりわけ父親から清潔な人間と汚れた人間がいると信じこまされて育った。父親は、手洗いに関連する強迫性障害に苦しんでいた。自分より下のカーストの人間の手を経た食べ物や衣類は、しつこく洗い清められなければ受け入れられなかった。ラキシミバイはそうしたことへの軽蔑を身をもって示すために、カースト外の人間、あるいは不可触民の中でもとくに貧しい人間を見つけては、人前でその手から食べ物を食べてみせた。

ラキシミバイが死去した一九三六年には、ナンドゲーアンの最後のマハント、ディグヴィジャイ・ダスがすでに誕生していた。一九四八年、このマハントは抗う気配を少しも見せずに、ナンドゲーアンをインド連邦に加入させる協定に調印した。

わたしはもうキリスト教信者です。妹さんの面倒をみてやってください。ナーシクにもジャラルプールにも川はあります。ラキシミバイが自殺しないよう気をつけてください

ナーラーヤン・ヴァーマン・ティラク

文献
ラキシミバイ・ティラク（二〇〇七年）
『回想からのスケッチ *Sketches from Memory*』

膠州《こうしゅう》

惨めなゲームで気まぐれにふるまう皇帝

存続年 一八九八－一九一四年
国名・政権名 膠州
人口 二〇〇、〇〇〇人
面積 五五二平方キロメートル

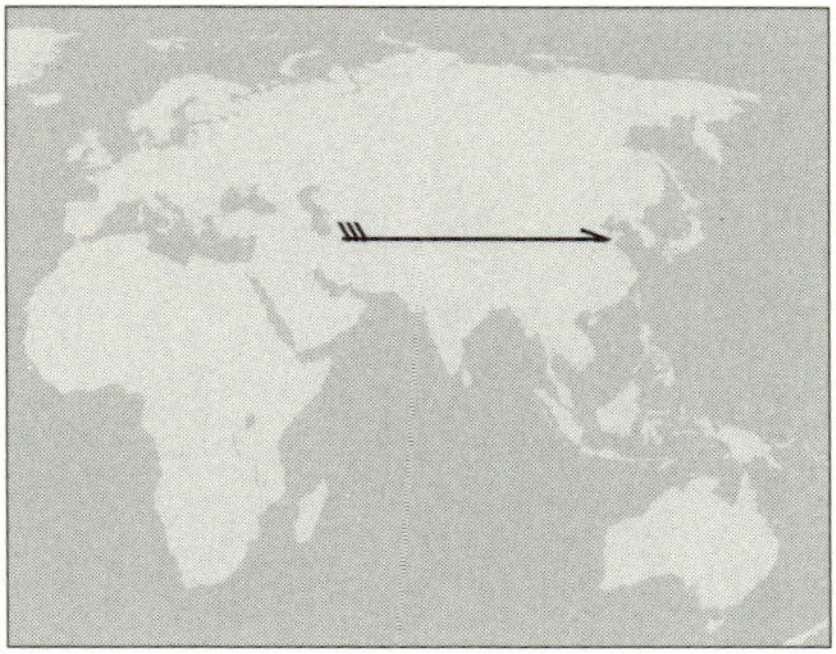

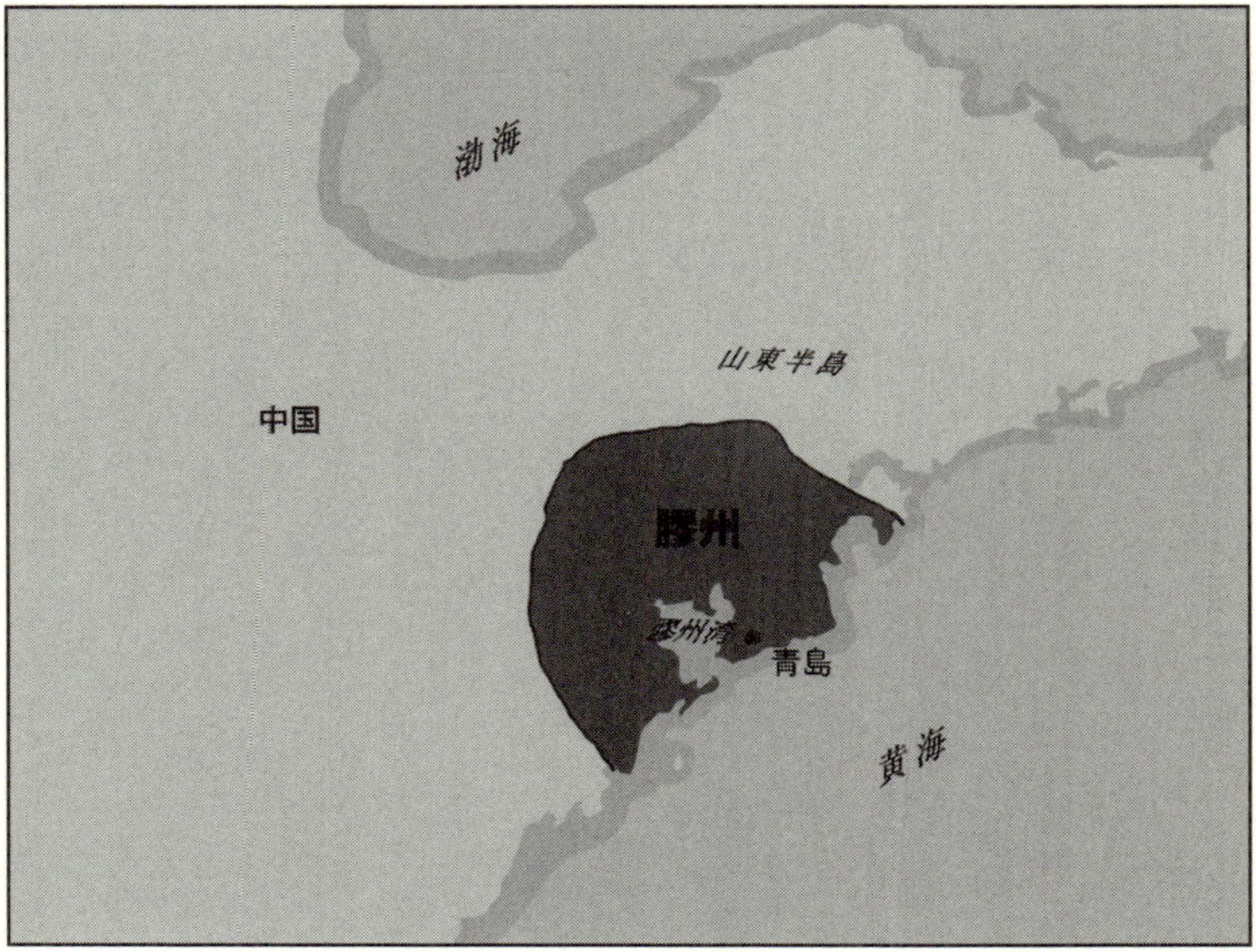

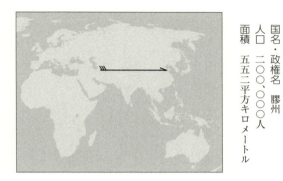

ドイツの外相、ベルンハルト・フォン・ビューローが、後世に残る発言をしたのは、一九世紀も終わりに近づいた一八九七年一二月のことだった。「誰かを日陰に追いやるのは不本意である。ただわれわれも日の当たる場所を必要としている」[107]今日この名句は主に、日照権と郊外住宅近隣の眺望権についての議論で引き合いに出されている。が、この発言があった状況はまったく違っていた。ドイツは植民地獲得競争に遅れて参戦した。そのときはすでにほとんどの大陸で、ほかのヨーロッパ列強から大きく引き離されていた。そこに中国をめぐる争奪戦が始まったのだ。

ドイツ帝国はこの地域に海軍基地を建設することを強く望んでいた。と同時に中国への輸出の橋頭堡も築きたいと思っていた。中国はほんの数年で、ヨーロッパ大陸以外でめざましく発展しつつある市場として注目されていた。

チャンスは思いがけなくやって来た。ふたりのドイツ人宣教師が、山東省南部の巨野県で殺害されたのだ。ここは黄海の沿岸部に近かった。手をくだしたのはおそらく国粋主義者の組織、大刀会のメンバーだろう。清王朝は犯人を探しだして処罰すると約束したが、ドイツ海軍部隊はすかさず膠州《こうしゅう》湾に侵入して、周辺の沿岸地域を占拠した。

この湾は波風から守られており、艦隊の理想的な拠点となった。内陸部の景色も魅力的だった。森林に覆われた肥沃な斜面が上って山の形ができあがっている。その景色全体にのどかな小村が一定の間隔で分布している。村人は農業と漁業を営んでいた。

ドイツ人がやって来たころはまだ冬で、夜間の気温は氷点下まで下がった。独特の腐った卵のにおいを放つ藻類が毎年生えるが、まだどこにも見当たらない。ましてや梅毒を思わせる兆候はまったくなかった。この地域はのちにこの不吉な病のために、上陸許可を得た船乗りのあいだで汚名を着せられることになる。不治の病の梅毒にかかると、最初は鼠径部が異常に腫れて、その後数週間のあいだに睾丸を含めた性器がすべて腐り落ちると伝えられていた。

地元の住民は、この病気が女性におよぼす影響についてまったく無知だったが、それでもやはり死ぬほど怖がっていた。農閑期に医療訓練を受けた農民からも、たいした情報は得られない。だとしてもさほど不思議はない。なぜならその一切が、船の乗組員を売春宿から遠ざけておくためにドイツ当局がでっち上げたデマにすぎなかったからだ。後世にも、アメリカが沖縄、韓国、ベトナムで同じ策を講じて、同様に成功させている。[108]

膠州湾は公式には占領されていなかった。ドイツは中国との貿易を是が非でも促進したいと考えて、外交的解決を求めた。とはいえやはりムチはいつも隠しもっていたが。その結果、湾と隣接する沿岸部が九九年間にわたって租借された。またそれをすっぽり包む半径五〇キロの広範囲が、安全地帯として設けられた。それにくわえて中国は三か所のカトリック教会の建設費用を負担することになり、山東省全域で石炭採鉱と鉄道の敷設を行なうドイツに、考えられるかぎりの特権を与えた。一八九八年、この地域は「Kiautschou」（チアウチョウ）と命名されて、ドイツの通常の植民地となった。ちなみに膠州の英語表記は「Kiaochow」が一般的だ。

ドイツにとってこれは、長く待ち望んでいた祝うべき機会だった。国元のドレスデンでは、パン屋の店頭にチアウチョウ・ケーキが並んだ。それにチアウチョウ・シュナップス［アルコールの強い蒸留酒］、チアウチョウ煙草にチアウチョウ葉巻が続き、終いには何にでもこの言葉がつけられた。この植民地は独自の切手も発行している。図柄はヴィルヘルム二世の優雅な遊覧ヨットで、舳先に勇壮で威嚇的な衝角［敵船の船腹に穴をあける突起物］がついている。当時のほとんどのドイツ植民地の切手とまったく同じだが、現実にはこの船も皇帝も南方の海に出たことはなかった。

皇帝が好んで遊航したのは、ノルウェーのフィヨルドだった。また皇帝がのちに《ヨーロッパの諸民族よ、汝の神聖なる財産を守れ Völker Europas, wahrt eure heiligsten Güter》、または通称名で《黄禍論》と呼ばれることになる絵画の図案を描いたのも、そうした航海に出たときだった。[109] このスケッチをもとに不滅の価値をもつ絵画ができあがった。現在その原版は行方不明だが、国民的なロマンス派画家、ヘルマン・クナックフースの石版画がひろく出まわっている。

> そこ［ヴィルヘルム二世の図案］に描かれているのは、軍に守られている芸術と産業である。ゴシック様式の門の下に立っている理想的な女性像は、芸術と産業を表している。怪しい雲がそこに向かっている。恐ろしい敵の姿がそこから現れる。［ドイツ系の］チュートン人の戦士がその恐ろしい敵と戦うために前に出ている。[110]

ここで言及されているチュートン人の戦士が、ブロンドのウェーヴヘアで天使の翼をつけていることが、多くを物語っている。ヴィルヘルム二世が恐れているのは、数百年前に大挙して押し寄せたチンギスハン軍のように、アジア人が白人をふたたび脅かすようになることだった。手遅れになる前に、アジア人に対抗してヨーロッパをひとつの十字軍にまとめたいというのが、皇帝の願いだった。だが絵は批評家にこき下ろされ、皇帝の訴えは拒絶されて物笑いの種になったりもした。いささかむっとした皇帝は、この案を棚上げにした。

一九〇〇年に義和団事変が勃発したときも、皇帝は同じような武者震いを感じたのではないだろうか。そのきっかけを作ったのは、ドイツによる膠州の併合と、同様のイギリス、フランス、ロシア等による立て続けの中国分割だった。義和拳という拳法を奉じる秘密結社は、正義の団体と拳の和という意味で「義和団」なる呼称を好んで用いた。義和団は、住民を焚きつけて少しでも植民地支配主義を匂わせるものを襲わせた。犠牲になったのは主に、伝道所とキリスト教徒になった中国人である。植民地保有国はそれに対して、大規模な戦力を中国の内陸部にまで送って、反乱を鎮圧した。

ここでもふたたび、ヴィルヘルム皇帝はチャンスとばかりに主張を訴えている。

1901年　ドイツ植民地の標準的な切手。皇帝ヴィルヘルム2世の遊覧ヨット、ホーエンツォレルン2世号がモチーフになっている。

千年前にアッティラ王に率いられたフン族が名

声を博し、それによりいまだに歴史伝承の中で生きているように、中国におけるドイツの名も、今後中国人がドイツ人を図々しくも不信の目で見なくなるような方法で知らしめてやろうぞ。[111]

いったん力関係がこのように確定して安定すると、ドイツ資本の支援を受けて膠州は拡張期に入る。鉄道路線は北京への接続を完了して、北はシベリア横断鉄道にもつながった。そのためドイツの実業家は、本国から三週間で膠州に到着するようになった。かつては漁村だった青島は拡充されて、港湾施設や大通り、優雅な行政府の建物、銀行が作られた。電気と下水道も導入された。周辺地域では森林が伐採されて絹工場、製材所、タイル工場、醸造所が建てられた。また西側の村の境界に沿って、一二か所の要塞が建設された。

大勢の富裕層の中国人もいつしか、近代的な快適さを満喫するために引っ越してくるようになった。のちに革命軍の指導者となった孫文でさえ、その魅力に取り憑かれた。「感銘を受けた。この都市は中国が将来あるべき真の姿だ[112]」

一九一四年一一月、日本がこの植民地に侵攻すると全てが終幕を迎える。日本はその二か月前に連合軍の側で第一次世界大戦に参戦していた。戦後、膠州湾租借地は中国に返還され、この場合もこの地域は山東省に組みこまれた。今日では中国でも群を抜いて裕福な省となっている。青島市の英語の綴りは、「Tsingtao」から「Qingdao」に変更された。

一九五〇年代の文化大革命時に紅衛兵は教会を荒廃させたが、それより宗教色の薄い植民地時代の建物はまだ残っている。それでも当時を偲ばせるもので、まず頭に浮かぶのは青島ビールだ。一九〇三年にドイツのビール醸造者によって作られたこのブランドは、いまや中国で最高級のビールとみなされている。

文献

ハンス・ヴァイカー（一九〇八年）
『膠州 *Kiautschou*』
S・C・ハマー（一九一七年）
『当時の文書と演説から見るウィリアム二世 *William the Second as Seen in Contemporary Documents and Judged on Evidence of His Own Speeches*』

絵画

ヘルマン・クナックフース（一八九五年）
《ヨーロッパの諸民族よ、汝の神聖なる財産を守れ *Völker Europas, wahrt eure heiligsten Güter*》

千年前にアッティラ王に率いられたフン族が名声を博し、それによりいまだに歴史伝承の中で生きているように、中国におけるドイツの名も、今後中国人がドイツ人を図々しくも不信の目で見なくなるような方法で知らしめてやろうぞ

ドイツ皇帝ヴィルヘルム二世

ティエラデルフエゴ

成金独裁者・

存続年　一八九一年
国名・政権名　ティエラデルフエゴ
人口　一〇、〇〇〇人
面積　七四、〇〇〇平方キロメートル

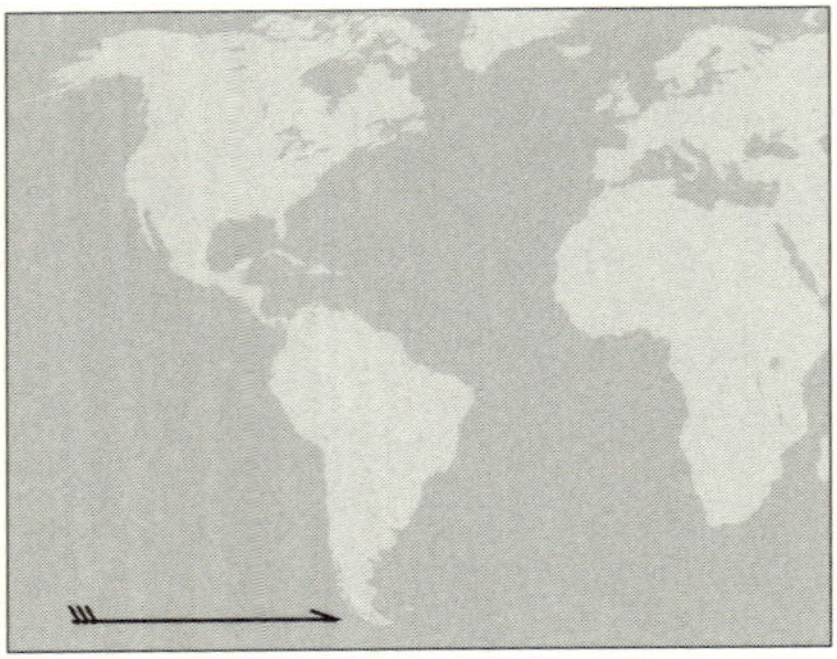

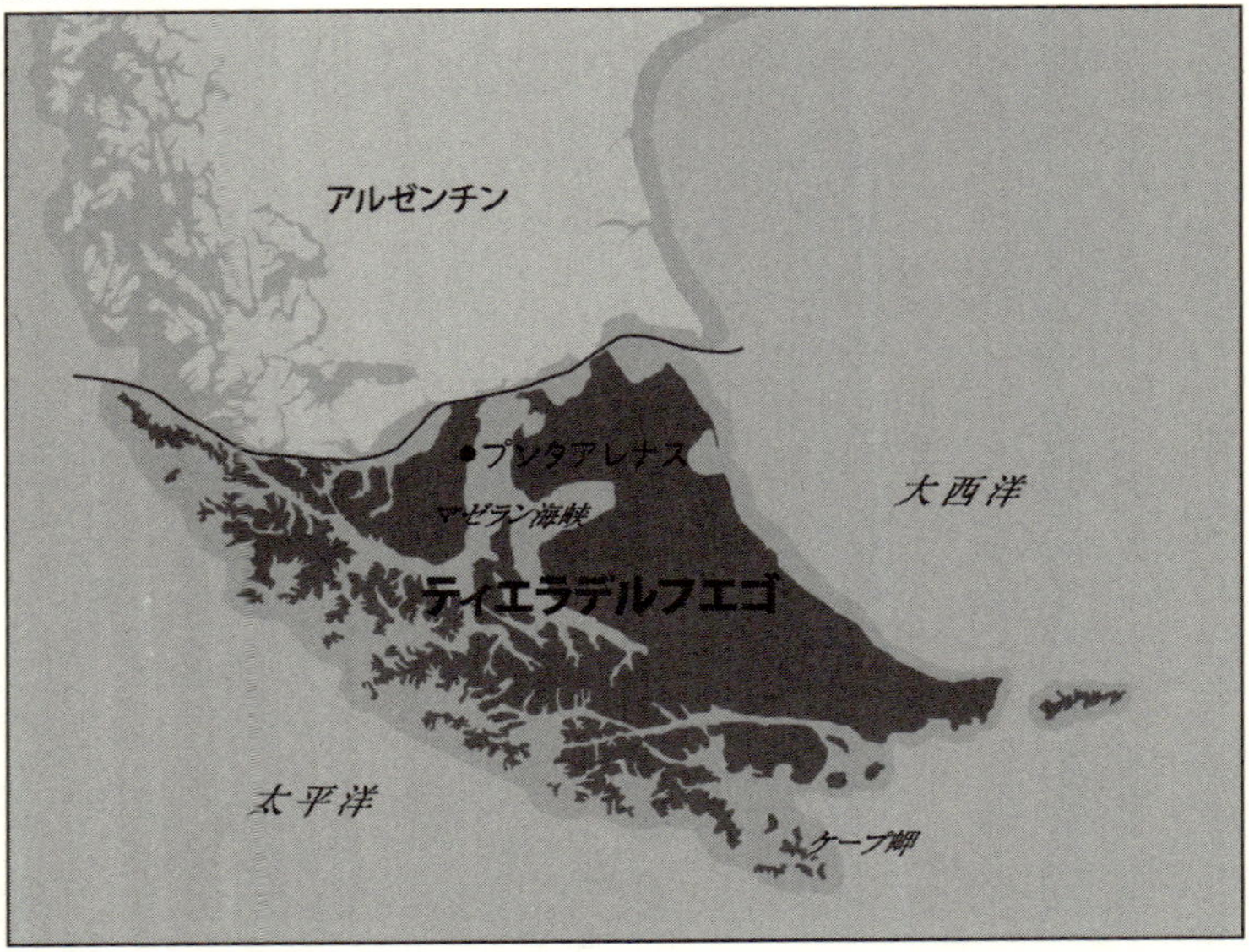

「火の土地」を意味するティエラデルフエゴの群島は、南アメリカ大陸の最南端にある。もともとは、ポルトガルの探検家フェルディナンド・マゼランにちなんで「煙の土地」と呼ばれていた。マゼランは一五二〇年にこのあたりを航海して、海岸沿いに異様に煙の上がる焚き火を多数発見し、地元民が火の光で連絡しあっているのに気がついた。その後マゼランの海洋探検船はさらに西進して、湾や入り江、フィヨルドの迷路に侵入した。ここでまず出会った島はどれも平らで、緑が多くうっそうとした森があった。さらに西に帆走すると島の地形は起伏が多くなり、ついには高く切り立つ山脈になった。山脈のあいだには氷河が点在していて、陸地が途絶えたところで太平洋に出る。マゼランは母国に、ここの夏は短くて寒く、雨が多いとの報告を送っている。南に下がると、断崖の下でついに太平洋と大西洋がぶつかるケープ岬に出た。この海域は亜寒帯気候で、猛烈な嵐のために、その後数世紀にわたり世界最大級の船の墓場として悪名を轟かせた。

ティエラデルフエゴは、しばらく経済上の面白みはないとみなされていたが、一八〇〇年代にここで金が発見されると、状況は急変した。これをきっかけに、群島をめぐってチリとアルゼンチンが泥沼の領有権争いを開始した。ティエラデルフエゴは独立国家にはならなかったが、その後まもなく一八八六年にユリウス・ポッパーが姿を現したときに、それらしき体裁を整えたことはある。[113]

ポッパーはまだ二九歳の若さで、すでに髪が寂しくなりつつあった。が、それはきちんと刈りこんだ口ひげとふさふさとした顎ひげでじゅうぶん補われていた。下の歯が出ている反対咬合が目立っており、ひげはその一部だけしか隠していない。反対咬合はオーストリアの王家、ハプスブルク家にも見られる特徴で、おかげでポッパーはしばらく、実はヨハン・オルト大公なのではないかとささやかれていた。大公はザルツブルクからアルゼンチンのラプラタに向かう途中で、忽然と姿を消していた。これはポッパーにとって素晴らしく都合のよい出来事だった。なぜなら少しずつ愛人を増やしてできたハーレムは一六人になっており、それぞれに年間の扶養料を支払うと約束していたからだ。ユリウス・ポッパーは人違いの風評を払拭しようとはしなかった。だが実のところこの男はルーマニア人で、ブカレストのユダヤ人の家族に生まれ、パリで技術者としての訓練を受けていた。以来インフラの拡大と近代化の専門家として働きながら、エジプトを経由して中国、シベリア、そしてついにはアメリカ大陸へと地球を縦横に旅してまわっていた。キューバでは近代的な都市を設計して、ハバナの臨海地区に新しい命を吹きこんだりもしている。

重武装の探検隊を率いたポッパーは、ほどなくして大量の金を発見して、コンパニア・デ・ラバデロス・デ・オロ・デル・スド（南金選鉱会社）を買収した。それからまもなく、アルゼンチンはこの男に対してティエラデルフエゴ全域での金の採掘権を認めた。これがプンタアレナスに拠点を置く帝国の誕生を決定づけた。プンタアレナスは砂地の岬で、最南端からするとかなり北の、マゼラン海峡をはさんだ本土側にある。

ポッパーはたちまち、シャンパンとキャビアが大好物のプレイボーイとして名を知られるようになった。つねに軍服姿で、百人規模の私設軍を創設し、全兵士を鮮やかな色の正装で飾りたてて、中尉より下の階級を与えなかった。この私設軍はひっきりなしに移動して、盗人や金を無断で掘削する者に情け容赦ない制裁をくわえた。さらにしばらくすると先住民のことも追いまわしはじめた。

ティエラデルフエゴにはもともとヤーガン族が居住していた。つまりヤーガン族は世界最南端に住む民族だったのである。一八八九年版の『ブリタニカ百科事典』によれば、身長は一メートル五〇センチ程度で額が狭く、唇が厚く、鼻が低くて皮膚にシワがよっていた。数百年が過ぎるうちに他民族も群島に住みついた。その中には移動生活をするセルクナム族もいた。ジェームズ・クックは一七六九年にこの海域を通過した際に、先住民の生活環境についての記録を残している。

彼らの小屋はミツバチの巣のような構造で、一方の側の開いている場所で火を焚く。小さな木切れで作られており、木の枝や長い草などで覆われているが、風や雹《ひょう》、雨、雪には耐えられそうもない。[114]

イギリス人の入植者が牧草地に羊の大群を放すと、先住民は格好の獲物だと勘違いして大がかりな狩りを開始した。それが大量殺戮に火をつけた。ただポッパーと私設軍はその急先鋒だったのではないらしい。中心になって手をくだしたのは農民だった。インディオひとりに対し出された報奨は、ウィスキー一本か英貨一ポンド。報奨をもらうためには証拠の両手か両耳をもって来なければならない。もっとものちに手と耳が時々再利用されていることが知れて、証拠は首に変更されたが。殺戮の狂騒は一五年間続いた。しかも殺害されなかったインディオも、すぐに感染症に命を奪われた。ヨーロッパ人にとってありふれた感染症でも、先住民は免疫をもっていなかったのだ。このようにしていずれの民族グループもほぼ消滅した。[115]

ユリウス・ポッパーが切手を導入したのはこの時期である。初版しかなく、額面価格は砂金一〇センチグラム（ディエス・オロ、一センチグラムは百分の一グラム）だ。ポッパー帝国を支えているという意味で、中央に配されたポッパーの「P」を取り囲んで、パンニング皿、大ハンマー、つるはしなどの一般的な金鉱採掘の道具が描かれている。それぞれの要素が立体的に描かれているために、この絵からは全体的にある程度の奥行きが感じられる。

1891年　額面価格が砂金10センチグラムの標準版。金鉱採掘の道具がモチーフに使用されている。

この切手には消印が押されることはなかった。わたしのやや黄ばんだ切手にはゴム糊の痕跡がまったくないので、広く分散した金鉱地とプンタアレナスのあいだでやりとりする手紙か荷物に使われたのではないかと思う。この切手をアルゼンチンは認めずに、ポッパーの支配圏の外に送られたときは、すべて追加の郵便料金を取っている。

ポッパー帝国はいまや最盛期を迎えていた。ポッパーは南極に探検隊を出して、領土権を要求する計画を練りはじめる。明らかにそれはアルゼンチンのためだが、同時に彼自身の心づもりがあったのはまちがいない。探検船のエクスプロドル号はブエノスアイレスで艤装をすませて、船長にノルウェー人で捕鯨船船長のC・ハンスンを雇った。ポッパーが毒殺されたのは、その最終確認をしに出かけたときだった。この暗殺の黒幕が有力な牧羊業者であることを、多くの事実が示している。また、イギリスが南極探検の邪魔をしようとしたのではないかという見方もある。ポッパーに相続人はおらず、彼の帝国はその死後にあっという間に崩壊した。ルーマニアにいる母親でさえ、一ペニーも受け取っていない。

アルゼンチンとチリは最終的に、領土の区分にかんする合意にたどり着いた。境界は人口を基準に定められて、ティエラデルフエゴの三分の一をアルゼンチンが、三分の二をチリが領有している。漁業と農業が営まれており、一九五〇年代には北部で石油採掘が始まった。それから南にずっと下がると、主要産業の座はかなり前から観光業に奪われている。

文献

アーネ・フェルク＝レネ（一九七五年）
『世界の果てへの旅　*Reisen til verdens ende*』
カーロス・A・ブレビア（二〇〇六年）
『忘れられた土地パタゴニア　*Patagonia, a Forgotten Land*』
パトリシオ・マンズ（一九九六年）
『ひとりぼっちのライダー Cavalier seul』

彼らの小屋はミツバチの巣のような構造で、一方の側の開いている場所で火を焚く。小さな木切れで作られており、木の枝や長い草などで覆われているが、風や雹《ひょう》、雨、雪には耐えられそうもない

ジェームズ・クック

マフェキング

陽動作戦に出たボーイスカウト

存続年　一八九九－一九〇〇年
国名・政権名　マフェキング
人口　九、五〇〇人
面積　約二二五平方キロメートル

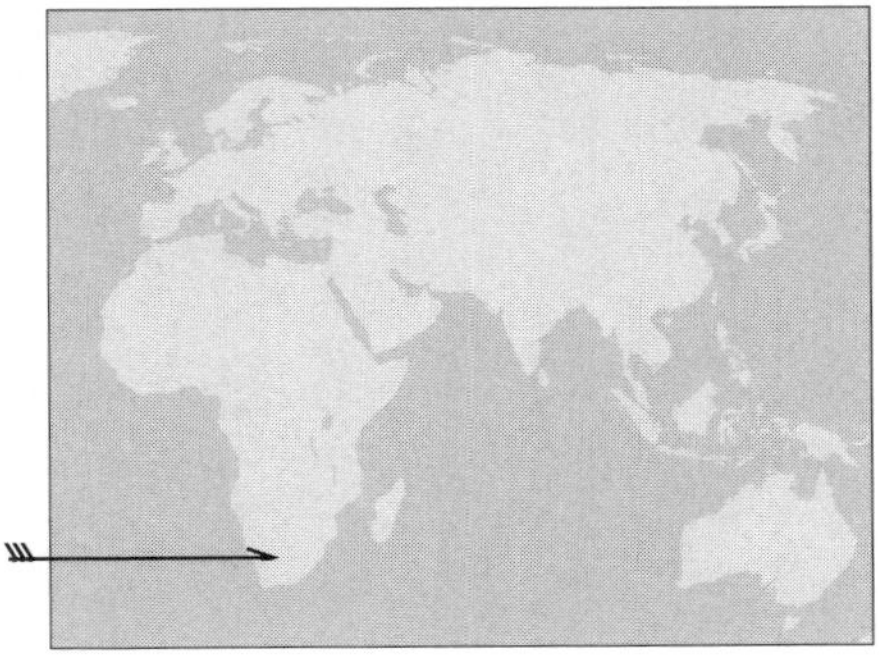

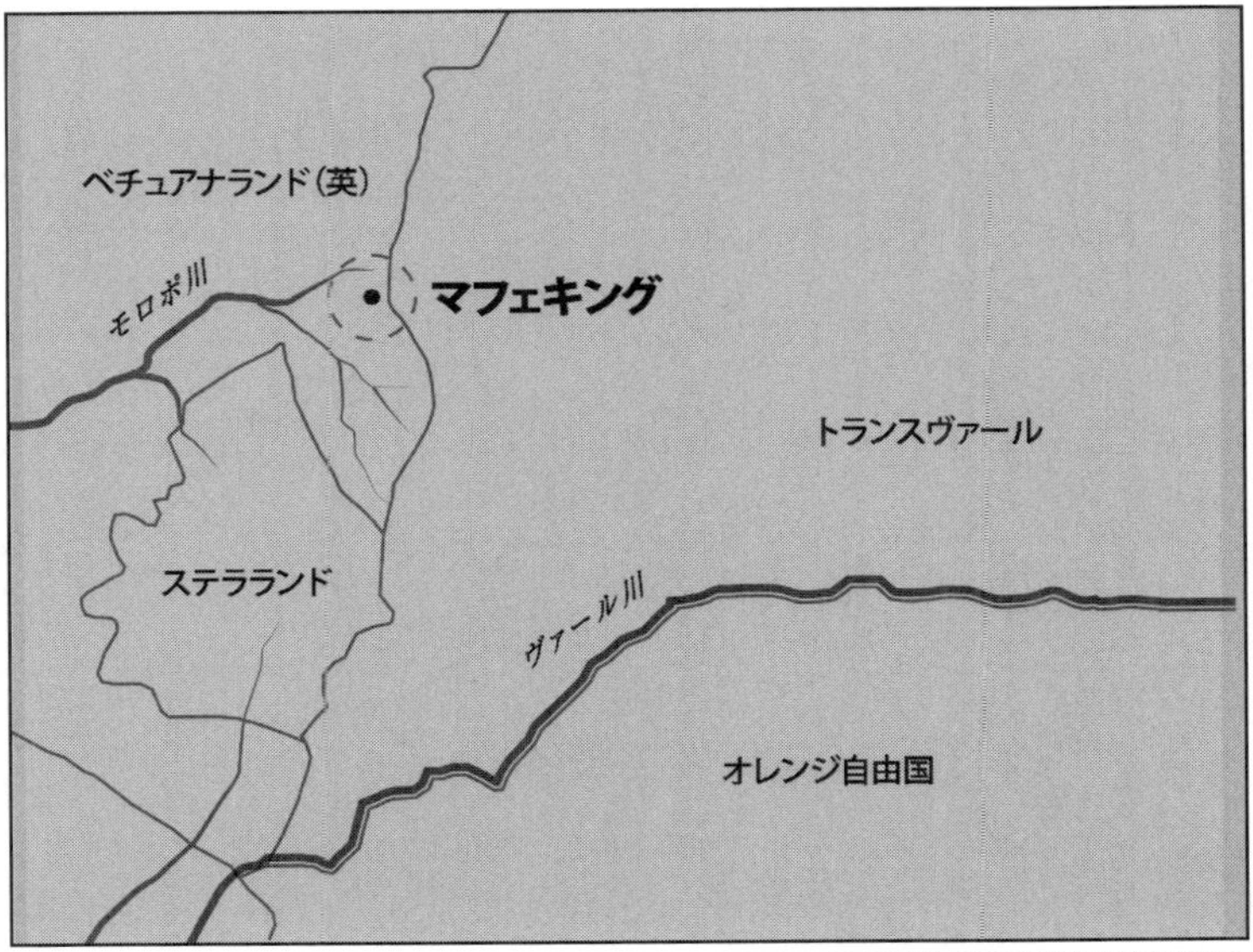

馬を殺したときは、たてがみと尻尾を切り落として病院に送り、マットレスと枕の詰め物にした。蹄鉄は鋳造場に送って、砲弾の材料にする。皮は毛をそぎ落としたあと頭部と脚と一緒に長時間煮て細かく刻み、硝酸カリウムを少量くわえて「ブローン」［通常は豚肉の塩漬け］として出した。骨から外した肉は巨大な挽肉機でミンチにして、内臓から取った袋に詰めてソーセージを作り、ひとりにつき一本の割当で配給した。[116]

一九〇〇年一月、イギリスのケープ植民地にあった小さな駅の町、マフェキングはこうした状況にあった。ここから東に国境を越えると、ボーア人が建国したトランスヴァール共和国に出る。マフェキングは一八六〇年に草原の中に建設された。草原といっても南アフリカの草原は、石の多いステップに似た景色の高原だ。ここから大いなるモロポ川が湧きだしている。ボーア戦争は中盤に差し掛かったところだった。ボーア人は膨大なダイヤモンドと金の鉱床を五〇年近く管理していた。この戦争を仕掛けたのは、それを手に入れたがっていたイギリスだった。

開戦をひかえていた半年前に、イギリス陸軍のロバート・ベーデン＝パウエル大佐は、マフェキングに籠城する覚悟を決めていた。戦闘がここよりさらに南東に離れた場所で展開すれば、イギリスの敗戦を決する結果になりかねない。そのためボーア軍をおびき寄せるのが目的だった。準備には三か月を要した。食料など消費されるものを備蓄して、要塞と塹壕を設営しその全てを複雑な電話線でつないだ。とりわけ重要だったのは、町全体を稠密な地雷網で囲ったことだった。そのおかげで町は事実上、難攻不落になった。

はたして一八九九年一〇月にイギリスが宣戦布告すると、そのわずか二日後にボーア人はエサに食いつき、兵六〇〇〇人を差し向けてこの町を包囲した。

マフェキングには黒人の居住区と白人の居住区があり、どちらも外周一〇キロの範囲内にあった。白人の居住区は明確な都市計画にもとづいていて、大通りは直角に交わり、どの家も日干し泥レンガで作られ波型のトタン屋根をつけて、まったく同じに見える。中心部の広場には店や銀行、印刷所、ホテル、公立図書館があった。ここにはベーデン＝パウエルの率いる師団を含めて一七〇〇人を超える男がいた。くわえて女二二九人と子ども四〇五人が残っていた。何らかの理由でボーア軍の攻撃前に避難できなかった者である。

北西部にある黒人の居住区は、ところどころにわら葺き屋根の丸い小屋が集まっている。ここには七五〇〇人ほどのバラロング族が住んでいた。この地域の先住民で、平たくいうとボーア人よりイギリス人に好意をいだいていた。バラロング族にとって前線突破はたやすかったので、スパイや伝令として協力し、メッセージをもって包囲された町を出入りしていた。[117] ただし軍務からは遠ざけられていた。なぜならこれは「白人の戦争」と考えられていたからだ。

イギリス人を兵糧攻めにするというのが、ボーア軍の主要な作戦だった。それと同時に、町に激しい砲撃もくわえはじめた。だがその大砲は小型で、命中精度が低かった。町の住民で砲弾にあたった者はおらず、泥レンガの家が破壊されたとしても修理は容易だった。バーラップ（黄麻布）で湿った粘土をくるんで、穴に詰めればよいのだ。

食糧事情はそれほど楽観視できなかった。配給量を大幅に抑えられた先住民は、それだけ大きなダメージを被った。[118] それでもいくらも経たないうちに、誰もがロバと馬を食べざるをえないところまで追いこまれた。馬にやるまぐさのオート麦をふやかして、オートミールにもした。野戦病院の患者にはライス・プディングが出されたが、それは町の美容院から接収した米粉から作られていた（米粉はドライ・シャンプーのような使われ方をした）。

それ以外は、町の生活はあらかた日常を維持していた。ある程度見せつけようとする魂胆があってのことだが。それでボーア人が意気消沈するのではないかという期待があったのだ。ボーア人は地雷原の手前でやぐらを組んで、そこからどんな些細なことも見逃さずに監視していた。ボーア軍の側は厳格に安息日の休戦を守っており、日曜日に砲弾が飛んでくることはなかった。イギリス人はこの機会をとらえて、野外コンサートや舞台芸術、クリケットを中心とするスポーツ競技を企画した。すると誰もが晴れ着で参加した。女はひらひらしたドレスをまとい、こざっぱりとした服装の子どもの手を引いた。

ボーア人は目を疑った。極めつきは、イギリス人が町内の郵便のために切手を作ったことだった。実際に必要とされていたのではないだろうが、イギリス人は何をすべきかを承知していた。なぜなら、独自の切手発行ほど社会がきちんと機能していることを証明する手立てはないからだ。品質とデザインの点でも完璧に近く、目打ちも糊もすべてそろっていた。印刷したのは町の広場のタウンゼンド&サン社である。写真処理の技法が用いられた。これは原版を直接紙に置く方法で、紙には感光液が塗

郵便はがき

料金受取人払郵便

新宿局承認

7985

差出有効期限
2020年9月
30日まで

切手をはら
ずにお出し
下さい

160-8791

343

（受取人）
東京都新宿区
新宿一−二五−一三

原書房

読者係 行

1608791343　　7

図書注文書（当社刊行物のご注文にご利用下さい）

書名	本体価格	申込数
		部
		部
		部

お名前　　　　注文日　年　月　日

ご連絡先電話番号　□自宅　（　　）
（必ずご記入ください）　□勤務先　（　　）

ご指定書店（地区　　）（お買つけの書店名をご記入下さい）　帳合

書店名　　書店（　　店）

5584

世界から消えた50の国 1840-1975年

愛読者カード　ビョルン・ベルゲ 著

＊より良い出版の参考のために、以下のアンケートにご協力をお願いします。＊但し、今後あなたの個人情報(住所・氏名・電話・メールなど)を使って、原書房のご案内などを送って欲しくないという方は、右の□に×印を付けてください。 □

お名前《フリガナ》　　男・女（　　歳）

ご住所　〒　　-

市　　町
郡　　村

TEL　（　　）
e-mail　　@

ご職業　1 会社員　2 自営業　3 公務員　4 教育関係
5 学生　6 主婦　7 その他（　　）

お買い求めのポイント
1 テーマに興味があった　2 内容がおもしろそうだった
3 タイトル　4 表紙デザイン　5 著者　6 帯の文句
7 広告を見て（新聞名・雑誌名　　）
8 書評を読んで（新聞名・雑誌名　　）
9 その他（　　）

お好きな本のジャンル
1 ミステリー・エンターテインメント
2 その他の小説・エッセイ　3 ノンフィクション
4 人文・歴史　その他（5 天声人語　6 軍事　7　　）

ご購読新聞雑誌

本書への感想、また読んでみたい作家、テーマなどございましたらお聞かせください。

布されている。感光液は、アカシアの樹液から抽出した没食子酸鉄を成分としていた。デザインはさまざまな濃淡の青色で構成されており、全てが見事なほどに正確だった。

今日、こうした切手の本物を入手するのは不可能に近く、多くの偽物が存在する。わたしの少し黄ばんだ切手が、ある時点で損傷しているのは明らかだ。左上の角の破れたところが修復されている。それで少なくとも本物である確率が高まるのではないかと思っている。モチーフは自転車に乗った少年で、一三歳のウォーナー・グッドイヤーの写真をもとにしている。グッドイヤーは町の見習い兵団の特務曹長だった。この隊は九歳以上の少年を集めていた。少年兵の正装はカーキ色の軍服と、黄色のリボンを巻いたつば広の帽子で、任務は見張りと郵便配達だった。ロバが食べ尽くされると、少年兵が自転車で町を走りまわった。

ほどなくしてボーア軍はマフェキングが難攻不落であるのを悟った。二度占拠に失敗すると、兵力の半分以上が引き上げた。イギリス軍にとってこの作戦は成功だった。おかげで東の友軍はますます優勢になりつつあった。そしていよいよ一九〇〇年五月、イギリス軍がボーア軍の残存部隊を撃退して、二一七日におよぶ包囲を解いた。

それまでイギリスの新聞社はマフェキングに現地取材をする特派員を置いており[119]、母国の人々はニュースを追いながら関心を強めていた。勝利が達成されたとき、ロンドン市長はクイーン・ヴィクトリア通りの市長公邸のバルコニーに姿を現した。「わたしどもは上首尾のうちに決着のつくことを露ほども疑ったことはございません。英国魂は、正しい目的に向けられるならば、必ず勝利をもたら

1900年　自転車に乗るウォーナー・グッドイヤー特務曹長。

すものなのであります」[120]（ウィリアム・ヒルコート『ベーデン・パウエル——英雄の2つの生涯』、安斎忠恭訳、産業調査会）

ロバート・ベーデン＝パウエルは偉大な国民的英雄となり、一九〇七年にはこの名声を利用してボーイスカウト運動を発足させた。目的はイギリス人の堕落を食い止めることにあった。彼は唾棄すべき例として自由党政府をあげている。「無料の食事提供や老齢年金、労働組合から出されるストライキ手当、もしくは自立心のある活力に満ちた男子の育成には安いビール、見境いなしの慈善は、国家の強化、貢献しない」[121]

ウォーナー・グッドイヤーはまだ二六歳のときに、ホッケーのボールが頭に当たって死亡した。その姉妹のロッティ、モード、ローナは、マフェキングの広場にある図書館を長年にわたって運営しつづけた。

文献

ソロモン・プラーチエ（一九九〇年）『マフェキング日記 *The Mafeking Diary*』
ホープ・ヘイ・ヒューイスン（一九八九年）『ワイルド・アーモンドの生け垣——南アフリカとボーア人のシンパ、クエーカー教徒の善悪の観念　一八九〇年から一九一〇年 *Hedge of Wild Almonds: South Africa, the Pro-Boers & the Quaker Conscience, 1890-1910*』

無料の食事提供や老齢年金、労働組合から出されるストライキ手当、安いビール、見境いなしの慈善は、国家の強化、もしくは自立心のある活力に満ちた男子の育成には貢献しない

ロバート・ベーデン＝パウエル

カロリン諸島

石貨とナマコの交換

存続年　一八九九－一九一四年
国名・政権名　カロリン諸島
人口　四〇、〇〇〇人
面積　一、一六七平方キロメートル

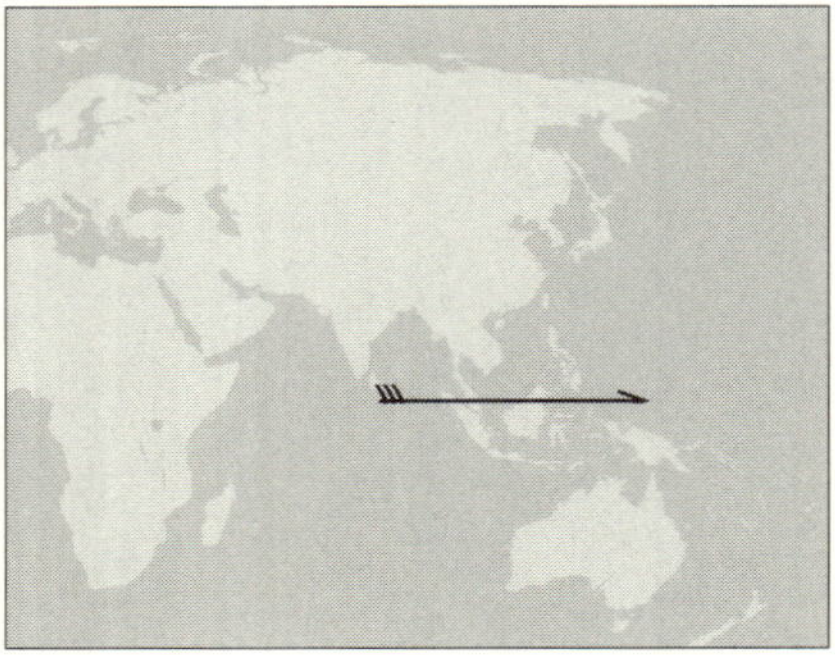

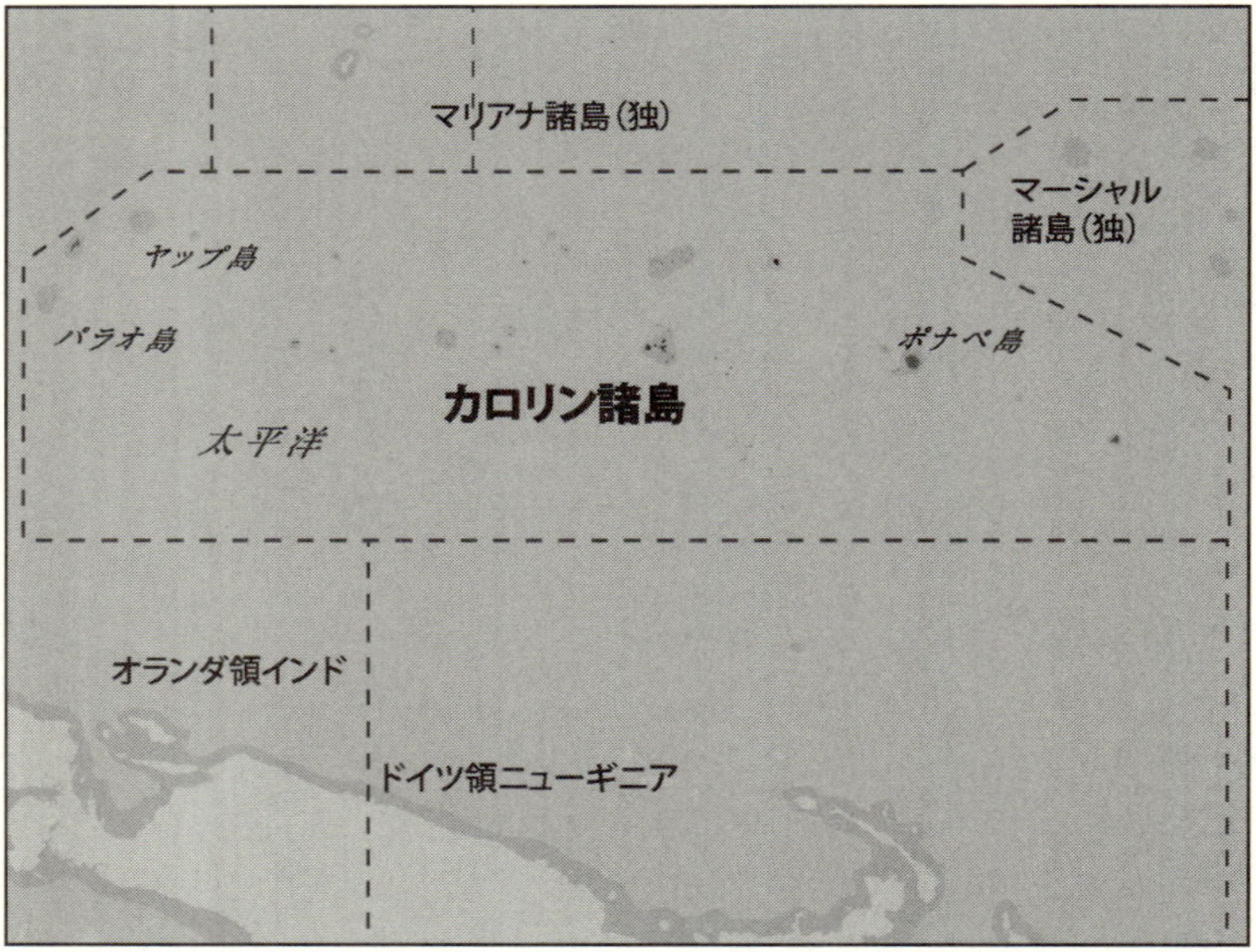

西太平洋のニューギニアの真北にあるヤップ島では、千年以上にわたり特殊な貨幣制度が存続していた。通貨単位になっているフェイという円盤は、灰白色の石灰石でぺちゃんこのドーナッツのような形をしている。大きさは掌サイズから人の身長を超えるものまであり、価値は原則的に大きさで決まっていた。小さめの石貨一枚は小豚一頭に相当し、最大級のものは村ひとつ分にもなる。だが必ずしも全てがそう単純だったわけではない。もしその石にまつわるよい裏話があるなら、大きさに関わらず価値は劇的に上がった。できるならそれは不幸や死にかんするエピソードがよかった。しかもこのことは多くの石に当てはまったのである。

大きな問題は、石貨の材料がパラオ島にしかないことだった。この島は四〇〇キロ以上離れた南西の外海にあったが、この距離をときにはあまり強度のないアウトリガー・カヌー［転倒防止の舷外材をつけたカヌー］やいかだで進まなければならない。物事はとかく悪い方向に進みがちだ。ただし輸送船が事故に遭って石貨がサンゴ礁沖の波間に消え、海の底に沈んだとしても、それで一巻の終わりにはならない。沈んだ石貨も実は、有効な財産としてカウントされるのである。島民はみな石貨がどこにあるかおおまかな位置を把握していて、この情報が世代間で受け継がれていく。無事到着した石貨は景色の中に、見るからに無造作に置かれる。そしてその後の取引はすべて、石を移動せずに口頭で行なわれるのである。

ヤップ島は、カロリン諸島という群島に属していた。この群島を構成する島々は五〇〇ほどにおよび、北海の二倍の海域にやや崩れた半月の形に散らばっている。陸地の総面積は思いのほか大きく、山のないサンゴ島が大半だったが、火山島も少数分布していた。西側のパラオ島とヤップ島、東側のポナペ島などである。
一六八六年にはすでに、スペイン人がカロリン諸島に入植してヌエバス・フィリピナス（新フィリピン諸島）と呼んでいたが、あまり利用していなかった。先住民は好戦的で、運を天にまかせた宣教師は命を落とすか海に放りこまれた。
なかでもとくに外部との接触を拒んでいたのがヤップ島だった。ここは実際には細い海峡をはさんだ四島から成っており、それぞれの島全体が緑色の湖に囲まれている。そしてその湖の周囲も広い環礁になっていた。最大のルール島は魚のような形で、縦の長さが一六キロ、いちばん広い場所の幅が五キロあった。北部に連なっているブーラ山地は、赤色粘土の斜面が標高二〇〇メートルの高さまで盛りあがっており、一面に藪が生い茂っている。南部の肥沃な平原は少しずつ高くなりそのまま山地のふもとに続いていた。ルール島にもその次に大きなトミル島にも波風を防ぐ港があり、全体の島民八〇〇〇人のうちの大半がこの二島に居住していた。島民は漁業と農耕をしている。多くの村に分かれて暮らしており、村同士の序列を観察すると、厳格ではあるが小規模な戦争や結婚の結果、またはフェイの所有の変化でつねに上下しているのがわかる。父系社会で多くの男がハーレムをもっている。また島全体の最高位にあるのがシャーマンだった。[123]
一八七二年、ヤップ島はシャーマンのファトゥマクによって治められていた。ある日、いつもの生贄の儀式のために丸々と太ったトカゲを探しているうちに、シャーマンはアメリカ人船長のデヴィッド・ディーン・オキーフと遭遇する。オキーフは自分の船が難破して、ちょうどこの島に流れ着いたのだった。この背が高く、筋肉質の体つきのアイルランド系の人物は、髪はこわい赤毛でふさふさした顎ひげをたくわえていた。ファトゥマクはアメリカ人を保護することにした。

商才に長けたアイルランド人が、フェイをうまく使えばひと儲けできると気づくまでそう時間はかからなかった。まず自分用のスクーナーを手に入れると、その後数隻増やしてパラオ島とのあいだの人と石貨の輸送に利用した。この方法の輸送は、従来より時間がかからず安全だったし、石貨を最大で直径四メートル、重さ五トンまで巨大化できた。すっかり恐れ入った島民は、オキーフを王に迎えた。[124]

オキーフは、運賃を必ずコプラ（ココナツの果肉を乾燥したもの）とナマコで受け取った。こうした珍味を香港に送って、高値で買い取ってくれる中国人商人に売るのである。数年のうちにオキーフは大富豪になった。自分のハーレムを作り、ヨーロッパ風に木枠の隙間をしっくいで埋めた白い家を建てて、港にまで柱廊をのばし、目にもまぶしい波型のトタン屋根をかぶせた。この光り輝く宝石のような建物はどの島からも見えて、ここがまさしく世界の中心だと主張しているかのようだった。

いつものように香港に行ったとき、たまたま出会った若者のジョニー・オブライエンが同国人だった。ふたりともアイルランド南岸のコーク州の生まれであることが判明すると、オキーフはある提案をする。

ヤップ島に来いよ。そうしたらハーレムでもなんでも、持ちものを半分分けてやるから。またわしが死ぬようなことがあったら、ヤップ島の王の地位を継げるようにしよう。[125]

1899年　ドイツの鷲の紋章の切手。「Karolinen」の文字が加刷されている。

ふたりはたしかにしたたかに酔っていたので、オブライエンはすべて記憶から消し去ることにした。

一八九九年にドイツがスペインからカロリン諸島を二五〇〇万ペセタで購入すると、ヤップ島にはドイツ海兵隊用の兵舎群が整然と建てられた。この地方を統治するドイツ行政官は早速、オキーフの独創的な事業コンセプトの噂を聞きつけて、ドイツのためか自分のためか、いずれにせよそれを奪ってやろうとひとり決めた。いつもの香港旅行から戻ってきたオキーフは自宅軟禁されるが、オキーフに味方する島民が団結し、反乱を起こしてドイツ人を脅した。

それは一九〇一年の春だった。ドイツ人入植者はすでにドイツの切手を使いはじめている。通常の国章に用いられる鷲《ワシ》に、「Karolinen」（カロリン諸島）の文字を加刷した切手だった。手紙と小包はニューギニア発・香港行きの小型汽船に引き取られる。この郵便袋は香港でヨーロッパ行きの船に積み替えられた。

わたしの手元の切手には三月二九日の消印があるので、危機迫る状況について説明した手紙に貼られていたのにちがいない。送り主は島の行政官か駐屯していた海兵隊員のひとりだろう。その数日後にオキーフは解放されたが、身の危険を感じて島から避難する決意をする。五月初旬にふたりの息子を連れてスクーナーで出航した。だが激しい台風の不意打ちを食らい、船が難破して溺れ死んだ。

ドイツ人とヤップ島の住民との関係は、その後の年月も冷ややかなままだった。一九一四年には群島全域を日本が占領した。その状態が第二次世界大戦まで続き、終戦と同時にアメリカが委託統治を引き継いで、カロリン諸島をミクロネシアとパラオに分割した。

ヤップ島はパラオの一部になり、パラオは一九九四年に独立を果たした。ちなみにドイツ政権が村の序列をつねに変動させていた制度を禁じて以来、島の社会の階級区分は固定化された。フェイの一部は日本人とともに姿を消した。日本人はこれを建材のブロックやアンカーとして使用した。現存する石貨は今日も使用されているが、ほとんどが婚礼などの贈答品や、さまざまな種類の協定を承認する際に用いられている。

オキーフの邸宅で残っているのは、構造壁だけのようだ。島民の多くが、いまだに彼は一九〇一年の台風で亡くなったのではないと固く信じている。きっとその先も航行して太平洋上のほかの島にたどり着いたのだ。そこで新しい王朝を開いて、この時代まで栄えているのにちがいない。[126]

文献
ウィリアム・ファーネス（一九一〇年）
『石貨の島 *The Island of Stone Money*』
ローレンス・クリングマン、ジェラルド・グリーン（一九五二年）
『オキーフ陛下 *His Majesty O'Keefe*』

映画
『白人酋長』（一九五四年）
監督　バイロン・ハスキン

ヤップ島に来いよ。そうしたらハーレムでもなんでも、持ちものを半分分けてやるから。またわしが死ぬようなことがあったら、ヤップ島の王の地位を継げるようにしよう。

デヴィッド・ディーン・オキーフ

運河地帯

カリブ海のシベリア

存続年　一九〇三－一九七九年
国名・政権名　運河地帯
人口　五一、〇〇〇人
面積　一、四三二平方キロメートル

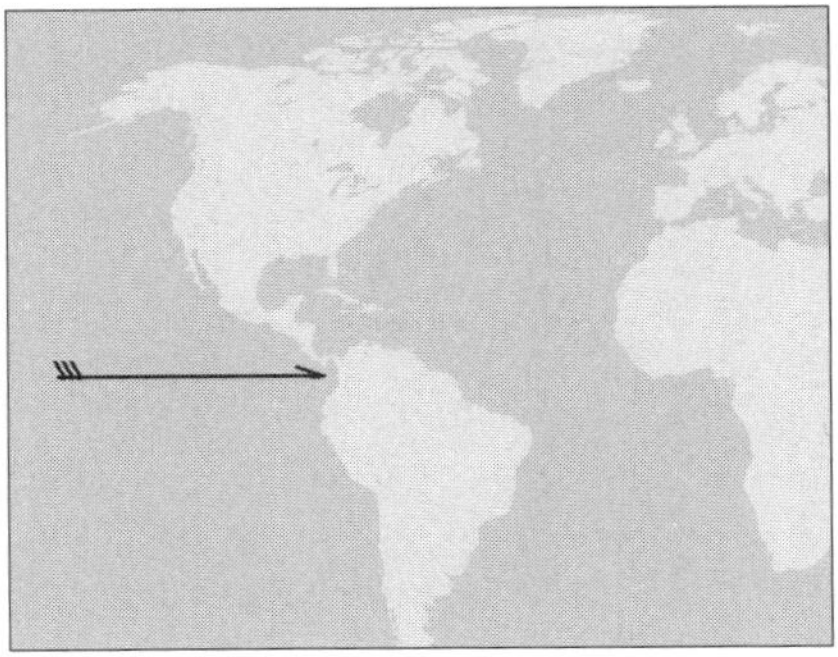

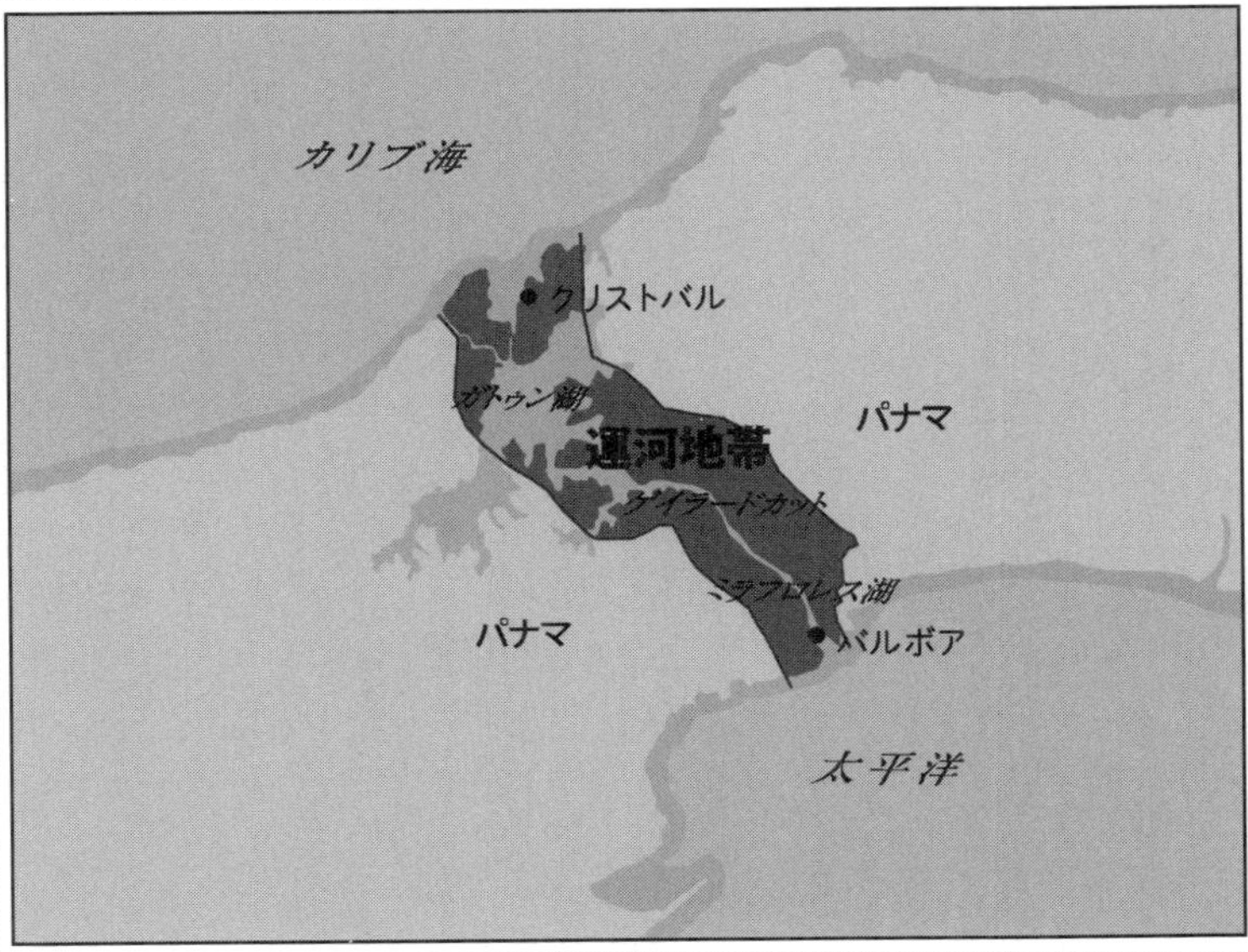

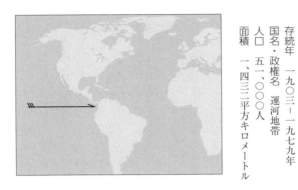

スペイン人は一五〇〇年代にはすでに、大西洋と太平洋をつなぐ運河を夢見ていた。それが実現すれば、ただ西方への領土拡張と貿易の連絡ルートに究極の近道ができるだけではない。ケープ岬をまわる危険な海路を使わなくてすむようにもなるのだ。

一八八〇年にはフランスが最初にパナマ運河の建設に着工したが、この工事計画は九年後に頓挫する。それまでに二万人以上の労働者が命を失っていた。大半が黄熱病とマラリアの犠牲者だった。派遣された技術者はひとり残らずフランスに逃げ帰った。

それはなるべくしてなった状況だった。熱帯雨林はたっぷり水を吸収して、湿地帯はどこまでも続いている。ここはマラリアを媒介する蚊にとって真の天国だった。おまけに、薄着で汗をかいた男の体へ接近するのを妨げるものは何もなかったので、蚊にすればいくらでも食欲を満たしてくれといわれているようなものだった。犠牲者は何が命取りになったのかもわかっていなかった。蚊が命に関わる病気を伝染させることは、まだまったく知られていなかったのだ。

アメリカは二〇世紀になった直後に、一か八かの賭けに出た。それ以前に蚊の特殊な能力はキューバ人の医師、カルロス・フィンライによって発見されていた。おかげでハンモックに蚊帳をかける、卵が孵化する水場に油をたらす、といった対策を講じられるようになった。その当時パナマはコロンビアの州であり、コロンビア政府はアメリカの望む権利を認めようとしなかった。そこでアメリカは戦術を変更した。かねてからパナマの独立のために活動していたグループに、積極的な支援を申し出たのである。と同時にアメリカ海軍が南方に派遣された。その結果たった数日で反乱の狼煙《のろし》が上がり、コロンビア政府軍は撤退を余儀なくされた。

一九〇三年、あらたに建国されたパナマ共和国が、アメリカの運河地帯の長期租借を認める条約を締結した。運河地帯とは、両海岸線間の幅二〇キロの地域である。コロンビアがふたたび武力による威嚇を始めると、ルーズヴェルト米大統領は慎重に現金でなだめる手段に出た。これを皮切りに、アメリカは幾度となくドル外交を展開して大成功を収めている。

アメリカは、両洋間を結ぶ運河の建設と管理をすることになった。工事は一九〇四年に始まり、十年後に完了した。運河の全長は八〇キロ、最高点と海抜の差は二六メートルあるが、これには水門で区切った閘門《こうもん》を連続させて対処している。

ガトゥン湖は当時最大の人造湖で、一九一三年に必要水位に達したときは約四二五平方キロメートルの領域を覆っていた。昔からあるチャグレス川の湾曲部や屈曲部は、運河の底に残っている。それ以前この川は、パナマ地峡を通り抜ける最速のルートで、とくに一八〇〇年代半ばにカリフォルニアのゴールド・ラッシュが本格化したあとに、観光スポットとして人気を集めた。川の土手に沿って並んでいた村の家屋は、竹と厚板で作られており、屋根はバナナの葉か波型のトタンで葺かれていた。「ここにボンゴ［レイヨウの一種］に乗ったカリフォルニアの旅行者がよく立ち寄り、軽食をとってから川に向かった。卵四個が一ドル、ハンモックの貸し賃がひと晩二ドルだった」[127]

当時、どの方向を見ても迫り来るように密生していた熱帯雨林は、今もまだ変わらない。マホガニーの木は水に浸かっても簡単には腐らないのだ。運河地帯ははやくも一九〇四年に、独自の切手を出している。わたしのもっている切手は一九三一年から発行されている版で、ゲイラードカットの水路が描かれている。[128]この名称は、運河建設を指揮したデヴィッド・ドゥ・ボーゼ・ゲイラード少佐に由来している。掘削作業の難所中の難所だったゲイラードカットは、完成時には全長一四キロを超える人工の谷となり、分水嶺を東西に貫いていた。

アメリカは何万人もの人員をこの掘削工事に投入した。一日に二度ダイナマイトの大きな爆破があり、その間は掘削した土石を載せた列車が一分に一両出発する。だが次から次へと土砂崩れが起こって、作業を諦めざるをえないところまで追いこまれた。ゲイラードは土壌について「氷ではなく泥でできた熱帯の氷河だ」[129]と表現している。柔らかすぎて蒸気ショベルですくい取れないので、代わりに効率は悪いが水で流すしかなかった。

作業は困難できつく、事故が頻発した。それでも死亡率はフランスの建設時と比較すると低かった。一九一四年に運河が使用可能になったころには、総計で五六〇九人が亡くなっていた。その大部分が西インド諸島の労働者だった。

大西洋側のクリストバルは運河地帯の第一の港だったが、行政機能は太平洋側のバルボアに割り当てられていた。一九四〇年には人口が五万一〇〇〇人まで増加し、多様な民族が住みついていた。その全員が講習会を受けて、入植地で許容される行動について指導された。それでも自分を抑制できなかった者に、パナマは独自の警察や司法制度、担当の裁判官を対応させた。

維持管理と荷役作業を担ったのは、西インド諸島の国々からの出稼ぎ労働者だった。アメリカ人は組織の上部の役職を占めた。総督のような地位には、民主的な大騒ぎも無駄なことも省いて、アメリカ陸軍工兵部隊の高官が退役と同時に就任した。総督はまた自動的に国営のパナマ運河会社の社長になった。

またこの会社はあらゆるものを経営した。たとえば直営店では食料品を原価で販売した。労働者が民家に下宿するのは禁じられていた。独身者は、家事サービスつきのモーテルのような複合施設に入れられた。家族もちの場合、割り当てられた建物は四家族用で、灰色の壁に波型のトタン屋根が標準仕様だった。アパートの部屋の大きさは、収入に応じて変わった。ひと月に一ドル余計に出せば、リビングの大きさが三〇センチ四方だけ大きくなった。[130]

運河地帯は全体的に見て、同じ時期に旧ソ連がシベリアのあちこちに建設していた工業都市に驚くほどよく似ていた。それを目指した都市計画で、おそらく初期のころはそういった趣旨に沿って実行されていたのだろう。

だが一九七三年にわたしが、内燃機船で若干古ぼけてきた貨物船、シーベン号の新人乗組員として運河を通過したときには、どこものんびりした雰囲気になっていた。コンテナ船が登場する前の時代のことだ。貨物は蓋のないパレット［すのこ状の荷台］に積み、網をかけて固定していた。また数日前の悪天候時に船倉のパレットが転倒して、隔壁のあいだで鮮やかな青のプラスチック製のフクロウが山になっていた。船はベネズエラを目指して太平洋側から運河に入った。通過するまで十時間程度を要した。

1931年　運河地帯が発行したゲイラードカットの切手。

機関員だったわたしは、下の機関室でピストンの手入れをしたり鋳鉄製の床を洗ったりして日々を過ごしていた。ここ数日間は猛暑が続いていた。みな何の仕事をするにも短パン姿だ。わたしは体を動かしつづけるために塩の錠剤を口に放りこんでは冷水をガブ飲みしていたので、もう腹がパンパンだった。柔らかい頬には、茶色の機械油がついてぽつぽつと湿疹ができており、頭には汚れたバンダナを巻いていた。

機関室の新米は、ミラフロレス閘門に船が入るときに甲板に出るのを許される。船が複数の小型機関車に牽引されて閘門に入ると、目と鼻の先の運河の岸に熱帯雨林が迫っている。ノルウェーのエーストフォール出身の二等機関士は、新米にこのあたりの蛇がうじゃうじゃいる島の話をしていた。ヘリコプターから牛を吊りさげて下ろそうとしたら、地面に着く前なのにきれいに食われて骨だけになったという。「あ、しまった。お前ら仕事に戻れ。墓に入ったら休む時間はいくらでもあるぞ」

その四年後の一九七七年に、アメリカはパナマ運河の返還に同意する条約に調印した。パナマの施政権の分離は長いあいだ外交紛争の種となっていた。それがエスカレートして一九六四年には、パナマ国民二一人とアメリカ兵四人が命を失う騒動になっている。それでも運河の所有権と管理権がパナマに全面移譲されたのは一九九九年になってからで、現在もアメリカは強い存在感を示している。

ここのところの注目の話題は、今後予想される北西航路との競合である。北アメリカ大陸の北をまわって両大洋を結ぶこの航路からは、数年のうちに氷がなくなる公算が高い。こちらのほうが通行料もかからず、時間が大幅に短縮されるはずなのだ。

文献
ゲオルギ・ブロックマン（一九四八年）『パナマ運河 *Panamakanalen*』
ノエル・マウラー、カーロス・ユー（二〇一〇年）『パナマ運河――アメリカはいかにしてパナマ運河を入手、建設、運営をして、最終的に移譲したのか *The Big Ditch: How America Took, Built, Ran, and Ultimately Gave Away the Panama Canal*』

氷ではなく泥でできた熱帯の氷河だ
運河の建設用地の状態について、デヴィッド・ドゥ・ボーゼ・ゲイラード

東カレリア
アレンシュタイン
南ロシア
ダンツィヒ
カルナロとフィウメ
バトゥーミ
ジュービ岬
ヘジャズ
トリポリタニア
極東共和国

1915-1925 年

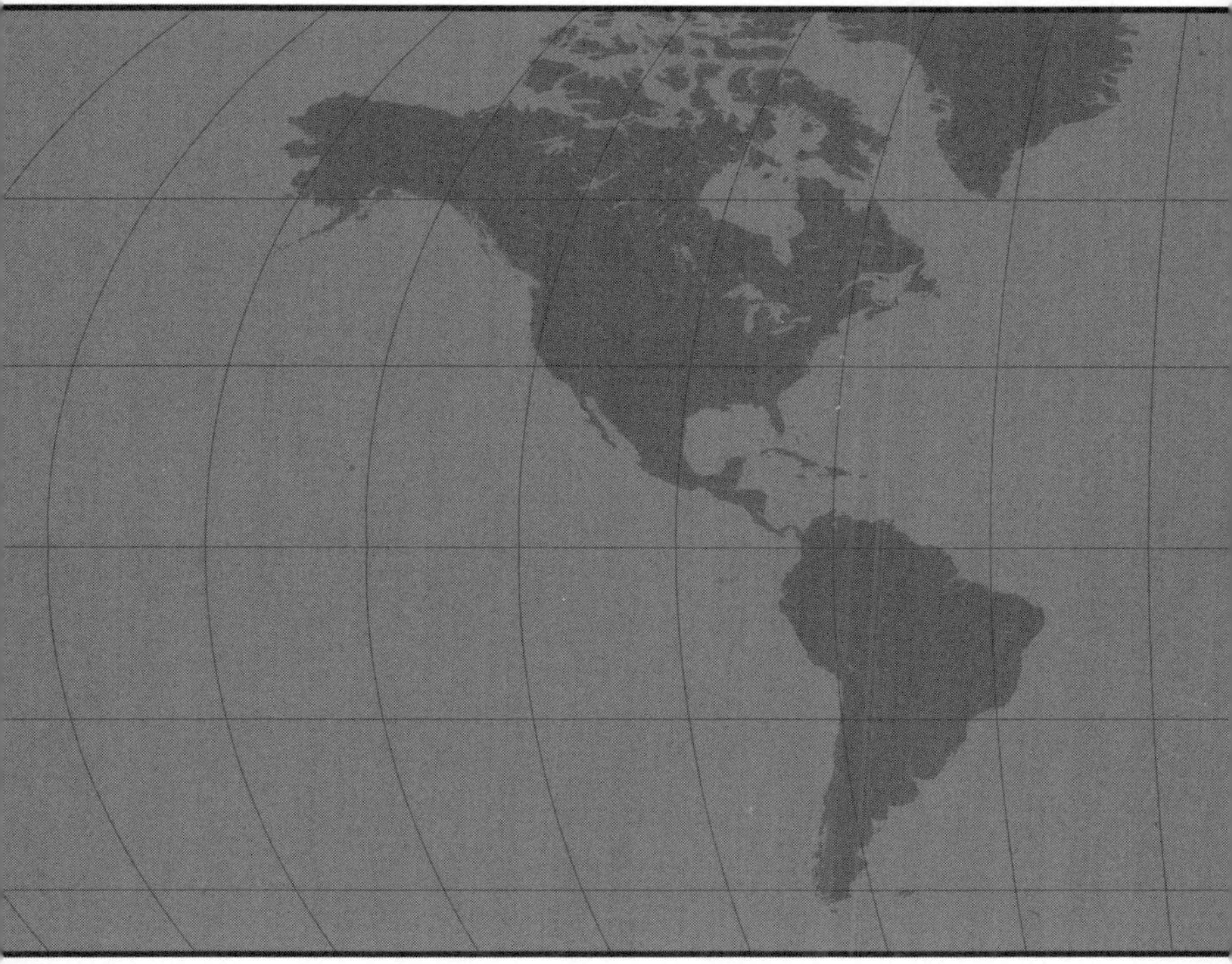

ヘジャズ

苦いイチゴ味の切手

存続年　一九一六－一九二五年
国名・政権名　ヘジャズ
人口　八五〇、〇〇〇人
面積　二五〇、〇〇〇平方キロメートル

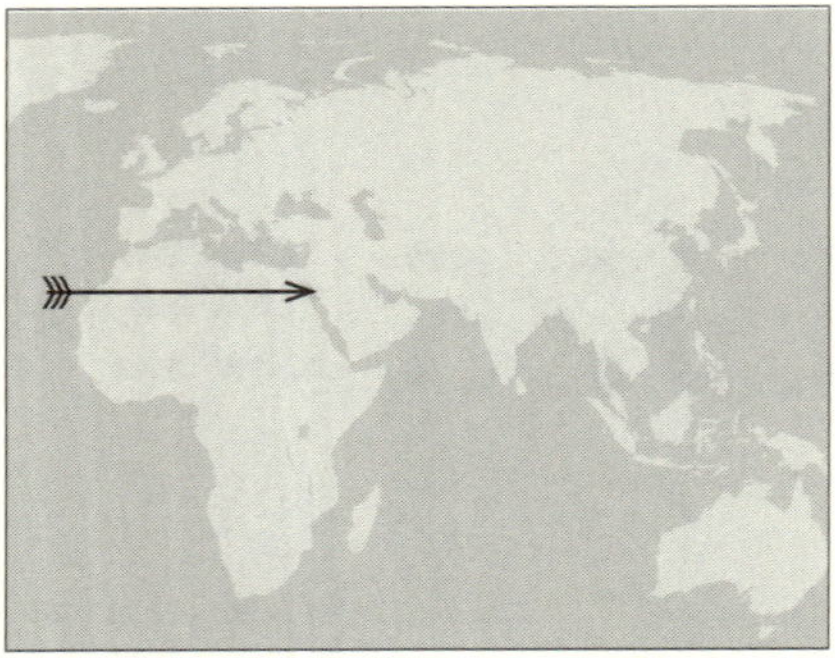

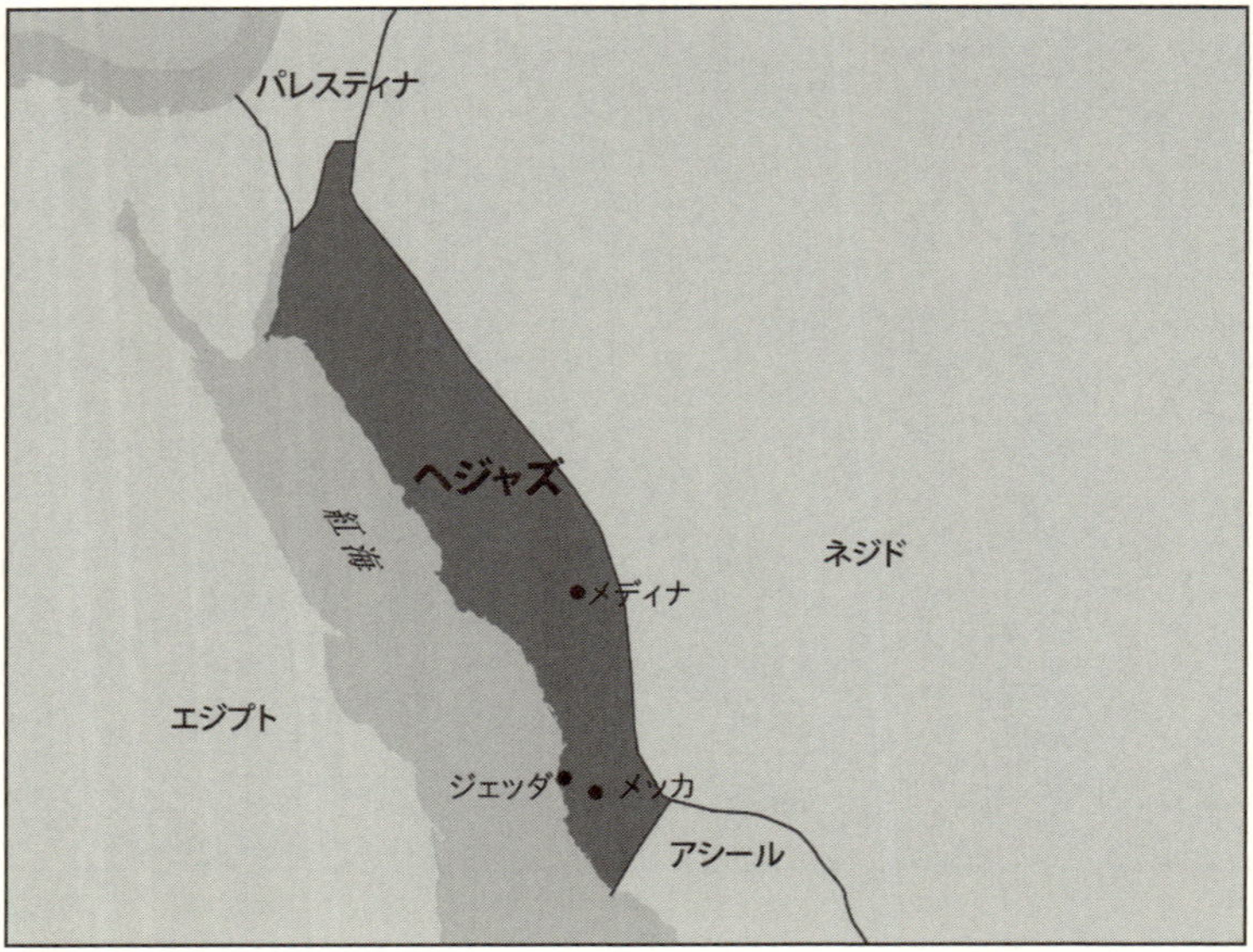

一九一六年の夏、カイロ。第一次世界大戦がヨーロッパ中を巻きこんですでに二年が経過している。エジプトもこうした出来事の影響を受けていた。この前年には、ドイツと同盟したオスマン帝国軍がスエズ運河を奪取しようとしたが、イギリス軍の頑強な抵抗に遭って断念していた。

イギリス軍将校のトマス・エドワード・ロレンスとロナルド・ストーズは、赤い建物の階段を上っている。ここはエジプト考古学博物館になっている。ふたりは建国したばかりのヘジャズ王国のために切手のモチーフになるものを探している。ヘジャズはちょうど二か月前、オスマン帝国の支配下から脱することを宣言していた。国王に担ぎあげられたのはメッカのシャリフ（太守）、サイード・フサイン・ビン・アリだった。ただし他地域でもよくあるように、陰で糸を引いていたのはイギリスだった。ヘジャズ国民は、自国の切手を選ぶことも許されていない。それでもイギリスは人の肖像は使えないという基本原則を受け入れている。イスラム教は人物を描くことを禁じているのだ。

ヘジャズはアラビア半島の西側に位置し、北はアカバ湾から南ははるか彼方のイエメンまで紅海沿岸部を縦長にのびている。王国の海側では、ティハーマ海岸平野がすぐ隆起して尾根と高原になり、その先は標高二〇〇〇メートルを超える山々になる。この山脈は東のアラビア砂漠の侵食を食い止める障壁になっている。ここを隊商路がくねくねと曲がりながら越えていき、イエメンからシリア、果ては地中海へと、香辛料の栽培地までつながっている。イスラム世界の二大聖地であるメッカとメディナに向かう巡礼もこの道を通った。港町のジェッダもかかえるヘジャズは、人口の多い国で八五万人以上の住民が暮らしていた。

この地域は暑い。年の半分が夏で、焼けつくような暑さになることもある。タウンハウス（共同住宅）は、紅海のコーラル・ストーン〔化石化した天然サンゴ石灰石〕で造られて彫刻がほどこされている。四、五階建てなのは、狭い街路にできるだけ影を落とすためだ。建物と建物のあいだにたいていちょっとした距離があるのは、こうすると外壁の周囲で多少とも空気が自然に循環するからだ。また外壁から張りだした木製のバルコニーが連なり、直射日光を遮るひさしになっている。街路でさえできるだけ影になるように計算された角度に曲がっている。

> 曲がりくねった平坦な往来は湿っぽい砂で敷きつめられ、長い年月の間踏み固められたためか、人が踏んでも絨毯のように音がしない。格子窓や壁の見回しもひっそりして人声もこだましない。荷車も見当たらないし、またそれが通れるほど広い往来もない。蹄の音もなければまた賑やかな喧騒などはどこからも聞こえてこない。万象は粛然と緊張しているように見え、沈静でさえもある。われわれが通り過ぎたときには家いえの戸口はひっそりと閉ざされていた。吠えたてる犬も、泣きわめく子どももいなかった。[131]（T・S・ロレンス『知恵の七柱』、柏倉俊三訳、平凡社）

オスマン帝国は、一五〇〇年代の初期からこの地域に勢力をおよぼしていた。ただし直轄地としたのはようやく一八四五年になってからで、支配力を維持したのは第一次世界大戦までだった。この時期の終わりごろには、ダマスカスとメディナを結ぶ鉄道が完成していた。ヘジャズ鉄道という名称で、南方の陣地を補強する兵員を輸送した。またたまに羽振りのよい巡礼が便乗させてもらうこともあった。

第一次世界大戦が火蓋を切ったとき、オスマン帝国の勢力下にあるアラブ人は、ドイツ側についていた。イギリスはそれに対処するために、サイード・フサイン・ビン・アリなど、一部のアラブ人指導者を呼んで機密会談をもちはじめた。いわゆるアラブ反乱はここで画策されたのである。目的はトルコ人をアラビア半島から追い払うことにあった。イギリスは同時に、オスマン軍を足止めして、ヨーロッパの戦場への進出をできるだけ阻止したい考えだった。そのためにゲリラ戦術が用いられて、ヘジャズ鉄道を中心に攻撃が仕掛けられた。

こうした機密会談でイギリス代表団を取りまとめていたのが、T・E・ロレンスことトマス・エドワード・ロレンスだった。軍将校で考古学者でもあったロレンスは、流暢なアラビア語を操り、さらにアラブ人とアラブ文化全般を非常によく理解していた。中性的な感じがする風貌で、髪は薄くなりつつあり、大きなかぎ鼻と鳩のように柔和な目をしていた。のちに映画『アラビアのロレンス』でロレンス役を演じたピーター・オトゥールとは、似ても似つかない。その一方で彼の唇は、ほかのイギリスの使節の大半ほど固く結ばれていなかった。ロレンスは協力の仕方がうまかった。最初の数年間はゲリラ戦で積極的な役割を果たして、トルコ人から首に懸賞金をかけられるほどの打撃をもたらした。だがそのころにはすでにヘジャズ国王に息子の地位を与えられて、誰にも手出しができなくなっていた。

イギリスからの指示はもちろん、この信頼があったからこそ、ロレンスはカイロにまで足を運んで積極的に切手のモチーフ探しをしているのである。新王国の誕生で敵の動揺を誘う必要がある。そのためにも、切手をできるだけ早く市場に出さなければならないと彼は確信している。またアラビアに関連のあるデザインにすべきことも承知していた。だがエジプト考古学博物館には適当なものがない。ロレンスとストーズは町に出て探しつづける。最初に見つけたのは、サーリフ・タラアイー・モスクの正面扉にある、彫刻のパターンだった。次に目についたのは、駅の入り口の上にあった化粧しっくい細工のレリーフ、そして三番目は、スルタン・バルクーク・モスクで見つけたコーランの最後のページの装飾だ。最後にふたりは、そうしたモチーフ一式をすべて手に入れて、アガミ・エフェンディ・アリに手渡した。この活版印刷工が精巧な図柄を仕上げることになる。ロレンスは最後にひとつだけ指示を出した。ヨーロッパの文字を使ってはならない。全てが原型に忠実なアラビア文字でなければならないと。

　ロレンスは最終的な印刷工程も監督している。このときのエピソードがある。一部始終が文書に残されているわけではないが、ロレンスが糊にイチゴの風味をくわえたというのだ。するとちょっと思いがけない効果が現れた。切手を舐めるためだけに購入する者が続出したのだ。とりわけ人気だったのは、額面が半ピアストルのいちばん安い切手だった。

　わたしは自分の切手で確かめてみたが、最初に舐められたときに香りは飛んでしまったようだ。それでもモチーフは、ロレンスがカイロ駅で見つけたものである。円に封じこめられている文字は、「makkah al mukarrama」（神聖なるメッカ）と読める。[132]

1916年　カイロ駅の入り口の上にあった、化粧しっくい細工のモチーフ。

戦いが終結したとき、アラブ人は居住地域の独立を望んだ。それはイギリス人との会談でも約束された条件だった。[133] ところがフランスとイギリスは、両国のあいだでその地域を無頓着に委託統治領として分割してしまった。ロレンスは自伝の『知恵の七柱』で明確に述べているように、絶望して自分がないがしろにされたように感じた。アラブ人に自分の口から伝えた約束が守られなかったのだ。ヘジャズはイギリスの影響下でもやはり、サイード・フサイン・ビン・アリを君主として独立した王国の体制を維持した。だがまもなく過去に祟られる結果になる。というのもフサイン・ビン・アリがヘジャズ国王の即位を宣言した際に、全アラブの王を表す称号「Malik bilad-al-Arab」をつけ加える衝動を抑えられなかったからである。その東に位置するネジド・スルタン国の宿敵らは、このことを数年間考えるうちに、苛立ちを次第に募らせて激しい怒りを覚えるようになった。一九二五年、ネジドの軍勢がヘジャズに侵攻してネジド・ヘジャズ王国を樹立、その領土は紅海からアラビア半島を突っ切ってペルシャ湾にまでおよぶ広範囲になった。イギリスは異議をさしはさまずにその建国を認めて、早々に良好な関係を築いた。一九三二年、この王国は国名をサウジアラビア王国に改めた。

文献

T・E・ロレンス（一九二二年）
『知恵の七柱』（柏倉俊三訳、平凡社、一九七三年）
E・M・ダウスン（一九一八年）
『メッカ地方総督・太守およびヘジャズ国王、フサイン殿下のためにエジプト測量部が用意した切手のデザインと発行についての短い覚書 *A Short Note on the Design and Issue of Postage Stamps Prepared by the Survey of Egypt for His Highness Husein Emir & Sherif of Macca & King of the Hejaz*』
ムハンマド・アリフ・カマル（二〇一四年）
「ジェッダの伝統的建築物の形態——天候に配慮したデザインと環境の持続可能性 *The Morphology of Traditional Architecture of Jeddah: Climate Design and Environmental Sustainability*」（論文）

映画

『アラビアのロレンス』（一九六二年）
監督　デヴィッド・リーン

曲がりくねった平坦な往来は湿っぽい砂で敷きつめられ、長い年月の間踏み固められたためか、人が踏んでも絨毯のように音がしない

T・E・ロレンス

アレンシュタイン

独立の夏

存続年　一九二〇年
国名・政権名　アレンシュタイン
人口　五六八、〇二四人
面積　一一、五四七平方キロメートル

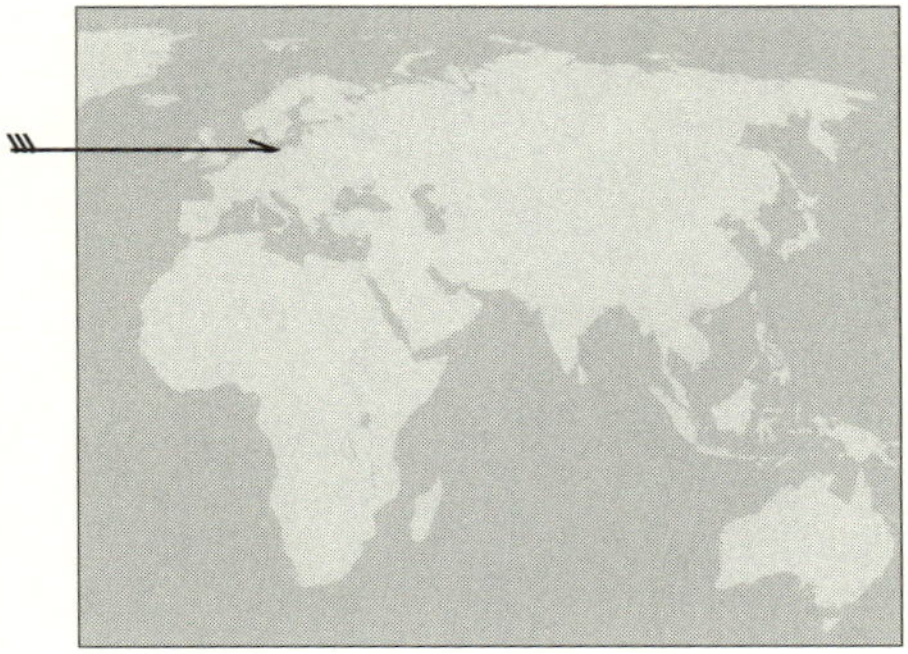

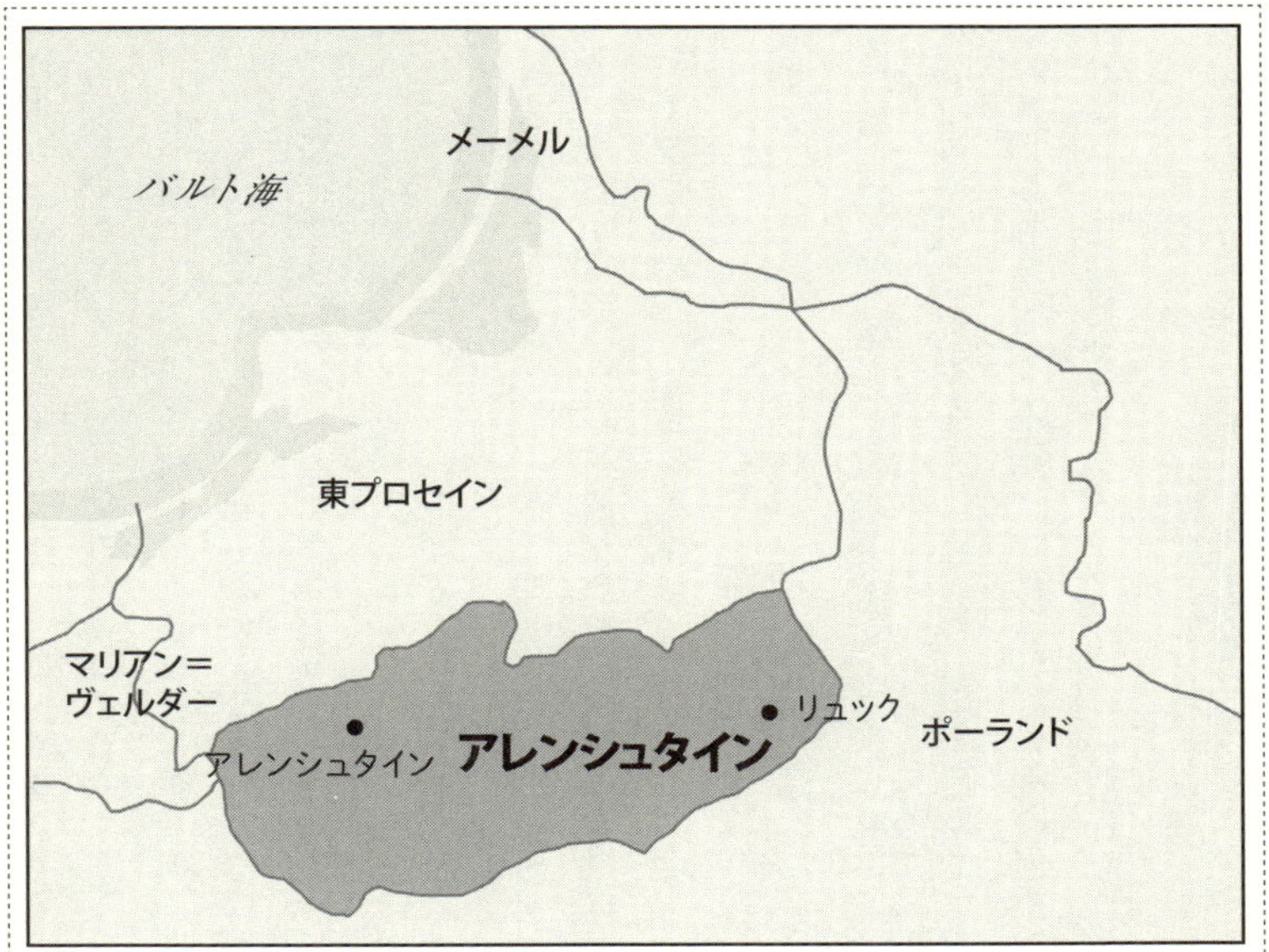

カエデの木を通り抜ける涼しい風のおかげで、日中の暑さはやわらいでいる。カエデの並木のそばには熟しつつある作物の畑。並木はそこから町の方向にのびていく。遠くで教会の鐘の音がする。今日は七月一一日、第一次世界大戦の終戦からまだ二年も経っていない。細い砂利道には、投票所に向かう人々の姿がある。みんな家族でまとまって歩いており、足並みを合わせるために歌っている者もいる。茶色のランチ・バッグには、プレッツェルやスモーク・チーズ、ハチミツ入りケーキが入っている。なぜなら今日は休日だからだ。

アレンシュタインは、厳密にいえば国であったことはない。だが一九二〇年の夏には、おそらくは多くの住民が独立したも同然だと感じていただろう。これからヴァイマル共和政ドイツ下の東プロセインとポーランドのどちらに属するかを、住民投票で決めるのだ。また投票権は一五歳以上の全ての住民に与えられている。

アレンシュタイン地方は、「千の湖」と呼び慣らわされていたが、実際の湖の数は二〇〇しかなかった。町中は人口密度が高く、郊外には森や農場が広がる。一九二〇年に五〇万人の大半が住んでいたのは、田園地帯のほうだった。ほとんどが囲いこんだ小農地に居住しており、母屋の急勾配の屋根を屋根板やわらで覆っていた。建物自体は平屋の木造で、田舎道に面している。明るい色の窓枠をつけて、複雑な彫刻がほどこされていた。

緩やかに起伏する農村の風景の中に、一定の間隔をおいて要塞のような町が出現した。防壁の内側の建物はお馴染みの北欧スタイルの支柱で支えられており、大通りや広々とした広場に沿って、背の高い多層階の教会やレンガ造りの家屋が立ち並んでいる。またどこを振り向いても必ず軍事施設の名残が目に入る。アレンシュタインの歴史で平和を乱されていない時期というのは珍しく、この地域はつねにスウェーデン人からチュートン騎士団、そしてもちろんナポレオンといったよそ者に蹂躙されていた。第一次世界大戦中も一九一四年八月の酷暑の中、タンネンベルクの戦いでロシア軍が壊滅的な敗北を喫して以来、終戦までほぼ継続的に戦場になっていた。[134]

一九二〇年の住民投票《プレビシット》地域のために設けられたアレンシュタインの境界は、おおまかにマズール人が中世から住んでいる地域に沿って引かれている。そしてその民族の子孫が今目指している投票所には、この地域に何世紀にもわたる伝統があると主張するポーランド人とドイツ民族も大挙して向かっていた。こうした民族の共存はかなり齟齬を生じていて、何度も紛争に突入しそうになっている。第一次世界大戦の勝者はこうした問題を、前年に調印されたヴェルサイユ条約で解決しようとした。

この条約で、ドイツと連合国とのあいだで四年間続いた戦いに終止符が打たれて、ドイツは戦争責任を取るよう求められた。ドイツはまた巨額の戦争賠償金の支払いを命ぜられ、無条件で全ての植民地を手放して、係争中の領土を隣国に譲ることになった。ただしアレンシュタインのように、住民自身に帰属する国についての最終選択が委ねられた場所もいくつかあった。

ヴェルサイユ条約九四条　東プロセインの南の境界……と次に示す境界線にはさまれた地域で

は、住民は投票によって帰属を望む国を表明しなければならない。すなわちアレンシュタイン県の西と北の境界から、同県が接するオレッコ郡とアンガーブルク郡のあいだの境界まで。したがってこれは、オレッコ郡の北の境界から同郡が接する旧東プロイセンの境界までとなる。[135]

住民投票への意識を高めようと、ドイツの切手に加刷したとわかる形で記念切手が発行された。この切手は四月三日から有効になり、住民投票の結果が明らかになった時点で無価値になる予定だった。切手のモチーフは「母なるゲルマーニア」で、サイレント映画のスター女優、アンナ・フューリングがモデルとなっている。この人物像はドイツ国家を理想主義的に擬人化したもので、王冠をかぶった金髪の女性が、ドキッとするような胸当ての鎧を着けた姿で描かれている。また平和のシンボルであるオリーブの枝と、紛れもなくその反対の象徴である剣がかろうじて見えている。「TRAITÉ DE VERSAILLES」（ヴェルサイユ条約）の文字が加刷されている。

わたしの切手にはリュック（現エウク）の消印が押されている。リュックはアレンシュタインの東の端にある町で、一万三〇〇〇人の住民がいた。「マズーリの真珠」とよく称せられる。エウク湖の湖畔にあり、周囲をぐるりと森に囲まれていた。

住民投票委員会の委員長に任命されたイギリス人のアーネスト・レニーは、早期に実のある結論を出すことを目指している。投票がまちがいなく平和裏に実施されるように、アイルランドとイタリアの連隊から兵員を投票所に配備した。

だがまもなくそれはまったく効果がなかったのがわかる。監視員の報告では、とくにドイツ人の側で大々的な不正が行なわれていた。なかでも悪質だったのが、ポーランド人の投票所入場券を抜いて、選挙人名簿を改ざんし故人の名前で埋める、という手口だった。しかも、同一人物が何度も投票できるように、投票所間の移動手段を用意していた。

ポーランド人の多くが祖国奉仕部に脅されて、家を出ない選択をしたという事実も、投票の正当性をさらに低下させている。この愛国心の強いドイツの組織は、数か月にわたり選挙地域のあらゆる場所で存在感を示していた。もうひとつあげられる要因は、進行中のポーランド・ソヴィエト戦争と、共産主義を西側に拡大しようとするレーニンの明確な野望である。ポーランドが敗れるのを懸念して、大勢のマズール人が、純然たる恐怖からドイツに投票している。

こうした一切が、住民投票の結果は初めから決まっていたようなものだったことを示している。とはいっても、ドイツが得票率九七・八パーセントという、圧倒的な勝利を収めるとは誰も思っていなかったが。選挙委員会はそれでも住民投票を有効とみなして、八月一六日以降はアレンシュタインを東プロイセンに併合すべきだと結論づけた。その四日後、県の切手は無効になったと発表された。

アレンシュタインに多かったユダヤ人も、ドイツに投票したと思われる。のちにアメリカに移民することになるレハ・ソコウフは、子ども時代の思い出について語っている。八歳のとき家族とともに到着した場所では、まさに一九二〇年の住民投票が行なわれていた。このユダヤ人の家族がポーランドのローバウを後にしたのは[136]、嫌がらせがひどくなったからだった。「何もかも置いてきました。家も、財産も、父の事業も[137]」アレンシュタインでは安全だと感じた。この家族も周囲の人間もみなドイツ人だったのだ。ソコウフはドイツ国歌の「ドイツよ、ドイツよ、あらゆるものの上にあれ」を歌って育っ

1920年　住民投票の記念切手。「母なるゲルマーニア」をモチーフとした1916年のドイツの切手に加刷したもの。

たので、この歌詞が心の底に染みついていた。また母親はドイツ皇帝を敬愛していて、ユダヤ人の面倒を見てくれるものと思っていた。ソコウフはすぐにユダヤ人でない友達をたくさん作り、自転車で一緒に森や湖畔への冒険に出かけるようになった。

だがそれは長続きしない。友達は少しずついなくなった。そして一九三三年以降は、ユダヤ人の行動を制限する法律が相次いでできた。一家がふたたび逃れた先はベルリンだった。そこでさらなる苦難が待っているとは知らずに。

一九四五年一月、アレンシュタインはソ連軍の占領を受け、最終的にはオルシュティン県としてポーランドにくわえられた[138]。このときには住民投票はなかった。

文献

デヴィッド・A・アンデルマン（二〇一四年）『うち砕かれた平和——一九一九年のヴェルサイユと今日の代償 *A Shattered Peace: Versailles 1919 and the Price We Pay Today*』

レハ・ソコウフ、アル・ソコウフ、デブラ・ガラント（二〇〇三年）『流れに抗って——ホロコーストの中で出会った本物の思いやりの物語 *Defying the Tide: An Account of Authentic Compassion During the Holocaust*』

東プロセインの南の境界……と次に示す境界線にはさまれた地域では、住民は投票によって帰属を望む国を表明しなければならない

ヴェルサイユ条約九四条

ジュービ岬

砂漠の郵便機

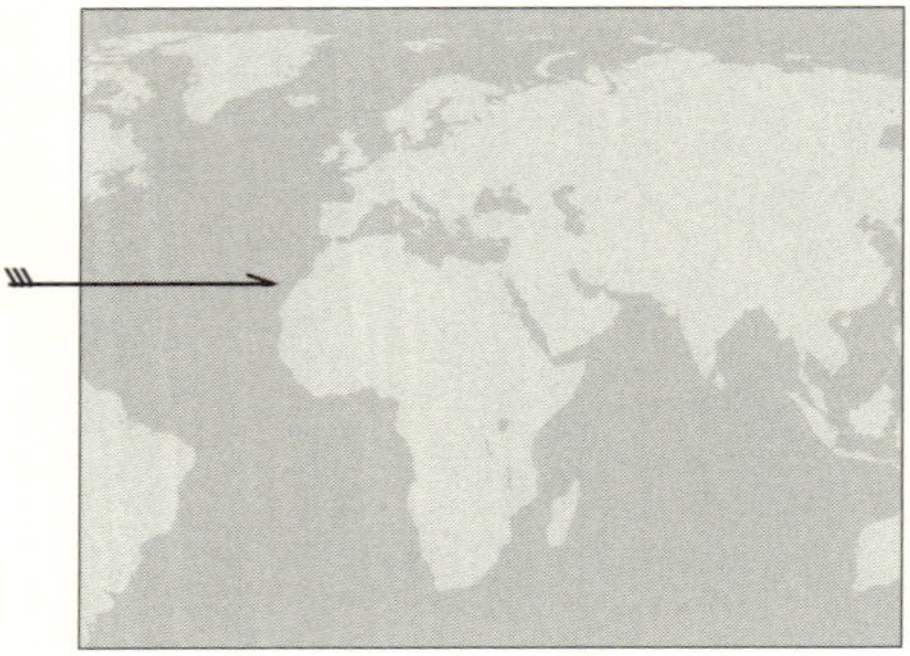

存続年　一九一六－一九五六年
国名・政権名　ジュービ岬
人口　九、八三六人（一九一六年）
面積　三三、〇〇〇平方キロメートル

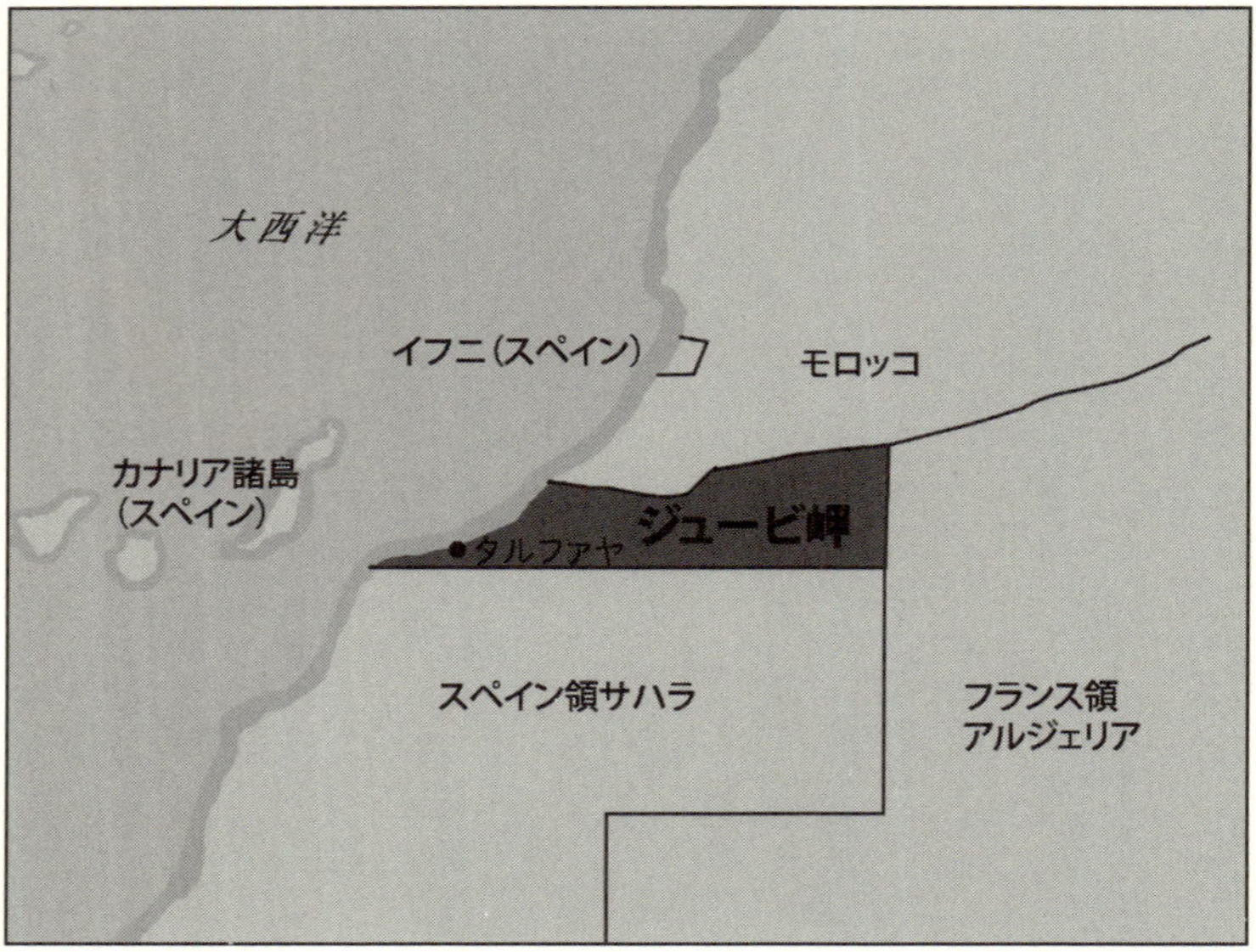

ジュービ岬はもともと、今日のモロッコの南端にある岬の名称にすぎない。西サハラの境界上に位置しており、いつの時代も季節的にやって来る遊牧民がぽつりぽつりと離れて暮らしていた。冒険家のトール・ハイエルダールが、一九六九年の葦舟ラー号での初航海で難破しかけたのもここである。「ちょうどアフリカ海岸が南に方向を転じるあたりで、岩壁から隠れた低い砂州が最も危険な海流の中へ舌のように伸びている」[139]（トール・ハイエルダール『葦舟ラー号航海記』、永井淳訳、草思社）ハイエルダールは危機一髪のところを自力で切り抜けた。

ローマ人もジュービ岬は恐ろしい場所だと述べている。この岬をまわる者は、どんな凶暴な海の怪物と出会うかもわからなかった。またここで船乗りの白い肌が黒くなるとも考えられていた。ガイウス・プリニウス・セクンドゥス（紀元二三‐七九年）によれば、そのためジュービ岬より先は、いかに信頼できる航海術も通用しなくなるとされていた。

それでもスペイン人とイギリス人、フランス人は一様に、カナリア諸島から東に一〇〇キロほどのところにあるこの荒涼とした砂岩の塊の崖に、一定の興味を示した。一四〇〇年代の初めにははやくも、スペインのコンキスタドール（征服者）、ドン・ディエゴ・デ・ヘレーラが、大陸から一〇〇メートルの沖合に浮かぶ小島、サンタ・クルス・デ・ラ・マール・ペケーニャに砦を築いている。スペインからイワシを獲りに来る漁師を、敵意を示す遊牧民から守るためである。

この遊牧民はサラーウィー族で、北のベルベル人と東の内陸部の砂漠地帯に住むトゥアレグ族の血を引いている。夏には海岸近くで暮らして漁をした。その間、飼っているラクダや羊、山羊の群れは、ところどころに生えている草を食んでいる。ここで家族単位で住んでいた薄茶色のテントは、羊と山羊の毛でできており、地面に麻のロープか乾燥させたヒトコブラクダの腸で固定していた。サラーウィー族は定住者を心底バカにしており、土地の所有権にも境界にも関心を払わなかった。またこの遊牧民には、優越的立場や君主といった類いのものを認める習慣はまったくなかった。仲間内では代表者会議で評定する長い伝統があったが、一種の無政府状態で、族長でさえ権力を握りつづけたいならおかしな振る舞いはできなかった。

一八〇〇年代の末には、ドナルド・マッケンジーという恐れを知らないスコットランド人が、ジュービ岬一帯を調査している。「約二〇〇マイル（三二〇キロ）の範囲の海岸線を慎重に調査して、この海岸全体でジュービ岬以外は安全な港は見当たらないという結論に達した」[140]

一八七六年、マッケンジーはロンドンに本社を置く北西アフリカ会社のために、ポートヴィクトリア交易所を設立した。この交易所は高い塀に守られながら、内陸部のサハラ砂漠との交易を確立した。マッケンジーは東の砂漠に遠征した際に、陥没を発見している。その陥没はニジェール川に近いティンブクトゥの町にまで続いているようだった。このことをきっかけに、ぶち上げた「サハラ砂漠洪水」計画は、まさにサハラ砂漠の中央部にまで船での輸送を可能にするために、道を切り開くことを目的としていた。だがこの提案は、母国イギリスではまったく顧みられなかった。と同時にサラーウィー族との衝突がますます頻繁になり、ついにはモロッコの君主《スルタン》とも軋轢を生じるようになった。一八八八年、モロッコは交易所をつぶすために二万人の軍勢を差し向けた。そして最終的には勝利を収めるが、このときのモロッコ軍は兵のほぼ三分の一を飢えと脱水症状で失っていた。

ここにそんな価値があったのだろうか、と問い正す必要があるだろう。値打ちのあるものはまったくなかった。原材料も女も、栄光も。一九一六年にイギリスに代わってジュービ岬を占拠したスペインも、それを承知していたにちがいない。それでもスペインは現地初の切手を発行してこの出来事を記念している。ただしさらに南にあるスペインの植民地、リオ・デ・オロのオリジナルに加刷したものである。わたしの所有する王冠のデザインの切手は一九一九年版で、一八七二年から延々と売れ残っていたスペインの古い切手にただ加刷しただけのものだ。だがこの切手はそれ以外にも印刷用インクという、切手の歴史では重要な特徴となるものをそなえている。赤い加刷部分に、合成のアニリン染料を用いているのはほぼまちがいない。この染料が市場に現れたのは世紀の変わり目の前後である。

最初は石炭、ついで石油から作られ、たちまちあらゆる印刷用インクに使用されるようになった。オリジナルの切手は、鉱物顔料を亜麻仁油で薄めて使っていた。顔料はイタリアで大量に抽出されている安い緑土のようだ。だが切手になぜ使用されたのかは謎だ。印刷板で色を出すのは、なかなか難しいことが知られていたからである。

後年、ジュービ岬はモロッコの切手を使用するようになった。モロッコは一九五六年までスペインの保護領で、南北の区域に分けられていた。北の区域はジブラルタル海峡に向かう細長いわずかな領域で、ジュービ岬を含む南の区域は一般的にスペイン領サハラと呼ばれていた。

フランスはスペインの許可を得て、一九二〇年代にこの岬の北端に滑走路を作り、南アメリカとセネガルの首都ダカールに向かう郵便機の中継地点とした。そうした郵便機の通常の積荷は三万通の手紙だが、たまに乗客も運んだ。作家アントワーヌ・ド・サン＝テグジュペリは、一九二七年から翌年までこの中継基地で飛行場長を務めていた。

> キャップ・ジュビーでは、夜明けがその幕をあげ、わたしのまえに空虚な舞台が姿を現した。陰影もなく、中景もない舞台装置。[141]（サン＝テグジュペリ『南方郵便機』、山崎庸一郎訳、みすず書房）……全財産としては、スペイン砦に寄りかかるように建っているバラックと、そのバラックの中に、金だらい、塩まじりの水がはいった水さし、短かすぎる寝台しか持たない……[142]（サン＝テグジュペリ『人間の大地』、山崎庸一郎訳、みすず書房）

飛行機産業は黎明期にあり、サン＝テグジュペリは情報の乏しい中、頻発する故障にみまわれながら長距離飛行におよぶ危険な冒険について語っている。それ以外にも遊牧民との揉め事は続いていたので、警戒が必要だった。

> キャップ・ジュビー［ジュービ岬］の夜は、一五分ごとに、いわば大時計の音のようなものによって絶ち切られる。歩哨たちが、つぎつぎに、定められた大きな叫び声でたがいに呼びかわしていたからである……そして、わたしたち、この盲目の船の乗客であるわたしたちは、その呼びかわす声がつぎつぎにふくらんできて、わたしたちの頭上で海鳥の飛翔のように輪を描くのにきき耳

を立てていたものだ。[143]（『人間の大地』、山崎庸一郎訳）

日中はそれほどの恐怖を覚えることはない。

砦の近くで行きちがった場合、彼ら［モール人］はわたしたちに悪態をつくことさえしなかった。横を向いて、唾を吐くだけだった。しかもそのような自負心を、彼らは自分たちの力への幻想から引き出していたのだ。彼らのうちの何人が三百挺の銃を持つ一隊を戦闘配備につけたあと、わたしに向かってこう繰り返したことだろう。「フランスが歩いて百日以上かかるところにあるなんて、おまえたちは運がいいんだ……」と。[144]（『人間の大地』、山崎庸一郎訳）

1919年　1872年版の王冠をモチーフにしたスペインの切手に加刷している。

サン＝テグジュペリらはモール人をなだめるために、頭目を飛行機に乗せて見物させたりもした。フランス見物にも連れて行った。なかには湖や樹木、緑の草地を見て、感きわまって泣きだす者もいた。ジュービ岬では、水には同じ重さの金と同じ価値がある。しかも砂をかき出して井戸を掘るのには何時間もかかる。「らくだの尿のまじった泥水にまで達するには、どれほどの時間が必要なことだろう！　水！　キャップ・ジュビーでも……

マウル人の子どもたちは金銭をせびったりはしない。空罐を手にして、水をねだるのである。――すこし水をおくれよ、ねえ、おくれよ……』[145]。(『人間の大地』、山崎庸一郎訳)

一九五六年にモロッコがついに独立すると、ジュービ岬の時代は終わる。この地域はタルファヤに改称されて、モロッコの県に降格された。ちなみにタルファヤというのは、ここに自生しているタマリンドの一種で耐寒性のある灌木である。人口は今日まで五〇〇〇人程度の横這いを続けている。住民は漁業で生計を立てているが、いまだにこのあたりまで遊牧してくるサラーウィー族と交易もしている。

岬から内陸部に入った場所では、茶色い砂利が敷かれた大通りに沿って、二、三階建ての地味な家屋がまとまって立っている。一九〇〇年代前半の典型的な建物で、平屋根で壁のコンクリート・ブロックには装飾が一部にだけほどこされている。その大半がかなり荒れ果てており、つねに砂に埋もれる危険にさらされている。

キャップ・ジュビーでは、夜明けがその幕をあげ、わたしのまえに空虚な舞台が姿を現した。陰影もなく、中景もない舞台装置

アントワーヌ・ド・サン＝テグジュペリ

文献
アントワーヌ・ド・サン＝テグジュペリ（英訳版、一九五四年）
『夜間飛行』（山崎庸一郎訳、みすず書房二〇〇〇年）
アントワーヌ・ド・サン＝テグジュペリ（英訳版、一九五二年）
『人間の大地』（山崎庸一郎訳、みすず書房、二〇〇〇年）
アーサー・コットン（一八九四－一九一二年）
『ジュービ岬物語 *The Story of Cape Juby*』

南ロシア

白い騎士が覇権を手放す

存続年　一九一九－一九二〇年
国名・政権名　南ロシア
人口　不明
面積　一、一三〇、〇〇〇平方キロメートル

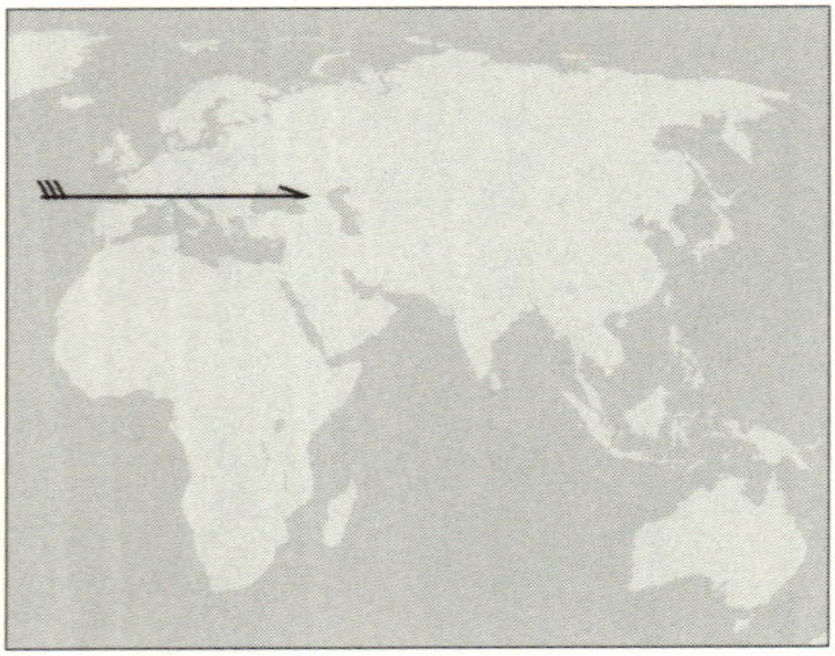

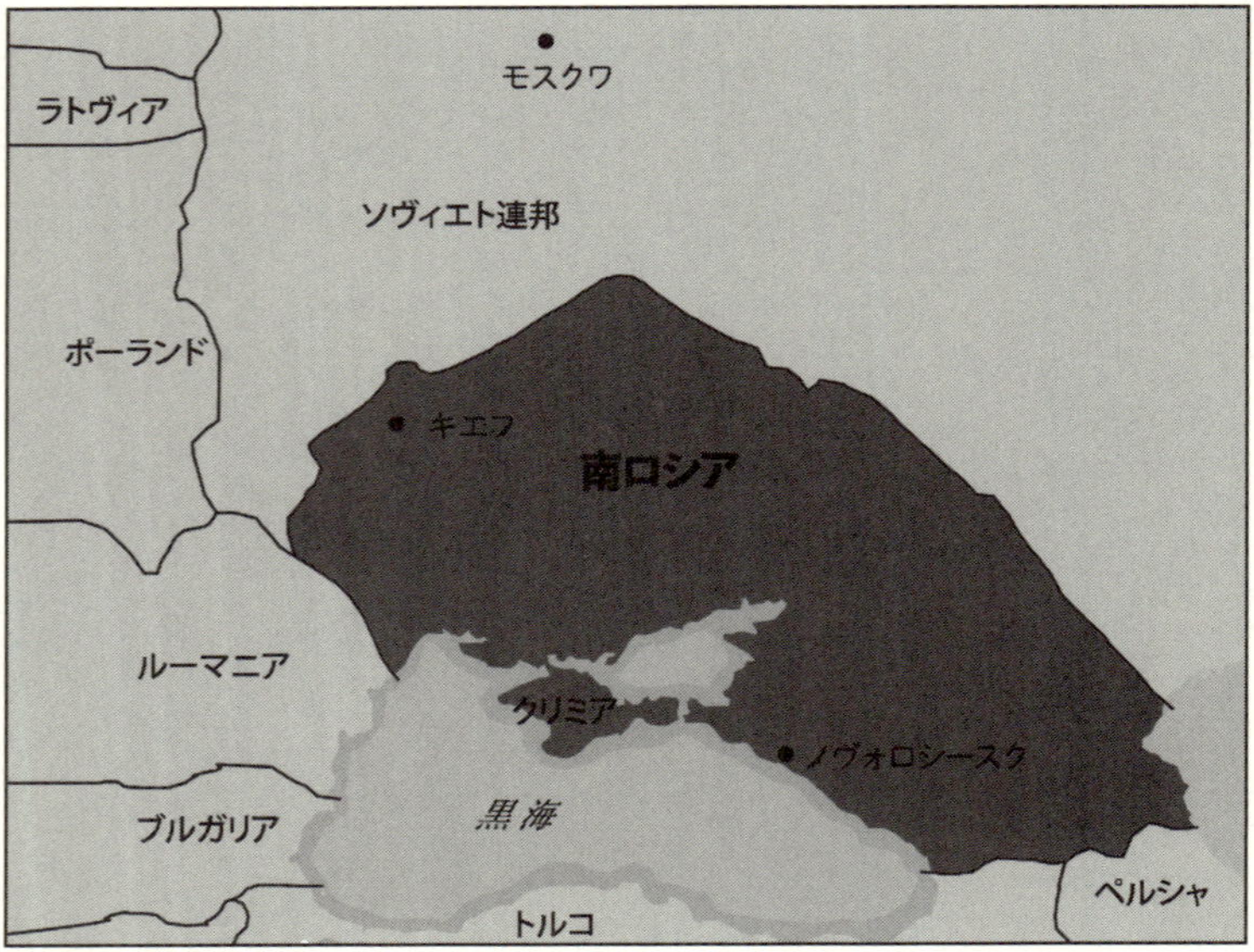

ノヴォロシースクでは少なくとも五種類の「時間」が使われていた。(一) 現地時間、(二) 船舶時間、(三) ペトログラード時間――ロシアの全鉄道の標準時間、義勇軍が公式に使用、(四) セメント工場時間――一時間ごとにサイレンが鳴る、(五) イギリス大使館時間――大使館の時計の時間だが当てにならない。いちばん早い時間といちばん遅い時間の差は一時間半ほどあり、残りはその中間だった。そのため約束を守るのは難しかったが、遅刻したとしてもつねに言い訳には困らなかった。[146]

イギリス人のカール・エリック・ベックホファーは困惑していた。このジャーナリストは一九一九年の一一月末に、黒海の北東岸にあるノヴォロシースク港に到着していた。ロンドンから船出してから一か月が経過していた。出発当時、義勇兵の白軍は攻勢に出て、モスクワに襲いかかろうとしていた。ところが今、戦いの風向きは逆転して白軍は猛烈な勢いで南に潰走し、ベックホファーがたどり着いたばかりの町に向かっていたのだ。

ことの発端はすべて二年前の、ロシア革命直後にある。皇帝ニコライ二世に拳を突きつけた一九一七年のクーデターのあと、皇帝に忠誠を誓う将軍グループがカフカスに逃れて、赤軍のボリシェヴィキに対する抵抗運動を強化しようとした。アントン・イヴァノヴィッチ・デニーキン将軍もそのひとりである。その恰幅のよい腹と両端がピンと立ったヒンデンブルクばりの口ひげ、顎の山羊ひげのおかげで見た目は頼もしかったが、イギリスの諜報員、シドニー・ライリーによれば、頭脳面では物足りなさそうだった。[147] だとしてもデニーキンはかなりの軍勢をかき集めて、義勇兵である白軍の南の側面を固めることができた。コルチャーク将軍の率いた同様の集団は、その東部方面からシベリアにいたる地域を傘下に収めた。義勇軍とはよくいったもので、実際には強制徴募をさかんに行なっていた。

白軍はフランスとアメリカ、ポーランド、イギリスから資金と武器の支援を受けていた。どの国も白軍が勝利して、ヨーロッパ商品の市場が内戦前の水準に戻ることを望んでいた。またニコライ二世が在位中に欧米の銀行と相当な額の貸付契約をしていたことを、白軍に認めさせたがってもいた。

一九一九年の春、デニーキンはいわゆる南ロシア政府を非公式に樹立した。その勢力範囲は南東部のカフカス山脈からキエフにまでおよび、ドニエプル川両岸の肥沃な平原と長大な海岸線、南部のクリミアを包含していた。デニーキンは多くの地方行政職とともに、恐れられる軍事裁判所を設けた。裏切りや敵を助ける行為が発覚すれば、問答無用で即刻処刑した。この将軍の統治は総じて、厳しい管理機構をともなっていた。

同年の秋、白軍はモスクワへの大規模攻勢に出る。その敗因は主に、将軍間のいがみ合いだった。おまけに兵はまともな訓練を受けておらず、補給物資を確保するための兵站が整っていない。兵士は行軍しながら自分の食料を調達しなければならなかった。その結果略奪が横行して地元民とのいざこざが生じ、ついには村人を皆殺しにする事態にまでなった。しかも主な標的となったのは、ボリシェヴィキを支援していると考えられているユダヤ人の村だった。ボリシェヴィキの指導者、レフ・トロツキーは白軍の行状を「略奪と暴行の尾をひきずるほうき星」[148]（ギネス・ヒューズ、サイモン・ウェルフェア『赤い帝国——発表を禁じられていたソ連史』、内田健二訳、時事通信社）と称している。それまでこの内戦にまったく関わっていなかった者が、続々と赤軍にくわわった。

その秋はまた寒かった。ノヴォロシースク駅の赤帽《ポーター》は、カール・エリック・ベックホファーにどちらが勝つかと聞かれると躊躇なく答える。「まちがいなくボリシェヴィキですよ。だって暖かい服を着てますから」[149]

ベックホファーは北に向かう列車の中で、若くて美しい女性に出会う。彼女はバターを入れた大きなカゴをもっていて、これを前線近くで売ろうと考えていた。そのほうが儲けが大きいからだ。ベックホファーはいたずらっぽく人さし指を立てて、前後に振ってみせる。「つまり君は相場師なんだ」彼女は笑う。「だからどうだっていうの？　今時分相場師じゃない人なんかいないわよ」[150]ベックホファーの次の質問は、どこで列車を降りたら安全かだ。なぜなら前線はつねに前進と後退を続けている。つい先ごろもキエフで、占拠と奪還が一六回も連続して繰り返された。この都市の大聖堂は、白軍の礼拝所になったり赤軍のトウモロコシ倉庫になったりと、その都度模様替えされていた。[151]

デニーキンはまた、南ロシア政府が切手を発行できるよう取り計らっている。わたしの四枚ひと組の切手シートは、一九一九年五月の初回製造版である。たっぷり残っている糊は小麦色で、後の版とは違って屠殺場廃棄物から作られているようだ。まだ煮詰めた馬の死骸の味がするのをわたしは自分で確かめた。

中心的なモチーフは非常に小さく、花の装飾に囲まれて内側の楕円形に入っている。それでも、槍を操る騎士が描かれているのはまちがいない。もちろんドン・キホーテなどではなく、その正反対の

1919年　モチーフは極小サイズの聖ゲオルギオス。デニーキン軍から発行された。

同じ切手の裏。茶色くベタベタしているので、1919年5月に作られたことがわかる。

聖ゲオルギオスである。この聖人はすでに神話の世界にしかいないとしても、イスラム教徒と貪欲な龍から町と美しい乙女を救ったために、ロシア皇帝の紋章にくわえられていた。デニーキンは明らかにこの人物に自分を重ね合わせていた。この将軍の動機の大半は宗教からもたらされている。彼はガチガチのロシア正教徒で、赤軍の冒瀆的な振る舞いを怒りを募らせて見るようになっていた。

内戦中の一九二〇年の冬、南ロシアでは激しいインフレーションの時期があった。わたしの四枚ひと組の切手シートには、一月二〇日の消印がある。一枚は三五コペイカで、最小サイズの手紙の郵便料金にも満たない価格だ。その二か月後、未使用切手はすべて回収されて、その上に大幅に値上げした価格が加刷された。わたしの切手の一枚だけで五ルーブル、つまり五〇〇コペイカになった。

そのころ南ロシアは、まさしく終局に向かって突き進んでいた。三月末に残されていた領土は、クリミアの半島部とその北部沿岸部の長細いわずかな土地だけになっていた。三月三〇日、デニーキン将軍を最高権力者とする南ロシア政府が消滅し、その後継の白軍総司令官にピョートル・ニコラエヴィチ・ヴランゲリ男爵が就任した。この狂信的な貴族は、退職した最高裁判事に負けないくらいよぼよぼに見える。デニーキンがイギリスの軍艦で逃亡すると、ヴランゲリはロシア南部政府を立ち上げた。ランギル軍は、夏から秋にかけてクリミアを強固に掌握しつづけた。赤軍との小競り合いは日常的にあり、落命する者が続出した。その後の冬の寒さは前年をはるかに上まわる厳しさになったのだろう。シャツにコケを詰めた兵士も凍死している。一一月になると白軍は降伏し、残兵(兵士の家族も含めて一五万人ほど)は、まだ残っていたロシア黒海艦隊の船舶で退避した。その大半がそれ以降バルカン地方に住みついている。

将軍らはそれより遠くに逃げ延びた。デニーキンはアメリカに亡命して、回顧録の大作を五冊書きあげ、一九四七年に心臓発作でこの世を去った。[152] ヴランゲリは復讐を目的に、白軍将校団の生き残りを集めてロシア全軍連合を結成した。ベルギーに亡命したが、ソ連の諜報員によって毒殺されたと信じられている。

文献
カール・エリック・ベックホファー（一九二三年）『デニーキンの支配するロシアとカフカス地方にて　一九一九－一九二〇年 *In Denikin's Russia and the Caucasus 1919-1920*』
アントン・イヴァノヴィッチ・デニーキン（一九七五年）『帝政時代の将校の履歴　一八七二－一九一六年の回想 *The Career of a Tsarist Officer: Memoirs 1872-1916*』

略奪と暴行の尾をひきずるほうき星

白軍について、レフ・トロツキー

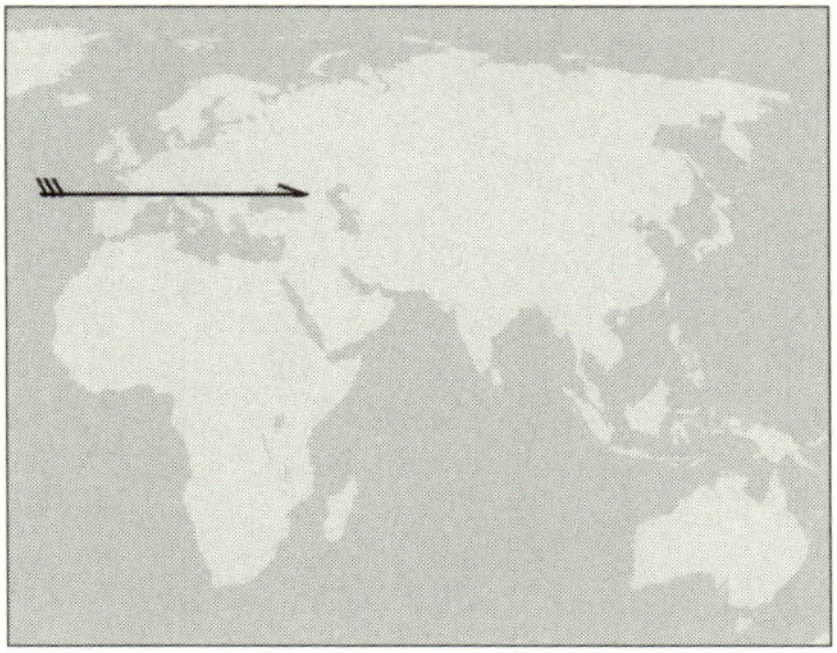

バトゥーミ

石油ブームとクロバエ

存続年　一九一八－一九二〇年
国名・政権名　バトゥーミ共和国
人口　二〇、〇〇〇人
面積　五〇平方キロメートル

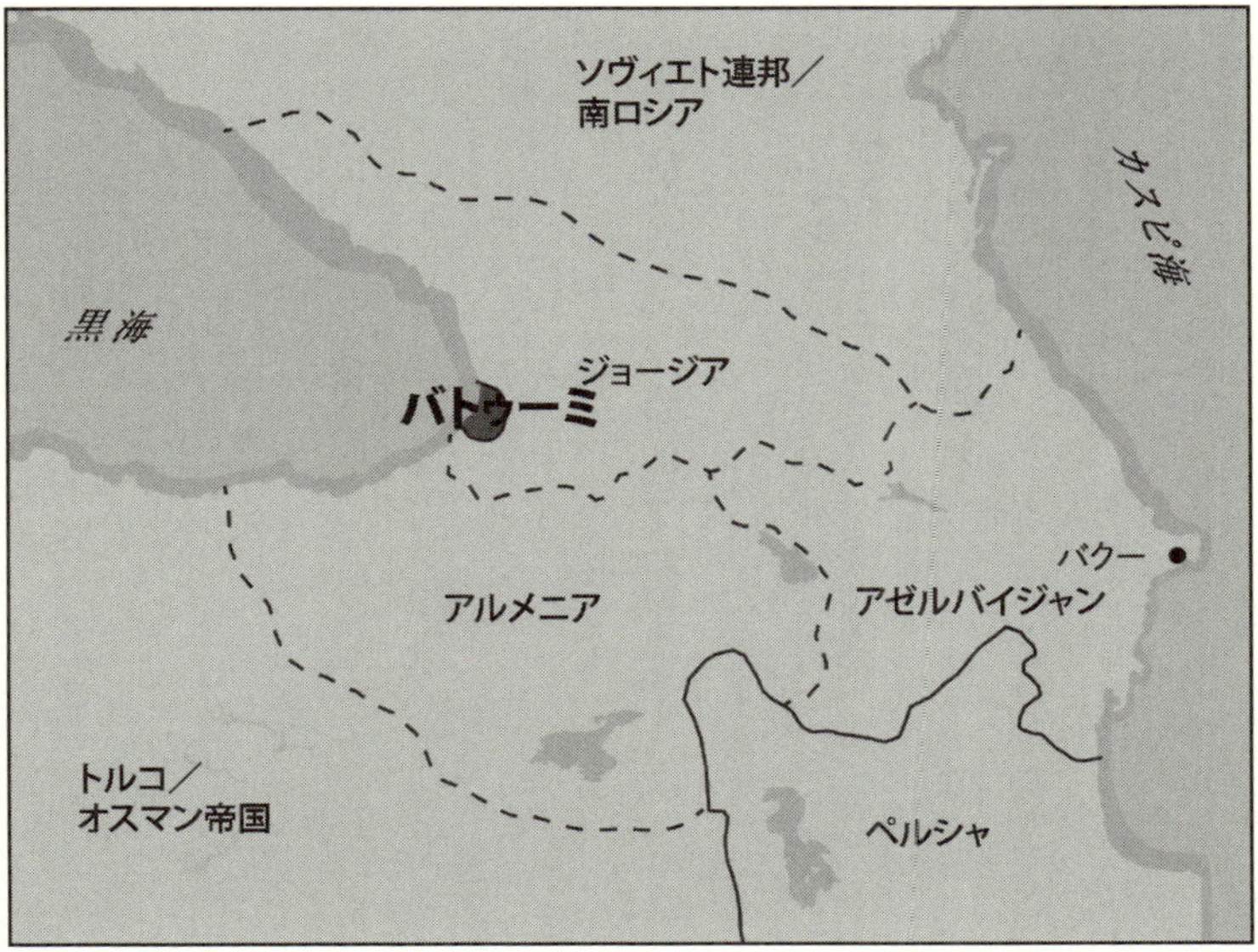

バトゥーミの歴史はほぼ、大国の利権と石油への欲望に振りまわされてきたといってよく、二一世紀にいたるまでいやというほど繰り返されてきたパターンを踏襲している。また他の場所でもよくあるように、その核心部分にはイギリスがいた。イギリスは一九一八年一二月から一九二〇年七月まで、バトゥーミを支配していた。

バトゥーミ共和国が独立を宣言したのは一九一九年一月で、その当時は、カフカス地方の黒海沿岸にあるごく普通の海辺の町にすぎなかった。それでも一八九九年にノルウェー人作家のクヌート・ハムスンが訪れたころには、カフカス横断鉄道の終着駅として、ある程度国際的な脚光を浴びていた。

この都市は肥沃な地域の中にあり、森やトウモロコシ畑、ブドウ園に囲まれている。山々のはるか上方にはあちこち焼かれているところがあり、クルド人がそうして空き地になった場所で羊を追って歩きまわっている。ビロードを思わせるような森林からは宮殿の廃墟が突きだしている。……バトゥーミの暮らしにはどこか南アメリカ的な雰囲気がある。ホテルのダイニングルームに入って来る人々は、現代的な服装だったり、絹のドレスに宝石を身に着けていたりする。……街路の道幅は広いが丸石で舗装されていない。車も人も砂の道を通っている。港は多くの船で賑わっている。小さな帆船は、最南端ではトルコの町からやって来ている。停泊しているヨーロッパの大型汽船は、沿岸部をめぐりながらアレクサンドリアとマルセイユに向かうところだ。[153]

すっかり心を奪われるハムスンだが、それでも都市に隣接する「不衛生」な大湿地帯には衝撃を受ける。その半世紀後には、紀行作家のエリック・リンクレーターも同じ心情になったらしく、凄まじい数のクロバエについて言及している。「われわれの寝室はミツバチの巣かと思ううるささで、日中のレストランではものすごい数がブンブン群がっていた[154]」。原因は降雨で、湿地帯の降水量はこの地域全体のどこよりも多い。

ハムスンがここを訪れた二年後には、若きヨシフ・スターリンがこの都市で革命家としての経歴をスタートさせており、ストライキを計画しては扇動者として牢にぶちこまれることを繰り返していた。スターリンはこうした武勇を誇りに思うあまり、作家のミハイル・ブルガーコフに自伝的な戯曲『バトゥーミ』を書くよう依頼した。ブルガーコフの代表的作品には、シュールレアリスムの小説『巨匠とマルガリータ』（水野忠夫訳、岩波書店、二〇一五年）がある。だがスターリンはこの戯曲に描かれている自分を、あまりにも愚直で理想主義的だと思い、刷り上がった本の破棄を命じてブルガーコフをひどくがっかりさせた。しかも長年腎臓病に苦しんでいたとはいえ、その数週間後にブルガーコフは亡くなっているのだ。

ノルウェーのフリチョフ・ナンセンは、一九二五年に国際連盟の高等弁務官としてバトゥーミを訪問している。目的はカフカス地方の奥地で、大量殺戮を生き延びたアルメニア人の再出発を助けることにあった。このときは秘書のヴィドクン・クヴィスリングも同行させていた。

ふたりはこの都市に好印象をもった。ナンセンはハエに苛立つようなことはなかったが、メイン・ストリートに立ち並ぶヤシの木の手入れが行き届いていないのに不快感を表した。このヤシは扇状の葉をつけていた。「まるで長いポールのてっぺんにぶら下がっている古い飾り房だ。柄の長いぼろぼろの草ぼうきのようだ[155]」そして都市の管理にかんして率直な助言をした。「葉の多いカエデとシナのほうがはるかによいだろう[156]」

ナンセンとクヴィスリングは、さらにパイプラインも視察している。この陸上パイプラインは、二〇世紀の初めからバクーの石油を運んでいた。カスピ海のほとりにあるバクーには、世界有数の巨大油田があった。

石油生産が一八七〇年代に始まると、バクー油田はまもなく世界の石油の五〇パーセント以上を産出するようになった。その中心で一切を取り仕切っていたのは、スウェーデンのノーベル兄弟社である。経営者はアルフレッド・ノーベルの兄、ルドウィックで、この人物は以前資源にはならないと考えられていた石油に、「明るい未来」があるといちはやく宣言すると[157]、その信念に従って世界初のタンカーを設計したほか、パイプラインで石油を輸送する技術も開発した。

バクーとバトゥーミを結ぶパイプラインは、内径が二〇センチ、全長九〇〇キロで、複雑に配置されたポンプ・ステーションのおかげで、標高一〇〇〇メートル級の尾根を乗り越えていた。ナンセンは感銘を受けた。

その数年前に、バトゥーミ港を占拠することにしたイギリス人も同様の感想をいだいていた。イギリス艦隊が一九一三年に燃料を石炭から石油に切り替えていたために、その動機は以前より切実になっていた。戦間期のヨーロッパを、まさしく石油ブームが席巻していた。イギリスのカーゾン外相はすでにこう言い放っていた。「連合国は石油の波に乗って勝利の岸辺に漂い着いた」[158]（アンソニー・サンプソン『セブン・シスターズ』、大原進・青木榮一訳、日本経済新聞社）

オスマン帝国のトルコ人が撤退すると、一九一八年のクリスマスにイギリスは、二万の兵を差し向けてバトゥーミを押さえた。その直後から技師が、パイプラインに沿って設けられているポンプ・ステーションの改良と修理に取りかかっている。

この占領を地元民は歓迎しなかった。それとは別に地域の民族グループが、独立を勝ち取ろうとして互いに衝突を繰り返していたが、北部からボリシェヴィキが着実に前進しているために、避難民がたまらずここに大挙して押し寄せていた。

イギリスは労力をかけるだけ無駄だと見て占領計画を放棄し、一九二〇年の夏には最後の兵士が海軍の船舶で引き上げた。バトゥーミはケマル・アタチュルクを首班とするトルコ新政府に移譲されたが、アタチュルクはこの地域のイスラム教徒の安全を保障するとの確約を得たあと、あっさりとボリシェヴィキに進呈してしまった。

イギリスは占領しはじめた当初、バトゥーミの郵便制度の運営を市議会に任せていた。そのためこと切手作りにかんして、イギリスの君主を美化した肖像を使うのは問題外だった。その代わりに、市議会はこの地方にゆかりのあるデザインを採用した。それが「Batumskaya Pochta」（バトゥーミ郵便）のキリル文字の下に、美しいアロエの木を配した一枚である。一九一九年四月四日に発行さ

1919年　地元の「アロエの木」バージョン。イギリスによる加刷がある。

れた初版は、地元の印刷所で印刷されており、目打ちなしでさまざまな色のバージョンがあった。ただし、後にイギリスの占領に反対するゼネストを市議会が支持すると、全ての在庫が没収されて「BRITISH OCCUPATION」（イギリス占領）の文字を加刷したものがまた売りに出された。

　わたしの入手した七ルーブル切手は、加刷されているグループに属している。長年にわたりバトゥーミの切手の偽造品が大量に作られているが、おそらくは本物だろう。左から三番目と四番目の枝がはっきりしたV字型になっているのが、オリジナルの証拠である。ふつう偽物は平行になっている。

　わたしのように時間より場所に関心をもつ人はとかく、ハムスンとスターリン、ナンセン、クヴィスリングがたまたま一堂に会したらどうなるだろう、などといった想像が面白いのではないだろうか。たとえば駅のレストランで、チョウザメの煮込みとウォッカを囲んでいるとしよう。純粋に政治的な観点では四人が争うべきものはないが、顎ひげと口ひげの手入れについて突っこんだ議論をしている場面はイメージしやすい。その際ひげを生やしていないクヴィスリングは、公平な仲裁役にまわるだろう。

バトゥーミの暮らしにはどこか南アメリカ的な雰囲気がある。ホテルのダイニングルームに入って来る人々は、現代的な服装だったり、絹のドレスに宝石を身に着けていたりする

クヌート・ハムスン

文献
クヌート・ハムスン（一九〇三年）
『不思議の国にて　*I Æventyrland*』
フリチョフ・ナンセン（一九二七年）
『アルメニア紀行　*Through Armenia*』
エリック・リンクレーター（一九四一年）
『わたしを悩ませる男　*The Man on My Back*』

ダンツィヒ

スポンジケーキとヒトラー

存続年　一九二〇－一九三九年
国名・政権名　ダンツィヒ
人口　三六六、七三〇人
面積　一、九六六平方キロメートル

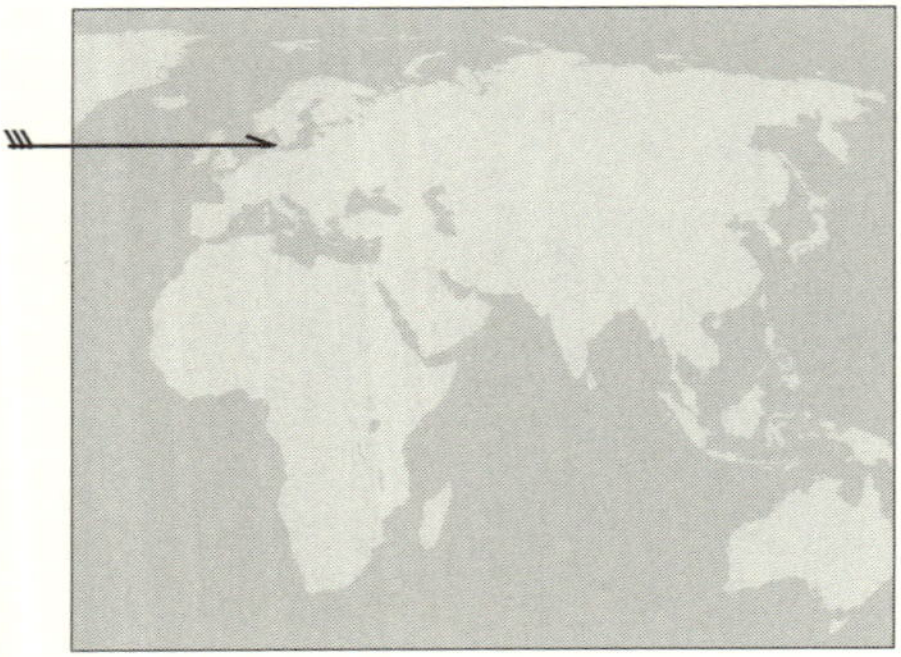

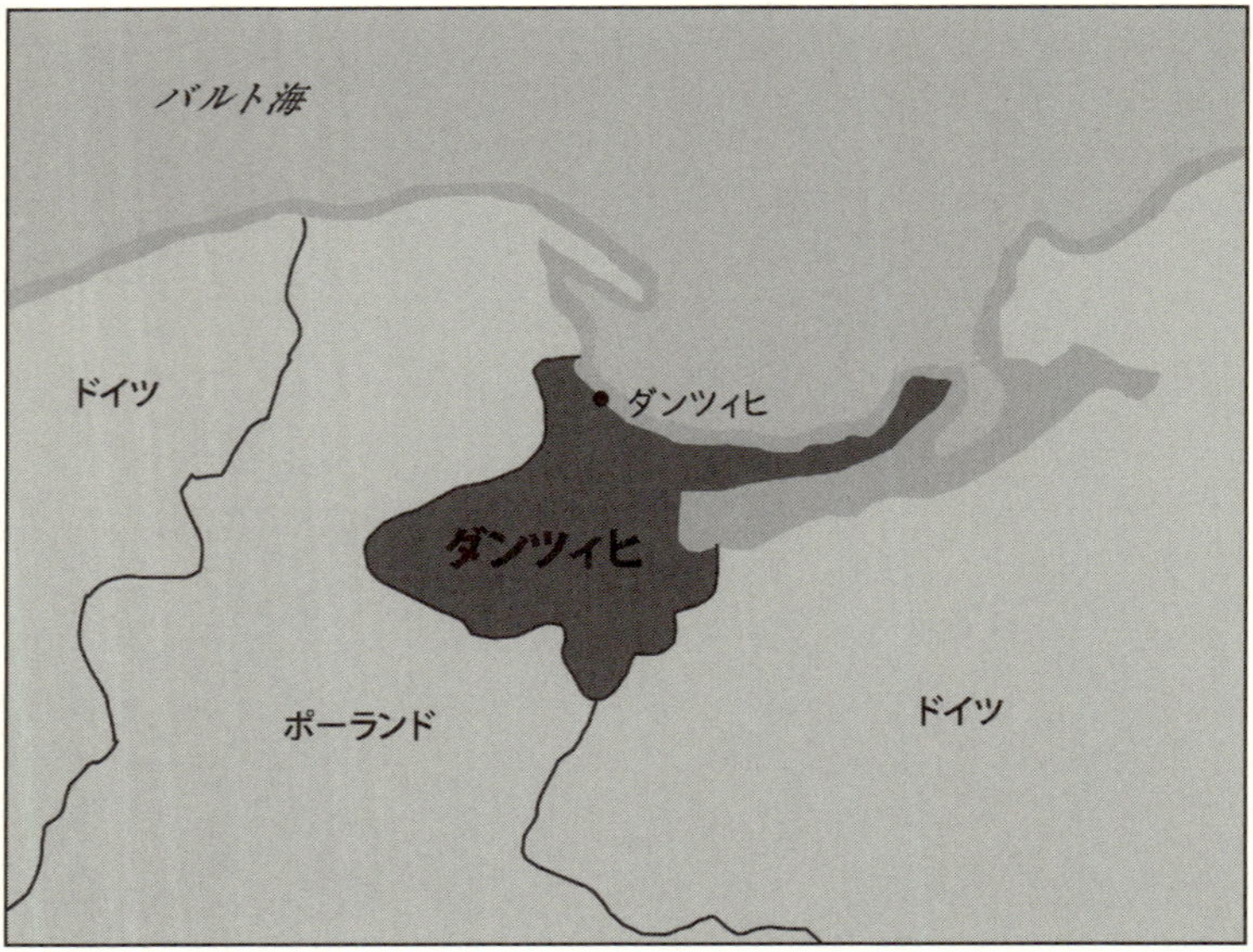

一九三三年、ヒトラーは午後のコーヒーとケーキのお茶会への招待状を出している。会場はベルリンの総督官邸。自由都市ダンツィヒの議会選挙でドイツ国家社会主義（ナチ）党が勝利したのを祝う集いだった。「実に家庭的なコーヒーの会であった。シュトロイゼルクーヘン（刻み物を振りかけた酵母入りの菓子）とナップクーヘン（鉢形のカステラ）が出た。ヒトラーが接待役だった。彼は上機嫌で、しごく愛想がよかった」[159]（ヘルマン・ラウシュニング『永遠なるヒトラー』、船戸満之訳、天声出版）

ヘルマン・ラウシュニングは満足だった。もともとダンツィヒの地主だったのが、つい先ごろ自由都市の参事院議長に選出された。これでようやく小国の現状に何らかの秩序がもたらされるだろう。思うに、ダンツィヒはずっと無視されてきたのだ。

自由都市ダンツィヒは、枝分かれしたヴィスラ川（後のヴィスワ川）のあいだに広がる肥沃なデルタ地帯に位置している。西側のさほど広くない丘陵地を除けば、一様に平坦で耕作がしやすく、優良な農地だった。それにくわえて、バルト海の南東端という戦略的に重要な位置にあるので、手に入れようとする者が跡を絶たず、何世紀にもわたって係争地となっていた。しかもその賑わいを見せる港町は、ギオゼスカンツ、ジダニ、クダニスク、ダンツィク、ダンツィーク、グダンスク、ダンツィヒと、掌握している者によって呼び名を変えながら、ひときわ異彩を放っていた。中世以降はプロイセンに支配された。ただし一八〇七－一八一四年の短期間は、例外的にナポレオンに征服されていた。

一八七一年、この地域は建国したばかりのドイツ帝国の領土となった。

第一次世界大戦でドイツが敗れると、ヴェルサイユ条約によりダンツィヒを国際連盟の保護下で自由都市にすることが定められた。その背景で働きかけていたのはポーランドである。一九一八年にダンツィヒが独立を取り戻したあと、ポーランドはドイツの干渉を受けずにバルト海に出るために、独自の貿易回廊を作ろうと躍起になった。また鉄道網と港を完全に支配下に置くことも望んでいた。

住民三五万人の九五パーセントを占めるドイツ系は、当然のことながらこの提案に反対した。だが、これより少し南東に行った場所にあるアレンシュタインで、住民投票の類いが実施されたときは支持を得られなかった［ポーランドによる妨害があったといわれる］。一九二〇年に自由都市が成立した際に、新たな国籍を拒否した者はこの地域の財産を放棄して、二年以内に国外に退去しなければならなかった。住民のほとんどは残ったが、町の外にある小さな半島、ヴェステルプラッテ岬にポーランドが軍事輸送の補給廠を置くことが明らかになったときは、激しい抗議を行なった。

ポーランドはこの国での郵便局の運営も許されて、ポーランドの切手が貼られた郵便物をすべて無料で配達した。この切手に加刷されていた「Gdańsk」（グダンスク）の文字は、ポーランド語でダンツィヒを意味している。わたしの手元にあるのは一九二六年版で、図柄は総帆に風を受けたスペインのガリオン船［大型帆船］になっている。前年版のポーランドの切手に加刷したものだ。一九二一年にはダンツィヒの国営郵便局から非常によく似た切手が出ているために、それを少々子どもっぽく当てこすったものととらえることもできるだろう。実をいうと、一九二一年版に描かれているのはガリオン船ではなく、それほど華々しくないハンザ・コグ船［一本マストの商船］だった。ここにも政治的駆け引きの気配がする。国際連盟は「自由ハンザ都市ダンツィヒ」の名称に強固に反対していた。黄金時代のダンツィヒでは、工業化が進み造船業が栄えて、東ヨーロッパに深く食いこんだ貿易ルートもできていた。そうしたイメージを喚起したくなかったのだ。ハンザ・コグ船は紛れもなくその時代のシンボルだった。

ハンザ・コグ船の切手には、ラングフールの消印がある。これはダンツィヒ郊外の小さな町で、市の西隣にあり中産階級の居住区だった。作家ギュンター・グラスはここで育っている。グラスが住んでいたのは四階建ての巨大なアパートで、壁は化粧レンガで覆われていた。両親は一階の食料品店を経営していた。グラスの数冊の本は、近くの耕地での子ども時代の体験から始まっている。そこは運河が縦横に走る場所で、湿地のような土に覆われていた。『ブリキの太鼓』の語り手オスカルは、母に連れられて海沿いの突堤に出かけている。金の錨型のボタンの水兵外套を着たオスカルは、軽い足取りで気取って歩いている。手をつないでいる母親にとって、わが子はあまりにも好奇心旺盛で騒々しく、手を放す気になれない。そんなある日、親子はひとりの老人と出会う。沖仲仕の帽子をかぶり綿入れの上着を着たその老人は、馬の頭でウナギを釣っている。つややかな黒いたてがみの下の穴という穴から、ウナギが身をくねらせながら出て来ていた。

「さてちょっくら」とその男は仕事の合間に呻《うめ》くような声をだした。「覗いてみべえ」長靴を支えにして馬の口を開き、一本の棒を顎のあいだに押しこんだ。そのため、馬が黄色の口を大きく開けて笑っているような印象を与えた。そして沖仲仕が――頭が禿げて卵型に見えるのが今やっとわかったが――馬の口の中に両手を突っこみ、たちまち、少なくとも腕ぐらい太く腕ぐらい長いやつを二尾取りだしたとき、母のほうも大きな口をぱっくり開けた。彼女は朝食べたものを全部吐いた。固まった卵の白身と糸を引く黄身がミルクコーヒーの中の白パンの塊と混ざって、全部突堤の石の上に吐きだされた。[160]（グラス『ブリキの太鼓』、高木研一訳、集英社）

一九三〇年代に入って間もないころで、ナチ党はドイツ政界で存在感を示しはじめて数年が経っていた。一九三三年一月にはヒトラーがドイツ首相に任命され、その直後からダンツィヒで反ポーランド勢力にテコ入れをする選挙活動を開始した。これが功を奏して、その後同年に実施された自由都市の議会選挙では、ヘルマン・ラウシュニングとナチが勝利を収めた。ポーランド人はいまや人口の二〇パーセントを占めていたが、ナチは「第三帝国への復帰」をスローガンに、すぐさま全ポーランド人に対する組織的な嫌がらせにかかった。一万人を超えていたユダヤ人も迫害された。さらに一九三八年一一月九日から翌日にかけての「水晶の夜」には、ドイツ本国だけでなくダンツィヒでも、ユダヤ人の商店や住宅などが襲われて虐殺が行なわれた。多くの者が身の危険を感じて逃げだした。

一九三八年には、ドイツ外相のヨアヒム・フォン・リッペントロップがダンツィヒをドイツに返還するよう要求した。アメリカとフランス、イギリスはそれをにべもなく拒絶した。この三国を味方につけたポーランドは、ドイツが白黒をつける気なら武力侵攻も辞さずと脅しをかけた。

一九三九年九月一日にドイツ軍がダンツィヒの国境を突破、第二次世界大戦の戦端が開かれた。地元民はまったく無抵抗だったが、ヴェステルプラッテ岬の小規模なポーランド軍部隊が、侵攻軍を迎え撃った。街の中心部にあるポーランド郵便局も抵抗を示して、一五時間にわたる包囲攻撃に耐えた。その建物も切手も何もかもが灰燼に帰している。

ドイツ軍はただちに四五〇〇人以上のポーランド人を拘束して、社会的地位の高い者の斬首を開始した。つづいてユダヤ系住民も拘束し、ポーランド人女性に不妊手術をほどこす活動を展開した。ヘルマン・ラウシュニングはとうの昔にヒトラーを見限って、アメリカに逃亡していた。地獄のような悪夢が現実化するさまを見て、この前参事院議長は絶望する。「ここで不条理にもひとりの男がひとつの時代を率いている。……『地の底の獣』は放たれたのだ[161]」

ギュンター・グラスはナチの青少年強化組織、ヒトラー・ユーゲントに加入する。「洗礼と予防接種、堅信式、訓練を受けた。／爆弾の破片がおもちゃだった。／そうして聖霊とヒトラーの肖像に囲まれながら、ぼくは成長した[162]」その後はナチ親衛隊の兵士として東部戦線で戦っている。

戦時中ダンツィヒは爆撃を受けて粉砕され、一九四五年三月三〇日にはロシア軍に占拠された。その二か月後に調印されたポツダム協定で、この地域はポーランド領となり、ダンツィヒ市はグダンスクと改称されて現在にいたっている。残っていたドイツ人はすべて国外に追放され、その代わりに南東の地域からポーランド人が流入して定住した。

1926年　ポーランドの郵便切手。図柄はスペインのガリオン船で、ポーランドの1925年の切手に加刷されている。

1921年　ハンザ・コグ船の切手。ダンツィヒの国営郵便局より発行。

文献

ヘルマン・ラウシュニング（一九三九年）『永遠なるヒトラー』（船戸満之訳、天声出版、一九六八年）

ギュンター・グラス（英訳版、二〇〇九年）『ブリキの太鼓』（高本研一訳、集英社、一九七六年）

映画

『ブリキの太鼓』（一九七九年）

監督　フォルカー・シュレンドルフ

そして沖仲仕が―頭が禿げて卵型に見えるのが今やっとわかったが―馬の口の中に両手を突っこみ、たちまち、少なくとも腕ぐらい太く腕ぐらい長いやつを二尾取りだした

ギュンター・グラス

極東共和国

ツンドラの理想主義者

存続年　一九二〇－一九二二年
国名・政権名　極東共和国
人口　三、五〇〇、〇〇〇人
面積　一、九〇〇、〇〇〇平方キロメートル

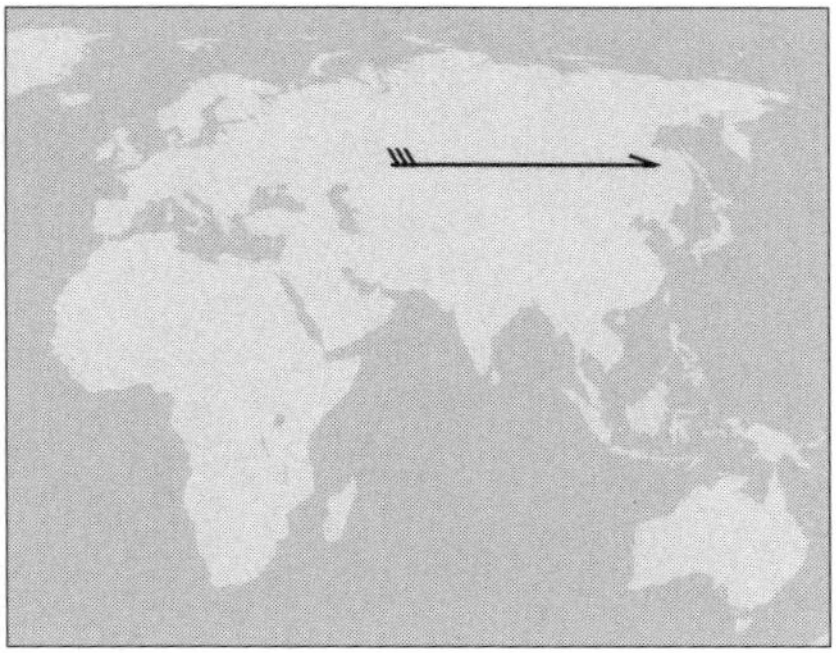

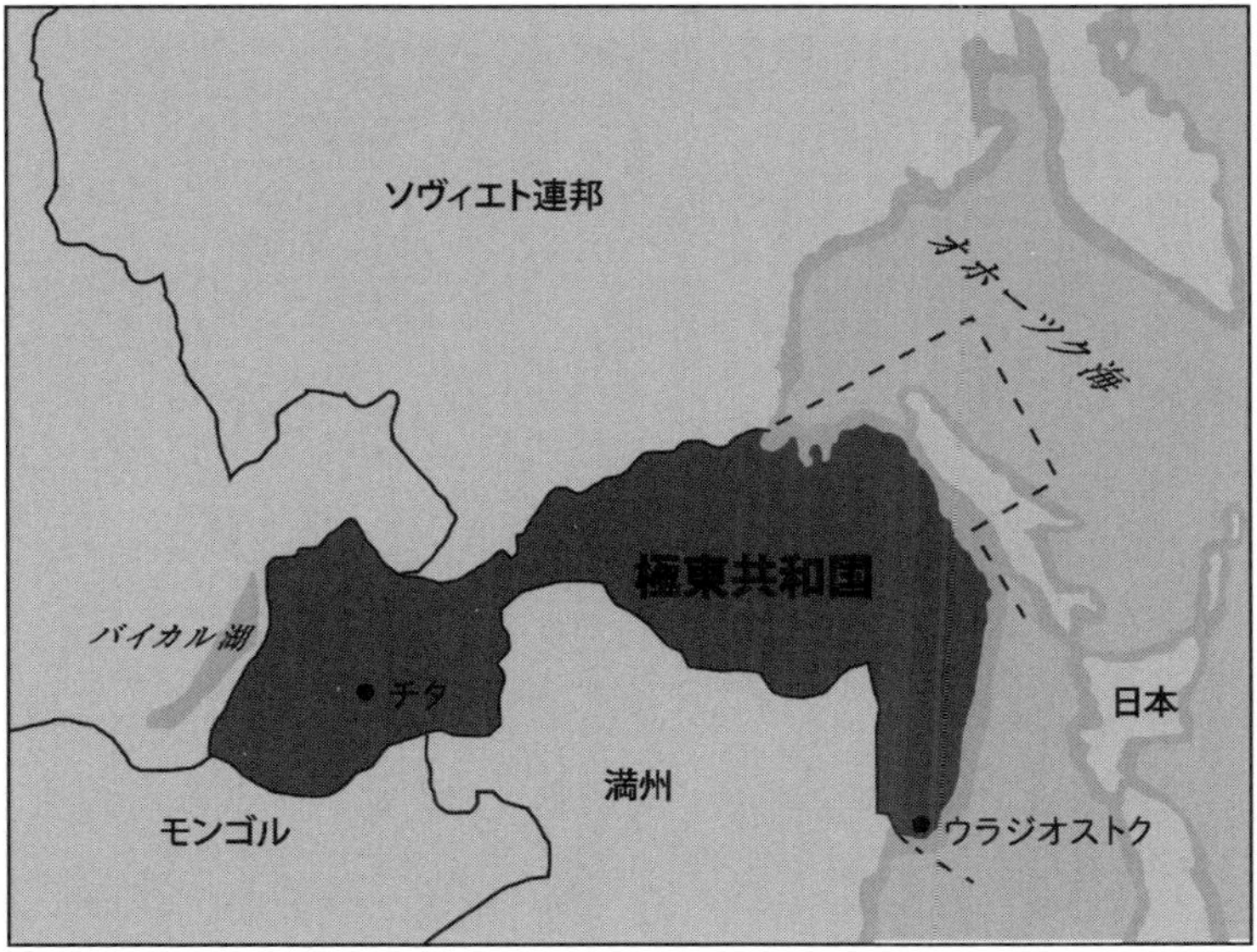

一九二一年、夜も更けたころのウラリスク県ペルミ市。駅舎の外では激しいみぞれが降っており、すでに大方のソリが白くなっている。滑りやすいプラットフォームでふたりの人影が忙しく足を動かしている。どちらも茶色い毛皮の帽子と分厚い毛皮のコート、防水のオーバーシューズを身に着けている。先を歩いているのがずんぐりした男で、一瞬何か言いたげな素振りを見せた。その後をほっそりとした女がどこか気の進まない様子でついて行く。機関車はすでに十分蒸気があがって出発できる状態だ。シベリア横断鉄道の臨時列車。始発のモスクワを出ていて、これから新設国家の極東共和国に向かう。その首都のチタには一週間後に着く予定だった。

ボリス・パステルナークの事実をもとにした小説、『ドクトル・ジバゴ』（原子林二郎訳、時事通信社、一九七七年）の場面転換の部分をおおまかに要約すると、こんな具合になる。[163] ラーラことラリッサ・ヒョードロヴナは、モスクワの革命の混乱から逃れるために、必要な許可を取らずにウラリスクまで来てしまった。一度つかまりかけるが土壇場で弁護士のコマロフスキーに助けられ、この人物によってさらに東に落ち延びる。こうした行為自体は紛れもなく英雄的なのだが、この弁護士は実は悪辣なペテン師で、自分の利益のために動いている。ラーラを自分のものにしたいという下心もあるし、そもそもこの男はボリシェヴィキ政権のまわし者でもある。ボリシェヴィキ政権はひそかにこの男を、建国間もない東方の共和国に司法大臣として送りこんでいた。コマロフスキーのモデルとなったムスティスラフ・ペトーヴィッチ・ゴロヴァチェフは、現実の世界で極東共和国の外務大臣補を務めている。[164]

極東共和国が産声をあげたのは、一九二〇年四月だった。当初の領土はバイカル湖の東隣に限定されており、北はツンドラとステップで、南はモンゴル（蒙古）に向かう山岳地帯までという、亜寒帯気候帯にまたがる領域だった。ここは数百年のあいだ、モンゴルの遊牧民やさまざまなトルコ系部族が支配した地域で、時折中国人の商人も訪れていた。

一六〇〇年代の末にロシアのコサック［ウクライナ、南ロシアの自治的騎馬戦士集団］が拠点を築いた場所は、後に極東共和国の首都チタとなった。ただし一九世紀の初めまでは重要性の低い守備隊駐屯都市で、ロシア皇帝には政敵とヨーロッパの犯罪者の流刑地として利用されていた。建物はきっちりした碁盤の目の街路と広場に沿って配置されているが、この町はほかに類のない混沌とした印象を与えた。様式も形状も、バラバラの方向を向いているのだ。古代ギリシャ風の堂々たる公共の建造物から、ロシア独特のロマンチックなウェディングケーキ風、果てはとてつもない数の小さな木造の小屋までが、包括的な都市計画もなしに、すべてでたらめにひしめきあっている。

極東共和国を創設した社会主義者の集団が、共産主義のボリシェヴィキよりはるかに民主主義に傾いていたのはまちがいない。彼らは自由主義的社会主義を信奉していると宣言しており、ピョートル・クロポトキン公の感化も受けていた。クロポトキンの政治的計画は、一八九二年の著書『麵麭《めんぽう》の略取』（幸徳秋水訳、岩波書店、一九六〇年）で明確に示されている。この中でおおまかに説明されている社会のモデルには、中央集権的な国家も暴利をむさぼる私人も登場しない。極東共和国は早々に、自由選挙と普通選挙権の実現を宣言した。つまりこうした理想を追求する、そして国民主権の独立国家となる、とアピールしたわけである。だが実のところその何もかもが偽りで、モスクワのボリシェヴィキ政府によって念入りに演出されていたのだ。

一九一七年の革命以来、ボリシェヴィキ軍は着実に東に歩を進めて、その先々でますます戦意を喪失しつつある皇帝派の白軍の雑兵を蹴散らしていった。だが太平洋沿岸部に近づくと、十分な装備を整えた日本軍の兵七万人が待ち受けていた。日本は白軍を支援したが、みるみるうちに熱意を失った。それでもボリシェヴィキは、日本と真っ向から対決するリスクを冒す気はなかったので、当座の解決策として、緩衝国となる極東共和国を設ける選択をした。

新生国家の民主的な虚飾が、他の国々にも平和をもたらすのではないかという期待もあった。だが真に受ける国はひとつとしてなく、これをよしとする認識はなかった。イギリスの活動家で平和主義者、哲学者のバートランド・ラッセルは、この新共和国におおいに共感していた。またその気持ちは一方通行ではなかった。一九二一年に北京で病床にあったとき、ラッセルのもとにはチタの指導者から、シャンパンがひっきりなしに送られてきた。あるときなどは使節団の一員で後に外相になったイグナチィ・ユリンが、直接届けに来てくれた。「こんなに親切な人物にはめったに会えるものではない」とラッセルは一九二一年六月づけの手紙で書いている。[165] そうなると、極東共和国の指導者も筋書きに踊らされているのに気づいていなかった、ということになりそうだ。実際に疑っていたとしても、彼らのもともとの素朴さとお人よしの理想主義が、深謀遠慮より勝っていたのだ。

極東共和国が成立すると、日本軍はその年の秋に撤退した。国境もそれとともに無効になったために、極東共和国はたちまち太平洋岸に達しウラジオストク港にまで拡張して、三五〇万人を超える人口をかかえるまでになった。また切手も発行した。初めは帝政時代の売れ残りを回収して、スタンプで加刷したものを使用していた。その後は、新しいデザインではあるが美的観点ではまったく改善されていない切手が四種類、随時補充された。わたしの収集した切手はこのグループに属しており、一見するとひどく古臭い感じで、数年前に南ロシアが使用していた白軍の切手と驚くほどよく似ている。だが目を凝らして見ると、実った麦の束を背景にした中央の紋章は、つるはしの上に錨を交差させた形になっているのがわかる。南ロシアの槍を抱えた騎士の象徴するものとは著しく異なる。平和と友愛のメッセージが感じ取れるのだ。それを囲むリースの上に見えるキリル文字の「Д」、「в」、「Р」は「Дальневосточная Республика」の短縮形で、ロシア語で極東共和国を表している。

1921年 実った麦の束を背景にしたミニサイズの紋章は、つるはしの上に錨を交差させている。

死に際の必死の抵抗とでもいおうか、白軍の残党は一九二一年の五月にまたもや、ウラジオストクで一か八かの賭けに出た。日本軍のいささか気の抜けた支援を受けながら、翌年の一〇月まではこの都市を死守していたが、それが限界だった。白軍は跡形もなく粉砕されて、日本は興味を失った。となれば緩衝国の存在意義もなくなる。一九二二年一一月一五日、ボリシェヴィキの指導者、レーニンの提案にもとづいて極東共和国は消滅した。ロシア内戦はこれをもって終結する。

『ドクトル・ジバゴ』の悪役のモデル、M・P・ゴロヴァチェフはさらに東の北京に赴き、やがてここでボリシェヴィキのスパイとして有能ぶりを発揮することになる。[166] ボリス・パステルナークは一九五八年にノーベル文学賞に輝いた。これについては、受賞をプロパガンダに利用したいアメリカの圧力があったと噂された。この本を評価する者は少なかった。ロシア人作家のウラジーミル・ナボコフは、ふだんはソ連に対して辛口だが、それでもこう評している。「残念な作品。稚拙で新鮮味がなくメロドラマのようだ。好色そうな弁護士、現実離れした女、恋泥棒、陳腐な偶然と、焼き直しのパターンが使われている[167]」

文献

リチャード・K・デーボ（一九九二年）『存続と統合――ソ連の外交政策　一九一八－一九二一年　*Survival and Consolidation: The Foreign Policy of Soviet Russia 1918-1921*』

ボリス・パステルナーク（一九五八年）『ドクトル・ジバゴ』（原子林二郎訳、時事通信社、一九七二年）

映画

『ドクトル・ジバゴ』（一九六五年）
監督　デヴィッド・リーン

こんなに親切な人物にはめったに会えるものではない

イグナチィ・ユリン外相について
バートランド・ラッセル

トリポリタニア

イスラム教発祥の地でのファシストのエアレース

存続年　一九二二－一九三四年
国名・政権名　トリポリタニア
人口　五〇〇、〇〇〇人
面積　三五三、〇〇〇平方キロメートル

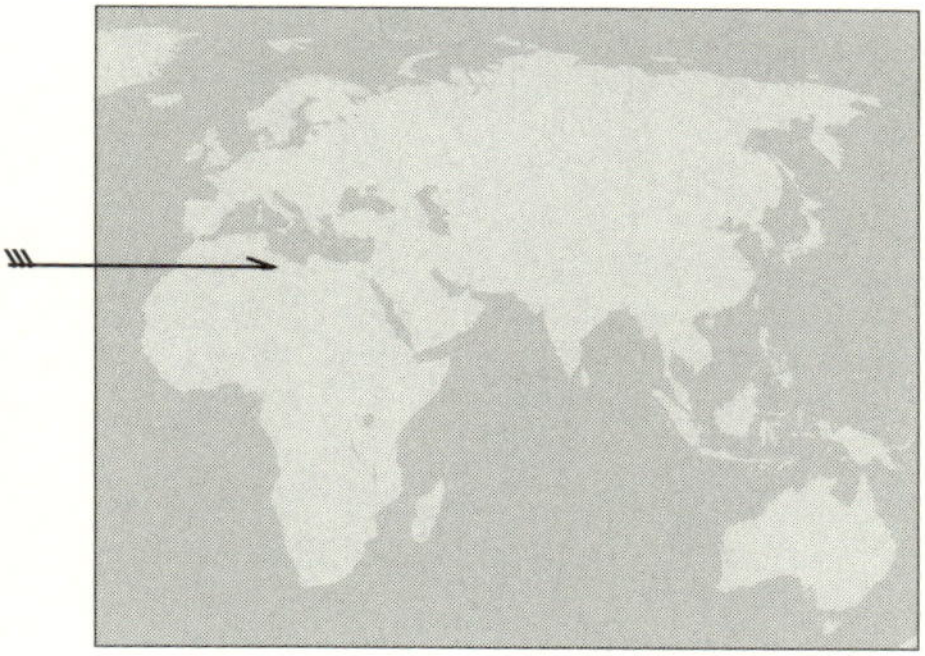

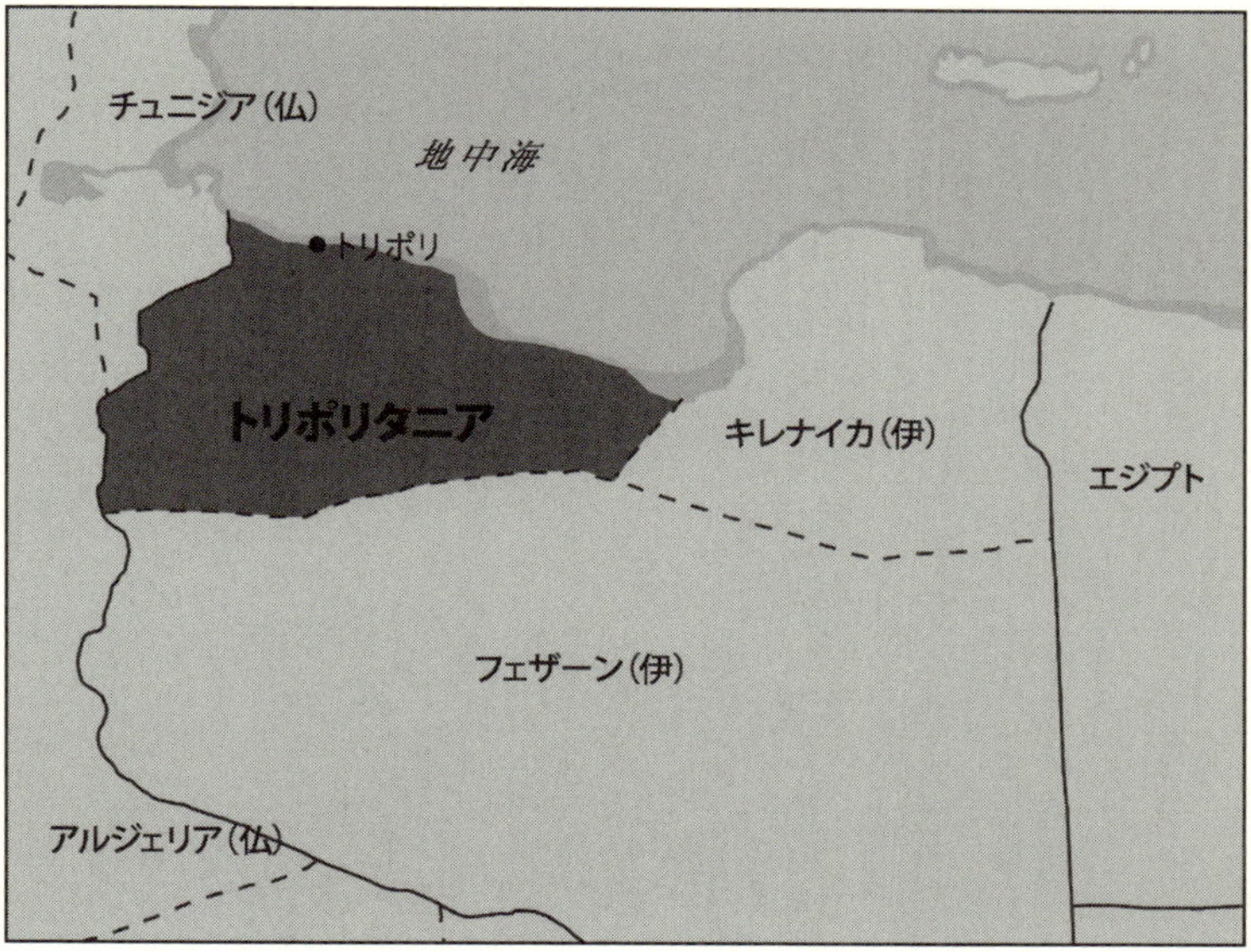

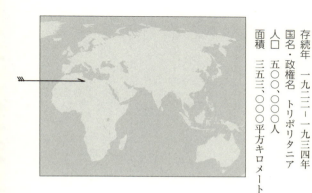

大気が揺れていた。暑い。本当にありえないくらい暑い。若者が向かっているのは、丘の上にやっつけで作られた小さな気象観測所。ここで風と雨の状況、気圧と気温の数字を確かめる。そのそばには、サヘル・ジェファーレ高原に設けられたアジージーヤの隊商の駅がある。はるか彼方の北の方角には地中海が青い縞となってかすかに見える。その眺めを妨げるのは、首都トリポリのモスクの尖塔《ミナレット》だけだ。また少し近くに目をやると、向こう側の緑鮮やかな農業地域と、こちら側の黄褐色に干からびた砂漠が、不自然に思えるほどくっきり分かれている。砂漠は西の彼方で突然勢いよく盛りあがってから徐々に平らになり、果てしない岩だらけの灰色の平原に姿を変えて、南の山脈へとつながる。山を越えてひっきりなしに吹く南風、ギブレはここで発生して、あらゆるものの温度をさらに上昇させた。

計器類が入っている木箱までの最後の数歩をよじ登って行き、気温が五七・八度を記録したときは、汗をかくことすらできなかった。べらぼうな温度だった。それでも今しがた計測したのが、地表で記録された中での最高気温だったとは少しも思わなかった。一九二二年九月一三日、トリポリ共和国でのことだった。

アラビア語でアル＝ジャムハーリーヤ・アル＝タラーブルシーヤと呼ばれるトリポリ共和国は、一九一八年一一月にイタリアから独立を宣言して、アラブで初の共和国となった［トリポリタニア共和国の呼称もある］。率先して動いたトリポリの都市部の住民は、一九一一年にイタリアがこの地域をオスマン帝国から奪ったあと独立させると約束されていた。ところがそうはならず、結局ここはそっくりそのままイタリアの植民地になった。イタリアが第一次世界大戦後に傷跡を舐めているのを、彼らはチャンスと見た。目指したのは、異なる社会制度とイスラム教の宗派をもつアラブ人とベルベル人、トゥアレグ族を、非神政国家としてひとつにまとめることだった。[168]

一九一九年、国際的承認を求めるために、パリ近郊のヴェルサイユ宮殿で行なわれていた平和会議に代表団が送られた。トリポリの代表者は直接交渉を許されなかったが、金箔張りの柱廊に立って、休憩に出て来るほかの出席者を待ち受けた。だが、彼らは冷たくあしらわれた。出席した三二か国は、それ以上に重要度の高い案件に気を取られていたのだ。もっといえば、ほかの東部のアラブ諸国とは違って、この地域に石油は出ていなかった。代表団は失意のうちに帰国した。

そうこうするうちにイタリアは、強硬姿勢を取るようになる。独立運動を無期延期にしなければ大規模な侵攻に出る、と脅すビラを、飛行機でこの地域に大量にバラ撒いたのだ。侵攻してどうなるものでもなかったが、トリポリ共和国の指導者は、一九一九年六月に憲法の最終版を書きあげるときに、イタリアの意見を仰ぐと約束した。すると完全な独立を本気で取り沙汰されることはなくなった。あらたに建国した共和国は、ある程度の譲歩も引きだしている。たとえばアラビア語とイタリア語の対等な扱い、さらには市民権と報道の自由と関連のある項目である。またある種の一般選挙で選ばれる国会も開設させた。

一九二二年九月にアジージーヤで記録的な気温が観測されたときまでは、全てがごくごく平和に進んでいた。一〇月になるとイタリアでムッソリーニとファシスト党が政権を握り、その翌月にははやくもイタリア軍が送りこまれてきた。だがトリポリで留まらずに、東のキレナイカにまで侵攻した。キレナイカは書類上はまだイタリア領だったが、現地の反逆者のために、この地域に派遣されたイタリアの代表者は長らく生活を脅かされていた。イタリア軍は、トリポリの南にある広大な砂漠地帯、フェザーンを横断するまで行軍をやめようとしない。ムッソリーニは、侵攻地域全体を併合してシチリア海峡の両岸に広がる大イタリアを形成する構想をいだいていた。地中海を古代ローマ人が「われらが海《マーレ・ノストルム》」と呼んだように、内海にしたかったのだ。

　トリポリ共和国軍の装備は貧弱だった。そのため多様な部族に対してイタリアが各個撃破の戦術を成功させると、共和国は抵抗を完全に諦めた。[169]同年、新しい植民地はトリポリタニアと改称され、イタリア人入植者はまたたく間に肥沃な沿岸部を占有した。その一方で地元住民は内陸部に追いやられた。あえて沿岸部に居座った者もわずかにいたが、道路工事があるたびに、そしてイタリア人がインフラ計画を思いつくたびに、無償の労働力を提供しなければならなかった。

　イタリア軍がそれ以上に苦戦したのはキレナイカで、イスラム教徒の大規模な民兵団が好戦的で十分な装備を身に着けていたために、とりわけ手こずらされた。こうした民兵は、イスラム教と民族主義、反植民地主義を根を同じくする三つの面だと見ていた。[170]イタリアは一〇万人を超える捕虜を強制収容所に入れた。次から次へと大量虐殺が行なわれ、その際には化学兵器まで使用された。

　一九二九年一月、ピエトロ・バドリオ将軍はこの植民地全体の総督に着任すると、抵抗運動を放棄する者、武器を引き渡す者、法に敬意を示す者には恩赦を与えると約束した。

われわれの政府のもとには、保護を与えてより文化的な生活様式に導かなくてはならない住民もいる。こうした住民がわれわれの側について、われわれの習慣や法に従うことに倫理的・物質的利点を感じなければ、目標を達成できないのは明らかだ。[171]

この地域から完全に険悪な雰囲気が消えることはなかったが、一九三一年には抵抗運動は弱体化していた。地元民は少しずつ都市部と沿岸部に舞い戻ってきたが、イタリア人にそのほとんどを奪われたという現実を突きつけられる結果となった。農場や工場の労働者の境遇に甘んじるというのが、望める中でいちばんましな状況だった。

トリポリ共和国は、切手発行にいたる準備にかかったことはないが、イタリア人は機能する郵便制度を必要としており、トリポリタニアが植民地になった直後から郵便事業に着手した。

イタリア人は本国への手紙の中で、支配者民族は、汚い仕事をすべて地元民にやらせて暮らしていると伝えている。暑さに不平をこぼしてはいるが、新設されたレース場については鼻高々だった。そこでは毎年国際的な自動車レース大会が開催されていた。またその手紙が、数を増やしつつある上流階級の男性からなら、おそらくラエレオ・クラブ・デラ・トリポリタニア（トリポリタニア飛行クラブ）のことを話題にしているはずだった。このクラブは非常に活発に活動しており、一九三四年の夏には、エチルクイト・デラ・オアジ（オアシス・サーキット）の記念切手が二枚発行された。この国際的なエアレースは、トリポリタニア国境の外縁に沿って行なわれた。スタート地点はトリポリ港の飛行艇基

1934年　オアシス・サーキット・エアレースとトリポリ見本市にちなんだ記念切手。

地だった。どのような雰囲気だったかは想像がつく。おろしたてのなめし革とオイルの煙が放つ強烈な香気。エンジン性能についての専門的な議論。先頭集団の中には、山の上空を吹くギブレのためにトラブルを起こして引き返さざるをえなくなるレース機も出てくる。他のレース機のパイロットは中間地点で三度着陸したあと戻ってきて、アルワダン・ホテルのそばの桟橋でシャンパン・レセプションに興じた。わたしの切手には、エアレースを祝う特別な消印がセットでついており、どこをとっても完璧な正確さで押されている。郵便局員は消印を押したあとに、悦に入ったふうに椅子にふんぞり返ったのにちがいない。きっと彼は航空機が好きでたまらなかったのだ。大半のファシストもイデオロギーに対して、それとよく似た愛着を共有していたのだろう。

一九三四年一二月三日、トリポリタニアはキレナイカ、フェザーンとともにイタリア領リビアとなった。第二次世界大戦中に、イタリアはこの植民地をすべて連合軍に明け渡した。以来トリポリタニアを含む部分はイギリスの統治下にあったが、一九五一年にはリビアが独立王国であることが宣言された。トリポリタニアは連邦王国の独立した州として機能していたが、一九六三年には連邦制が廃止されて、従来より狭い行政地区が導入された。

二〇一一年の内戦中に、最高指導者ムアマル・カダフィを爆撃で政権から追いだしたのは、一九一八年にトリポリ共和国を認めようとしなかった国々と同じだった。ただし二〇一一年のNATO軍にはノルウェーもくわわっている。二〇一二年、アジージーヤの高温記録は気象研究の第一人者らによって覆された。学者らはその数字がまちがっている可能性があるとし[172]、記録的気温を読み取った若者は、しかるべき訓練を受けていなかったのにちがいないと主張した。通常なら正確なベラニ・シックス温度計〔二四時間の最高気温と最低気温を計測〕も、目盛りが歪んで見える現象が起こっていたかもしれないのだ。その結果カリフォルニア州デスヴァレーで記録された五六・七度が史上最高気温となり、アメリカがトップに踊りでた。

われわれの政府のもとには、保護をしてより文化的な生活様式に導かなくてはならない住民もいる

イタリアのピエトロ・バドリオ総督

文献

リサ・アンダーソン（一九八二年）
『トリポリ共和国　*The Tripoli Republic*』
アリ・アブドラティフ・アフミダ（二〇一一年）
『近代リビアの形成——国家形成と植民地化と抵抗　*Making of Modern Libya: State Formation, Colonization and Resistance*』

東カレリア

民族ロマン主義と陰気な森林地帯の悲哀

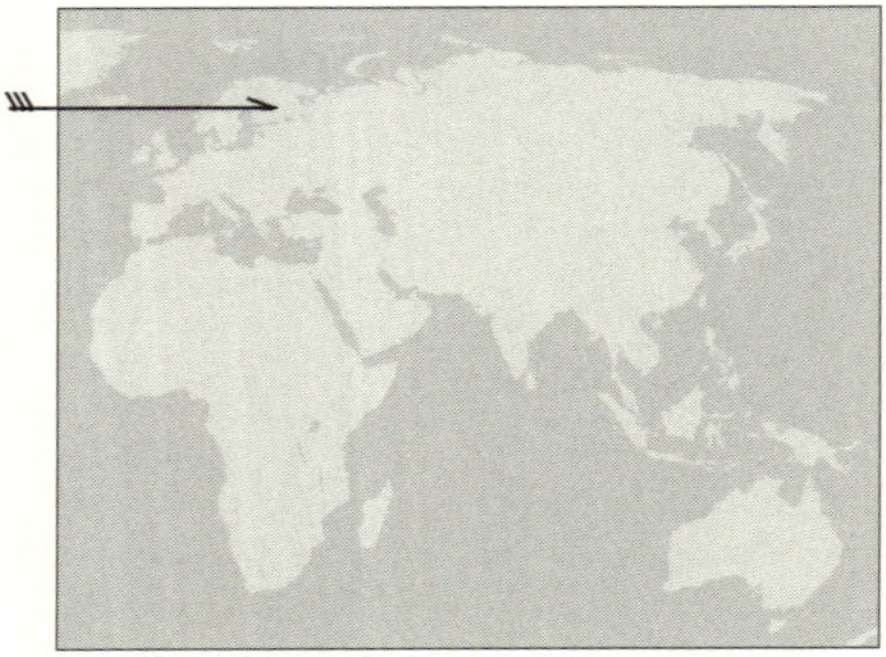

存続年　一九二二年
国名・政権名　東カレリア
人口　約一〇〇、〇〇〇人
面積　五〇、〇〇〇平方キロメートル

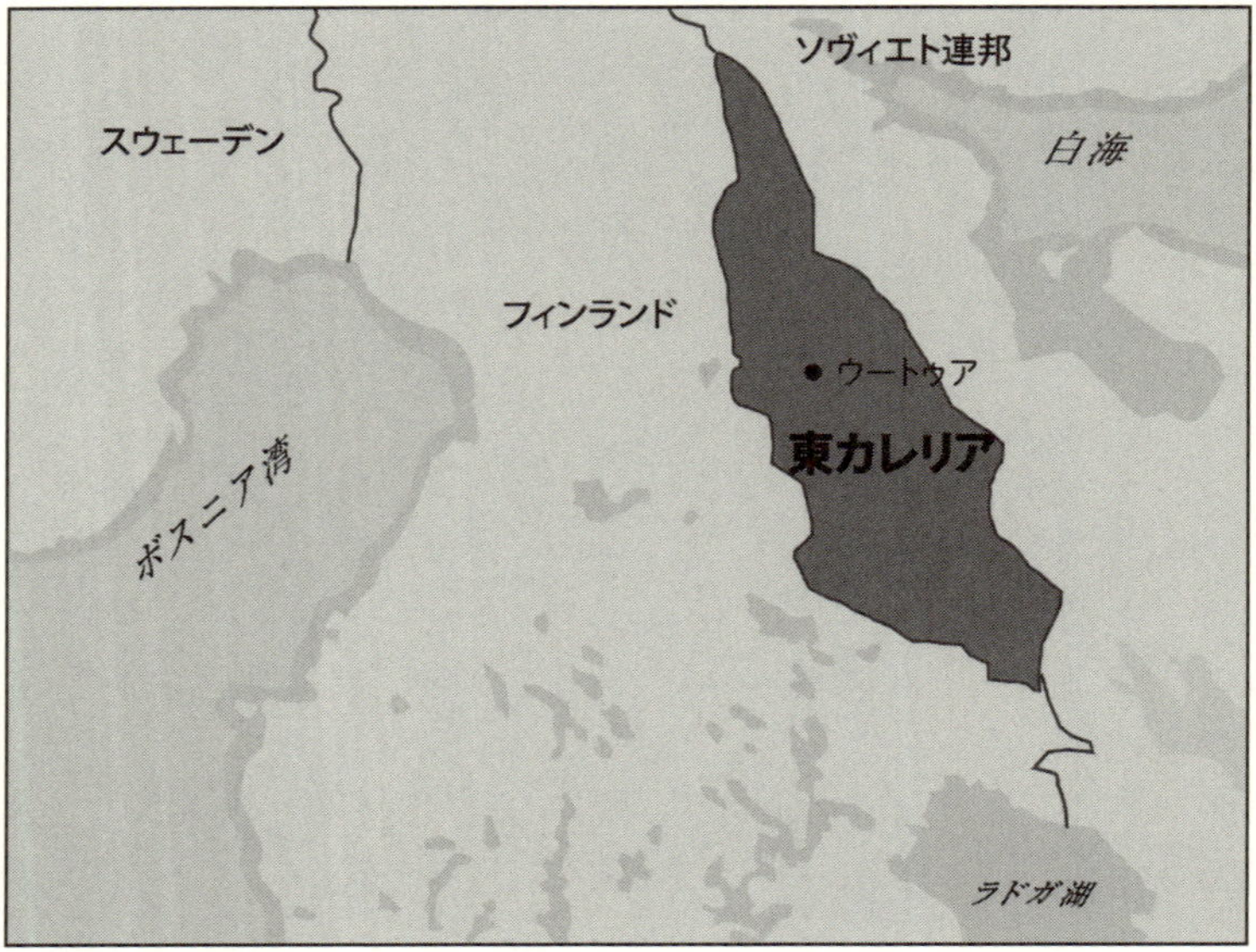

わたしの手元にある東カレリアの切手には、オーロラが光る空の下で怒り狂う熊が描かれている。熊は鎖から解き放たれて、いまにも襲いかかりそうだ。このモチーフを製作した画家のアクセリ・ガレン＝カレラは、フィンランドの民族叙事詩『カレワラ』のイラストでもよく知られている。『カレワラ』はノルウェーの詩歌集『エッダ』とよく似た位置づけにある。そのベースにあるのは東カレリアで集められた題材で、冒頭部分の創世物語では、一羽の小鴨が針葉樹《タイガ》林帯を飛び越えてくる。「その小鴨、優美な鳥は、飛びかすめ、舞いめぐり、水の母の膝を見つけた、青味がかった海原で。草の生えた丘と思った、活き活きとした芝生かと」[173]（エリアス・リョンロット編『カレワラ』、小泉保訳、岩波書店）

アクセリ・ガレン＝カレラは世界主義者《コスモポリタン》で、絵を学んだパリでは象徴主義とアールヌーヴォーにおおいに感化された。ベルリンではエドヴァルド・ムンクと合同展覧会を開き、その後長期の研究旅行でケニアとメキシコをまわった。同時に確固たる民族主義者で、ロマン主義的傾向が強かった。

ガレン＝カレラはフィンランド人の建築家、エリエル・サーリネンや、作曲家のジャン・シベリウスといった仲間とともに、カレリアニズム運動の基礎を築く。彼らは東カレリアにフィンランド文化の発祥の地を見出したと信じていた。東カレリアは古代からある地名で、多くの湖と酸性の泥炭の沼地のあいだを埋めるように、ドイツトウヒ、モミ、カバが生い茂っている。あちこちに散らばっている開拓地には、小規模な銀白色の農園があり、生気のない男と剛毛の髪の女が住んでいた。

「ホフタ」（トウヒの木）という焼き畑農業の技法が、ここで考案されて数千年の年月を経て完成されており、二〇世紀に入っても農業はこの方法で続けられていた。その原理は簡単だ。トウヒの木を伐採して冬のあいだしっかり乾燥させてから、その場で燃やす。あとはその灰にライ麦やカブの種を植えて、通常は二輪作する。その後の土はやせているが、それでも羊の牧草地や草地にするのに十分な栄養は残っている。やがてそこに新しい森林が育つ。

だが焼き畑農業には広大な土地が必要なので、農地は当然広範囲に散らばることになる。おかげで一種独特の雰囲気ができあがっただけでなく、誰もがライ麦を乾かす窯を必要とするようになった。そこに煙突のない母屋とサウナもくわわり、スカンジナビアの他地域の農場とくらべると、いささか無秩序な形で農舎が並べられた。また木はいくらでも手に入るために、住民はどこにいても四六時中火を盛大に燃やしつづけた。その結果煙と霧に交互に包まれることになった景色に、カレリアニストは原風景を見出した。少なくとも外部からは、本物でほかの文化に汚されていないように見えたのだ。

フィンランドは比較的若い国だ。フィンランドの位置する半島部分は七〇〇年間、スウェーデンの支配下にあった。その後一八〇八年になるとロシアの皇帝アレクサンドル一世によって征服されて、フィンランド大公国という紛らわしい名でロシアの属国となった。

一九一七年のロシア革命で、ボリシェヴィキが前時代的な為政者を権力の座から引きずり降ろすと、フィンランド人は、それ以前ロシアと親密な関係を結ぶのに必要だった条件は、もはや無効になったと思うようになった。同年の一二月六日、フィンランドは独立を宣言し、あらたに樹立されたソヴィエト政権に承認された。一九二〇年にはタルトゥで、新国境にかんする合意が成立した。

だがその協定によって、東カレリアの広大なフィンランド語圏がソ連の国境内に残された。この地域の住民は裏切られたと思い、反乱を起こした。戦力には五〇〇〇人ほどのフィンランド人義勇兵もくわわった。その多くが夢見たのは、スウェーデン北部とフィンマルクをも含む大フィンランドの実現だった。それから数年後にナチがぶち上げた、大ドイツ構想のミニチュア版のようなものである。

反乱軍はすみやかに活動を開始して、ソ連のシンパと思われる者を片端から浄化した。と同時に、フィンランドからの正式な支援を確保しようと躍起になった。そうして申し入れはしたものの、フィンランド政府は取り合おうとしなかった。指導者のひとりで哲学を学んでいた二一歳の学生、ボビ・シヴェンは絶望のあまり自殺した。シヴェンはフィンランド外相のルドルフ・ホルスティに宛てて、悲哀に満ちた遺書を書いている。ホルスティは後にそれを「あんなに大げさな手紙はもらったことがない」と評した[174]。

シヴェンは自殺するとき、頭ではなく心臓を撃っている。この象徴的行為で彼はフィンランド人の多くの英雄と同列に並んだ。死ぬときでも美しさへのこだわりを捨てないのである。

戦いは順当に進み、当初はグシュタ・スヴィンフーブドの指揮下で分離主義者が圧倒的勝利を収めて、一九二一年の秋には東カレリアの大部分を掌握した。その後訪れた冬は寒く、戦いは過酷だったが、反乱軍は森林の中で戦い抜いた。「ピンと張った鋼線が突然真二つに折れるときのような音を榴散弾がたてると、木のてっぺんが嵐に襲われたかのように揺れる……。幹が裂け、樹皮の下にあった木の肌が白い輝きを見せる[175]」

だが一月初旬にソ連が大攻勢をかけると、状況は一変する。カレリアの反乱軍は食糧不足と凍傷に苦しみ、二月の初めにレジスタンスは崩壊した。反乱軍はパニックに陥って、あわててフィンランドの国境に退却した。

また怒れる熊の切手が出まわったのは、この時期だけだった。実際に有効だったのは、一九二二年の一月三一日から二月一六日までの二週間という、冬の雪が多い時期だけである。わたしの一枚にはウートゥアの消印がある。クイッティヤールヴェト湖のほとりにある村の名前で、[176] ここは二月六日の時点ですでに敵の手に落ちていた。

手紙の処理をする郵便局長は、遠方からだがそれとはっきりわかる機関銃の咆哮や、外の街路で号令を伝える鋭い叫び、底に鋲のある軍靴が凍結した道路を踏む音の反響を聞いて、きっとびくびくしていたにちがいない。だがこの消印は、ぶれることなくきちんと押されているため、状況にそぐわない気がする。そのため切手自体は本物らしくても、数多く作られた偽物の一枚だろうと思えてしまう。

この紛争は春になってから、ソ連とフィンランドのあいだで交わされた条約で終結した。これによりカレリアは、カレリア自治ソヴィエト社会主義共和国として、ある程度の自治権までも認められた。しばらくのあいだ、希望者をフィンランドに安全に入国させる措置が取られたために、このチャンスを三万人のカレリア人が利用した。初期のころは、フィンランド語での学校教育が認められていた。だが統制が急速に厳しくなり、一九三〇年代半ばには、この地域は実質的にソヴィエトを構成する通常の共和国と変わらなくなった。

東カレリアは第二次世界大戦中にふたたび奪還される。このときも原動力になったのは、大フィンランドを実現しようとする野心だった。だが、今度はフィンランド国家がこの計画自体のバックについていた。それをまた強力に支援していたのはドイツである。この侵攻はバルバロッサ作戦の一環だった。ヒトラーはソ連を縦断しながら征服することを第一の目的に、この作戦で前線を極北のコラ半島からクリミア半島まで延長しようとしていた。それに乗じたフィンランドは、一九四一年から東カレリアのかなりの部分を確保していたが、一九四四年には撤退した。

今日この領域は、ロシアに二一ある連邦共和国のひとつ、カレリアに属している。領土は北の白海から東南のラドガ湖とオネガ湖へと広がっており、林業と木材加工が重要産業となっている。一九八〇年代末のペレストロイカ後には、ある程度文化的な締めつけの緩和が見られるようになった。たとえば学校でフィンランド語を第二言語として認める提案がなされている。だが、誇大妄想的な大フィンランド構想は消失して、カレリアニズムは永遠に葬られた。それでも、一九九五年にヘルシンキで結成された「真のフィンランド人党」の民族主義に、ボビ・シヴェンの精神の片鱗は見出だせるのかもしれない。

1922年　怒れる熊の紋章。

文献

エイノ・フリーバーグ（一九八九年）

『カレワラ　*The Kalevala*』（英訳版）

ハイグ・オルセン（一九六五年）

『木彫り師と死―カレリアの物語　*The Woodcarver and Death: A Tale from Karelia*』

音楽

ジャン・シベリウス（一八九二・九四年）

「カレリア組曲 作品一一」

あんなに大げさな手紙はもらったことがない

分離主義の指導者、ボビ・シヴェンから受け取った遺書について、

ルドルフ・ホルスティ

カルナロとフィウメ

詩とファシズム

存続年　一九一九－一九二四年
国名・政権名　カルナロとフィウメ
人口　六〇、〇〇〇人
面積　二八平方キロメートル

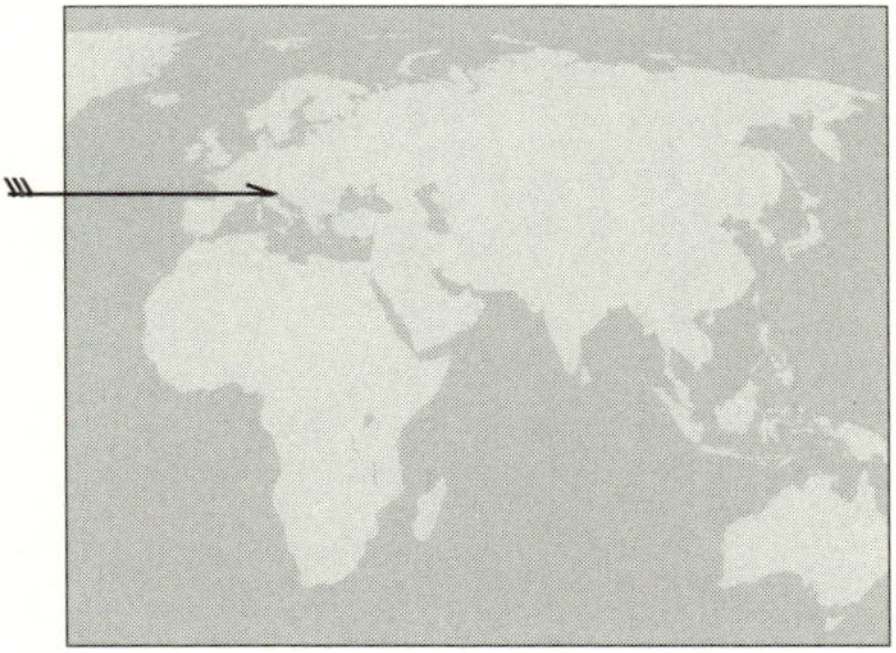

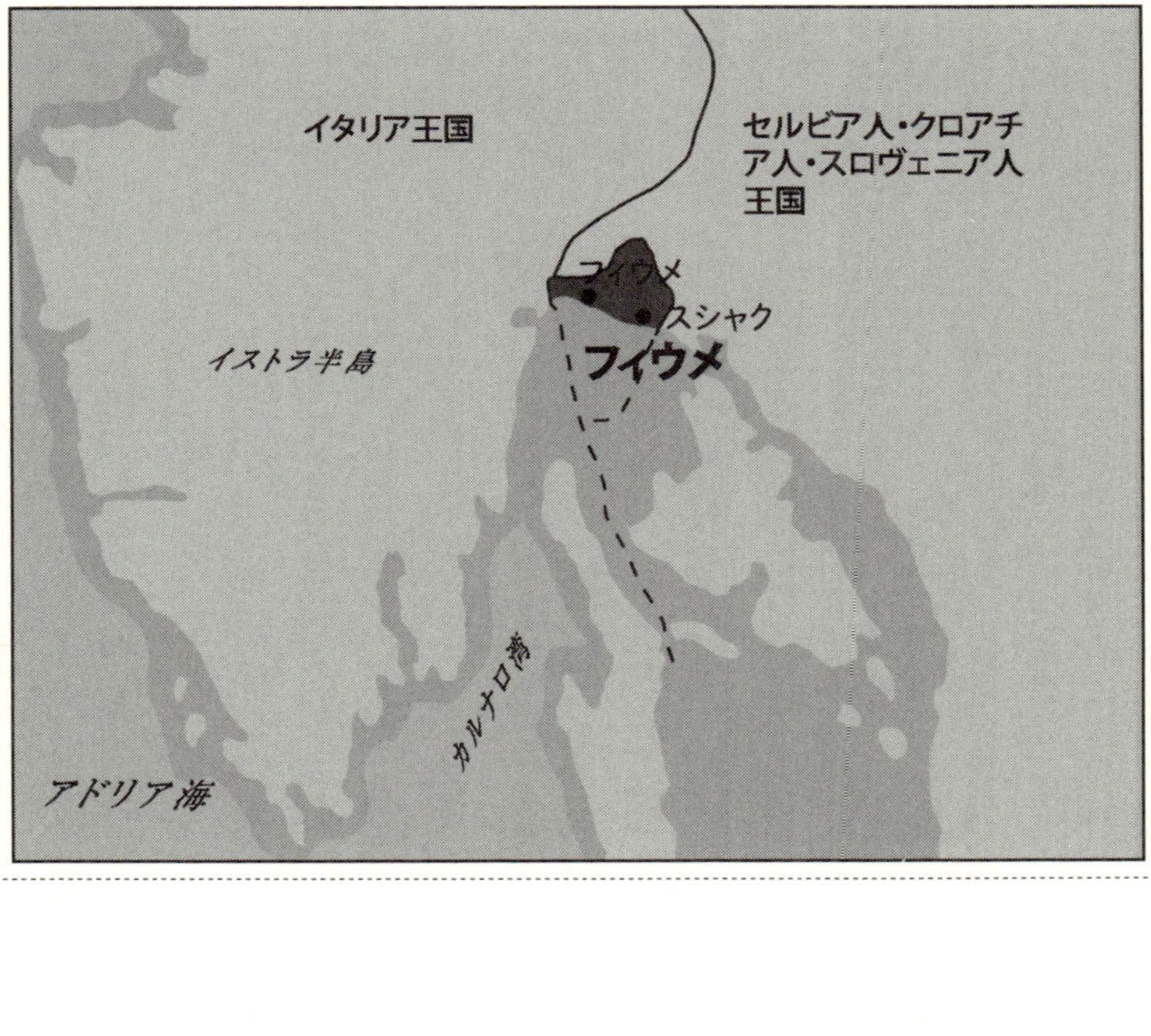

アドリア海の奥まったところには、南に面した不毛な斜面がある。ここほど気候の落差が激しい場所は珍しいだろう。晩春になって沿岸部で海水浴しても差し支えない気温になっても、少し内陸部に入ると山々が深い雪をかぶっている。また一年の半分を占める冬のあいだは、いつ寒風の「ボラ」に襲われるかわからない。この風はなんの兆候もなくいきなり北東から、秒速三〇メートルを超えるスピードで吹きつけてくるのだ。

ローマ人にとってこの風は、二〇〇〇年前の海沿いの町、リエカを設計する際も悩みの種だった。そのため大通りは一様に、大体いつも風が吹く方向に対して直角になるよう配置された。建物も頑丈な天然石の石造りになり、このような建設様式はその後の近代建築にも受け継がれて、一九〇〇年代まで存続した。同じ原理は、北の断崖絶壁になっている海岸沿いの村や、内陸部の樹木に覆われた狭い谷にある村でも取り入れられた。

一九二〇年代には、リエカはイタリア語の名称、フィウメを採用した自治小都市の中心地になっていた。ただし一九二〇年の秋の三か月間だけ、国名はカルナロになっている。この地域の住民は圧倒的にイタリア人が多く、クロアチア人とハンガリー人は少数民族だった。日常会話はイタリア語で、クロアチア語も若干交えられていた。

一七〇〇年代にはすでに、フィウメが自由都市となった期間があった。その後、ハンガリー王国の傘下になると、コルプス・セパラトゥム（分離体）と呼ばれる限定つきの自治都市に切り替わった。

この状態は、一八六七年にハンガリーがオーストリアと同じ君主をいただく同君連合国になるまで続いた。

この小地域の将来をめぐって真剣な議論が始まったのは、ようやく第一次世界大戦の戦後処理の時期になってからだった。オーストリア＝ハンガリー帝国は深刻な打撃を受けており、戦勝国となった列強は、アドリア海の内奥に緩衝国を置くことを考えていた。これはイタリア王国とセルビア人・クロアチア人・スロヴェニア人王国（後のユーゴスラヴィア王国）の希望に、真っ向から対立する案だった。両王国ともこの地域に領土があったからである。だが戦勝国は一歩も譲らずに、フィウメを成立させて自由都市として発足させることにした。アメリカ大統領のウッドロウ・ウィルソンなどはさらに踏みこんで、この自由都市を国際連盟の将来の拠点にするとともに、ここに軍縮と平和を推進する超国家機関を設けることを考えていた。

だが意見の対立は収まらず、異なる民族間の内紛は増加する一方だった。熱をさまして事態を掌握するために、イギリスとアメリカ、フランスの部隊が派遣された。

イタリア人の初老の詩人、モンテネヴォーゾ公爵が参入したのは、このような状況のときだった。この人物は、ペンネームのガブリエーレ・ダンヌンツィオのほうが有名である。

一八六三年、ペスカラの地主一家に生まれたダンヌンツィオは、安全な環境で育てられた。ペスカラは小さな海辺の町で、フィウメからさらにアドリア海の沿岸をイタリア方面に進んだところにある。はじめて詩集の『早春 *Primo Vere*』を発表したのは、まだ一六歳のときだった。その後すぐにパリの文芸思潮デカダンス（退廃主義）に浸かり、年月を重ねるとともに奔流のように詩や小説、戯曲を書いた。こうした作品の共通の特徴は、熱すぎるほど情熱的だということだ。ペンを握っていないときは、人生の快楽に身も心も耽溺して、麻薬とエロティシズムの実験などをして放蕩三昧の生活を送り、悪名を馳せた。そうしたことは、日記に几帳面に記録されている。一九〇〇年代の初めにイタリアで起こった未来派の運動にも、ある程度の共感を寄せていた。未来派は「未来宣言」〔イタリアの新聞紙上で発表された文書〕の中で未来志向の姿勢を示して、スピードとテクノロジーを中心テーマに据えていた。ダンヌンツィオが好んだのは飛行機や魚雷、機関銃、スピードの出る自動車だった。

一九一〇年に政界入りしたときは、彼の文学作品の大半はすでに本棚に並べられていた。政界でも相変わらず気まぐれだったのは、右翼と左翼のイデオロギーのあいだをしょっちゅう行ったり来たりしていたことからもわかる。それも第一次世界大戦が始まると落ち着いた。ダンヌンツィオはいちはやく「野蛮なゲルマン民族に対抗するラテン民族の戦争」で、イタリアはフランスを支援するべきだと唱えた。しかもイタリアがついに連合軍の側から参戦すると、躊躇なく従軍した。

ガブリエーレは大天使ガブリエルを表し、この名の由来は子どものような純粋無垢な顔立ちにあったといわれる。戦後に撮られた写真にも、そうした面影は損なわれずに残っている。とはいえ、やはり髪の生え際はかなり後退しており、目には普通人の感情生活を飛び越えた情熱が表れている。おまけに彼が英雄視していたナポレオンほどではないにしても、背はかなり低かった。この戦争でダンヌンツィオは民族主義に至上の価値を見出して、イレデンティスト（領土回復主義者）の運動にくわわった。全てのイタリア語圏を、ひとつの巨大なイタリア国家に統一しようとする運動である。フィウメがまさにそれに該当する場所だった。ダンヌンツィオはいかなる犠牲を払っても、フィウメをイタリアの領土にすると宣言する。「フィウーメ［フィウメ］か死か！」[177]（ルーシー・ヒューズ＝ハレット『ダンヌンツィオ 誘惑のファシスト』、柴野均訳、白水社）

一九一九年九月一二日、ダンヌンツィオは非正規軍を引き連れてフィウメに入城。総勢二六〇〇人の兵は、激昂したイタリア人の一途な民族主義者で、多くが第一次世界大戦で戦闘を経験していた。この軍勢は連合国の進駐軍を撤退させて、地元のイタリア人住民から英雄として歓迎された。

この占拠は一五か月続いた。ダンヌンツィオは何度もイタリアにフィウメ併合計画への公式な承認と支援を求めるが、聞き入れられなかった。それどころかローマ政府は投降を要求して、国境線と海上の封鎖で脅しをかけてきた。フランチェスコ・ニッティ首相は、大戦で五〇万人の国民を失った今、イタリアは夢を追う文士気取りの世迷い言のために、これ以上命を犠牲にできない、と言明した。[178]

果たせるかな、ダンヌンツィオは一九二〇年九月に、カルナロ・イタリア執政府の樹立宣言をもってそれに応えた。この名称は、近くにあるカルナロ湾（現在のクヴァルネル湾）から取られている。ダンヌンツィオは早速国旗のデザインに取りかかり、形と装飾の感覚のおもむくままに、「誰か我に逆らはんや」（『新契約聖書』、永井直治訳、基督教文書伝道会）の聖書の言葉の上に、自分の尻尾を咥える蛇の図柄を作成した。

この新生国家は体制のモデル作りで、ダンヌンツィオをドューチェ（指導者）に掲げた。後年この形はイタリアのファシストによって踏襲される。この新体制にはいくつか意外な特徴がある。たとえ

1920年　ダンヌンツィオのフィウメ入城の記念版。この切手はアルベ島とベリア島の占拠後に加刷されている。

ば女性の参政権を認めて、音楽を権力の行使と文化的教育の土台にしている点などである。

全ての地区で、合唱団とオーケストラを公費で設立する予定で、ダンヌンツィオは座席数一万、入場無料のコンサートホールの建設計画に取りかかっていた。

優れたデザインの切手が大量に印刷されて、新生国家の重要な収入源として期待された。ダンヌンツィオの肖像もモチーフにくわえられた数種類の切手が、世界中の切手収集家の手元に届けられた。[179] 一九二〇年九月にカルナロが正式に国家として発足したあとは、その上に「Reggenza Italiana del Carnaro」（カルナロ・イタリア執政府）の文字が加刷された。わたしの短剣とロープの切手はこの部類に入る。何を伝えたいかは一目瞭然だ。

このころにダンヌンツィオは、「ローマ進軍」の考えを打ちだしている。実現すればそれが革命の触媒になるかもしれない。これに多くのイタリア人が賛意を示し、イタリア海軍の軍船一隻の乗組員全員も義勇兵に志願した。カルナロはたちまち、練度の高い四〇〇〇〇の兵の軍隊をかかえることになった。しかしこの威容を誇る軍勢も、一九二〇年のクリスマスに数に勝るイタリア軍に奇襲をかけられたときは、撃退するにおよばなかった。イタリア軍の巡洋艦、アンドレア・ドーリアの怒涛の艦砲射撃がカルナロを襲う。一二月二九日、ダンヌンツィオはバイクで北に逃走した。

こうした経緯から自由都市フィウメがようやく実現する。このことについてはすでにその数か月前に、ラパッロ条約のもとで形式的な合意は成立していた。この条約の陰には、イタリア王国とセルビア人・クロアチア人・スロヴェニア人王国とのあいだにあった意見の不一致を、すべて棚上げにする意図があった。フィウメのわずか二八平方キロメートルの陸地部分には、海岸沿いに西に延びて新国家イタリアとつながる回廊も含まれる。アメリカとヨーロッパ列強の意向に沿って、この都市には完全な統治権が与えられた。またその見返りに、短期間のうちに国際的承認が得られている。

一九二一年の春にこの自由都市で行なわれた議会選挙では、イタリア人の民族主義者が再度勝負に挑んだが、独立賛成派である自治論者の圧勝に終わった。古い切手を破棄してあらたに印刷した切手は、概して前のものほど芝居がかっていないように見える。わたしの二枚目の切手は一九二二年以降の発行で、ヴェネチアのガレー船のモチーフに、「Costituente Fiumana」（制憲フィウメ）の文字が加刷されて、この都市がいまや独自の憲法をもつ厳粛な国家であることをアピールしている。

だが安定は幻想だった。騒乱は引きも切らず、クーデターの試みも繰り返されて、毎回イタリア軍が出動しては鎮静化された。

イタリアに戻ったダンヌンツィオは暗殺されかけて負傷したために、一九二二年夏のローマ進軍からは手を引かざるをえなくなった。それを完全に引き継いでふたたび立ち上げたのが、いまや気鋭の政治家となったベニト・ムッソリーニだった。

1922年　1919年の切手への加刷版。モチーフはヴェネチアのガレー船で、新しい議会の憲法制定を記念している。

この行進がクーデターにつながり、ムッソリーニは「ドューチェ」の職務を手中にした。その直後からこの新国家元首は、ダンヌンツィオがフィウメ時代に使用していた儀式と表現形式を新体制に取り入れはじめた。たとえば黒シャツ隊（国家安全義勇軍）の導入、統制されたパレード、バルコニーで大げさなジェスチャーとともに行なう扇情的な演説などである。

ダンヌンツィオは面白くない。自分は死人も同然のように感じられた。それ以上に、ムッソリーニが導入しつつあるファシストの政策には大きな懸念をいだいていた。ムッソリーニはそれに対して苛立ちを見せている。「虫歯ができたときはふたつの対処法がある。引っこ抜くか金を詰めるかだ。ダンヌンツィオには後者を選択した」[180]

ダンヌンツィオは勲章と称号を山ほど授与されつづけて、一九三八年に脳卒中で亡くなった。国葬が執り行なわれ、故人の希望に従って、ガルダ湖畔の自宅で壁龕《へきがん》の隙間に立ったまま埋葬された。

ファシストがイタリアの政権を握ったあと、フィウメ問題は一挙に進展した。一九二四年の一月末、セルビア人・クロアチア人・スロヴェニア人王国は、イタリアの重圧に屈してローマ条約を締結した。この条約により自由都市は分解・割譲された。そのほとんどがイタリア領になり、セルビア人・クロアチア人・スロヴェニア人王国に残されたのは、東部のぱっとしないスシャクの市街地だった。選挙が反映されていたフィウメ政府は亡命しており、一切が同政府を素通りして進められた。

イギリスの作家、レベッカ・ウェストは第二次世界大戦の直前にこのあたりを旅して、陰鬱な出会いについて書いている。


ここでは町に、夢に似た性質があることを知った。しかも頭の痛くなるような悪夢だ。もともとは南方の華やかな港の例に漏れずに、日に焼けて丸々と丈夫な質だったのが、条約にずたずたにされてこの世のものとは思えない姿になっている。[181]

一九四五年に第二次世界大戦が終結すると、旧亡命政府で残っていた者が、二〇年間の海外生活を終えて帰国した。ふたたびこの地域の問題に自分らで対処したいという望みは、ユーゴスラヴィア政府に情け容赦ない形で拒絶された。このときフィウメはユーゴの占領下にあった。年老いた自治論者の多くは、たいして注目されないまま殺害された。そして一九四七年にパリで平和条約が締結されたあと、フィウメはリエカと改名されて、正式にユーゴスラヴィアに併合された。

ユーゴスラヴィアが分裂したあと、リエカはクロアチアの重要港となって今日にいたっている。またダンヌンツィオはイタリアの偉大な詩人として再評価されている。

文献
ルーシー・ヒューズ＝ハレット（二〇一三年）
『ダンヌンツィオ 誘惑のファシスト』（柴野均訳、白水社、二〇一七年）
アルセスト・デ・アンブリス、ガブリエーレ・ダンヌンツィオ（一九二〇年）
『カルナロの自由憲章 *The Charter of the Freedom of Carnaro*』

映画
『カビリア』（一九一四年）
監督 ジョヴァンニ・パストローネ

ここでは町に、夢に似た性質があることを知った。しかも頭の痛くなるような悪夢だ。もともとは南方の華やかな港の例に漏れずに、日に焼けて丸々と丈夫な質だったのが、条約にずたずたにされてこの世のものとは思えない姿になっている

レベッカ・ウェスト

POSTA AEREA
VIII FIERA CAMPIONARIA
1934 TRIPOLI
50
10

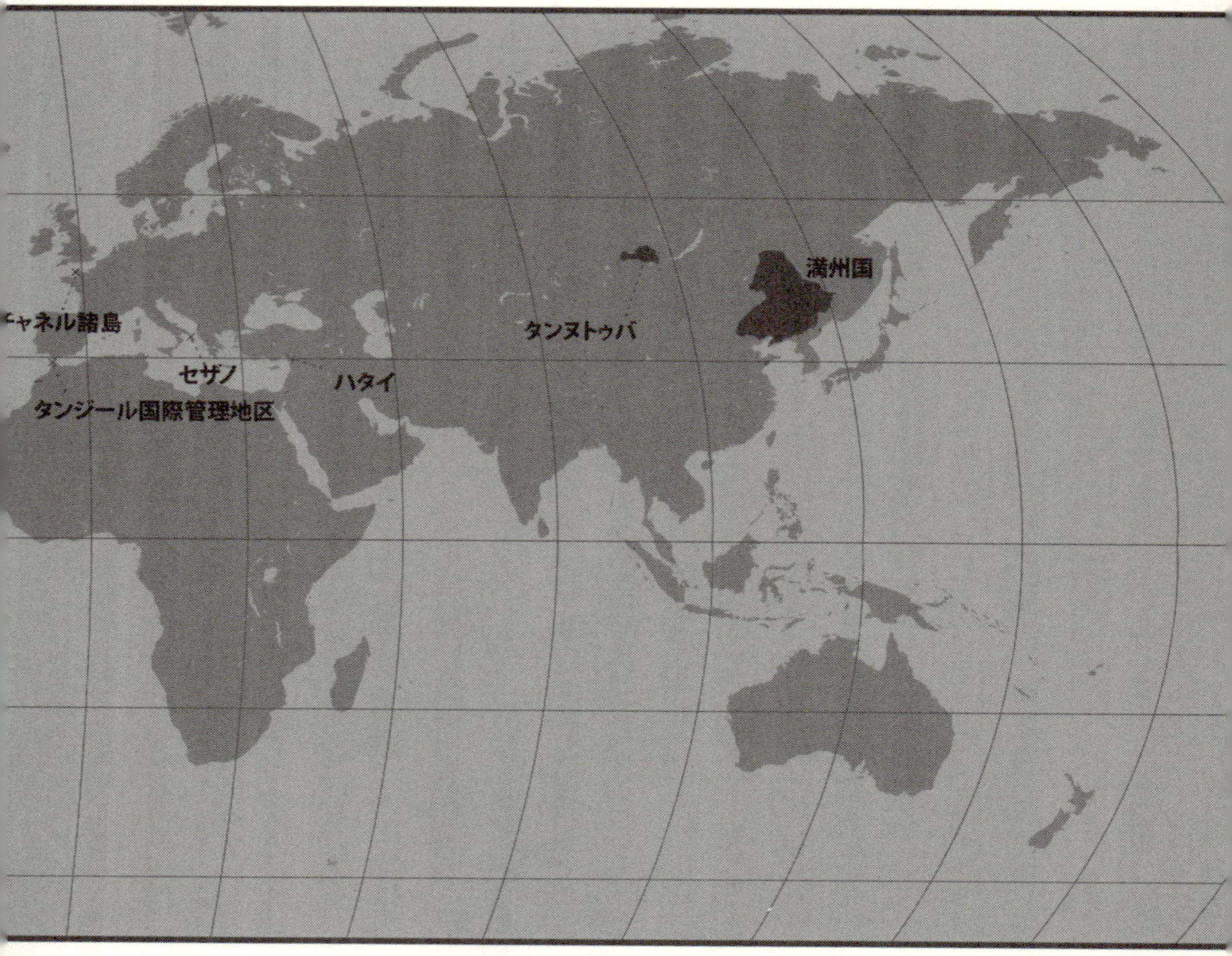
満州国
ャネル諸島
タンヌトゥバ
セザノ
ハタイ
タンジール国際管理地区

1925-1945年

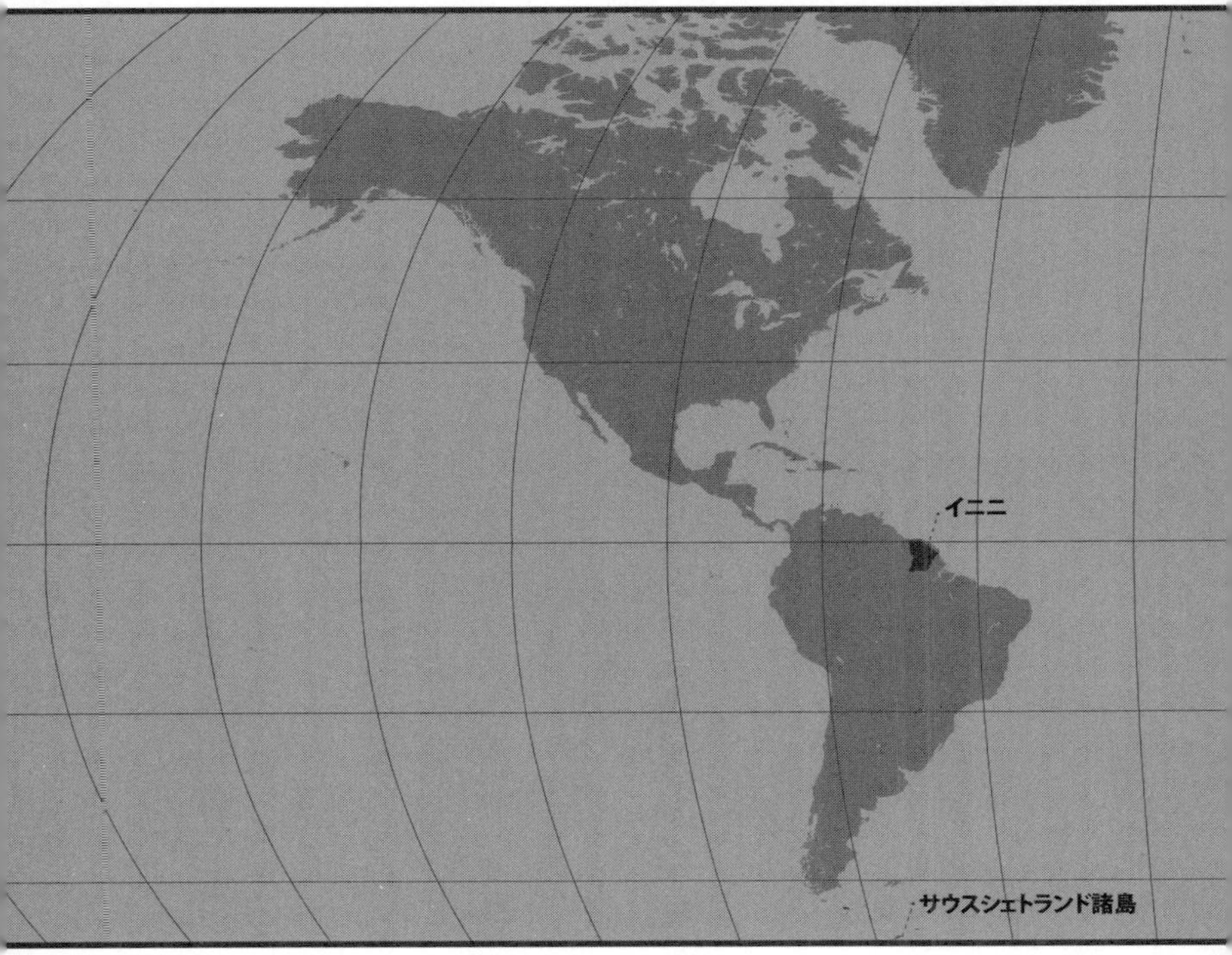

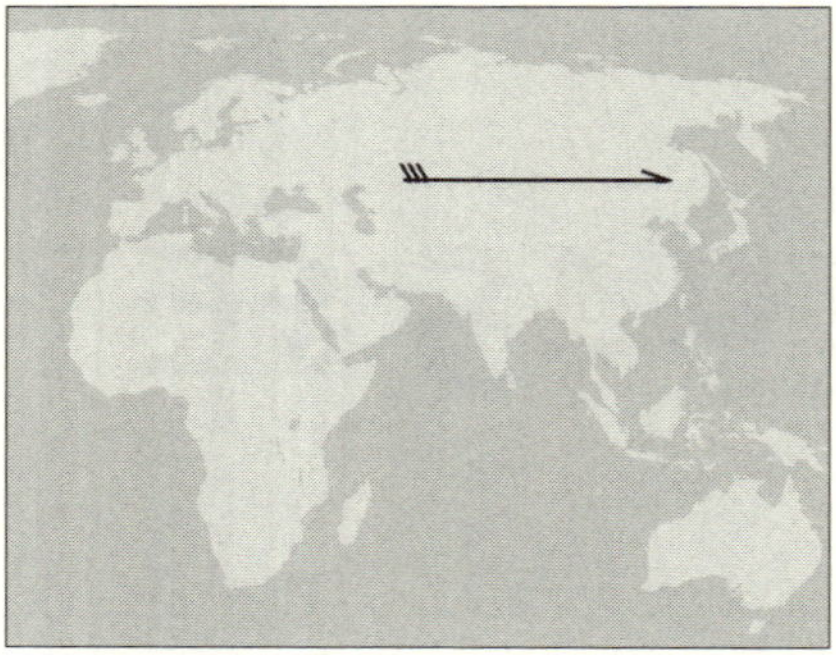

満州国

実験国家

存続年　一九三二－一九四五年
国名・政権名　満州国
人口　三〇、八八〇、〇〇〇人
面積　一、五五四、〇〇〇平方キロメートル

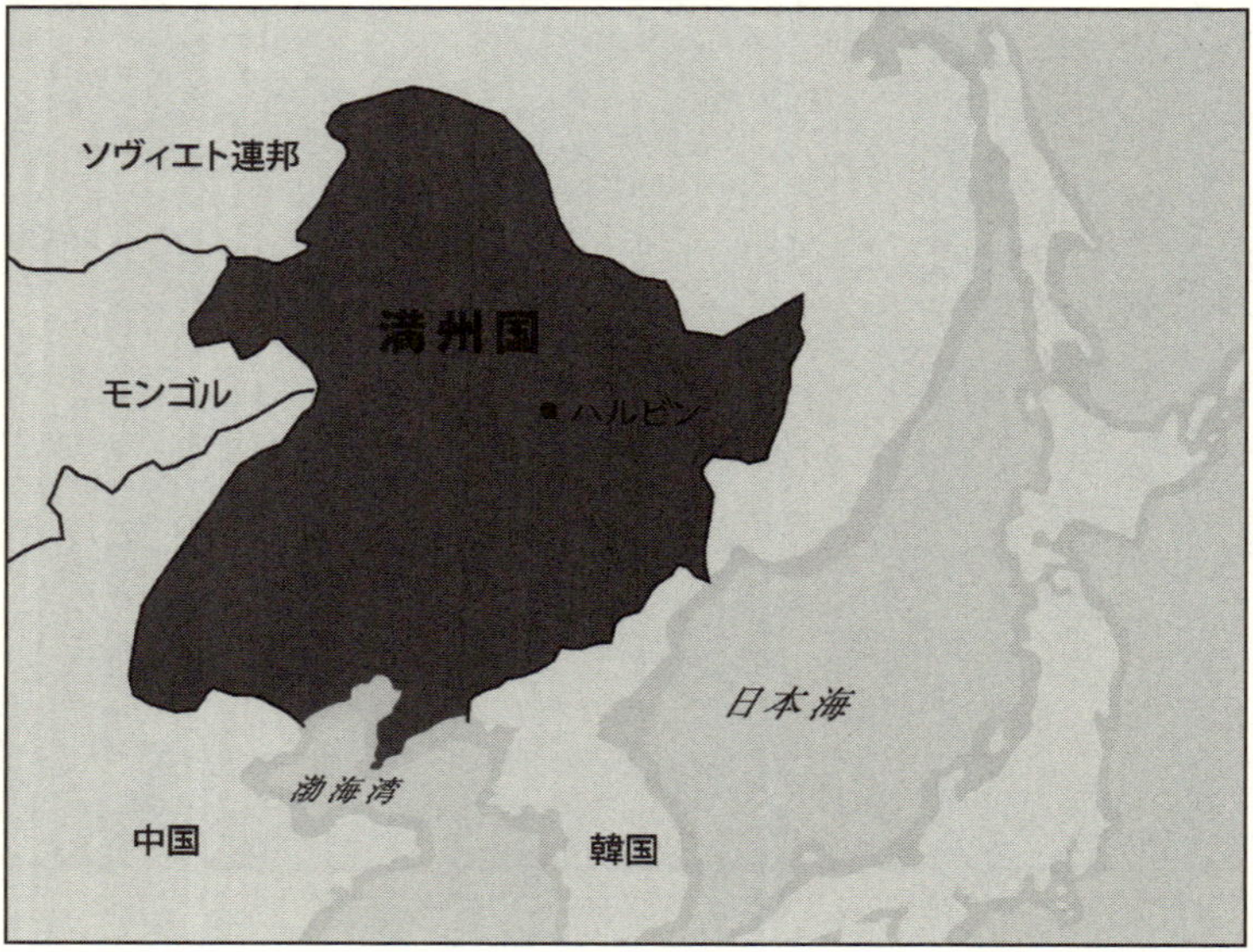

第二次世界大戦中にアウシュビッツで捕虜に対して行なわれた背筋の凍るような人体実験により、ナチの医師、ヨゼフ・メンゲレの名は邪悪な人間性の代名詞になった。

一九三一年に日本が中国領満州に侵攻して、その翌年の早春に新国家を作りあげたとき、その前途に待ち受けているものに気づいた者は少なかった。後世の中国の歴史家が満州国を「偽満州国」と一貫して呼んでいるのは、誕生のその瞬間から日本の傀儡国家にすぎないのがみえみえだったからだ。それでもこの国はエルサルバドルとドミニカ共和国から認められると、その後は順調に将来の枢軸国となるドイツとイタリア、さらにはヴァチカン市国からも承認された。この地域にはヴァチカンからの宣教師が多く派遣されていた。

満州国は、北はアムール川流域の亜寒帯地域から、南は渤海湾《ぼっかい》の肥沃な平野にまでおよんでいる。ここではたまたま中国との国境が万里の長城の東端と重なっていた。この城壁はモンゴルの遊牧民の侵攻を阻むために、一三世紀から一六世紀にかけて建設されている。

一九〇〇年代まで満州は農業地区でしかなく、中国皇帝の支配下でいくつかの県に分けられていた。住民の居住していた村は、包括的計画もなしに成長していた。わら葺き屋根には大きめの軒がついていて、周期的に襲う豪雨から外壁を守っている。また軽い壁は薄い羽目板と引き戸でできているので、夏の暑い日にはすぐに広い面積を外に向かって開放できた。それでも現代の西欧人なら、冬には始終過酷な寒さになるのに、断熱材がまったくないので驚くだろう。だが満州人はほかにないうまい手を考えていた。寒くなりはじめると、断熱材を入れる代わりに家の中央にある小部屋に引きこもる。そこで腰をおろす床のあたりは、薪を燃やした暖房で暖められていたし、住人は屋内でもつねに外に出るような服装をしていた。

一八〇〇年代末に満州鉄道が建設されると、沿線の多くの村が町になり、場所によっては大都市に発展した。ポーランドとロシアの技術者がその設計に貢献して、ヨーロッパの趣をもちこんでいる。


すでに進行していたそうした都市化のおかげで、日本は幸先のよいスタートを切った。新国家の人口は、主に日本の移民政策の結果、三〇〇〇万からたちまち五〇〇〇万に膨れあがった。さらに日本は、日本海をまたぐ協力が兄弟国間の平和に貢献する、とさかんに喧伝した。わたしの切手にはそれに合わせて、平和を象徴する鶴が滑空して海をわたる様子が描かれている。だが下の端には、漢字が並んでいるちょうど上あたりに、軍船の旗竿がちらりと見えている。

日本がこの地域で何よりも興味を掻き立てられたのが、大規模な鉄鉱床を中心とする鉱物資源だったのはまちがいない。その狙いに大義名分を与えるために、中国の前皇帝である溥儀を連れて来て元首に据えた。溥儀は虚弱体質で胸がへこんでいた。顔でいちばん目立っていたのがべっこう縁の丸眼鏡だったので、隆とした軍服に肩章や絹のリボン、勲章をところ狭しと飾って釣り合いをとらなくてはならなかった。溥儀はこの役割を見事にやり遂げたわけではない。職務といえばたいてい、日本の命令書へのサインと、製鋼所や道路橋、鉄道のプラットフォームでのテープカットだった。それでも第二次世界大戦の最終局面で「八月の嵐作戦」（ソ連対日参戦）の大攻勢後に、ソ連に満州を明け渡すまで君主の座に留まっていた。

溥儀は日本に脱出してアメリカ軍にみずから出頭しようとしていたが、赤軍にとらわれてシベリアに送られた。その後は中国に身柄を引き渡されて、毛沢東主義の熱心な信奉者として晩年を過ごした。もっともそれはベルナルド・ベルトルッチ監督の映画『ラスト・エンペラー』(一九八七年)のストーリーを信じればの話だが。そのころには、溥儀は自伝の『わが半生』(小野忍訳、筑摩書房、一九七七年)を書きあげ、その中で自分の罪をいさぎよく認めている。「私は……恥知らずな道を歩み、一級漢奸という地位がきまり、血なまぐさい支配者のためにベールの役をつとめはじめたのである。このベールの下で、……祖国の東北は完全に植民地になり……[182]」(愛新覚羅溥儀『わが半生』)

溥儀は、満州での日本の行動の陰惨きわまる側面に気づいていなかったのだろう。拡張しつつある日本の軍事機構のために、一九三五年にはすでに防疫給水事業の名のもとに、満州第七三一部隊がこの国を実験場にして、化学・生物兵器の開発を進めていた。

防疫給水部長の石井四郎中将は、一メートル八〇センチと、ほとんどの日本人を見下ろす身の丈だった。溥儀と同じくべっこう縁の丸眼鏡をかけていたが、石井のほうがはるかに心身のバランスがとれているように見える。いつ見てもきちんとした身なりをしていて、ポマードで髪をきれいに整えており、唯我独尊のきらいはあっても同僚に好感をもたれていた。たしかに深酒や、連夜地元の遊郭に押しかけることなど羽目を外す意外な面はあったが、それでも尊敬は損なわれず、そういったところがあるためになおさら慕われてもいた。[183]

施設が設けられた平房は樹木のない平原で、地方都市ハルビンのすぐ南に位置していた。ここの

1940年　船のマストの上を飛ぶ満州の鶴。

六平方キロメートルの敷地に、大小の箱型のコンクリートのビル一五〇棟が建てられていた。建物の中には、所員の精神的な後ろ盾とするための神社や、所員の子どもの学校もあった。石井四郎は毎朝ハルビンから装甲リムジンで通勤してきた。ハルビンではロシア統治時代にさかのぼる屋敷に召し使いを置いて、妻と七人の子どもと暮らしていた。その長女は後に、映画『風と共に去りぬ』からそのまま抜けだしたような牧歌的な家だったと述べている。[184]

実験の核心部分は人体実験だった。主なところでは脳と腸の除去および改造、馬の血の注入、ガス室や圧力室、遠心機での実験などが行なわれたが、何よりも重視されたのが感染性のある生体物質の綿密な実験だった。実験は炭疽菌、チフス、赤痢、コレラにくわえて、それほど知られていないが同様に恐ろしい伝染病のバクテリアを選んで行なわれた。病原菌を媒介するものとして選ばれたのはハエで、何千という特別仕様の容器の中で卵が孵された。

人体実験の被験者は中国人とロシア人の市民が中心で、「丸太」と呼ばれており、子どもや女、老人も含まれていた。総計で一万人以上が平房で命を奪われている。生き残った者はいない。それだけではない。ほかの場所でも百万人を超える犠牲者が出ているのだ。たとえば病原体に汚染されたハエが、中国の都市の上空で放出された例があった。あるときなどは、兵士が何百個というパラチフス入りの饅頭を、当時飢饉にあえいでいた南京周辺の地面に放置している。[185]

溥儀とは違い、七三一部隊の隊員のほとんどが一九四五年に日本に逃げ帰ることができた。そしてアメリカの進駐軍にみずから出頭したが、米国極東軍最高司令官ダグラス・マッカーサー将軍の命にもとづいて、はやくから戦犯免責となった。それと同時に、戦争犯罪の証拠資料は破棄された。石井四郎をはじめとするかつての研究所員の多くはただちに、開始間もないアメリカの生物兵器開発計画にくわえられた。石井四郎は一九五九年に安らかに生涯を閉じたので、アメリカがその得たばかりの知識を応用して、ベトナム戦争で大成功を収めたのを見ていない。

満州は一九四五年に中国の領土に復帰しており、今日では遼寧省、吉林省、黒龍江省、内モンゴルの一部に分かれている。七三一部隊の目に見える痕跡は残っていないが、丘の下が史上最悪ともいえる化学兵器の投棄所になっている。今のところ保管状況は安定しているようだ。だが、ハルビン地域で、気温の大幅な上昇と豪雨の激化が組み合わされれば、いつかは眠れる吸血鬼が目覚める日も来るかもしれない。

文献
ハル・ゴールド（二〇〇四年）
『証言731部隊の真相』（浜田徹訳、廣済堂出版、二〇〇二年）
サイモン・ウィンチェスター、愛新覚羅溥儀（一九八七年）
『わが半生——満州国皇帝の自伝』（小野忍訳、筑摩書房、一九七七年）
村上春樹（英訳版、一九九九年）
『ねじまき鳥クロニクル』（新潮社、一九九七年）

映画
『ラスト・エンペラー』
監督　ベルナルド・ベルトルッチ

私は……恥知らずな道を歩み、一級漢奸という地位がきまり、血なまぐさい支配者のためにベールの役をつとめはじめたのである。このベールの下で、……祖国の東北は完全に植民地になり……

溥儀

イニニ

人を寄せつけない熱帯雨林の道徳の罪

存続年　一九三〇－一九四六年
国名・政権名　イニニ
人口　五、〇〇〇人
面積　六〇、〇〇〇平方キロメートル

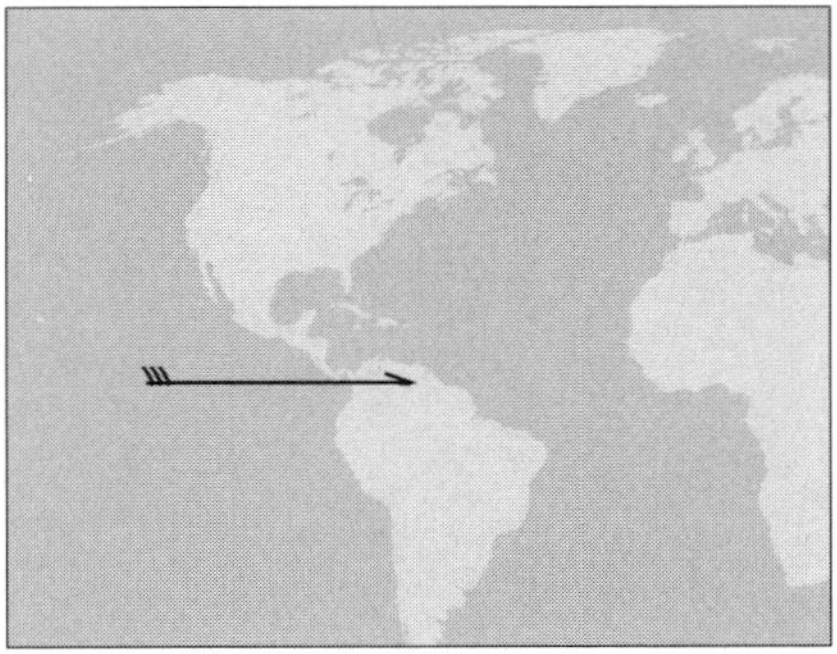

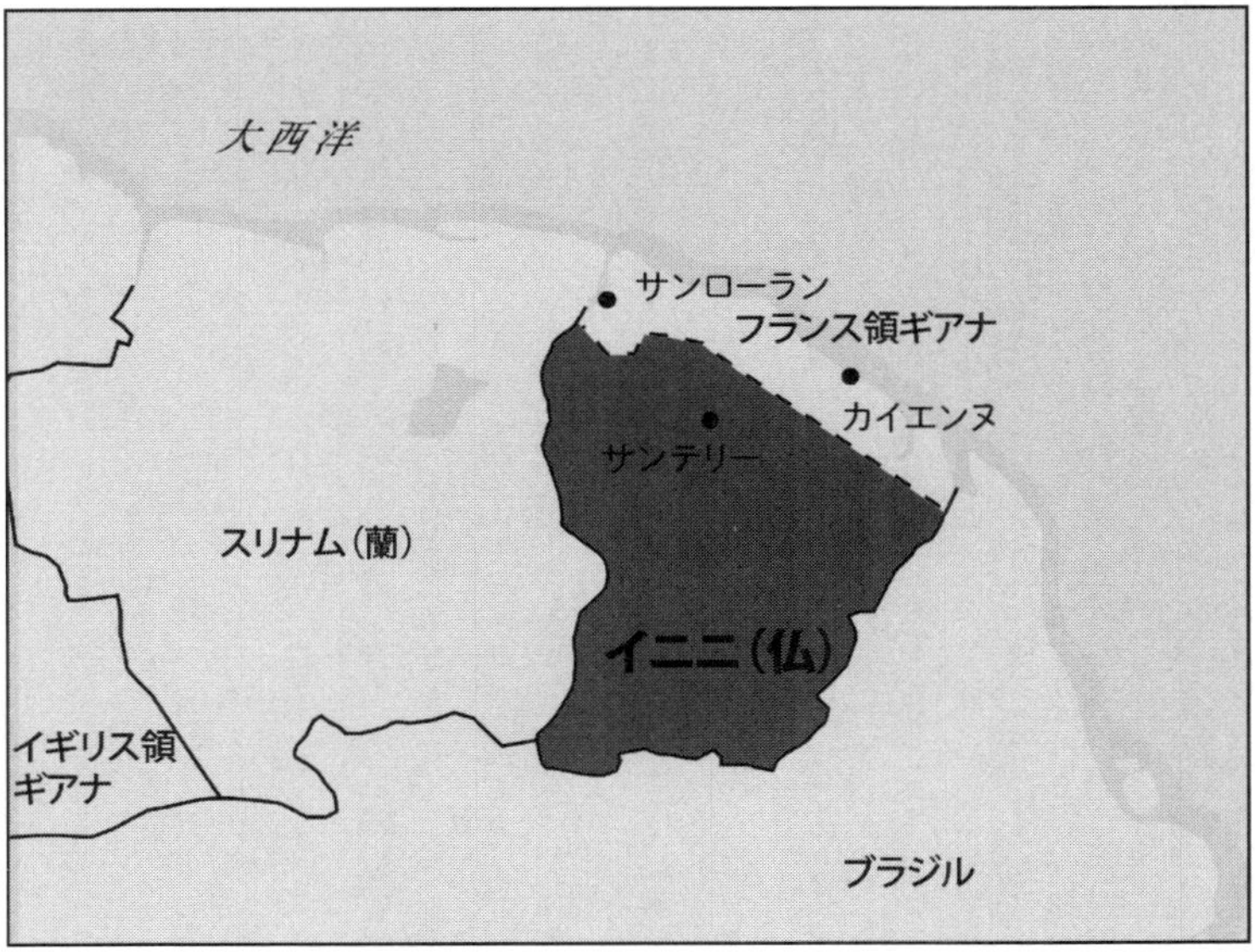

イニニは一九三二年以降、フランス領ギアナの切手に加刷する形で、独自の切手を発行している。この地域の郵便物の量はごくわずかだったので、それ以上の労力をかけようとする者はいなかったのだ。イニニが独立した植民地でなくなった一九四六年には、荷造り用の木箱一杯に未使用切手が残った。これはやがて世界中の切手収集家の手に渡ることになる。わたしの所有する切手もその一枚らしく、サンテリーかサンローラン、カイエンヌの屋根裏部屋に数年放置されて、真菌胞子とジャングルの湿気にいい具合にさらされていたと思われる。消印が押された切手のほうがよいが、それに近い満足感が得られる。切手の裏側を注意深く舐めてみると、しつこいほろ苦さが口の中に広がった。

フランス領ギアナは、ブラジルのすぐ北の豪雨地帯にある。沿岸部から少し内陸に入ると、その一帯で人を寄せつけない熱帯雨林が繁茂しているために、人や荷物の移動のためには、網の目のように分かれている川に小舟を浮かべなければならない。最初の入植者はここの金に引き寄せられてやって来た。伝説によればこのあたりの西の方角にあるという黄金郷（エルドラド）を探し当てるために、数えきれない探検隊が出発した。おかげで金は見つかったが、わりと控えめな量だった。とはいえ、今日まで金鉱採掘が主要産業の座を保てるほどの規模ではあるが。

アメリカの紀行作家、ハッソルト・デーヴィスはこの地域を訪れて、クレオール人［西インド諸島や南米の現地生まれのスペイン人］の金鉱掘り、ファンファンから聞いた話を伝えている。ある夜、この採掘者の夢の中に頭のない女が出て来て、プチ・イニニ川の岸のとある場所を指さした。女はスイカほどの大きさの金塊を差しだしていた。次の夜も同じ夢を見たが、このとき女は怒り狂っていたので、ファンファンは友達に同行を承諾させた。はたして女が指し示した木が見つかり、ほんの数分掘り下げただけで人の頭のような固い物にぶつかった。引き上げてみると、それは伝説の「ラ・グランド・ペピト」（大金塊）だった。[186]

金鉱掘りの大半は違法行為で、暴力が横行することもあった。この地域が同時に流刑地になっていたことも、何をしてもいずれは大罪や誘惑、悔恨につながりそうな雰囲気を作りだしていた。

厄介者ははやくもフランス革命の時代からギアナに追放されており、一八〇〇年代の半ば以降は、ここに数多くの監獄が建設された。海岸沿いに配された監獄には、フランスからの囚人と植民地の政治活動家が収容された。なかでも有名なのが悪魔島で、ここにはアルフレッド・ドレフュス、そしてその後にはアンリ・シャリエールのような世に知れた厄介者が抑留されていた。といっても周知のように、シャリエールは一九四一年に、海に浮かべたココナツの袋につかまり脱獄を果たして、後日その経験を盛りこんだ本を出版している。[187]

一九〇〇年代に入ったそのときから、この植民地の行政府はほかの財源を探しはじめた。そこでフランス領ギアナの内陸部を主に農業や林業、政府管理下の金鉱採掘の用地にあてることが決定された。こうした取り組みの効率をあげるために、一九三〇年に内陸部は別の植民地として分割された。中心地となるサンテリーには総督が着任し、大河のマロニ川の支流にちなんでイニニと名づけられた。マロニ川は西部でスリナムとの国境をなしている。

イニニの地表の面積はベルギーの倍あるが、人口は三〇〇〇人しかなかった。この数字には土着の先住民は入っていない。先住民の人数をわざわざ数えようとする者などいなかったのだ。熱帯雨林の奥深くであちこちに散らばった小集落に住むインディオは、アラワク族、カリーニャ族、エメリジョン族、パリクル族、ワヤンピ族、ワヤナ族で、自然にあるものをさまざまな手段で食料にして暮らしていた。ワヤンピ族は焼き畑農業をしていたが、エメリジョン族は基本的に狩猟と弓で魚を射るボウフィッシングをしている、といった具合である。村には一〇人から一〇〇人の人口があった。村自体は川岸近くの開けた場所に作られて、たいてい大きな共同住宅から成っていた。この共同住宅は楕円形で涼しい。腕ほどの太さの枝で組み立てられて、屋根がヤシの葉で葺かれていた。

先住民は自然環境を熟知していたが、イニニに道を切り拓いたり鉄道を建設したりする作業には使えそうもなかった。そのため労働力を形成するために、囚人が連れて来られた。

一九三一年六月三日、ベトナム人五二三人を乗せた汽船のモンテリエ号が、インドシナ半島からの三五日間の航海を終えて到着した。[188]その全員がフランス植民地の権力者に対する反乱罪で投獄されていた。そのひとり、グエン・ダック・バンは、ベトナム最北部にあるサン・デューン地区の村の出身だった。ここは中国との国境が間近に迫っている。グエンは当時を次のように思い出している。「われわれはカイエンヌから出発して数週間でサンローランに着き、そこから川をさかのぼって流刑所に到着した。川はうるわしく、流れには何百もの小島が浮かんでいた[189]」

グエンは仲間の囚人とともにすぐさま、囚人キャンプ作りや食べる野菜等を育てるための農耕地整備に取りかかった。その後はあちこちの道路と鉄道の建設現場に送られた。毎日雨が降り、気温が三〇度を下るのはまれだった。大勢がマラリアで異国の土と化したが、それより悪い事態になることもありえた。餓死する者はいなかった。ジャングルが脱獄を思いとどまらせる役割をすると思われたので、キャンプに囲いはなく、囚人は作業時間の合間に好きなだけ狩猟と釣りができたからだ。

だが、刑期を終えた囚人が帰国するのは問題外だった。フランス政府の定めたドゥブラージュ（流刑法により、刑期が八年以下なら、服役後も刑期と同じ期間この国に留まらなくてはならない。またそれ以上長い刑期なら、一生涯ここで過ごすことになる。実のところ、そうした者はフランス政府から土地と家畜を与えられて、インドシナ半島から妻子を呼びよせるための援助まで受けていた。それでも、ここを離れることは許されなかった。やがてヨーロッパで大戦が勃発すると、イニニは時代の流れのままに立場を変えて、フランスで成立したドイツびいきのヴィシー政権の植民地となった。

1931年　フランス領ギアナの1929年版切手に加刷したもの。図柄はカリーニャ族の弓の射手。

ある晩、グエンは脱走に成功し、数週間かけて北のイギリス領ギアナに入った。そしてここでド・ゴール将軍がロンドンで樹立した亡命政権、自由フランスに忠誠を誓って保護を求めた。そしてついには、ジョージタウン港でフレンチ＝オリエンタル・レストランを開業して、現地女性と結婚した。

イニニ開発計画は、最初から最後まで大失敗だった。土地はいつになっても開拓されなかったし、建設されたわずかばかりの鉄道の線路と道路は、あっという間に崩壊した。だが今となればそれは幸運だったといえる。なぜならここのジャングルはきわめて生物多様性に富んでおり、一二〇〇種類以上の樹木類をはじめとする無数の植物種にくわえて、ホエザル、ピューマ、バクのような動物がいるからだ。ここの一ヘクタールの土地の生物多様性は、ヨーロッパ全土に勝るとされている。[190]

フランス領ギアナは、母国での抗議の高まりを受けて一九四六年に流刑地ではなくなった。そのころには、八万人を超える囚人がここで刑期を過ごしていた。この国は今もフランス領だが、あまり聞こえのよくない「植民地」という言葉は廃止されて、「海外県」として位置づけられている。また街並みはパリの中心部にいるかと思われるような区割りになっている。

文献

ハイ・V・ルオン（一九九二年）
『村の革命　北ベトナムの伝統と変化　一九二五―一九八八年 *Revolution in the Village. Tradition and Transformation in North Vietnam 1925-1988*』

アンリ・シャリエール（一九六九年）
『パピヨン』（平井啓之訳、河出書房新社、一九八八年）

映画

『パピヨン』（一九七三年）
監督　フランクリン・J・シャフナー

われわれはカイエンヌから出発して数週間でサンローランに着き、そこから川をさかのぼって流刑所に到着した。川はうるわしく、流れには何百もの小島が浮かんでいた

グエン・ダック・バン

セザノ

世界一寂しい場所の子どもの天国

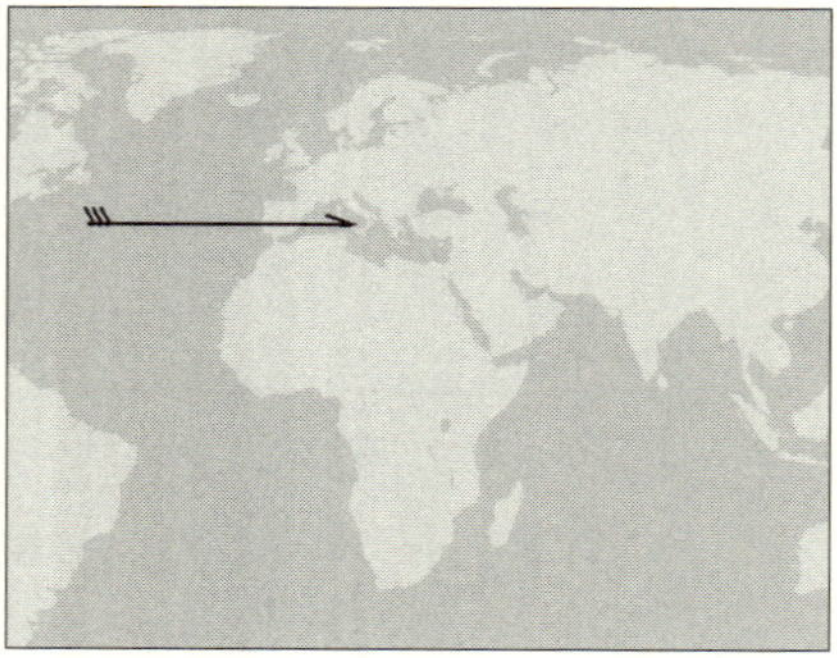

存続年　一九一四－一九四四年
国名・政権名　セザノ
人口　一〇人＋兵士
面積　五・七平方キロメートル

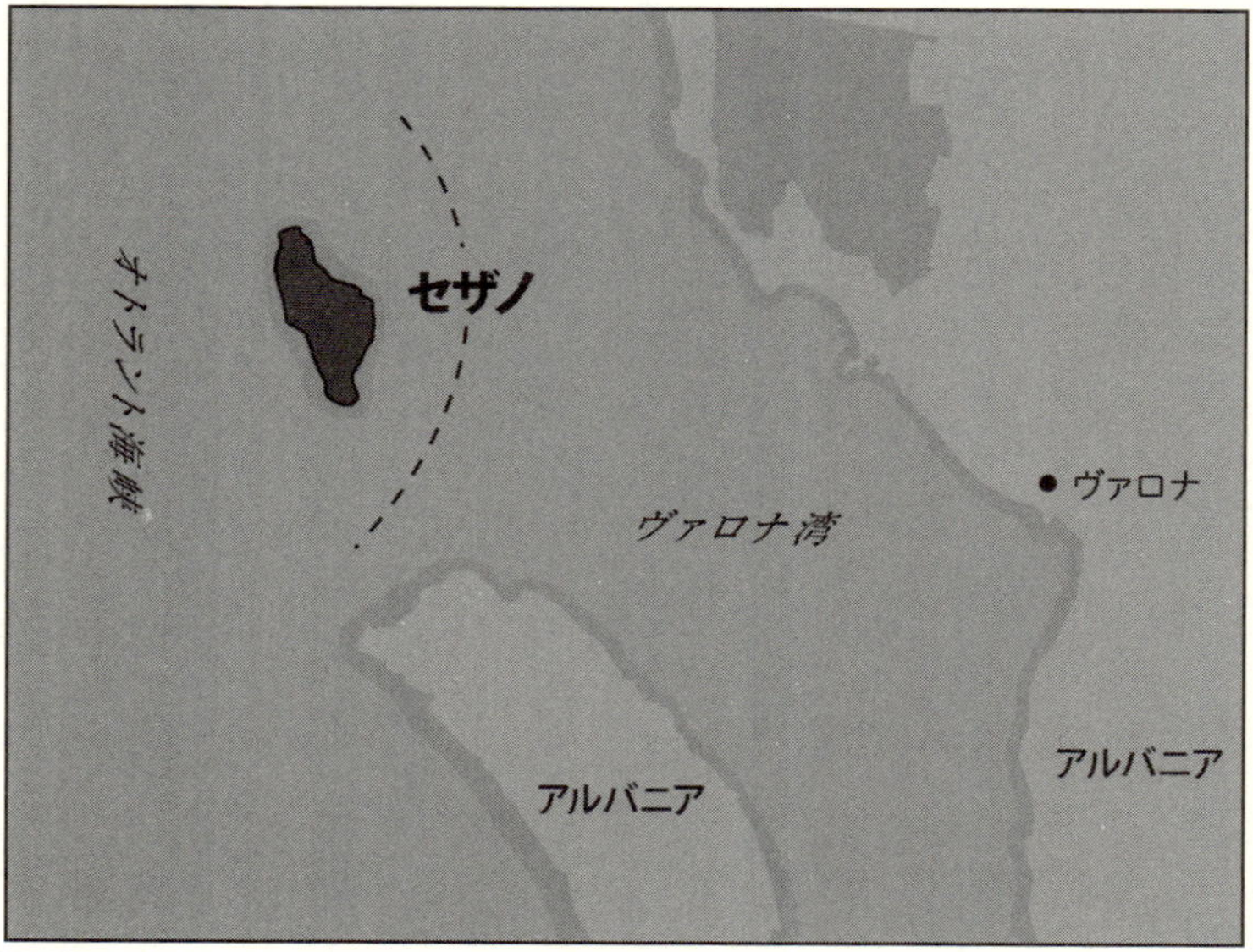

紀元前七〇〇年から語り継がれているホメロスの叙事詩『オデュッセイア』は、トロイ戦争から帰還するオデュッセウスの旅を物語っている。オデュッセウスがその途中で船で通り過ぎたオギュギア島は、カリプソの住処だった。このニンフは巨人アトラスの娘で、船をとらえると七年間戦士にパンと水の食事を与えつづけた。

『オデュッセイア』の内容がほぼ史実にもとづいているというのは、歴史家の一致した意見で、オギュギアはアドリア海の入り口付近にある小島、セザノ（サザン）であるとされている。[191] この仮説の難点は、セザノにまったく水源がないことにちがいない。ニンフであっても、そんな場所でどうやって生き延びられるかは謎である。ましてやオデュッセウスとのどの渇きを訴える乗組員がいるのだ。

だがこの島がカラカラに乾いていてそのために不毛だったとしても、いつの時代もここをほしがる者は跡を絶たなかった。近代よりもはるか昔に、ここはすでに海賊に占拠されていた。おそらくはニンフ説よりよほど信憑性がある話だろう。その後は強国のトルコ、ギリシャ、イギリス、そして数度にわたってイタリアに占領された。ヴァロナ湾（現アルバニアのヴローラ湾）を出てすぐの位置にあるために、遮るものなくオトラント海峡を行き交う船舶が見える。アドリア海のジブラルタルといった感じだ。

一九一四年、この島は装備が不十分なギリシャ兵十数人によって警備されていた。一〇月下旬のある夜、イタリア軍のベルサリエーリ隊が上陸すると、ギリシャ兵は無抵抗で降伏した。イタリアの狙撃隊は、青い軍服と羽飾りつきの帽子を身に着けていた。侵攻軍がそそくさと本土にわたった主因は、水がなかったことである。本土ではヴァロナ港をも確保した。一九二〇年にはアルバニアにヴァロナを奪還されたので、その後セザノのイタリア軍は、本国から西方に樽で運ばれてくる、やや異臭のする水で満足するしかなかった。

面積が六平方キロメートルに満たないセザノ島は、海上に茶色いラクダのはげた背中のような姿を見せている。ふたつのコブにあたる部分は、標高三〇〇メートル強の高さに盛りあがっていた。オトラント海峡を臨む島の西側は、険しい崖になっている。一方で、アルバニアに面する東側の沿岸は西とくらべるとなだらかで、二か所の波風から守られた湾のあいだに、狭くて岩だらけの海岸があった。そのうち北のサンニコロ湾のほうが良港だと考えられており、防波堤と波止場が作られていた。

またここにはまもなく海軍基地が建設されて、当初は小型魚雷艇が配備された。一九二二年にイタリアでムッソリーニが権力を掌握して、古きよきラテン語の表現で、地中海は「われらが海《マーレ・ノストルム》」であると宣言すると、[192]この基地に潜水艦の小艦隊が増強配備された。戦略のカギと目されたのが、潜水艦だったのである。

わたしのもっている切手は、イタリア国王、ヴィットリオ・エマヌエレ三世の肖像になっている。国王の口ひげは手入れが行き届いており、眼差しは勇ましげだ。だがこの姿は誤解を招くおそれがある。なぜなら一般的には内気で無口な人物として知られているからだ。政治を嫌い距離を置いてもいた。その数少ない例外が、ムッソリーニを慎重に支持したことで、ムッソリーニはその後の年月を好きなだけ大暴れして過ごした。「Saseno」（セザノ）の飾らないシンプルな文字の加刷は、一九二二年版に限定されている。その後は通常のイタリアの切手に切り替えられた。

わたしの手元にあるものは、海兵隊員から母国の家族に宛てた手紙に使われていた可能性が高い。検閲官は、バルカン北岸沖の荒れた海にパトロールに出て疲労困憊した、などと書かれないよう目を光らせていた。送り手のほうもきっと、隣の兵舎の兵士との逢い引きに失敗したことには、触れようとしなかっただろう。だがコルフ島の沖合に出たところで釣りあげたメカジキについては書いただろう。腐ったモッツァレラ・チーズをエサにつけると、入れ食いになった。結局は、人々や故郷に焦がれる気持ち、耐えがたい退屈を訴えることが手紙の目的になった。多くの徴集兵にとってセザノは、世界一寂しい場所だったのだ。

それとはまったく違う見方をしていたのが、リナ・デュランテだった。デュランテは三歳のときにこの島に父母と三人の姉妹とともに移り住んだ。一五〇〇人の兵士がいた中で、この家族が唯一の民間人だった。父親は軍の指揮官で、家族が住んでいた小さな家は南の「コブ」の頂上にあった。兵舎は遠く離れていた。彼女によると、そこは伝奇小説にしか登場しない砦のようだったという。

成長したリナ・デュランテは、作家およびジャーナリストとして注目されるようになった。社会主義者のフェミニストでもあり、一九六八年の学生運動には理解を示した。子ども時代にこの島で体験したことは、折に触れて記憶に蘇らせている。夏にエニシダが花をつけると黄色一色になり、島は「青い海の中の金塊のよう」になった。[193]

デュランテの記憶によれば、動物相は特殊な種類にかぎれば豊かだった。茶色いヨーロピアン・コッパー・スキンク（トカゲ）やダルマチアン・ウォール・リザード（カナヘビ）、緑色のバルカン・リザード（トカゲ）は二〇センチ以上のものはめったにない。水兵から剛毛の猫をもらったときは、父親に反対されたが飼えることになった。姉妹の仲はよく、海水浴に出かけてダイビング三昧をした。デュランテはセザノ島に愛着をいだいていたが、一九三九年に第二次世界大戦が勃発すると、一家はついに島を出て行かざるをえなくなった。

一九四三年以降の一時期は、ドイツがこの島を占拠していたが、その一年後にアルバニア軍が攻略してサザンと改称した。

冷戦の初期には、ここにソ連海軍が大規模な潜水艦基地を築いた。またそれに続いて生物・化学兵器の製造工場を増設して基地を拡張した。ソ連とアルバニアの関係が急速に冷えこむと、この基地は一九六一年に閉鎖された。それから数年間は、アルバニアが中国の支援を受けて、ソ連の残した施設を運営していた。

今日、サンニコロ湾の波止場には沿岸警備隊の小規模な基地があり、アルバニアとイタリアによって共同管理されている。最寄りのコブの上には、機能的な形をした軍事施設群が残っているが、すでに黄色く色あせている。またあちこちでもっとよい状態で見つかるのが、アルバニアが市民のために

1922 年　イタリアの 1906 年の切手への加刷版。国王ヴィットリオ・エマヌエレ三世の肖像が絵柄になっている。

特別に建設した掩蔽壕《えんぺいごう》だ。これと同じものが本土のほかの場所にも何千とある。そしていたるところにほぼ一定の間隔で散在しているのは、大量のサビつつある金属のスクラップだ。その中にはソ連の兵器実験で使われたガスマスクの山も混じっている。

　この島はかつてなくみすぼらしく見える。しかも状況は悪くなる一方だろう。アドリア海南部では降雨量が大幅に減少すると予報されている。それにくわえて今世紀に入ってから気温が急激に上昇しはじめている。そう待たないうちに、残っているのは土煙だけになるだろう。これはギリシャの神々にとっては問題ないはずだ。そしてリナ・デュランテにとってはほぼまちがいなく喜ばしいことなのだ。彼女は何よりもこの島をまた見たいと思っていた。鉄のカーテンが降りたあとも含めて何度も上陸を求めたものの、島の軍事的重要性からそのたびに拒絶されていた。

　それでもデュランテの死から数年後には、作家・映画監督で、デュランテの親友でもあるカテリーナ・ジェラルディが、ようやく島への上陸許可をとった。ジェラルディは撮影班を引き連れており、その映像素材をデュランテの幼年時代を描いたドキュメンタリーで使用した。

文献
デヴィッド・アブラフィア（二〇一一年）『偉大なる海——地中海をめぐる人間の歴史 *The Great Sea: A Human History of the Mediterranean*』
カテリーナ・ジェラルディ（二〇一三年）『リナの島、セザノ島へ戻って *L'Isola di Rina. Ritorno a Saseno*』（ＤＶＤつき）

青い海の中の金塊のよう

リナ・デュランテ

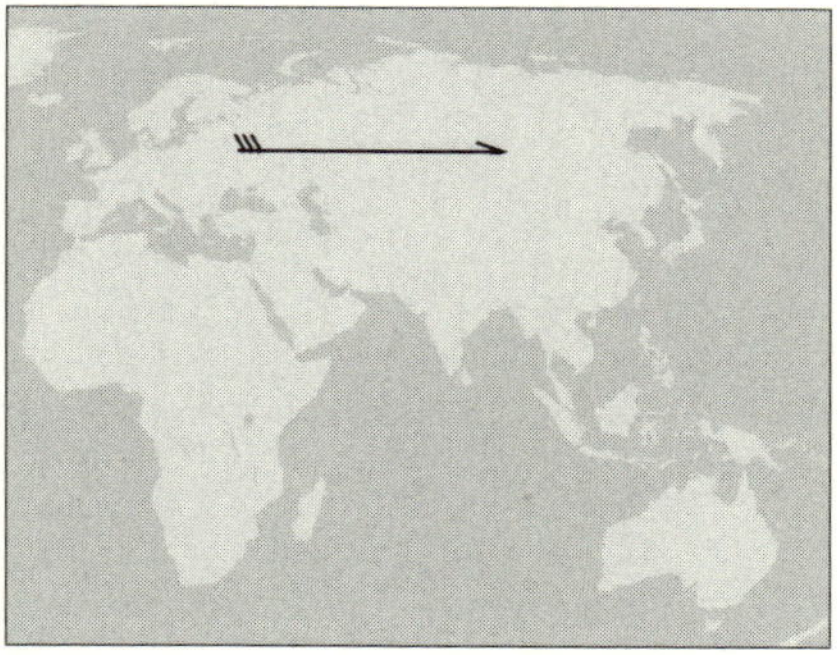

タンヌトゥバ

封鎖された国と奇抜な切手

存続年　一九二一－一九四四年
国名・政権名　タンヌトゥバ
人口　九五、四〇〇人
面積　一七〇、五〇〇平方キロメートル

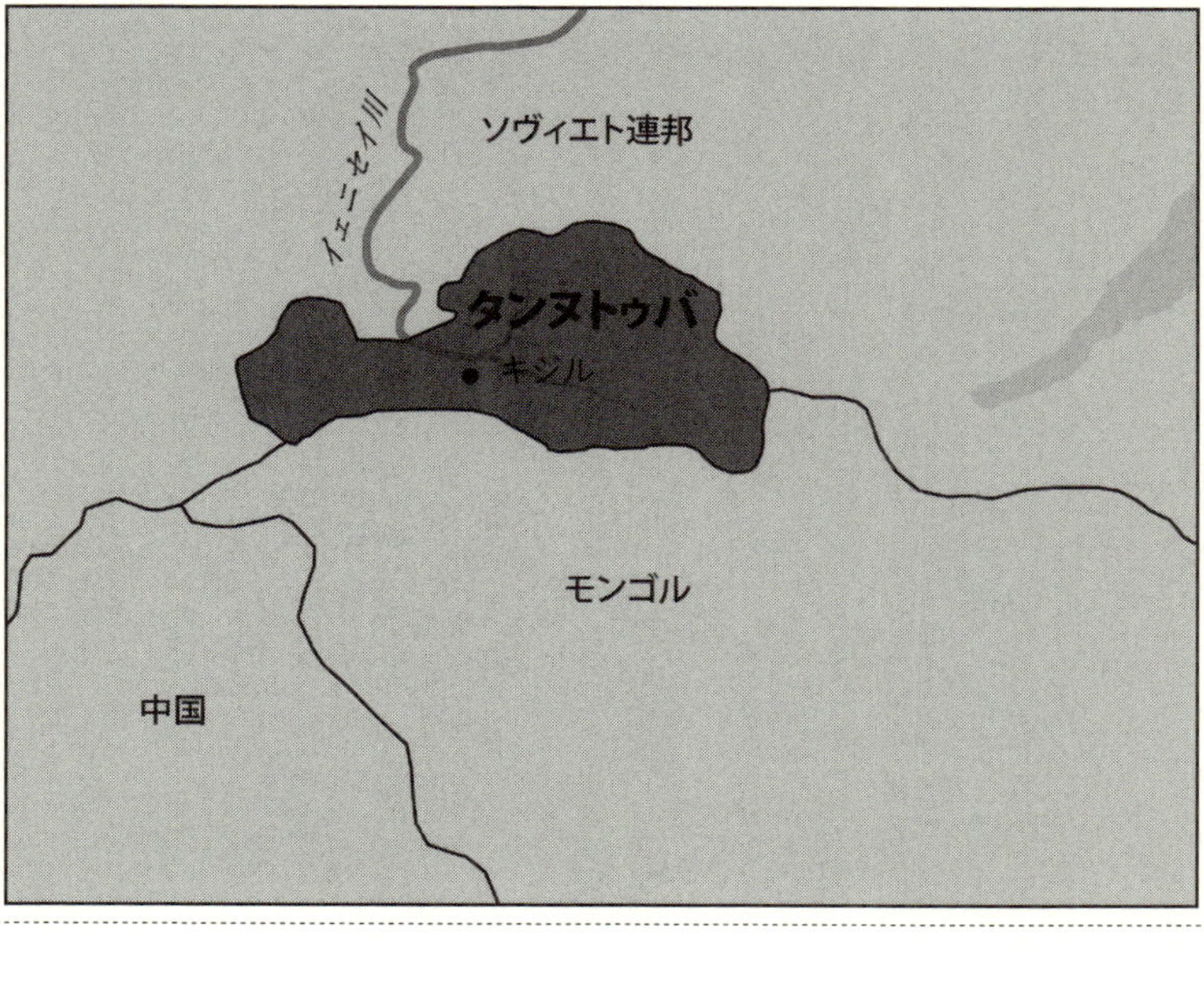

オーストリアの作家、オットー・メンヒェン＝ヘルフェンは一九三一年の著書『トゥバ紀行』（田中克彦訳、岩波書店、一九九六年）の中で、裕福でスポーツマン・タイプのイギリス人冒険家を登場させている。ジュール・ヴェルヌの小説の主人公に似ていなくもないこの人物は、たったひとつの目標を胸に旅している。世界各地の地理的な中心地に、「この大陸の中心点であるここに、この日わたしは立った[194]」という記念碑を立てることだ（『トゥバ紀行』、田中克彦訳）。その姿が目に浮かぶようだ。ひげのないつるりとした顔、日焼けした肌、もじゃもじゃの金髪、サイドが編み上げになっているくたびれ気味のカーキ色のズボン。彼が見渡しているのは、広大な草のカーペット。その南の果てにはアルタイ山脈がある。彼は自己満足に浸りながら、腰に手を置いて立っている。すでにアフリカと南北アメリカは攻略した。そして今、アジアをも制覇したのだ。

この大陸の中心地は、タンヌトゥバのサルダム村のそばの丘の頂上にあるとされている。そこに置かれていた中心碑は後に撤去されて、ソ連のコンクリート製の彫刻に置き換えられた。

一九二一年、ロシア革命に続く混乱の中で、タンヌトゥバの自治共和国としての独立が宣言された。書記長にはラマ教の僧侶、ドンドゥク・クーラルが就任して、仏教が国教に制定されたが、この新国家はかなりソ連寄りだった。というのもここは一九一一年から、帝政ロシアの保護国であるウリャンハイの一部だったからである。それ以前は、支配者がテュルク語族、中国、モンゴルと交互に変わっていた。面積はイギリスほどで、草原にくわえてところどころに森林の区画が混じっている。そのそばを流れる小川をたどると、大イェニセイ川の源流に行き着く。住民はおおむね遊牧民で、神霊・祖霊と交信するシャーマニズムを強く好む傾向があり、毛の長い野牛ヤクや羊、ラクダの群れを率いて移動してまわり、ユルトで野営していた。

広々としたテントのユルトは、分解もラクダの背に載せるのも容易だった。組み立て方は三〇〇〇年来変わっていない。薄く細長い木片《ラス》を交差させた格子の骨組みで円筒形の壁を作って、ドーム状の屋根を載せる。この構造を分厚い毛のフェルトの層ですっぽり覆い、雨と冬の寒気の侵入を防ぐ。内部には円形状のベンチをしつらえて、その中央に炉を置く。この炉でトゥバ人は、肉と乳製品の食事の支度をした。夜になると、ほの暗いろうそくの灯りの下で、好物の珍味であるバター茶とツァンパ・ロールに舌鼓を打った。

多くの家族が遊牧生活に見切りをつけはじめていた。首都キジルの郊外にある鉱山では賃金のよい仕事にありつけたので、この都市の北側の草に覆われた丘には、突然何百というユルトが出現した。その多くには明るい色の幾何学模様の装飾があったが、ライオンや虎、太陽の化身の燃える鷲、威嚇する龍などの絵も描かれていた。それと著しい対照をなしたのが、絵も模様もなくあまり自己主張せずに立っている街中の木造家屋で、ここに居住していたのはほぼ例外なくロシア人の移民だった。一九四四年、タンヌトゥバは急速に拡張しつつあるソ連に併合されて、それ以後自治国家ではなくなった。それがどのような経緯で起こったかはいまひとつはっきりしないが、ほぼ確実にいえるのは、ウランなどのあらたに発見された天然資源と関係があるということだ。忘れてならないのは、当時世界は原子力時代に突入しようとしていたことである。

オットー・メンヒェン＝ヘルフェン以外に、自治国家タンヌトゥバを自分の目で確かめにやって来た西ヨーロッパ人はほとんどいなかった。しかも一九二九年の時点でさえも、彼はヴィザを取得するのにひどく苦労している。「千もの役所をまわって、証明書、判子、サイン、保証書を手に入れ、質問書《アンケート》の百もの項目（『一九一七年にあなたは何をしていましたか、またその理由は?』など）に答えを書きこみ、やっとトゥバへ出国するためのロシアのヴィザを受け取ったのである」[195]（『トゥバ紀行』、田中克彦訳）

ソ連に占領されたあと、この地域は完全に封鎖された。冷戦が進行していたので、アメリカはこの地域に、アメリカのロスアラモスに匹敵する大規模な核兵器施設が作られたものと思っていた。

地球の裏側では、ノーベル物理学賞を受賞したアメリカ人、リチャード・ファインマンが、タンヌトゥバを訪れたいという思いに取り憑かれて、ときには脅迫観念的になっていると告白している。何度か実現させようとして失敗したあと、この冒険について詳しく書かれた本、『ファインマンさん最後の冒険』（大貫昌子訳、岩波書店、二〇〇四年）が一九九一年に出版された。しかもファインマンの言葉を信じれば、というか信じるべきなのだが、彼の興味はもっぱら専門の物理学とは関わりがない。ただ独特な言語や、二通りの音を同時に出す喉歌唱法、そしてもちろん切手に魅入られただけなのだ。

タンヌトゥバの切手は思わぬ方向に進展している。一九二六年の初版には、仏教思想の輪廻のイメージ画と、ハダム語（モンゴル語）の数字と文字がデザインされている。早い話が、大した独自性はない。ところがその後に出たシリーズは驚くほどモダンで、大判でたいてい形が三角かひし形だった。図柄はいきいきとした描写のラクダ、オオヤマネコ、熊、ヤク、競馬、狩猟、相撲などである。アイディアを出したのはハンガリーの切手収集家、ベラ・セクラだという説がある。この人物は、高価なエチオピアの切手を精巧に偽造したことのほうが知られている。[196]

　こうした切手にはローマ字で「Postage Tuva」（トゥバ郵便）のマークが入っている。ヨーロッパの切手なら定型化している表示だ。さらにほぼ確実にいえるのが、その大半がこの国をまったく通過せずに収集家に直販されているということである。全ての切手がモスクワでデザインされ、モスクワで印刷されて多くの場合モスクワの消印も押されていた。ステップの広がる風景に浮かぶ飛行船、列車と競争するラクダといったモチーフもある。もっともタンヌトゥバで飛行船が飛んだ、またはこの国で一メートルでも線路が敷かれたという証拠はどこにもないが。

1936年　ラクダ引きの図柄。オットー・メンヒェン＝ヘルフェンの1931年の本の掲載写真をもとにしている。

　地方色を強く感じさせる切手は、たいていオットー・メンヒェン＝ヘルフェンの写真と左右が逆になっているだけなのが判明している。ラクダ引きの切手は、もともと彼の本にあった写真を使っている。タンヌトゥバでは切手があまり必要とされていなかったが、わたしの手元にあるものは実際にこの国にあったのではないかと思われる。ただ消印があるだけでなく、切手帳に直行したにしては、擦り切れてぼろぼろになっているからだ。

今日、タンヌトゥバはロシア連邦を構成する共和国となっている。人口は三〇万人強で、その三分の二がトゥバ民族だとされている。その多くがいまだに遊牧生活を送っているが、ロシア人は鉱山業と従来型農業に従事している。

ノルウェーのヨニー・ハグランドは二〇〇〇年代の初めにこの地域を旅してまわって、スターリン時代に建設された小さな村には、以来スコップもハンマーもないと主張している。建物と道路、電力

バター茶
（5人分）

◆材料

茶葉　100g
水　1L
バター（ヤクのものが望ましい）200g
塩

《作り方》

水に茶葉を入れて12時間煮立て、表面に膜ができたらすくい取る。必要に応じて少なくなった分の水を足す。容器に煮出した紅茶を注ぎ、バターと塩少々をくわえたら蓋をして振る。どろどろした油ぐらいの濃さが飲みごろ。陶器のカップに入れて供する。

ツァンパ

◆材料

バター茶
ひきわり大麦

《作り方》

大麦をフライパンに入れて弱火で乾煎りする。ボウルにバター茶少々を注ぎ、乾煎りした大麦を入れてよくかき混ぜ、棒状にまとめる。ロールがしっとりして少し粘りが出るまで、お茶をくわえる。バター茶とともに食べる。

供給と下水道は、機能していないか悲惨な状態だった。だがそれでも村には人が住んでいて、バター茶を飲みシャーマンを存続させていた。シャーマンはもはや石綿布を撚った儀式用サンダルを履かなくなったし、火のついた石炭の上で踊ったりもしなくなったが、それでも魂の浄化はやめていなかった。ハグランドは前もって、暗くなったら外に出てはならないと警告されていたが、それを無視したとたんに太鼓とムチをもった数人のシャーマンが現れた。そしてすぐさま浄化が必要だといわれ、よく知られている「悪をもって悪を追い払う」原則に従って、さんざん打ちすえられた。[197]

文献

オットー・メンヒェン＝ヘルフェン（一九三一年）『トゥバ紀行』（田中克彦訳、岩波書店、一九九六年）

ラルフ・レイトン（一九九一年）『ファインマンさん最後の冒険』（大貫昌子訳、岩波書店、二〇〇四年、喉歌のCDつき）

千もの役所をまわって、証明書、判子、サイン、保証書を手に入れ、質問書《アンケート》の百もの項目（「一九一七年にあなたは何をしていましたか、またその理由は？」など）に答えを書きこみ、やっとトゥバへ出国するためのロシアのヴィザを受け取った

オットー・メンヒェン＝ヘルフェン

タンジール国際管理地区

近代のソドム

存続年　一九二三－一九五六年
国名・政権名　タンジール国際管理地区
人口　一五〇、〇〇〇人
面積　三七三平方キロメートル

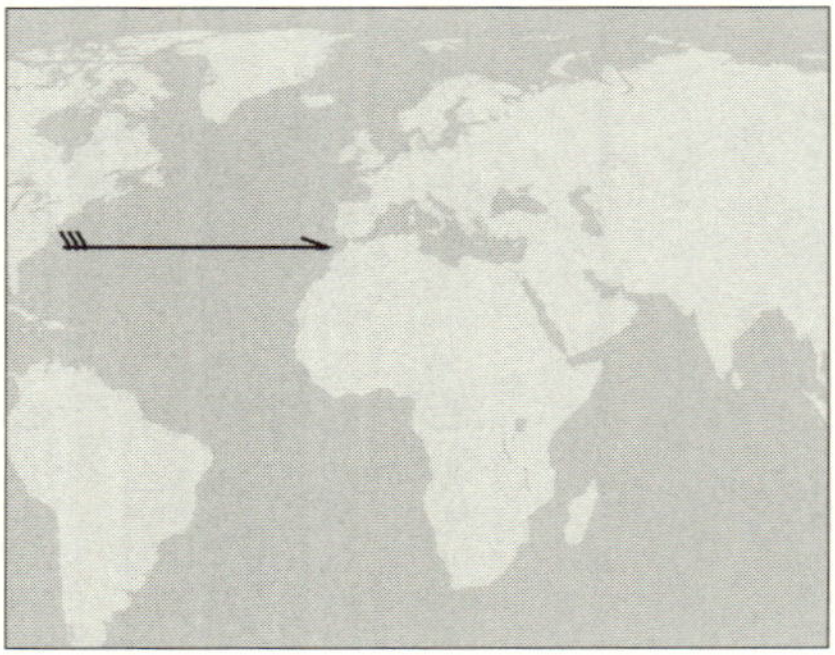

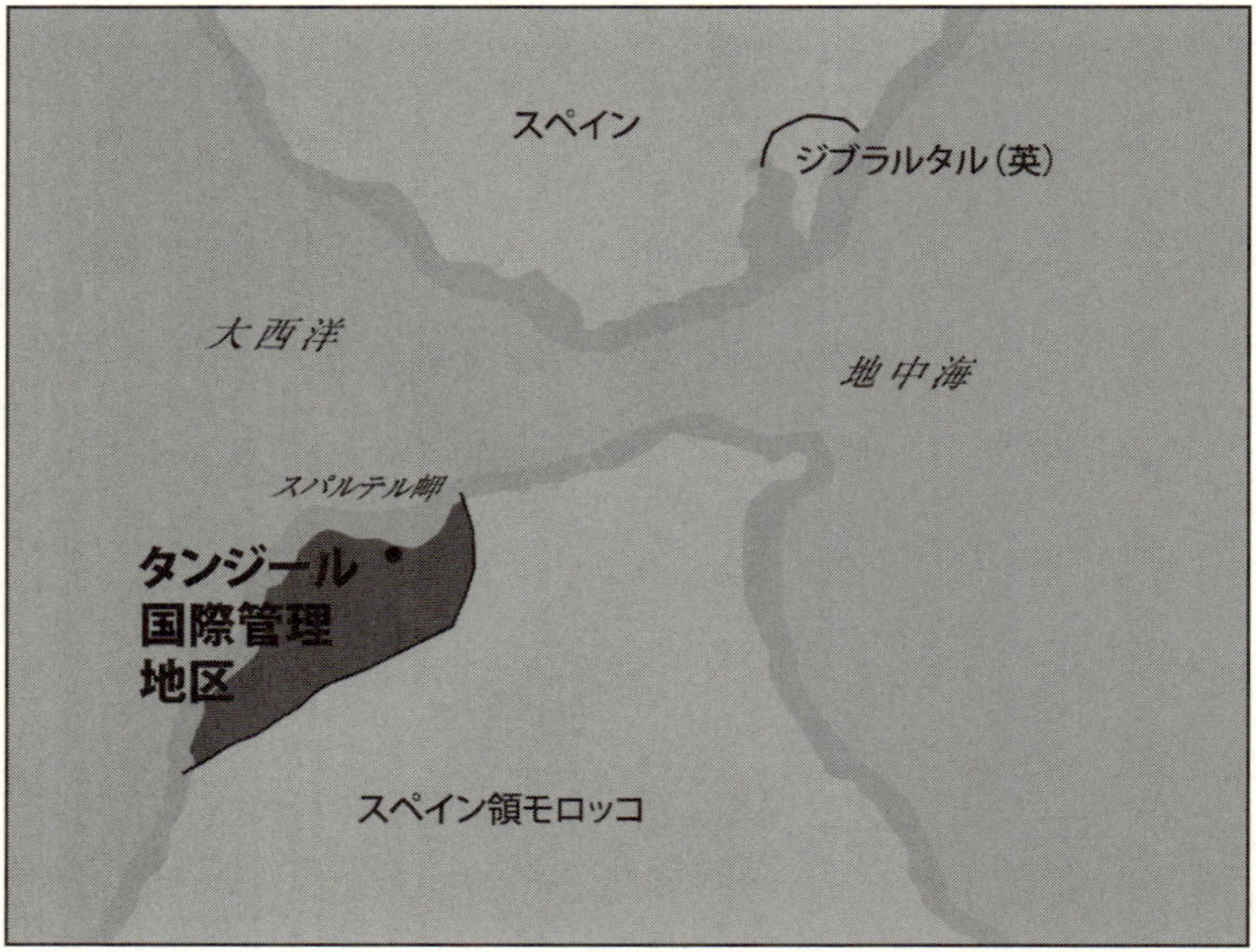

黄色い石造りの外壁を輝かせながらそびえるスパルテル岬の灯台。足元の崖の三〇〇メートル下には荒れ狂う大西洋がある。緑青に覆われたランタンを収容している塔は四角形で、ムーア人の要塞の様式で建てられており、銃眼まで設けられている。灯台が完成したのは一八六四年だった。アメリカ、イギリス、フランス、スペインなどのヨーロッパの船舶輸送の主要国が、灯台の無期限の運営と維持管理を行なう互恵協定を結んで、国際協力が実現したのだった。

はるか北のほうには、地中海の入り口はもちろん、スペイン本土とジブラルタルが望める。そしてもし振り返ってはるか遠くを見やるなら、二〇〇〇年前にはどこまでも密林に覆われて、象の大群が歩きまわっていた風景がある。一九〇〇年代の初めになるとこの地域は荒涼としていて、砂漠が形成される兆しがあった。西のほうにはタンジールがあり、港を取り囲む白い家が、まるで靴箱のように積み重なっている。遠くからは、そこで何が起こっているのかを理解するのは難しいが、周辺部の農民や地元民は、その当時タンジール国際管理地区と呼ばれていたものを、新手のソドム、つまりおどろおどろしい罪がうごめく場所か何かのようにみなしていたのにちがいない。それはまさしくアラーの怒りの表れだった。

この岬の一画をほしがる者は多かった。すでにジブラルタルを手に入れていたイギリスも例外ではない。ドイツ皇帝のヴィルヘルム二世がタンジールのシャリフ（太守）と親交を深めはじめると、こうした国々は地中海への自由な出入りが脅かされるのではないかと恐れるようになった。

イギリスは第一次世界大戦の勝利で気が楽になったが、それでも率先してタンジール国際管理地区の創設に努めた。

一九二三年、モロッコのスルタンと以前から灯台にかんして責任を負っていた国々とのあいだで協定が結ばれて、正式に国際管理地区が発足した。この地区の範囲には、タンジール市と市に接する地域が含まれる。完全な非武装地帯で、さまざまな調印国の外交官が運営にあたり、地元代表者の小グループも協力した。そして何につけても国家介入の可能性を最小限にすることが原則とされた。あらゆる形の経済規制が排除された。徴税や関税の類いも同様である。そのため健康と貧困に関連する社会保障網の基盤は、いかなる種類であれ撤廃された。かろうじて残った法制度は、国際判事四人の管轄となり、よほどの重大事例でなければ審理の対象にならなかった。

この管理地区は独自の郵便事業も行なっていなかったが、イギリスとスペイン、フランスの郵便制度が同時に存在していた。そのためどれを使用するかの判断は、住民に委ねられた。スペインの切手がいちばん安く、イギリスの切手はいちばん高かったがその分信頼性もあったという。またフランスの切手は文句なしに芸術性に優れていた。[198] イギリスが本国の切手に「Tangier」（タンジール）の文字を加刷して、君主のしかつめらしい肖像を用いる伝統を踏襲したのに対して、フランスの切手はフランス領モロッコの植民地の風物を踏まえていた。わたしのもっている切手はフランスの画家、リュック＝オリヴィエ・メルソンのデザインで、右側に座っているベルベル人の女が、消印のために一部見えなくなっている。この女は切手の購入者をじろりと見ているような気がする。たくましい二の腕をして鎖かたびらのようなものを身にまとい、収穫期の準備は万全なようだ。スペインもすぐにこれにならって、タンジール限定の切手に地方色を取り入れるようになった。その中に無名のムーア人の肖像がある。この男は眼差しに恐怖がありありと表れて、怯えた表情をしている。デザイナー側の意図かどうかは知りえないが、この肖像が、少なくとも地元民のあいだの一般的な風潮を象徴していたのはまずまちがいない。というのもタンジール住民の三分の一以上が、何らかのいかがわしい商売に手を染めていたからだ。[199]なかでもよく行なわれていたのが、密輸、マネーロンダリング、国際的な武器取引だった。国際銀行と何千というトンネル会社がずらりと軒を連ねて、サービスの提供にそなえ、あらゆるキャッシュフローを処理していた。

経済の自由主義は、自由主義的傾向のある文化をともなった。アヘンとハシシを載せたラクダの隊商が、南部のリフ山脈から定期的に到着し、都市の中心部にはまたたく間に三〇を超える売春宿ができた。そうした場所は娼婦も男娼も置いたが、たいてい子どもにも売春させていた。

そのためタンジール国際管理地区に引き寄せられたのは、ただ経済的利益を追求するだけでなく、特殊な要求を満たそうとしている点だけが共通している、雑多な人間の寄せ集めだった。おまけに、祖国で殺人や破産、戦争犯罪、良心的兵役拒否、禁じられている政治活動などの罪を犯して、刑を逃れてきた者も多かった。こうしたことがすべて重なって「国と言語、文化が雑然と混じりあえた」のである。[200]またこのまとまりの中でもアメリカからの奇人や因習に反抗するビート族、ヒッピーの類いが数を増やしていた。そのひとり、作家のポール・ボウルズは、歴史の街メディナの北部で自分で小さな家を購入した。「靴箱が直立しているよう（な形）で、とても小さく居心地が悪かった」[201]。ボウルズは、足を踏み入れたときからタンジールを気に入っていた。

路地は、明るい色の風変わりな衣装を着た人々で賑わっていた……。メディナの裏通りは曲がりくねっていて、ときには家の下に掘られた短いトンネルを抜けることもあれば、長い階段を上ることもあり、ひとりで思索にふけりながら歩くのにちょうどよかった……。通りの突き当りには必ずといっていいくらい自然の風景があるので、知らず知らずのうちに間近に迫っているものに目が行き、船が集まっている港や山脈、遠くに海岸線が見える海の眺めを鑑賞することになる。[202]

作家仲間のトルーマン・カポーティ、テネシー・ウィリアムズ、アレン・ギンズバーグ、ウィリアム・バロウズもボウルズに合流して、仲間で金に飽かした社交生活に身を投じた。その資金を提供したのは、大手スーパーマーケット・チェーン、ウールワースの相続人のバーバラ・ハットンといった、うなるほど金をもっているパトロンである。そしてどんちゃん騒ぎをしていないときは、後に熱狂的ファンを集めることになる本を、必要なあらんかぎりの集中力を発揮して執筆しつづけた。アメリカ文学にとって、タンジールほど重要な都市はない。[203]

一九五六年一〇月二九日、その全てに突然幕が下りた。ほかのモロッコの地域は、その少し前に宗主国のスペインとフランスから独立を果たしていた。かなりリベラルなイスラム政権のもとでも、タンジール国際管理地区が存続できないのは目に見えていた。売春宿は一夜にして閉鎖されて、麻薬取引は全面禁止された。西洋の贅沢品で残った数少ないものに、地元生産のコカ・コーラがある。コカ・

コーラ社は、その後独立の喜びに湧く民衆にすかさずこのソフトドリングを千ケース寄付した。[204]

それからタンジールは工業化と近代化の段階に入った。都市の様相は完全に変わってしまった。その当時まだ、ここを離れられていなかったポール・ボウルズは、それでもいくばくかの慰めを見出している。

> 過去四半世紀でこれほどまでに視覚的に激変した場所は、世界にふたつとないにちがいない……。古いものが何もかも片端から破壊されているのに（しかも新築のヨーロッパ風の建物はほぼ例外なく目障りで、モロッコ風に建てられたものはそれ以上にひどい）、どうしてタンジールは見るに耐えない有様になっていないのだろう？[205]

左：1936年　イギリス逓信省発行。同年のエドワード8世の切手に加刷したもの。

右：1948年　スペイン郵便局発行。ムーア人の肖像がモチーフ。

1918年　フランス郵政通信省の発行。1902年のフランス領モロッコの切手に加刷したもの。

文献
ポール・ボウルズ（一九五八年）
『タンジールの世界 *The Worlds of Tangier*』
グラハム・ステュアート（一九三一年）
『国際都市タンジール *The International City of Tangier*』

映画
『タンジールの踊子』（一九四六年）
監督 ジョージ・ワグナー

通りの突き当りには必ずといっていいくらい自然の風景があるので、知らず知らずのうちに間近に迫っているものに目が行き、船が集まっている港や山脈、遠くに海岸線が見える海の眺めを鑑賞することになる

ポール・ボウルズ

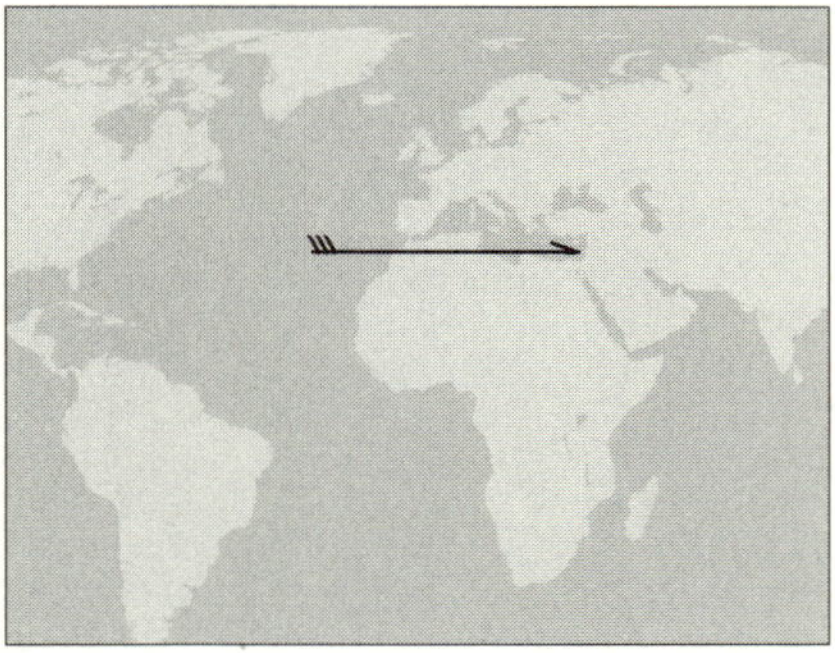

ハタイ

虐殺と仕組まれた国民投票

存続年　一九三八－一九三九年
国名・政権名　ハタイ
人口　二三四、三七九人
面積　四、七〇〇平方キロメートル

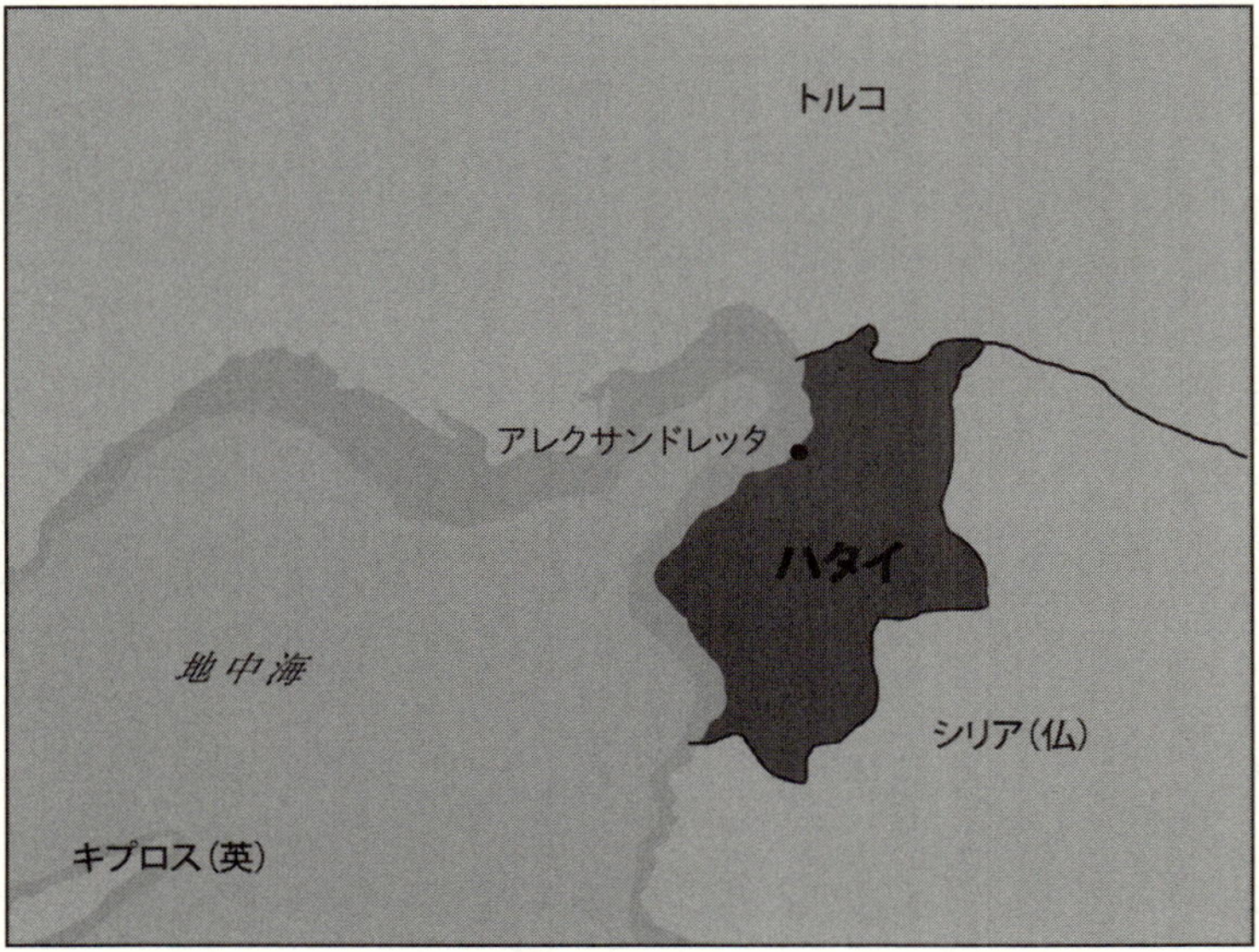

一九一五年九月一五日、オスマン帝国内務大臣のタラート・パシャは、帝国内に住む全アルメニア人に対し強制移住命令を出した。

この命令に反抗する者は、政権の味方とはみなされない。破壊の手段がいかに残忍に思えようと、女子どもであっても病人であっても、感情や良心を顧みずにアルメニア人の存在を断たなければならない。[206]

オスマン帝国では数百年にもわたって多様な民族が繁栄していたが、トルコ人のあいだでは強い民族主義的な運動が起こっていた。この運動は民族の浄化を求めた。[207]当初、それはただアルメニア人の排除程度だった。アルメニア人はカフカス地方の民族で、次第に数を増やしつつあった。一九一六年が終わる前には、五〇万人から一〇〇万人が虐殺の犠牲になった。後にこの出来事はアルメニア人虐殺として知られるようになる。

迫害は南部のハタイ地方にまでおよんでいた。ここはアラビア半島の玄関口で、アレクサンドロス大王やリチャード獅子心王などの軍師が、軍勢を引き連れて通過した場所である。しかも毎回兵士は略奪してから去るのだ。このオロンテス川流域の広大で肥沃な河岸には、奪う価値のあるものが豊富にあった。と同時に、住民の民族構成はますます多様になっていった。トルコ人の大きなグループがあったところに、シリア人、ギリシャ人、チェルケス人、ユダヤ人、クルド人、アルメニア人が入り交じったのである。

フランスとイギリスは第一次世界大戦でオスマン帝国をうち負かしたあと、両国のあいだで中東の中央部を分割した。分割の基準は、油田の分布とその輸送路にあった。フランスがハタイ地方を含めた北の区域を取り、ここにある港の名称からアレクサンドレッタと名づけた。オスマン帝国の残骸から再生したトルコ共和国は、この決定にすかさず異議を申し立てた。トルコ共和国の指導者も、民族主義的傾向にかんしては先人と何ら変わりがなく、一九三〇年代の初めには、ハタイ地方は四〇世代のトルコ人にとっての故郷であり、今こそトルコの支配下に戻るべきだと主張した。

事態を沈静化するために、フランス、イギリスを中心とする国際連盟は、この地域で中立的な独立国家を樹立すべく、土台となる憲法を作成した。

ハタイ共和国（トルコ語でハタイ・デヴレティ）の独立は、一九三八年七月四日に宣言された。国際連盟は確実に民主的な選挙が行なわれるように、代表団を送って二一歳以上の全男性を投票者名簿に登録した。その当時警察官だったヨーナス・リーは、ノルウェーの代表者となった。リーはまた才能ある推理小説作家で、マックス・マウザーのペンネームで名をなしており、アフリカのジャングルを舞台にした小説『フェティシズム *Fetish*』を出版したばかりだった。代表団はベルリンからオリエント急行に乗ったので、ヨーナス・リーはこの時間を利用してT・E・ロレンスの『知恵の七柱』に没頭した。これから向かう地域もこの本に登場していたのだ。[208] 現地に着くと、アマヌス山脈で有権者を登録する仕事が待っていた。

うだるような暑さの中で、乾ききった風景が続く。何か月も雲ひとつなかった空から太陽が焼けるように照りつける。その白熱の破滅的な熱さで、生きとし生けるものが焼き焦がされている……。目の前に茫漠たる平原があり、それを山脈が取り囲んでいる。オロンテス川の黄色く濁ったリボンが、この平原をゆるやかに蛇行しながら渡り、地中海へと向かっている。[209]

アマヌス山脈にはアルメニア人の村がある。第一次世界大戦中にオスマン帝国が蛮行をくわえているあいだ、ここの住民はモーセ山の頂上まで逃げて四〇日間塹壕の中で身を隠し、ようやくフランス海軍に救出された。[210] いまやその多くが戻って来ていた。

ヨーナス・リーがビタス村で、アルメリア人の村長カルスティアンと会う下りがあるが、その人物描写の行間には、推理作家の片鱗をうかがわせるものがある。

彼は壮年期の愛想がよい人物で、肩幅が広く身長があり、日焼けして迫力のある風貌をしていた。深く刻まれたシワは、情熱と苦悩、不安の痕跡をとどめている。その声は低くもの静かだったが、激しさを秘めていた。[211]

リーは当然のごとく、時間をかけて村長の本棚を確かめている。すると驚いたことに「ヒトラーの『わが闘争』もムッソリーニの戦争日誌も欠けることなく、このアルメニア人村長の蔵書にあった[212]」。

選挙では、トルコ人が議会の過半数を勝ち取った。するとただちにトルコの法律、トルコの貨幣、主要言語としてのトルコ語が導入された。トルコ本国ではケマル・アタチュルク大統領がすでに国旗の下絵を描き終えて、できたばかりの共和国に自分をモチーフにした切手シリーズを作るよう命じていた。トルコは世俗国家なので、切手のアタチュルクは洗練された洋服で登場しており、質素なワイシャツのカラーの上に白い蝶ネクタイを結んでいる。一見すると、このアタチュルクは意外にも温厚そうだ。民主主義に肯定的な雰囲気がにじみ出ている。だが同時に、そうした全てにどこかガラス質の冷淡なものを感じさせるのだ。

選挙結果にアルメニア人は震撼した。大勢のアラブ人、ギリシャ人、ユダヤ人、クルド人とともに、アルメニア人の多くも国境の向こう側の南と東に逃げた。大規模なトルコ軍が法と秩序を守るために派遣されると、こうした出国に拍車がかかった。

結局のところ選挙は、選挙人名簿の偽造や、イスラム教の一派、アラウィー派の買収、アラブ人とアルメニア人の組織的な排除によって決されていた。そのことを示す説得力のある証拠が出ている。[213] だがこうしたことは何ひとつ国際連盟代表団の注意を引かずに、トルコ人が勝利を収めた。その年の秋になって、トルコ

1939年　1931年度版のトルコの切手に加刷したもの。ケマル・アタチュルク大統領の肖像を使っている。

人はもう一度国民投票に勝利する。このときはハタイがトルコの恒久的な領土となるかどうかが問われた。フランスに異論はなかったが、この機会を利用してトルコに不可侵条約を結ばせて、ヨーロッパで次の戦争が勃発しても中立を保つことを確約させた。[214] 一九三九年六月二九日、ハタイ議会は正式に解散して、この地域はトルコに併合された。ここでハタイはすみやかに、独立した県として位置づけられた。

ノルウェーに戻ったヨーナス・リーは、結局のところ推理作家としてのキャリアを断念することになる。ノルウェーのファシズム政党、国民連合の党員となり、その後ナチスの傀儡であるクヴィスリング内閣で閣僚となったのだ。

ハタイ県ではトルコの文化と言語の地位を高めるために、厳しい規制がくわえられた。長いあいだ、私的な会話でさえトルコ語を使うことが強制された。時の流れとともにそれもやや緩和されているが、学校ではいまだに、トルコ語以外の言語は使用されていない。

文献

フランツ・ヴェルフェル（一九三四年）
『モーセ山の四十日』（福田幸夫、近代文芸社、一九九三年）
ヨーナス・リー（一九四〇年）
『平和と闘争の中で *I fred' og ufred* 』

うだるような暑さの中で、乾ききった風景が続く。何か月も雲ひとつなかった空から太陽が焼けるように照りつける。その白熱の破滅的な熱さで、生きとし生けるものが焼き焦がされている

ヨーナス・リー

チャネル諸島

切手でサボタージュ

存続年　一九四〇－一九四五年
国名・政権名　チャネル諸島
人口　六六、〇〇〇人
面積　一九四平方キロメートル

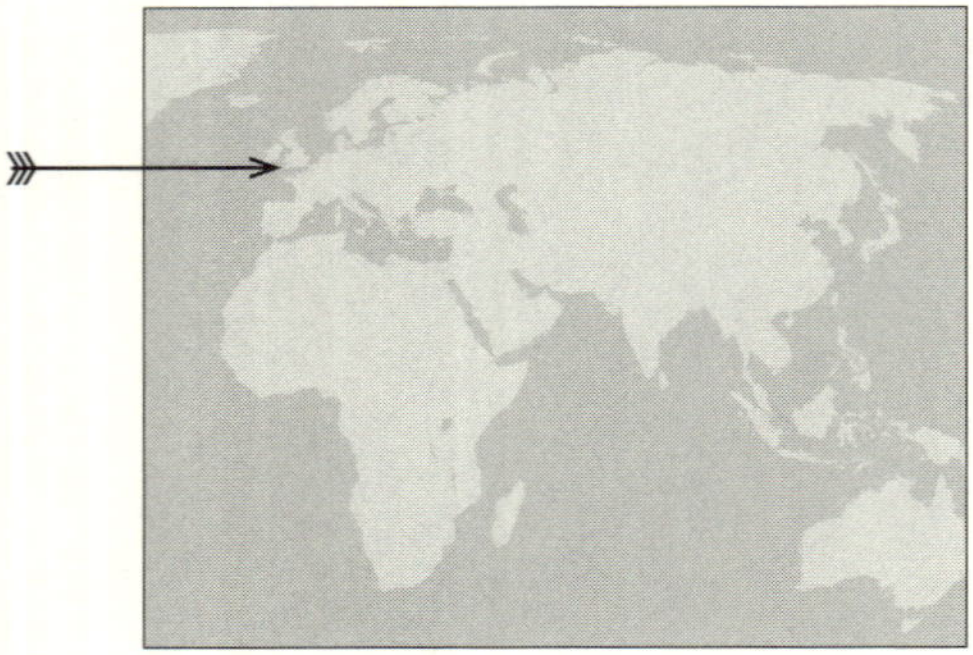

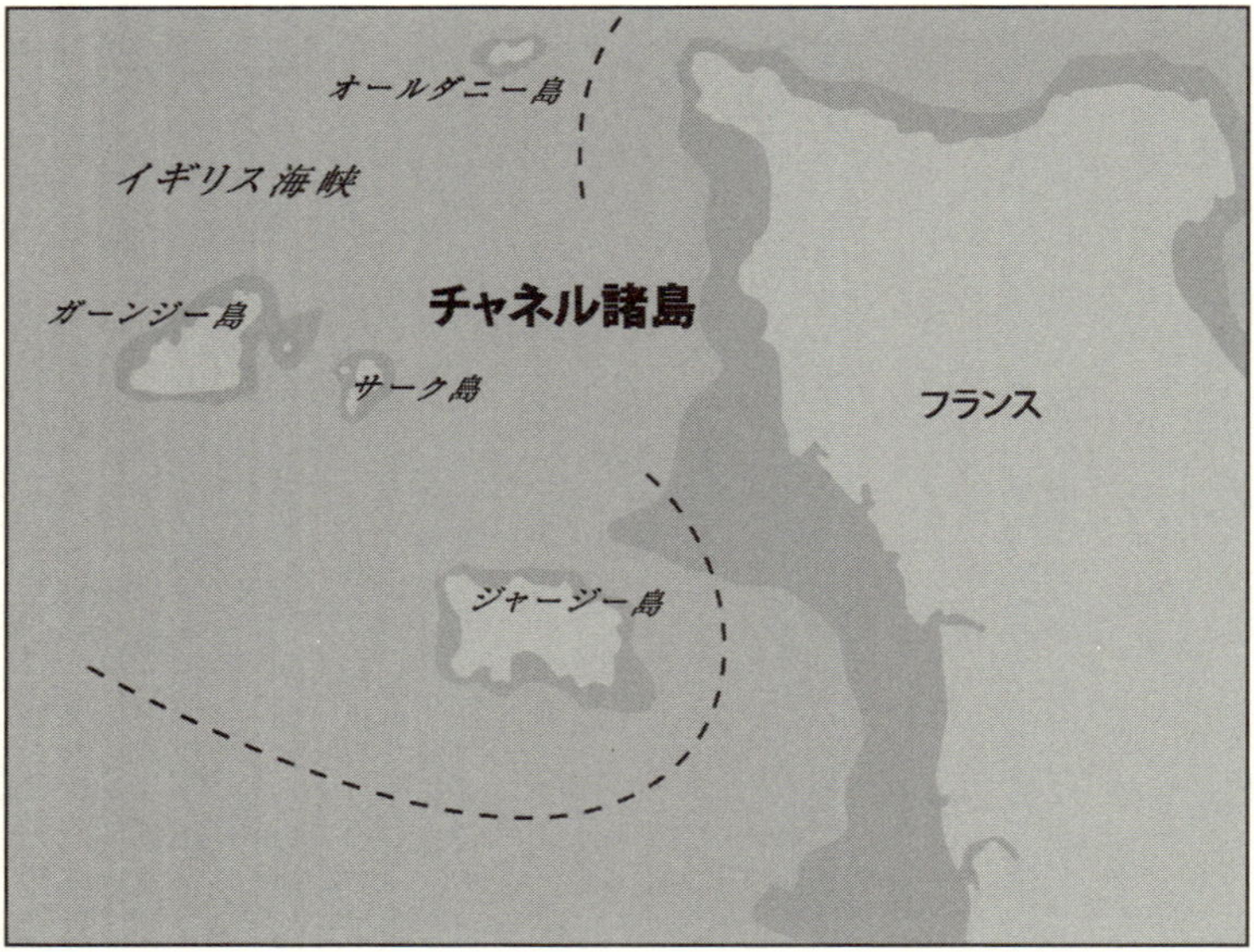

一九四〇年の夏、ドイツ軍のパラシュート隊員が薄い雲を突き抜けてゆっくり降下していく。彼らの目にチャネル諸島は、濃い緑の草を生やした小丘が、青い海に不規則に散らばっているように見えたはずだ。そしてさらに高度が下がると、ここの主要産業は農業にちがいなく、またそれに適していることもわかってくる。島々はどこもなだらかな斜面で、山や森林地帯をうかがわせるものがない。また浅い入り江の端には、白しっくい塗りの小さな村々があり、そのところどころに、波止場と防波堤をそなえた大きな港町が混じっている。

ジュリア・トレメインは、チャネル諸島の中央にあるサーク島に住んでいる。一九四〇年七月三日に、トレメインは日記の中で最近の出来事を短くまとめている。

> それはとてもよいことのようだし、どの規則も決められたとおりきちんと守れば、前とそう変わりはないだろうと、みんないっている。夜の一一時以降の外出は禁止、ホテルでの酒類の販売はビール以外は禁止、銃器は没収、国家は歌ってはならない……。最悪なのは、かぎ十字が必ずベルエア・ホテルの上空を飛ぶことだ。わたしがまだ生きているうちに、四〇年近く愛してきたこの美しい小島でそんなものを見ることになるとは、誰が思っただろう。[215]

チャネル諸島はヴァイキングとノルマンディーの君主によって略奪された数百年の歴史を経たあと、一二〇〇年代にイギリスの支配下に入った。それでもここはある程度の自治権を保持しており、二か所の公式な管区に分かれていた。各管区を管轄したのは、イギリスが選んだ行政長官である。南のジャージー管区には最大の島ジャージー島、北のガーンジー管区には、それに次ぐ大きさの島の名称がつけられた。

　第二次世界大戦の開戦時には、チャネル諸島には九万二〇〇〇人の住民がいた。イギリスはヨーロッパ大陸から撤退したあと、この諸島はいかなる意味でも戦略的役割を果たしていないと断言した。一九四〇年六月、大規模な疎開が実施されて、人口の約二五パーセントが船でイギリスに送りだされた。島を離れたのは、子どものほぼ全員にくわえて、若者や徴兵年齢の男だった。

　ドイツもチャネル諸島を、戦略的に大きな手柄とみなしてはいなかった。ヒトラーにとっては主に、少ないながらもイギリス領土から最初にもぎ取った区画として喧伝するメリットしかなかった。そのため万事が平和裏に進行した。一発の銃弾も撃たれなかった。しかもドイツはどうしても必要な変更しかくわえなかった。酒類の販売の制限にくわえて、時間帯がグリニッジ標準時から中央ヨーロッパ時に変更され、車両の左側通行が右側通行に変えられた。またドイツ軍は掩蔽壕とトンネルの建設にも着手した。いわゆる「大西洋の壁」の一部を形成するためである。この何百もの海岸要塞が連なる防衛線は、南のスペイン国境と北のフィンマルク［ノルウェー北端の州］をつなぐ予定だった。土木作業は、東ヨーロッパと北アフリカの捕虜によって行なわれた。こうした捕虜は数か所の大規模なキャンプに収容された。ドイツ人は安心していた。若者の大半は島を出ており、地形は監視下に置きやすくレジスタンスの戦術には向いていない。悩みの種といえばただ、闇にまぎれて壁や街灯柱にペンキで書かれるVサイン、連合軍の勝利の印だった。ドイツ軍はこれに対応するために、あらゆる公共の建物にポスターを貼って情報提供を呼びかけた。

人目に触れる場所にVの字、もしくはドイツ当局を挑発する目的で文字や印を描いた者について、情報を提供した者には謝礼を与える。[216]

ほかの場所の支配者と同様、ドイツも切手を発行しはじめた。ドイツ本国の切手は故ヒンデンブルク大統領や「母なるゲルマーニア」をモチーフにしているので、住民を無駄に刺激しないためにも、たとえそれがヒトラー自身の肖像であっても、流用するという安易な解決策は退けられた。その代わりに頼ったのが島のデザイナーだった。

ガーンジー島では、エドワード・ウィリアム・ヴォーダンがその仕事を請け負った。ヴォーダンはおそらく愛国者だったのだろう。というのもこの状況を利用して、ひとりだけのささやかな抵抗運動を始めたのが見てとれるからである。切手を拡大すると、それぞれの角に顕微鏡でしか見えないような「V」がかろうじて判別できる。それでもこの文字は小さすぎたので、ドイツ人はわからなかったのか、あえて見過ごしたのだろう。しかもデザインも紙の質も、目打ちも低劣だったので、デザイナー以外にこのサボタージュに気づいた人間がいたかどうかも疑わしい。

だが何より挑戦的だったのは、中央のライオン三頭のモチーフだ。ドイツ人はこれを島の行政長官一族の紋章を表しているのだと思って、気にも留めなかった。ところが実は、イギリス国王ジョージ六世の紋章をそっくりそのまま写したもので、リチャード獅子心王の時代から代々受け継がれていたのだ。

ジャージー島ではデザイナーのエドマンド・ブランピエドが、野戦指揮官のクナックフースから、島の風景をモチーフにする切手シリーズの製作を依頼されて仕事にかかった。ブランピエドはそれ以上にわかりにくい暗号を残している。ある三ペンス切手の海藻を集める人々のモチーフは、価格の上に逆さのVの字を配置しており、さらにその左右の飾り書きが「GR」にも見える。これは「George Rex」の略で、国王ジョージに捧げるという意味がこめられている。

話をサーク島に戻すと、ジュリア・トレメインが引き続き島の印象を書き留めている。そのころ島ではドイツ軍の大部隊が多くの民間人の家に宿泊していた。「ドイツ人は贅沢を楽しんでいるようだ。サーク産の良質のたっぷりのバター、農家で殺した家畜の肉、自家製パン、何ガロンもの牛乳、そして在庫が豊富なお店[217]」。

島の貴族で爵位の頂点にいるデーム・オブ・サークは、長年島を小さな中世社会のように治めていた［デームはナイトに相当する女性の称号］。酔っぱらいを嫌っていたので、とうの昔に深酒をする人間への酒の販売を禁じていた。同時に、島をほかにない特徴をそなえた観光地にしようと尽力しており、騒々しい自動車の使用も禁じていた。移動しようと思ったら徒歩か、必要なら馬と荷車を使うしかない。ドイツ人はそうした命令を大方受け入れた。謁見するときに、お辞儀のあと手にキスをし、ふたたびお辞儀をすることにまで同意した。またデーム・オブ・サークは、ドイツ軍将校の中に数人、貴族の家系の者がいるのを知ってことのほか喜んだ。この時期ほど島の洗練度が高くなったことはない。

1941年　ガーンジー島でデザインされた地元発行の切手。英国王ジョージ6世の紋章が使用されている。

1943年　ジャージー島でデザインされた地元発行の切手。海藻を集める人々をモチーフにしている。

一九四四年六月六日のDデイに、連合軍はチャネル諸島を通り過ぎてヨーロッパ本土の海岸を目指した。そしてさらにフランスの内陸部に進軍すると、この群島は孤立状態に近くなった。大陸からの食糧などの物資の補給線は分断された。厳しい配給にもかかわらず、島民もドイツの占領軍も飢餓と欠乏の数か月を耐え忍んだ。

チャネル諸島はヨーロッパが終戦を迎える前に解放された。サーク島の場合はようやく一九四五年五月一〇日になってからだった。夏の終わりから秋にかけて疎開していた者が戻って来ると、多くが変わっていることが明らかになった。財産の所有は滅茶苦茶になり、子どもは方言を忘れていた。

混乱は少しずつ収まっていった。ドイツ軍の要塞の廃墟を残したまま観光産業が新たなピークを迎えるそばで、この群島はバミューダにならって、タックスヘイブンの地となる選択をした。またサーク島では、数台のトラクターが特別な免除を受けて、自動車交通の禁を解かれている。

最悪なのは、かぎ十字が必ずベルエア・ホテルの上空を飛ぶことだ。わたしがまだ生きているうちに、四〇年近く愛してきたこの美しい小島でそんなものを見ることになるとは、誰が思っただろう

ジュリア・トレメイン

文献

サイモン・ハモン（二〇一五年）『チャネル諸島侵攻——目撃証言、新聞記事、国会討論、回想録、日記から綴る一九四〇年、イギリスの群島へのドイツ攻勢 *Channel Islands Invaded: The German Attack on the British Islands in 1940 Told Through Eye-Witness Accounts, Newspaper Reports, Parliamentary Debates, Memoirs and Diaries*』

サウスシェトランド諸島

ペンギンの厳しい試練

存続年　一九四四年
国名・政権名　サウスシェトランド諸島
人口　〇人
面積　三、六八七平方キロメートル

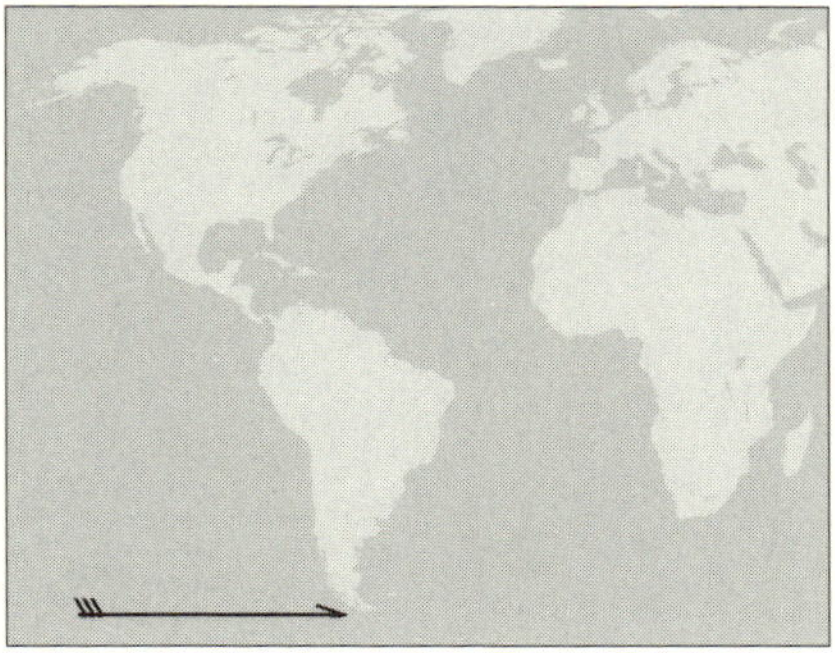

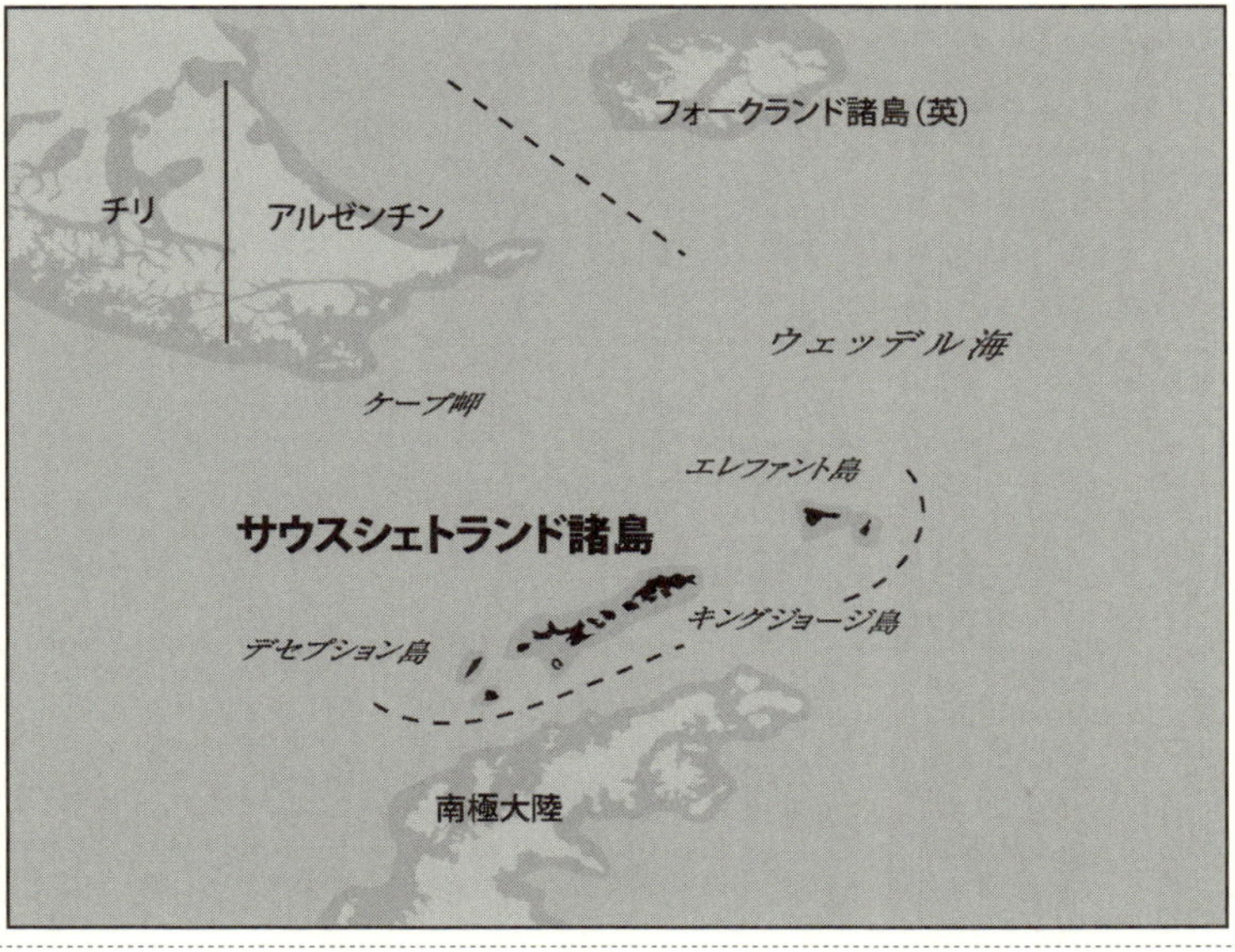

まず思い浮かぶのは典型的なディズニーのアニメの中で、クリスマス・プレゼントを作る工場でずらりと並んだおもちゃが、仕事熱心な小人に色を塗られていく場面だ。だがサウスシェトランド諸島で並んでいるのは、おもちゃではなく本物のペンギンだ。いつものようにスーツ姿で、好奇心に駆られてお喋りをしながら気をつけをしている。あいにくペンギンは色を塗られるためではなく、デセプション島の巨大な肝油の製油所で燃料にされるために並んで待っている。ペンギンは翼を持ちあげられて次々と放り投げられる。この脂肪の塊は焚き火をよく燃やすのだ。

本書で取り上げた地域の中で、サウスシェトランド諸島ほど血が流された場所はない。仮にこのぞっとする計算に動物を入れたらの話だが。一九六〇年代まで、ペンギンにくわえておびただしい数のアザラシや鯨が捕獲されて解体処理され、肝油やマーガリン、農耕飼料の原材料に使われた。たった一頭のシロナガスクジラの血は一万リットルにおよぶ。ちなみにあまり愉快な比較ではないが、この量はヒト二〇〇〇人分に相当する。もしくは別の言い方をすれば、第二次世界大戦中にノルウェー軍が失った者の血の量を合わせると、鯨一頭分になるのだ。

一九一四年から翌年にかけてのワンシーズンでさえ、一八〇〇〇頭ものシロナガスクジラがサウスシェトランド諸島に陸揚げされている。[218]

一九三〇年に近づくと、ナガスクジラ、ザトウクジラ、マッコウクジラなどといった種類も捕獲されるようになって、この数字は倍になる。

サウスシェトランド諸島は南極大陸から一〇〇〇キロほどの沖合にあり、地形的に北のアンデス山脈の延長部分にある。この群島は十数個の比較的大きな島と多くの小さめの島から成り、その面積を合わせるとイギリスのコーンウォール州より大きめになる［日本で比較すると奈良県と同じくらいの面積］。陸地のほとんどが永久氷河に覆われて、一年の半分の冬のあいだ周囲の海は凍ったままだが、それでもここは陸地にも海にも豊富な生物がいる。夏のあいだは何百種類もの地衣類が山肌をオレンジや黄色、赤さび色に染め、無数の崖がカモメやミズナギドリ、ウミツバメで満ちあふれる。

一八二〇年代にイギリスのわな猟師をこの群島に最初に引き寄せたのは、大きな個体群のオットセイだった。それに鯨捕りが続いた。また一九〇五年にスウェーデンとの連合王国を解消したノルウェーの政府が、その直後にこの地域の法的状況を明らかにしようとしたきっかけになったのも、捕鯨の利権だった。それまで南極大陸は、領有者のいない地域、「無主地《テラ・ヌリウス》」として扱われていた。ノルウェーは真っ先に、頼りにしているイギリスに相談に行った。するとイギリスは、考えをまとめるためとおそらくはいつもの習慣で少し間を置いたあとに、サウスシェトランド諸島はイギリス領と考えるべきであるとの声明を発表した。だがイギリスはさらに通告するまで、この主張の国際的認知についてとくに気にする風ではなかった。またノルウェーの捕鯨船は以前と変わらぬ操業を許されていた。

アクセル・F・マティーセンという人物が捕鯨の現場の朝について書いている。マティーセンはブリッジに立って、鯨の群れが潮を噴いている様子を見ている。「息が凍っている！　ここの白い自然となんと素晴らしい調和をしているのだろう！」[219]

その日捕獲した鯨の死骸を船腹に縛りつけると、捕鯨船は群島の南部にあるデセプション島に向かって帆走する。大きな島ではないが、このあたりで随一の良港があるのだ。もともと火山だったため水が満たされたカルデラがあり、ここがどんな船も通過できるほど広い水路で海とつながっている。そうして入ったところにある湾は、三〇〇〇ヘクタール以上の広さがあり、波風から守られて港の理想的な条件を満たしていた。斜面が黒灰色の山は、空に向かって標高五〇〇メートル近くまで突きだしている。煙と蒸気があちこちで噴出して、かすかに硫黄のにおいが漂っていた。

一九一三年に、デセプション島にノルウェー初のヘクトル捕鯨基地が建設されたころには、海岸にはすでに白い鯨の骨が散らばっていた。頭骨、椎骨、肋骨といったものが、海と海鳥によって表面を削られて日光の中で輝いている。建物は湾の南側にある平らな砂原の上に建てられた。ペンギンが大きな群れを作っている場所から、そう遠くないところだ。基地の建物は、捕鯨船員用のバラック、食堂、豚小屋、作業所と工場の建物から成っていた。さらにそれを見下ろす丘の上には小さな赤い家が立っており、そこでユニオン・ジャックが翻っている。この家ではイギリスの監督官が、一一月から二月末までの捕鯨シーズンのあいだ職務を果たしていた。

作業員は大体二〇〇〇人以上いた。鯨の死骸は、浜のそばに設けられた解剖甲板で大まかに切り分けられる。その後肉が削ぎ落とされ脂肪層が煮詰められて鯨油になる。作業員は血の混じった水の中を苦労しながら歩き、脂肪で足を滑らせた。鼻をつく強烈な悪臭がした。

本国のノルウェーでは、船主が座ったまま銭勘定をしていた。またその金額は増える一方だった。だがそれも一九三〇年前後の世界大恐慌までだった。このときを機に鯨油価格は次第に下落しはじめた。そして何もかもが唐突に停止した。一九三一年、ヘクトル捕鯨基地は閉鎖され放置された。

その数年後に、ノルウェー人飛行士のバーント・バルチェンがここに立ち寄っている。オーストラリア人のリチャード・E・バードが何度も行なっていた、南極大陸の飛行探検に参加するためだ。島には人気はなかったが建物の大半は損傷がなく、不気味な湾は合図ひとつでまた使用できそうだった。というのもどの設備も脂まみれになっていたからだ。その一方でバルチェンは、手術台と病人用ベッドの大半に排泄物がなすりつけられているのを発見した。[220] バルチェンはノルウェーの捕鯨に抗議をする者の仕業だろうと思った。だとしたらイギリス人かチリ人、アルゼンチン人にちがいない。こうした国の者がその当時ますます足しげくこの群島を訪れるようになっていたからだ。観測隊が石油や石炭、銅が埋蔵されている可能性を示すと、群島の領有権争いはいよいよ激しくなった。

一九四〇年、主権争いの中でチリが真っ先に動きを見せると、一九四二年にアルゼンチンがそれに続いた。この戦いは非常に文明的な形で開始された。チリが声明を発表すると、アルゼンチンがデセプション島に上陸して、全サウスシェトランド諸島にかんする公式な権利を主張する金属板を旗竿に貼りつける、といった具合である。こうしたものはイギリスに撤去されて送り返された。アルゼンチンはそれに抗議して、島にアルゼンチンの国旗を立てた。

そうこうするうちに第二次世界大戦が最高潮に達すると、イギリスはドイツに好意的なアルゼンチンが、この地域に枢軸国の海軍基地を建設させるのではないかと危惧するようになった。[221] 戦略的に見てケープ岬に近い位置にあるなら、南大西洋にも南太平洋にも迅速に攻撃に向かうことが可能になる

1944年　1938年のフォークランド諸島の切手に加刷した一枚。海洋調査船のウィリアム・スコースビー号が描かれている。

だろう。そのためイギリスは、一九四四年にいわゆる「タバリン」作戦を実施して、この群島の数か所に部隊を駐屯させた。そのうえで、領有権の主張を強調するために切手を発行した。加刷のために流用したのはフォークランド諸島の切手で、国王のジョージ六世の肖像のほかに、芸術的なモチーフから選択された図柄があった。わたしの手元にある一枚には、海洋調査船ウィリアム・スコースビー号が描かれている。この船はタバリン作戦でも重要な役割を果たした。

戦後イギリスはこの群島のパトロールを継続して、アルゼンチンとチリが残していったと思われる小屋や設備を端から撤去した。イギリスはまた、一八二〇年代にアザラシの狩猟者が来ていた事実を指摘して、歴史的観点から権利があることを根拠に主張を展開した。その流れを変えたのが、チリの研究者による矢じりの発見だった。南アメリカ本土に居住するインディオが、それ以前に島に渡っていた証拠ではないかと思われたが、この発見は捏造であるのが判明した。[222]

一九五九年一二月一日、南極で活動している一二か国が南極条約を締結した。この条約でサウスシェトランド諸島を含めた南極大陸を、あらゆる国が無期限に使用することが可能になった。ただし平和的な目的に限定される。アルゼンチンとチリ、イギリスは条約に調印したが、それでもサウスシェトランド諸島の領有権の主張をやめていない。

いつしかこの群島は、多くの国の観測基地として使用されはじめた。基地はほとんどキングジョージ島に置かれているが、一九六九年に大規模な火山の噴火があるまではデセプション島も基地になっていた。この島は今はもうほとんど人気がないが、観光船の定番の停泊場所になっている。このあたりの海域を通過する観光船は、ますます増えつつある。家屋の大半は焼け落ちるか溶岩の下になっている。だが巨大な肝油タンクはいまだになだらかに傾斜する海岸で屹立しており、錆びついた騎士の兜を思わせる。

文献

ピーター・J・ベック、クライヴ・H・スコーフィールド（一九九四年）『南極は誰のものか？　最後の大陸の支配と管理 *Who Owns Antarctica? Governing and Managing the Last Continent*』

息が凍っている！　ここの白い自然となんと素晴らしい調和をしているのだろう！

アクセル・F・マティーセン

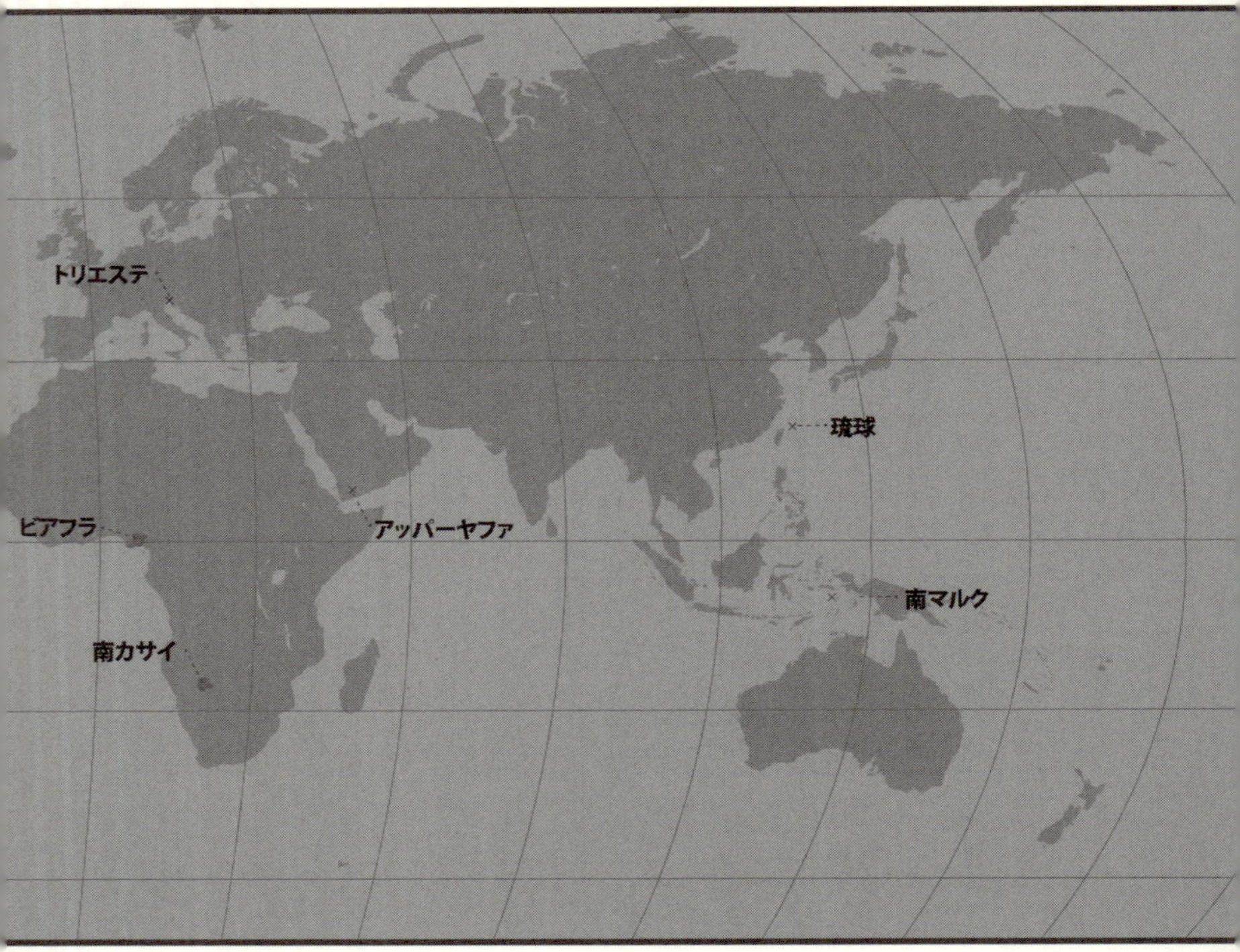
トリエステ
琉球
ビアフラ
アッパーヤファ
南マルク
南カサイ

1945-1975 年

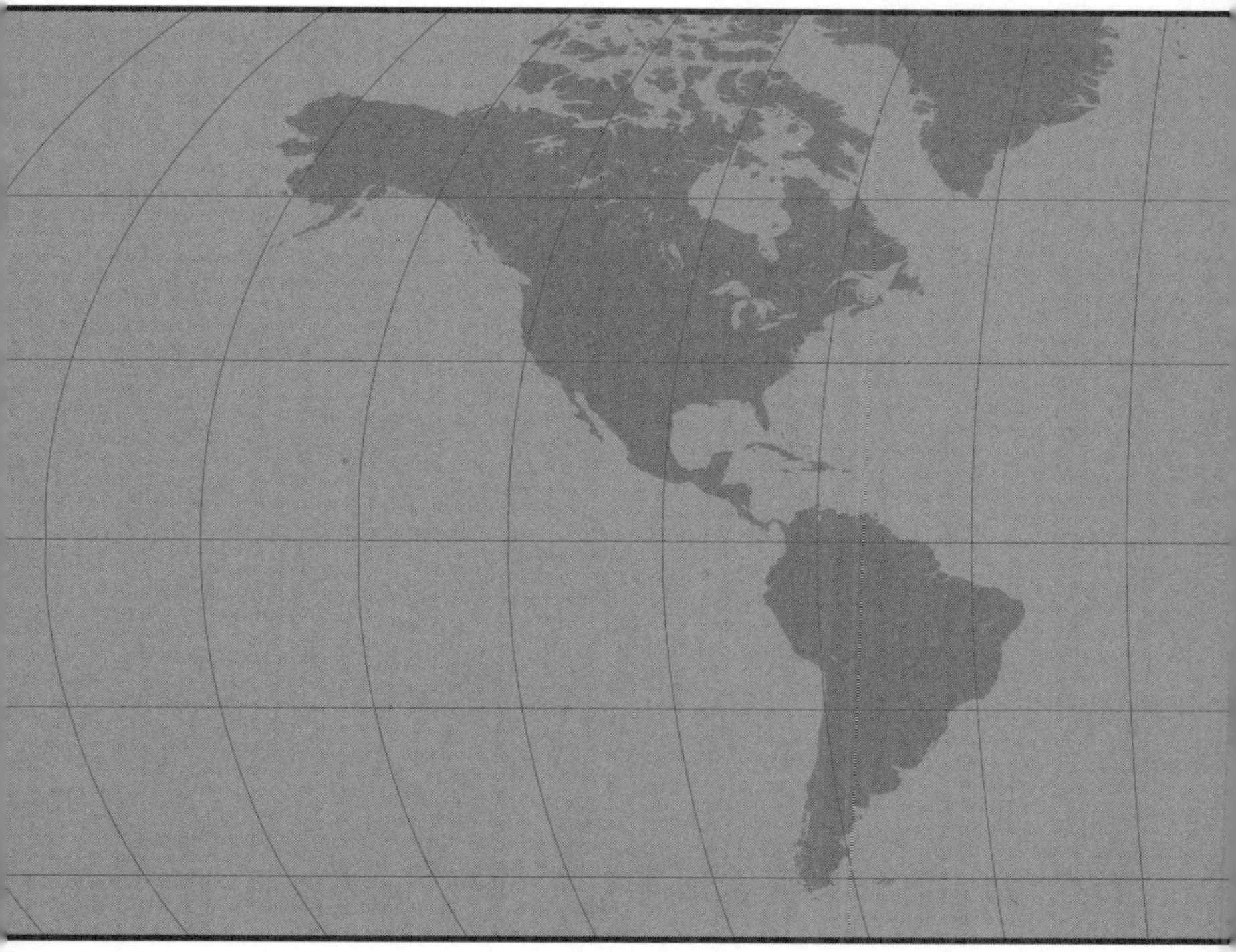

トリエステ

歴史の交差点

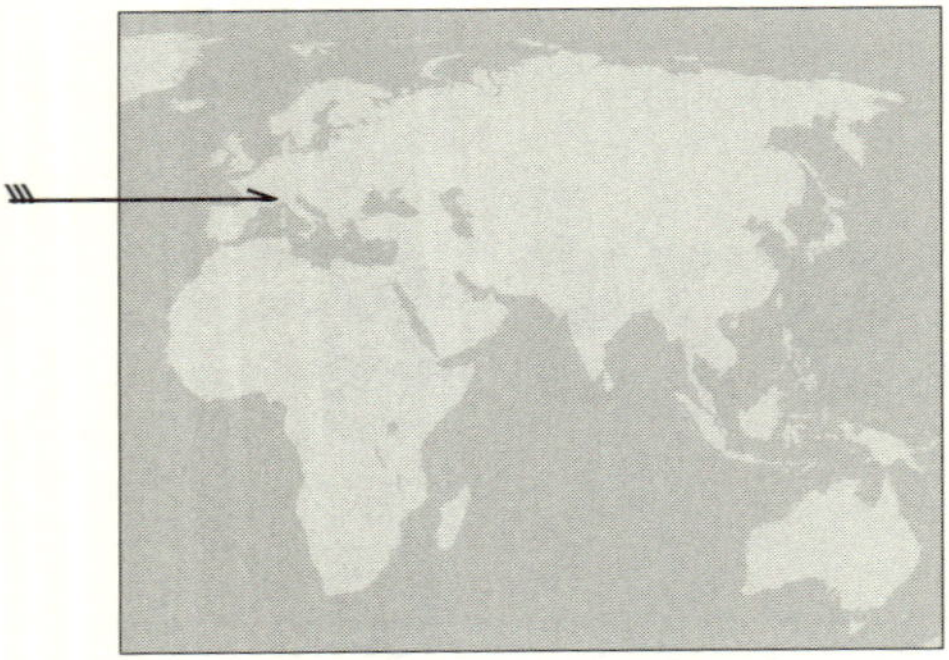

存続年　一九四七－一九五四年
国名・政権名　トリエステ
人口　三三〇、〇〇〇人
面積　七三八平方キロメートル

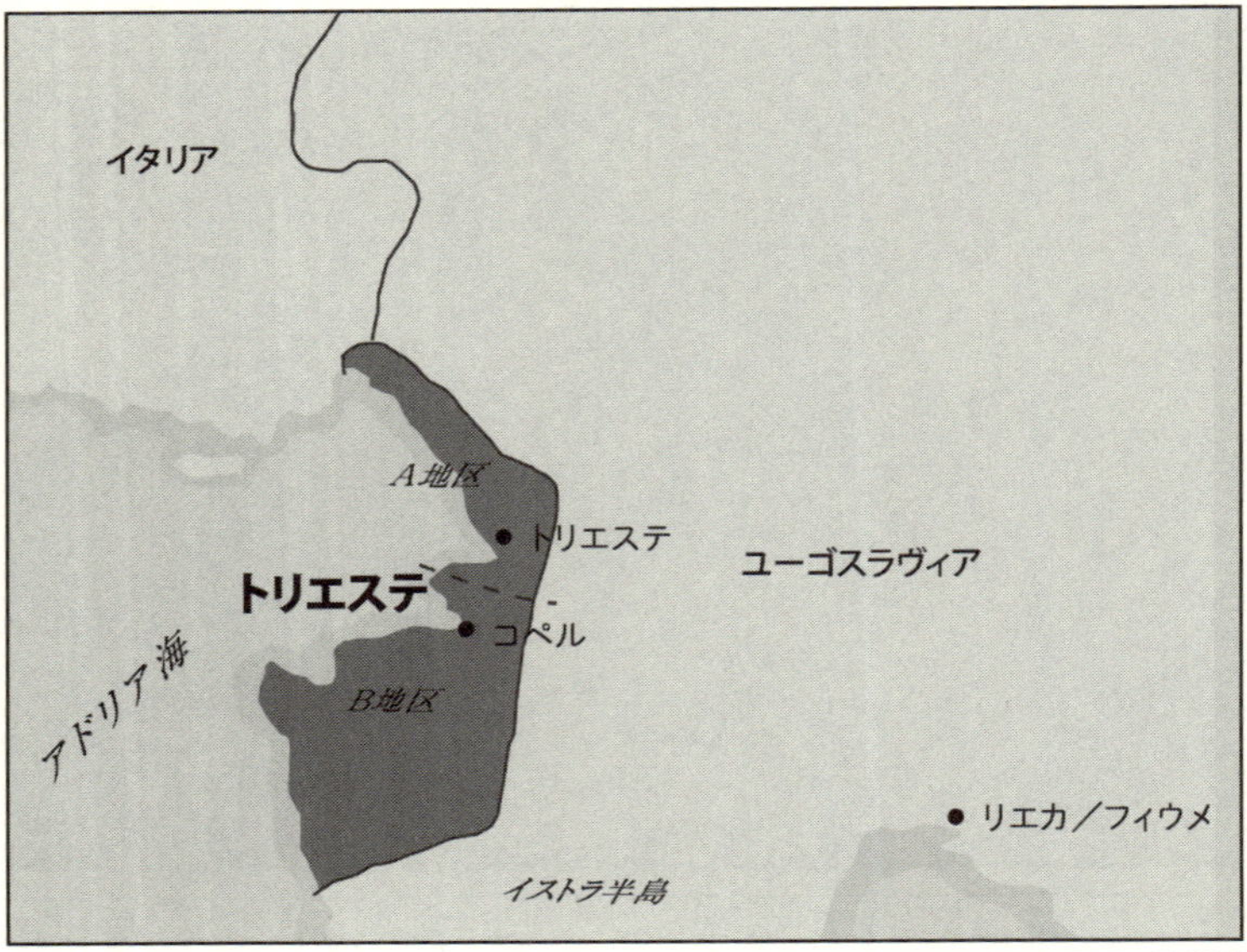

一九八二年のエロチックな映画『トリエステから来た女』[223]の主人公ニコルは、統合失調症を患っている。彼女は住んでいる都市にふさわしい人物像に描かれていた。というのもアドリア海の北端にあるトリエステは、さまざまな顔を見せると同時に深刻な内部矛盾をはらんでおり、そうした状態がつねに続いていたからだ。この地域は交差点で、それ以上でも以下でもない。どの時代も将軍や逃亡者が途絶えることなく行き来していた。ちょうどバルト海のダンツィヒ、地中海の中心部にあるハタイのように。こうした実例から見えてくることを根拠に、次のような結論が導かれるだろう。静かな生活を望むなら、半島もしくは内陸部に入った場所を探すとよいが、どこにするにしても、湾岸にだけは住んではならない。

二世紀にローマ人によって建設されたトリエステは、ローマ帝国が崩壊したあとフン族に蹂躙され、その後は支配者がビザンティン帝国、カロリング朝、ベニス、オーストリア＝ハンガリー帝国と次々と変わった。ナポレオン・ボナパルトも立ち寄り、第一次世界大戦後にはイタリアに併合された。こうしためまぐるしい変化は、文化の広がりと住民のとてつもない多様性を招いた。たしかに大部分はイタリア人だったが、かなりの割合をクロアチア人とスロヴェニア人が占めて、民族が定かでない集団が着実に増えつつあった。それと平行するように途方もない数の雑種の猫も。

だがイギリスの紀行作家、ジャン・モリスによれば、こうしたことは全体的に見るとすべてよいように作用していた。一九九〇年代にトリエステに住んでいたモリスは、人々は快活ですぐ笑いだし、悪意のかけらもないと書いている。住民は誠実そのもので、流行の変化や世論、いかなる形のポリティカル・コレクトネス（政治的公正）にもとらわれていなかった[224]。

作家のクラウディオ・マグリスはトリエステで生まれ育っており、誇り高く華麗な世界主義的雰囲気に、時代が終わるときの物悲しさとやや諦めを含んだ雰囲気が混在した、えもいわれぬ空気感を表現している。たとえば著書の『小宇宙 *Microcosms*』の中では、街の中心部のサンマルコ・カフェから見た、隣の公園の景色を描写している。「セイヨウトチノキ、プラタナス、モミ。そうした木の枝や葉が黒い水に浮かび、水の中に姿を消した鳥が石のように沈む[225]」マグリスは、カフェの常連のヘルマン・バールについても触れている。このオーストリア人作家は、トリエステに来ると「どこにもない」感覚になるので、息を吹き返すのだと語っていた。

マグリスによれば、アイルランド人作家のジェームズ・ジョイスも、おそらく同じ理由からトリエステでは気楽にしていられたらしい。ジョイスは一九二〇年までしばらくここに住んで、中産階級の者を相手に英語を教えて糊口をしのいでいた。また、ジョイスが現代版の傑作長編小説『ユリシーズ』の執筆を始めたのも、トリエステにいたときである。舞台設定はダブリンだが、登場人物の中にトリエステで出会ったのだろうと思える者がいる。この都市はさらにジョイス自身にも消えがたい刻印を残した。マグリスが聞いた言葉によれば、「そしてトリエステが、ああ、トリエステがわたしの肝臓を蝕んだのだ[226]」。

不穏で予測不能な状況がほぼ常態化していることは、この地域の政治関係にも大きな影響をおよぼした。第一次世界大戦後に、強国がバルカン半島とイタリアのあいだの緩衝国としてフィウメ自由都市を成立させたのはそのためである。フィウメはイストラ半島の東にあったが、前に取り上げたとおり思惑どおりには行かなかった。

第二次世界大戦の終結から数年後には、イストラ半島の北側にあるトリエステにその役がまわってきた。そのときにはこの地域でも、そしてより広い政治の世界でも、状況は劇的に変化していた。イギリスのウィンストン・チャーチル首相は、一九四六年に米ミズーリ州のウェストミンスター大学で有名な「鉄のカーテン」の演説をしている。「バルト海のシュテッティンからアドリア海のトリエステにかけて、大陸を遮断する鉄のカーテンが降ろされたのであります」[227]（W・S・チャーチル『第二次世界大戦』、佐藤亮一訳、河出書房新社）。

一九四七年一月、国際連合安全保障理事会は国連安保理決議一六と国連憲章第二四条により、トリエステ自由地域の設置を宣言する。同年九月には、人口三三万人をかかえた、面積七三八平方キロメートルの自由地域が誕生した。またいわゆるモーガン・ラインに沿ってふたつの地区に分割された。モーガン・ラインはイタリアの降伏後に引かれた境界線で、北はオーストリア国境近くにまで迫っている。

A地区は北の沿岸部の細長い地域で、トリエステ市が入っている。一方B地区はそれにくらべると人口はまばらだが面積はほぼ二倍で、イストラ半島の北側まで少しはみだしている。A地区は総勢一万の英米の軍隊の管轄下にあり、B地区はユーゴスラヴィア軍の統治を受けた。つまり事実上、全体として独自の国家機関をもつ自治国家は存在していなかったことになる。

だがトリエステは分割状態だったのにもかかわらず、独自の切手を製作している。B地区のほうが先に、メーデーのために特別にデザインした切手を出した。図柄は歓喜を表現するたくましい女性像で、その横に公式の国章である矛槍を配し、背景に鎖をつけた錨を描いている。この切手は、図柄の下に「トリエステ自由地域戦時政府」の文字をイタリア語、スロヴェニア語、クロアチア語のいずれかで記した三種類で発行されている。わたしの手元の切手はスロヴェニア語版で、コペルの消印がある。ここは地区の境界のすぐ南にある街で、総勢一万人いる人口の大半がイタリア人だった。

A地区はイタリアの切手を使い、それに「AMG-FTT」（連合軍政府-トリエステ自由地域）の文字を加刷している。わたしの切手はもともとイタリアの一九四五年版切手だったものだ。モチーフのトゥッリタはイタリアの擬人化で、オークの木の幹から生えている。これは紛れもなく、ファシズムの崩壊後間もない時期の芽生えを表している。

トリエステの自由な状態を維持しようとする試みは、早々に断念された。一九五四年にはユーゴスラヴィアとイタリアの内部合意に従って自由地域が分割されている。ただしそれがようやく正式に承

上：1948 年　A 地区発行の切手。戦後の復興を描いたイタリアの 1945 年発行の切手に加刷している。

下：1948 年　B 地区のメーデー記念切手。

認されたのは、しばらくして一九七五年にオージモ協定が締結されたときだった。当然のごとくイタリアが引き継いだA地区は、今日でもトリエステと呼ばれている。B地区はユーゴスラヴィアに併合され、一九九〇年代にユーゴスラヴィアが分裂したあとは、さらにスロヴェニアとクロアチアのあいだで分割された。

イタリア側のトリエステは、EU体制内で自由港の地位を獲得して、関税を低減している。トリエステ市では今も多くの異文化が併存しており、ジャン・モリスによれば、それでも市は支障なく機能しつづけている。

わたしはこれまでの人生でさまざまな都市について書く中で、都市について理解しようとつとめてきた。そのうえで達した結論は、トリエステは特殊な歴史と不安定な地理的状況のおかげで、二一世紀が始まる時点で見るかぎり、まずまずといえる都市になっていることだ。ここではいまだに人々が誠実なのは当たり前だし、物腰は一般的に礼儀正しく、偏屈さはたいてい抑制されて、少なくとも表面上はたいがいお互いに親切だ。[228]

文献
クラウディオ・マグリス（二〇〇一年）『小宇宙 *Microcosms*』
ジャン・モリス（二〇〇一年）『トリエステとどこにもない場所の意味 *Trieste and the Meaning of Nowhere*』

映画
『トリエステから来た女』（一九八二年）
監督　パスクァーレ・フェスタ・カンパニーレ

セイヨウトチノキ、プラタナス、モミ。そうした木の枝や葉が黒い水に浮かび、水の中に姿を消した鳥が石のように沈む

市の公園について、
クラウディオ・マグリス

琉球

組織的な自決

存続年　一九四五－一九七二年
国名・政権名　琉球
人口　八一八、六二四人
面積　四、六四二平方キロメートル

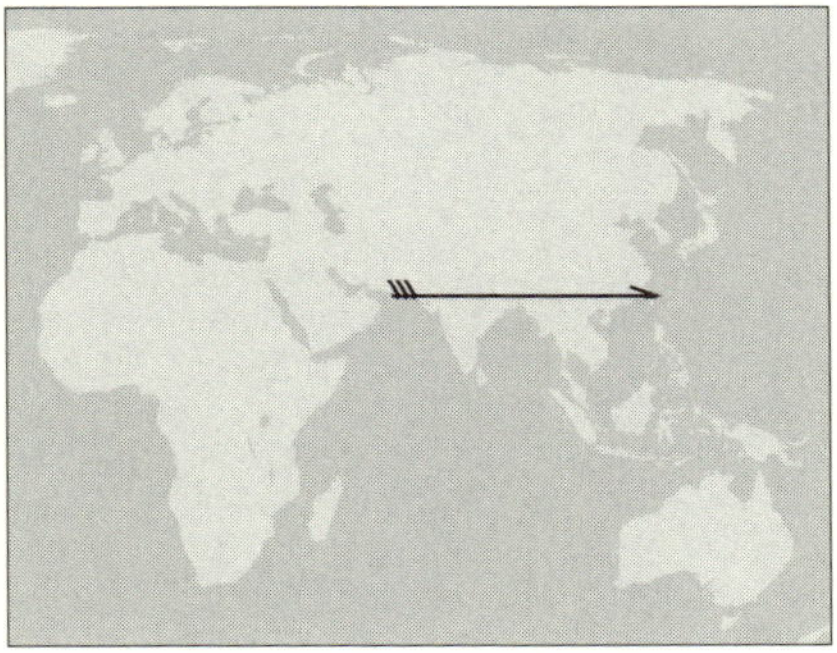

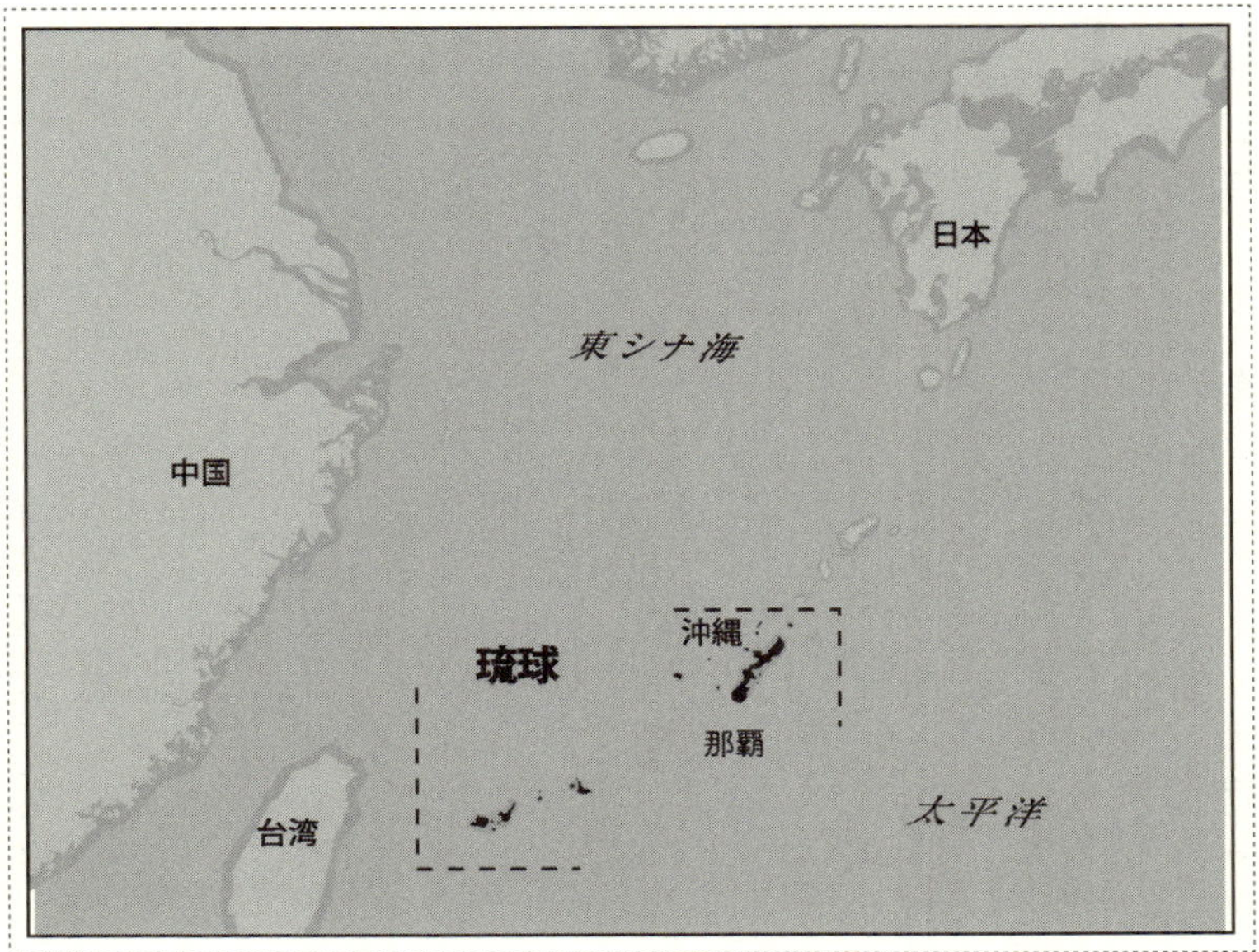

琉球王国の島を訪れると多く[229]の言語が使われているのに驚くだろう。少なくとも六種類はあり、同じ琉球人でも言葉が違えば通じ合えない。ましてや北の日本人にとっては理解不能である。温暖な冬と蒸し暑い夏の村の生活についても耳にするだろう。また、海岸からサトウキビ、サツマイモ、タバコを栽培する台地に案内されて巨大なクスノキや、そこから少し離れた場所で葉が蚕のエサになるクワを見せられるかもしれない。晴れている日は、前触れもなくやって来ることもある台風を想像するのは難しいが、この大規模な熱帯性低気圧は島全体に破壊的な被害をもたらす。また、まさにここが第二次世界大戦中に日本が集団自決を画策した地であると言い当てるのは、とうてい不可能である。その事実に人は不意打ちを食らったような衝撃を受ける。

琉球は百以上の火山島が弓状に集まった列島で、北の日本から南の台湾まで緯度にして数度の広がりがあり、西の浅い東シナ海と、それよりもはるかに深度があり、マリアナ海溝にも達する東のフィリピン海のあいだに位置している。

この列島は数百年間、独立した王国だった。一八〇〇年代になると日本と中国の覇権争いが起こったが、最終的に一八七九年の廃藩置県を機に日本に併合された。

日本は琉球を北の鹿児島県大島郡と南の沖縄県に分割した。境界は奄美諸島と最大の島、沖縄本島のあいだに置かれた。この支配権の奪取が、無慈悲な管理体制の幕開けを記した。

日本は琉球の文化を根絶やしにしようとして、日本語のみの学校教育を押しつけた。それだけでなくもっと実用的な意味での根絶も行なった。途方もない数のハブを駆除するために、こともあろうにインドマングースを島に導入したのだ。マングースは猫科で、体は毛皮に包まれており歯がカミソリのように鋭い。だが、たいていほかの動物を追いまわしてばかりいたために、ハブ退治の効果はなかった。また島に天敵がいなかったために、マングースはたちまち害獣と化した。

日本は琉球に対するこうした立場を、第二次世界大戦の終戦にいたるまで維持した。一九四五年三月二三日、アメリカ軍が慶良間諸島への攻撃を開始。この小規模な列島は、沖縄の西方二五キロの海上にある。慶良間で陣地を確保したあと、米軍は本島へと進軍した。この任務には「アイスバーグ（氷山）作戦」という、やや違和感のある名称がついており、本土上陸前の最終攻撃として立案されていた。アメリカ人は、琉球人に解放者として歓迎されると期待していた。ところが島民は壕にこもって、それまでのどの戦域よりも激しい抵抗を示した。結局のところ、日本の並外れて大規模な啓発運動が功を奏したのだ。島民はいまやみずからを日本人だと思い、日本人として行動していた。そうした顛末の一切が、取り越し苦労のプロパガンダの結果だと主張する者もいる。長期にわたって日本の論説や新聞、ラジオ放送は、鬼畜アメリカ人のイメージを喧伝していた。そうした報道によると、アメリカ人は血も涙もなく、先に強姦してから殺すように生まれついている輩だった。

南部のマングローヴに囲まれた八重山列島のある島では、全島民が山の中に避難した。数週間もすると、半数以上が飢餓と伝染病で命を失っていた。また慶良間諸島の座間味島では、たった二日間で、ほとんど全ての村民が集団自決を断行した。沖縄本島では、若い女性が南端の黒い断崖から次々と身を投げている。

積極的に戦場に出て行った者もいた。その中にはまだ一五歳の女生徒数百人も混じっている。少女らはみずからを「ひめゆり学徒隊」と呼んで、野戦看護師として働いた。沖縄ではそのほとんどが無念の死を遂げた。しかも戦闘を生き延びた者も、たいてい集団自決におよんでいる。生き残ったひめゆりのひとりが、後にそのときの体験を語っている。

もう教育が徹底して軍国主義に仕向けられていましたからね。だから……捕虜になったら国賊だと教えこまされていましたから……。国のために死ぬのはホマレ、誇りっていうふうに教育されてましたからね。[230]（森口豁『復帰願望』、海風出版）

集団自決は一般的に手榴弾を用いて行なわれ、いくつかの例外を除いて島民は日本軍将校の命令を受けていた。そうした事実関係を、大江健三郎は随筆『沖縄ノート』で克明に追っている。[231]大江はのちにノーベル文学賞を受賞している。二〇〇五年には、もと日本軍指揮官ふたりが、大江の主張を事実に即していないとして葬り去ろうとしたが、裁判では敗訴した。

アメリカ兵の行状が悪かったのは、ある程度真実だ。強姦は実際にあったたし、戦闘で殺害された民間人も多かった。アメリカ兵は民間人が略装で戦っていたと言い訳している。後の泥沼化したベトナム戦争でも同じ主張が繰り返された。

1957年　天を舞う天女、仏教神話に出てくるアプサラをモチーフにした切手。

沖縄戦が終結した一九四五年の夏には、一五万人を超える民間人の島民が犠牲になっていた。これはもともとの沖縄県人口の三分の一にあたる。

それからいくらも経たないうちに日本が無条件降伏すると、戦後の琉球の統治管理を明確化する必要が生じた。アメリカはその数年前にすでに中国とのあいだで問題を起こしており、中国も一枚嚙んだ解決策を思い描いていた。だが、このような取り決めが話し合いの段階を越えることはなかった。アメリカは沖縄県をそのまま統治下に置くことを決定した。このことは最終的に、一九五二年の日本と連合国とのあいだの平和条約で明文化された。

貨幣単位としてアメリカのドルが導入され、車両は右側通行になった。切手も一九四八年を皮切りに発行されたが、モチーフと文字は明らかに島と関連性のあるものになっている。わたしの集めた切手は一九五七年版で、空を舞う天女が描かれている。この天女は仏教の神話によればアプサラといい、人を美しさと笛の音で楽しませるという。消印の那覇は、第二次世界大戦の最終段階で粉々に吹き飛ばされるまでは、数世紀のあいだ沖縄最大の都市だった。

急激な復興を果たした那覇は、今ではアメリカ中西部の町と見間違えそうだ。雑多な様式の建物が郊外に広がり、広い大通りの両側にはもつれた電線がぶら下がって、うるさいほどの広告板が掲げられている。そしてそのそばを、ピカピカの大型車両がほぼ途切れることなく行き来している。

アメリカはすかさず沖縄に、空軍と海軍の基地を建設した。米軍基地は、一九七二年にこの列島の主権が正式に日本に返還されたあとも存続している。

今日、アメリカはこの島に三万人を派遣しており、本島面積の一九パーセントを自由に使っている。日本は、一九七八年に車両の通行を左側に戻した。それ以外の変化はほとんどない。反米感情は琉球全土で強まっており、同時に中国もはるか南方の尖閣諸島の領有権を主張して、同じ土俵に上がってきた。そのために日中両国で民族主義的な感情が沸き起こっている。尖閣諸島自体は生物の気配がなく、役に立たない崖ばかりのように見えるが、周辺海域の調査では天然ガスと石油の豊富な埋蔵量を示す結果が多く出ている。

もう教育が徹底して軍国主義に仕向けられていましたからね。だから……捕虜になったら国賊だと教えこまされていましたから……。国のために死ぬのはホマレ、誇りっていうふうに教育されてましたからね

もと「ひめゆり」の**女性**

文献

大江健三郎（一九七〇年）『沖縄ノート』（岩波書店）
グレゴリー・スミッツ（一九九九年）『琉球王国の自画像——近世沖縄思想史』（渡辺美季訳、ぺりかん社、二〇一一年）
アルネ・レックム（二〇〇六年）『日本の琉球諸島の自然、儀式、社会 *Nature, Ritual and Society in Japan's Ryukyu Islands*』

南カサイ

悲惨なルバ族と貴重な鉱物

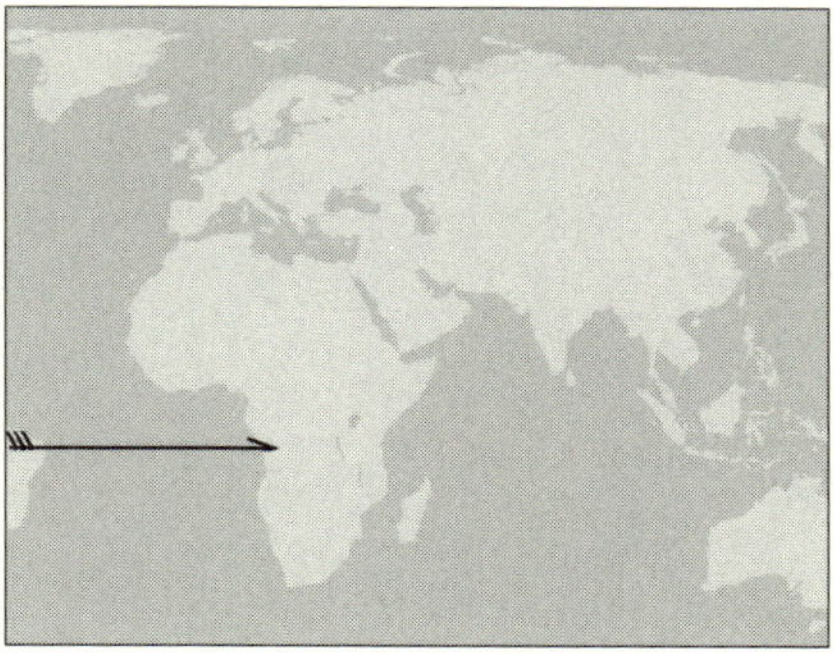

存続年　一九六〇－一九六二年
国名・政権名　南カサイ
人口　一、〇〇〇、〇〇〇人
面積　三〇、〇〇〇平方キロメートル

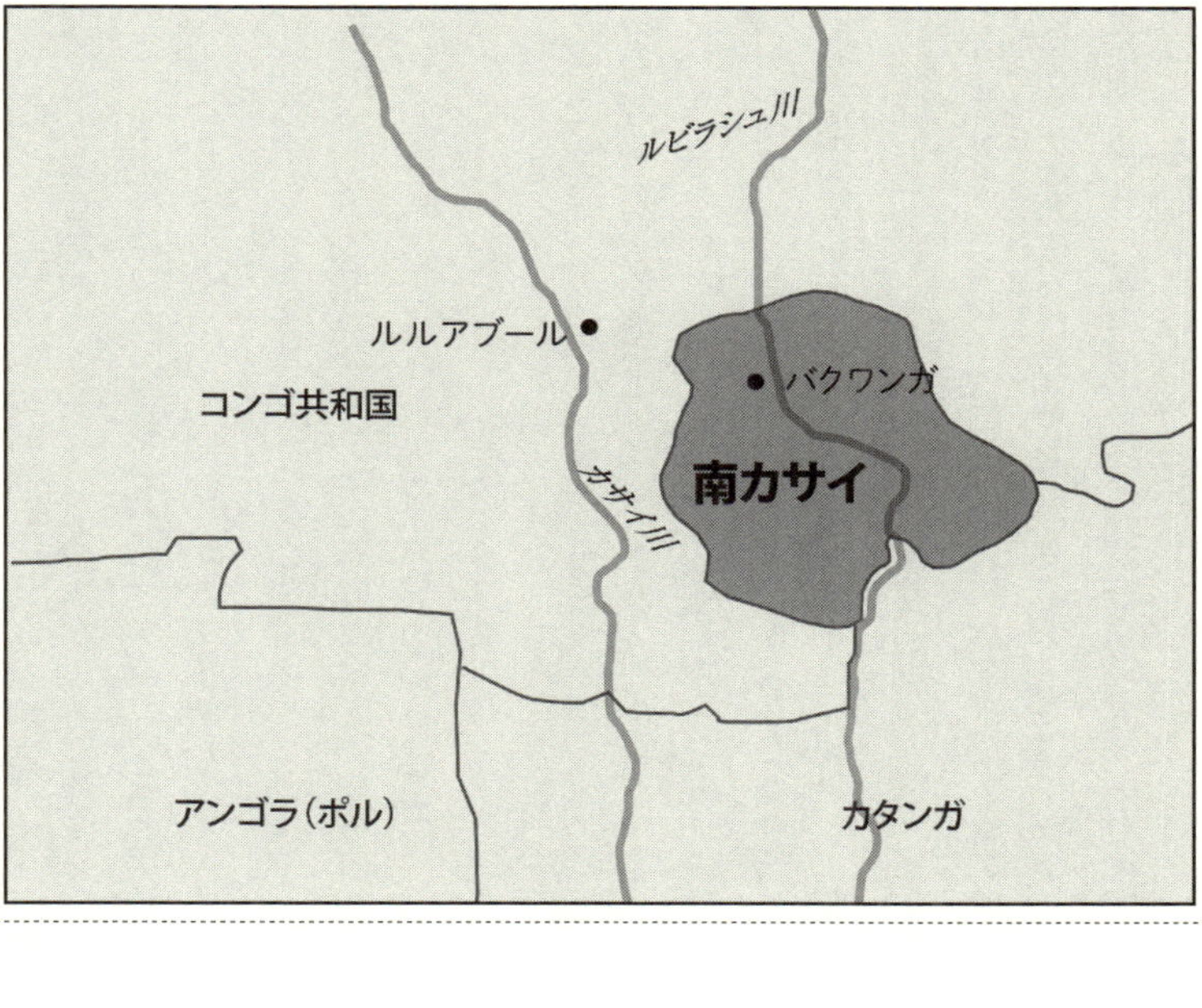

ベルギーの国王ボードワン一世は、空港からオープンタイプのリムジンを運転して式典に向かっているとき、役立たずの儀式用の剣が盗まれたとしても気品を失わなかった。この式典で、ベルギーの植民地コンゴは正式に消滅するはずだった。盗人は、国王の膝にあった剣をわしづかみにすると、してやったりとばかりに車のボンネットを飛び越えて逃走した。国王は機嫌を損ねて、何もかもが一刻も早く終わればよいと思った。だがだとしても、演説でレオポルド二世を称えたいという衝動は抑えられなかった。一八〇〇年代に、いわゆるコンゴ自由国を治めていたこの祖父の叔父は、民衆への残忍な仕打ちが後世まで語り継がれている。後にコンゴ首相となったパトリス・ルムンバは激怒して、吐き捨てるようにいったという。「われわれはもうあんた方の猿じゃないんだ」[232]

一九五九年の時点で、ベルギー領コンゴは世界の銅の一〇パーセント、コバルトの五〇パーセント、工業用ダイヤモンドの七〇パーセントを産出していた。そのためエリート階級のコンゴ人が結束して、一九六〇年の春に遅滞なく主権が移譲されるよう求めたときに、ベルギーが抵抗したのも無理はなかった。だがベルギーは数年前に、植民地の独立と民族自決の原則を明確に謳った国際連合に加盟していたため、そこから抜けだす道はなかった。

その後数週間で、新生国家はひとつにまとめられることになった。コンゴの国土は広大で、そのほとんどが人を寄せつけないジャングルだった。国境内に存在する言語は二〇〇を超えており、少なくともそれと同数の民族集団があった。そうした事情は、それ以前の植民地政府が行政地区や権力機構の区割りをする際は、まったく考慮されていなかった。問題は起こるべくして起こった。

カタンガ州がいちはやく独立宣言して分離すると、一九六〇年八月八日にはアルバート・カロンジ率いる南カサイがそれに続いた。カロンジは有力なルバ族の族長で、みずからをムロプウェ（王）と任じていた。その施政は軍国主義に傾いた独裁制だった。他の部族民は放逐され、政敵は暗殺か追放の憂き目にあった。南カサイの首都はバクワンガ、現在のムブジマイに定められた。付近には二〇世紀の初めごろに発見された大規模なダイヤモンド鉱床がある。その後の数週間で新首都には、コンゴ全域のルバ族がどっと押し寄せた。その多くが執念深いルラ族からやむをえず逃げてきたのだった。

ルバ族は一八〇〇年代末にいたるまで、ルアラバ川とルビラシュ川にはさまれた先祖代々の領地を支配していたが、一九〇〇年代初頭にレオポルト二世の兵士と植民地の官僚によって分裂させられた。そのため一九六〇年代の初めには、ルバ族の住む村は広範囲に分散していたが、それでも驚くほどよく組織化されており、物事は一様にうまく運んでいた。北欧人はひどい混乱状態を「完全なルバ」というが、ここにはそれを裏づける要素はない。ただしそのルーツがこの民族集団の名称にあるのはまちがいないが[233]。全てが村の一本道を中心にまわっていた。その両側に立ち並ぶ箱型の家は、圧縮した日干し泥レンガでできている。熱帯の雨を避けるために、屋根には波型板金がかけられていた。また入り口の前には色とりどりの布が下げられており、収入に余裕のあるところを見せて客をもてなすだけでなく、家同士の区別をするのにも役立っている。村道では子どもらが遊んでいるが、驚くほど静かだ。女の子は頭に物を載せて運ぶ練習をしながらままごとをしている。男の子は弓をこしらえて裏庭に狩りに出かける。空気は植物の葉とハーブの香りがしてすがすがしい。

ルバ族がバクワンガで直面したのは、水不足と崩れかけた建物だった。この都市には道路もなければ、電気も下水道もなかった。しかも土地はやせていて、根づきやすいキャッサバも全部は育たなかった。その結果クワシオルコル（栄養失調症）が爆発的に広がる深刻な事態になった。この栄養失調症の一般的な症状には、顔のむくみと腹部の膨張がある。子どもがとくにひどくやられて、バタバタと死んで行った。

キリスト教の伝道師は、二〇世紀に入ってからカサイ地域で活動を続けていた。ノルウェー人のグネリウス・トレフセンは、デンマーク人の船長とともにこのあたりを平底の川船でめぐっていた。危険な砂州を避けるルートを探すためには、強健な男ひとりが竹竿をもって舳先に立つ必要があった。

ここでトレフセンは、ルバ族を野蛮人とする説明を嘆いて、あくまで独自の見解を披露している。「実のところ、ルバ族は平和的な人々で、コンゴのたいていの部族より福音の呼びかけに耳を傾けてくれているのです[234]」

一九六〇年のクリスマスには、トレフセンと仲間の伝道師の働きかけで、飛行機一機分のノルウェー産の干鱈がカサイ地域の人々に送られた。

南カサイ政権は、ベルギーの企業から金銭的援助を受けて、その見返りに採掘権を与えていた。そうした収益は食糧や医薬品より武器のほうに多く費やされた。また一部は切手の発行にもまわされた。当初の切手には、ベルギー植民地の切手に「ETAT AUTONOME DU SUD KASAI」（南カサイ自治国）

の文字が加刷されていた。その後この国は独自の切手シリーズを制作して、モチーフに歯をむき出した豹の顔を用いた。何をいいたいかはいわずもがなである。製作はスイスの印刷会社、クールボアジェ社に外注され、最後の最後になってこのモチーフに勝利の「V」の文字がくわえられた。第二次世界大戦中、Vは連合国の勝利を約束するシンボルになった。ここでもきっとその効力を発揮してくれるだろう。

その一方でルムンバ大統領率いるコンゴ中央政府は、分離した南カサイを徹底的に叩き潰そうとした。まずは国連に助けを求めた。すでにこの地域に派遣していた平和維持軍を動かせたからだ。だが国連は積極的な武力行使にまでは踏み切らなかった。次に接触したソヴィエト連邦は渡りに船とばかりに、一九六一年の秋にコンゴ政府軍に輸送機と乗員を提供した。

その後の戦闘で三〇〇〇人のルバ族が殺害されて、数十万人が敗走した。カロンジは囚われの身となったが、その後かろうじて脱走を果たして臨時政権を樹立した。が、ついに一九六二年の一〇月に投降する。

エリック・パッカムは、一九六一年から翌年にかけて南カサイの国境の町、ルルアブールに国連の主任民事担当官として赴任しており、後にこのときの体験を綴っている。

コンゴの魅力は、愚かさと生真面目さ、おぞましさと美しさ、純真さと邪悪さ、卑劣さと臆病さと寛大さと高潔さ、恐ろしさとこっけいさが入り交じっているところにあるように感じた。退屈な瞬間がまったくなかったのは、次に何が起こるか予測がつかないからだ。この国の雰囲気は赤

1961年　豹の顔とVサイン。

ん坊の顔の表情と同じくらい、めまぐるしく変化することもあった。[235]

南カサイはコンゴ共和国に戻って、二一州のうちのひとつになったが、それから一九六五年のクーデター後に再編されて東カタイに改称された。かくしてそれ以来この地域は、すべてコンゴ領にとどまっているが、内部にかかえた深刻な不和はいまだに解消されていない。そうしたことが再三再四、火花を散らして血みどろの衝突に発展している。

と同時にこの国の金やダイヤモンドなどの貴重な鉱物資源は、ゆっくりだが確実に枯渇しつつある。遠隔地に多い簡易滑走路では、それを取り囲むジャングルのはずれから地元民が見守る中、よそ者同士が淡々と交渉したあと、白い小型機から手早く衣類や医薬品、現金を入れた容器が運びだされる。こうした飛行機はさほど実用的でない貴重な品をたっぷり積むと、ドバイやブリュッセル、香港、ロンドンを目指して飛び立っていくのだ。[236]

文献
エリック・パッカム（一九九六年）
『自由と無政府状態 *Freedom and Anarchy*』
M・W・ヒルトン＝シンプソン（一九一二年）
『カサイの風土と民族 *Land and the Peoples of the Kasai*』

コンゴの魅力は、愚かさと生真面目さ、おぞましさと美しさ、純真さと邪悪さ、卑劣さと臆病さと寛大さと高潔さ、恐ろしさとこっけいさが入り交じっているところにあるように感じた

エリック・パッカム

南マルク

香辛料とテロ

存続年　一九五〇年
国名・政権名　南マルク
人口　一、〇九〇、〇〇〇人
面積　四六、九一四平方キロメートル

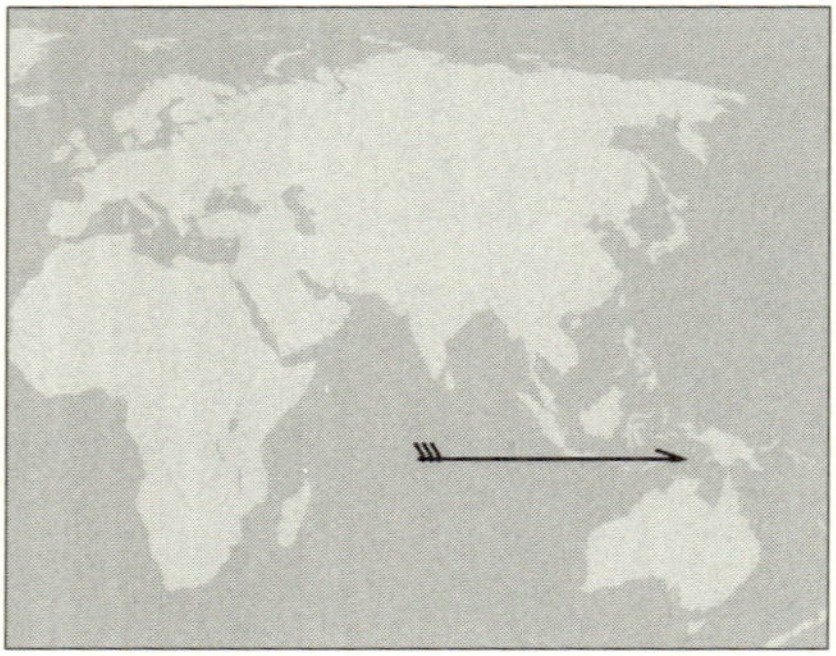

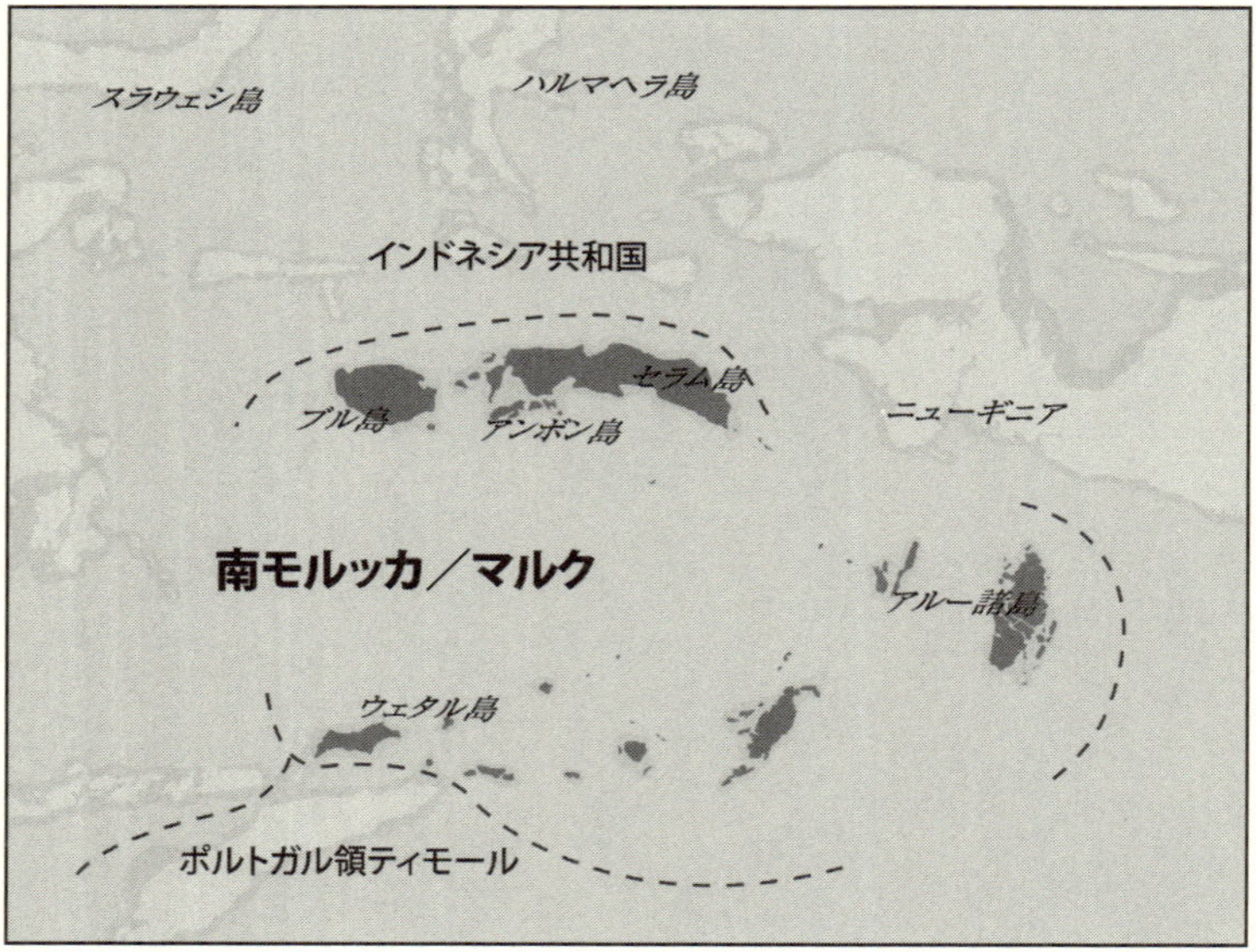

それは一九七五年一二月二日、オランダの夜が明けて間もないころだった。男の小グループが混み合った客車に乗りこんだ。各々がプレゼント用のカラフルなラッピングをした細長い包みをもっている。列車がウェイステルの村を通過したところで、男らは包みを開いた。銃だ。乗っ取り犯が緊急停止のコードを引き、列車が野原のまっただ中で止まる。直後に運転手が射殺された。その後の数日間で数人の人質が同じ運命をたどった。遺体は列車から投げだされて、地べたに放置された。当初乗っ取り犯は要求を明らかにしなかったが、やがて南モルッカ諸島の現状に目を向けることが目的だと判明した。[237]

南モルッカ諸島はバンダ海に浮かぶ島々から成っている。バンダ海は東西を、ニューギニア島とスラウェシ島にはさまれている。主にナツメグやクローヴといった香辛料がこの諸島でしか採れなかったために、長らくこのあたりでもとくにこの島々を手に入れたがる者が跡を絶たなかった。ヨーロッパ市場に到着した香辛料は、同じ重さの金と同等の価値があった。一五〇〇年代に最初にこの地を訪れたヨーロッパ人はポルトガル人だったが、ここはつねにほかの植民地保有国から狙われていた。結局その争いを外交と実力行使の組み合わせでオランダ東インド会社が制して、この群島の香辛料の輸出を独占するようになった。

オランダ人は計画的に仕事にかかり、香辛料の栽培を合理化して管理した。ナツメグ栽培専用の島を決める一方でクローヴ用の島を確保する、といった具合である。島民を追い払った土地を東インド会社の職員が占拠し、輸入した奴隷を使って事業を営んだ。一八〇〇年代半ばになると、ようやく香辛料市場は縮小しはじめた。香辛料の木と種子がひそかにもち去られた結果、セーシェルとマダガスカルがプランテーションとして競合するようになったのだ。しかもヨーロッパ人の嗜好は、インドとアフリカを原産とする、ほかの種類の香辛料にも向くようになっていた。

オランダ東インド会社が倒産すると、オランダがこの地域を植民地として引き継いで、オランダ領インドとして知られる巨大な群島に併合した。この群島はマラッカ海峡からオーストラリアにいたる広大な海域に広がっていた。第二次世界大戦中には日本の占領下にあったが、一九四五年にはオランダがふたたび主権を回復して、以前と同じ事業を継続しようとした。

それにすかさず地元民の指導者が立ちはだかった。地元民は完全な自治権を要求して、解放戦争を開始した。一九四九年、国際的な圧力を受けてオランダが折れた。平和協定が結ばれ、群島全体を独立国家の連合体にすることが確認された。それは南モルッカも含めた、多くの地域の悲願でもあった。

もとオランダ領インドの西の端にある大きな島、ジャワ島の強力な指導者らは違う考えをもっていた。協定に応じる気はなかった。それどころか、この地域全体の中央集権的な雛形として、インドネシア共和国を設立したのである。当面のあいだは彼らが指導的地位を占めることになった。だがイスラム教徒の国であることに変わりなかったため、それを大きな理由として一九五〇年四月二五日に、南モルッカ諸島はどこにも帰属しない自治国家、南マルク共和国として独立を宣言した。この地域でオランダ人は暴虐のかぎりを尽くしたが、それでも数世紀のあいだオランダのカルヴァン派はここでの布教に成功しており、島民の多くがキリスト教徒になっていた。おまけに用心深いオランダは、かなりの割合の男の島民を徴集して植民地軍にくわえていた。そうした兵士は一夜にして除隊することになったが、オランダ王国に対する忠誠心は失っていなかった。それは指導者のクリス・ソウモキルも同じだった。この人物はオランダで弁護士の修行を積んだ経験がある。ただしソウモキルもその同僚も、国家運営にかんする根本的な専門知識はまったくなかった。そこに来てオランダ人将校が帰国すると、兵士の規律は霧散した。「副官にはソパクワ、タハパリ、シヴァベッシイの三人がいた。あとは特務曹長、軍曹、伍長だった。その誰もが人の下につくのを望んでおらず、自分より優れた者はいないと思っていた[238]」

難題はあったが、南モルッカ諸島北部の小島アンボンに、行政機能をもつ中心地が建設された。その真北にあるセラム島は、それよりはるかに大きくほとんど人が住んでいない。どちらの島も海岸の間際まで草木が密生しており、セラム島では標高三〇〇〇メートル級の山々がそびえていた。

南マルクは独自の切手も発行している。一九四九年のオランダ植民地政府の切手に加刷したものだ。わたしの収集した切手の図柄は、しっかりとした造りの家で複数の切妻屋根がある。もともとはスマトラ島のもので、南マルクとはなんの関わりもない。南マルクでは、家は竹とヤシで作られて、仮の宿のように見える。というのもこのあたりの島々の土壌はひどくやせているので、村全体が定期的に移動する必要があったからだ。こうしたことは文化に深く根を下ろしている。老衰でもなんの原因でも、一定数の村の住民が亡くなったときが引っ越しのタイミングになる。移動の間隔が二〇年以上あくのは珍しく、この期間を過ぎて居座ると、その場所に同じ期間だけ呪いがかかる。オランダはそのために、この地域に定住用の家屋を建設しようとするたびに失敗していた。

インドネシア共和国のスカルノ大統領は、分離した国家を認めずアンボンに大規模な海軍部隊を送った。南マルクの兵士は練度が高かったが、一九五〇年九月二八日には敗北を認めざるをえなかった。それまでこの小島国家は、六か月間存続していた。

連邦国家の形成を支持していたオランダは、南マルクの兵士と家族をオランダに一時退避させる提案をした。それに総勢一万二五〇〇人が応じた。その誰もがこれは暫定的な措置で、いつかは故国に戻れるものと確信していた。

南モルッカの人々はオランダに到着すると、僻地のキャンプに入れられた。それ以前はナチを収容するのに使われていた場所である。ここではオランダの社会と隔絶された生活が送られた。南モルッカ人だけのための学校があり、オランダ人と融合させる試みは一切行なわれなかった。またオランダの市民権を取得するなど望むべくもなかった。というのもオランダの側も、南モルッカ人はいずれにせよ帰郷するとの前提でいたからだ。とはいえ、そのためにこの島々をふたたび占領するようなことはありえなかったが[239]。

その間もクリス・ソウモキルは、セラム島のジャングルの中で千人規模のゲリラ軍とともに戦いつづけていたが、一九六三年一二月にはインドネシア軍の軍門に降ることを余儀なくされた。三年間の収監後、ソウモキルは処刑された。オランダ在住の南モルッカ人はこの事態を受けて、亡命政府を樹立した。それでも南モルッカ奪還の可能性を疑う者は、ますます増えつつあった。耐えがたい環境に閉じこめられているという感覚もあいまって、不満は少しずつ蓄積した。

1950年　オランダ支配下にあったインドネシアの1949年切手に加刷したもの。スマトラ島のミナンカバウ族の家が描かれている。

オランダでは一九七〇年を過ぎると、残酷さの程度の差はあれ、テロ行為が相次いで発生するようになる。最初はインドネシア大使公邸が襲撃され、その後ウェイステルで列車が乗っ取られた。このときテロリストが一二日後に投降したのは、夜の厳しい寒さもひとつの理由だが、インドネシア人がモルッカ人への報復を求めはじめたとの噂を耳にしたからでもある。それから今度は五月にもう一度列車の乗っ取りがあった。さらに学校と州の庁舎が襲われて、数人の犠牲者が出た。テロリストはただ失策に失策を重ねるだけで、なんの成果も出していない。

オランダ政府もやがて融合は不可避だと悟ることになる。捕虜収容所は閉鎖された。南モルッカ人の大半がオランダの市民権を与えられると、テロ攻撃はいつしか収束した。

亡命政府は今日まで変わらず存続しており、定期的に大統領を改選している。もはや誰も南モルッカ諸島に戻るチャンスがあるとは思っていないが、何かというと必ずちょっとした物騒な威嚇をする。二〇一〇年にインドネシア大統領がオランダを公式訪問する予定があったときは、亡命政府のジョン・ワティレテ大統領が、戦争犯罪を理由に収監を要求した。むろん、オランダ政府に拒否されたが、インドネシア大統領は怖じ気づいて訪問を取りやめた。

副官にはソパクワ、タハパリ、シヴァベッシイの三人がいた。あとは特務曹長、軍曹、伍長だ。その誰もが人の下につくのを望んでおらず、自分より優れた者はいないと思っていた

南マルク政府閣僚J・A・マヌサマ

文献

ウィン・マヌフト（一九九一年）『オランダのモルッカ人は政治的マイノリティなのか *Moluccans in the Netherlands: A Political Minority?*』

ビアフラ

飢饉と代理戦争

存続年　一九六七－一九七〇年
国名・政権名　ビアフラ
人口　一三、五〇〇、〇〇〇人
面積　七七、三〇六平方キロメートル

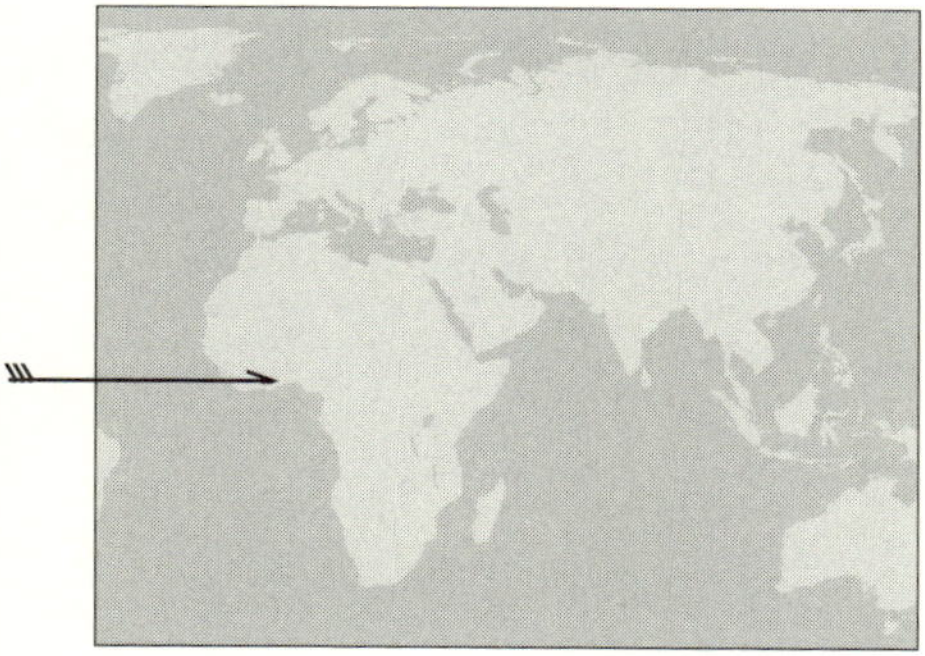

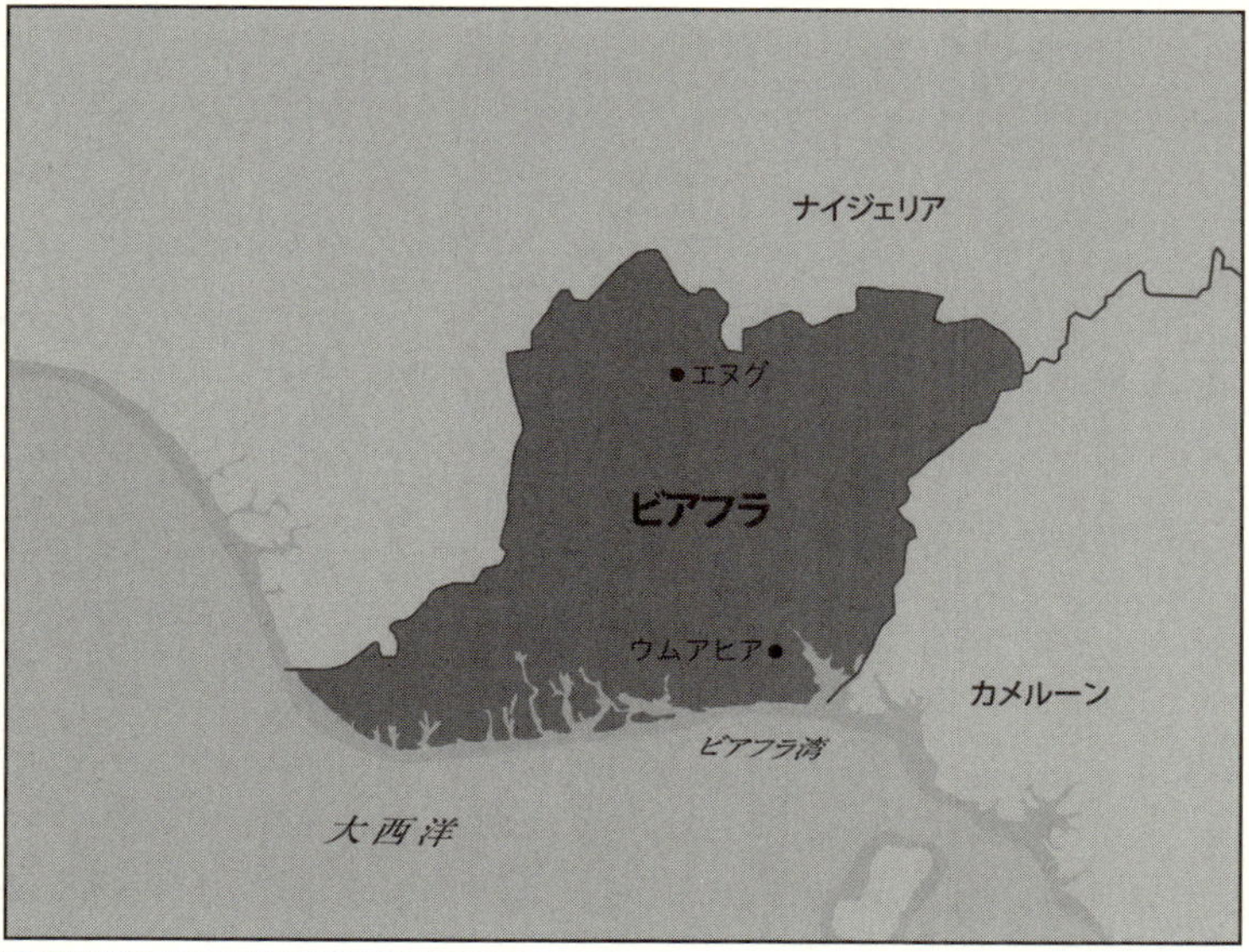

医療従事者が対面したその子は、やせ細っていて、目ばかりギラギラさせ腹部が膨れていた。おびただしい数のハエが少女の口と目の周りに群がる。小さな女の子は最後の力を振り絞ってこの責め苦を撃退しようとする。噛んだり引っ掻いたりするが、すぐに限界が来る。注射針が刺され、弱々しい血流に糖液が注入される。最初の数日は、細かく砕いたシリアルでカロリーが、そしてペースト状の豆でタンパク質が与えられる。手当には四日から八週間を要する。もっとも救うことができたらの話だが。

それはビアフラの子どもだった。昔からあったこの言葉は、わたしたちの言語に深く埋めこまれている。ある年代の者は、ビアフラの子どもが何を意味するかを知っている。それは、長期のタンパク質不足から起こるクワシオルコル（栄養失調症）を患っている子どもである。

この病気は、長いあいだアフリカ大陸の戦争と連動して発生しており、フランスの医師団がビアフラの子どもの現状に西洋社会の目を開かせたのは、ようやく一九六八年になってからだった。ナイジェリアで内乱が始まってまもなくこの地域は飢饉にみまわれたが、フランスの医療関係者が赤十字の関与を求めた努力はことごとく実を結ばなかった。そこで彼らは国境なき医師団を結成すると、病気の子どものショッキングな写真とともに、ヨーロッパと北アメリカで関心を高める集中キャンペーンを実施した。わたしを含めた何百万人という人々がそれに大きく心を動かされた。

ナイジェリアは、植民地保有国のイギリスから一九六〇年に独立した。この国では昔から、さまざまな民族集団が緊張状態にあった。原因には資源だけではなく、宗教をめぐる対立もあった。北部の部族地域は圧倒的にイスラム教徒が多かったが、沿岸部の住民はキリスト教徒かアニミズムの信奉者だった。そうしたことが積もり積もって、ついに南東部に住むキリスト教徒のイボ族が、クーデターを起こすことになるが、その直後には北部で、クーデターによって成立した政府がさらに転覆される事態になり、何千人ものイボ族が殺害された。

一九六七年五月三〇日午前六時のラジオ放送で、ナイジェリア東部州の軍政長官チュクエメカ・オドゥメグ・オジュクは、イボ族の主権国家、ビアフラの独立を宣言した。この国名はビアフラ湾にちなんでおり、国土は西のニジェール川から、今日のナイジェリアとカメルーンとの境界をなす東の山脈までと規定した。またこの領土に海岸沖の海中にある大陸棚を含むことも明言した。その裏には、イギリスの企業がこの周辺で石油を発見したという事情がある。採掘はすでに数年前から始まっていて、たちまちナイジェリアの主要な収入源になっていた。

ビアフラの気候は、夏の大雨と冬中続く干ばつが特徴的だった。国土はアイルランドと同じくらいの大きさで、最大で一三五〇万人の人口があった。その大多数が農民で、ヤシで屋根を葺いた、昔ながらの低くて四角い泥の小屋で暮らしていた。社会はもともと小さな村を単位にまとめられており、村の統治システムは民主主義の原理に従っていた。一族の代表者の会議が共同で意思決定をしたのである。それが一八〇〇年代の植民地化のあとに、イギリスが封建制度を導入して一変した。地域の支配者は事実上、イギリスによって認定された族長になった。この変化でこの地域でも、大きな町の成長が促進されることになった。

ビアフラは早速国歌を作った。歌詞は英語で、題名は『日の出ずる国 *Land of the Rising Sun*』である。

日の出ずる国を、われらは愛し尊ぶ。勇ましき英雄の愛する母国よ／命を守らねば死す運命、あまたの敵から心臓を守るべし／しかるにその代償が愛しき者全ての死なら、一片の恐怖も感じさせずにわれらに死をもたらしたまえ[240]

日本もその長い歴史の中でみずからを「日出ずる国」と称しており、ビアフラがアフリカ大陸では明らかに日の没する側にあるのを考えると、日本のほうが正当性がある。だがここでは、象徴的な面が重要であることを認めなければならないだろう。とはいえこの歌詞にジャン・シベリウスの組曲『フィンランディア』の大仰なメロディーをつける判断をしているとなると、新生国家がつけ焼き刃で物事を進めていたという見方も否めなくなる。

切手の登場はそれより少し後になった。最初の切手セットは一九六八年四月に発行された。ナイジェリアの切手に「Sovereign Biafra」（主権国家ビアフラ）を加刷したものだ。やがてこの国は、オリジナルの切手をポルトガル人の協力を得て印刷している。

わたしの手元の切手は、独立一周年記念日に発行されている。消印を読み取るのは難しいが、同じ封筒に貼られていたと推測されるほかの三枚の切手から判断すると、ウムアヒアではないかと思われる。ここはエヌグに次ぐビアフラ第二の首都だった。図柄は新聞連載マンガ『カルビンとホッブス』

に出てくる乱雑な子ども部屋を連想させる。[241] そのため「Help Biafran Children」（ビアフラの子どもに救いの手を）という加刷も、そこから受けるとんちんかんな印象をやわらげてはいない。

だがもちろん、これは笑い事ではない。ビアフラが膨大なオイルマネーを持ち逃げするのをナイジェリアの他地域が許すはずはなかったため、内戦は避けられなかった。そしてしばらく前線が押しつ押されつを繰り返したあと、情勢は分離国家にとって坂道を転げ落ちるように悪くなり、追い詰められたビアフラはナイジェリア政府に停戦を提案した。

オジュクは一九七〇年一月一五日に象牙海岸（現コートディヴォアール）へ逃亡し、ビアフラはふたたびナイジェリアの領土となった。それまでに、主に飢餓と病気のために百万人以上が命を失っている。

チママンダ・ンゴズィ・アディーチェは、小説『半分のぼった黄色い太陽』（くぼたのぞみ訳、河出書房新社、二〇一〇年）の中で、ビアフラ戦争では大国が両陣営に深く関与したために、国際的な次元を合わせもっていたことを強調している。ソ連はともすれば、国際的な危機を利用して影響力を強めようとする傾向を見せはじめており、このときはナイジェリアに資金を投入した。ナイジェリアは早速小競り合いに武器専門家と戦闘機、爆弾を投入した。その一方で旧宗主国のイギリスは、この地域でソ連が足がかりを得ることを恐れたため、やはりナイジェリア側に武器供与をする選択をした。ただしハロルド・ウィルソン首相は自衛手段用の武器に限定すべきだと述べている。航空機搭載爆弾や精密兵器はナシだということだ。[242]

イギリス政府は別のジレンマにも苦しんでいた。それ以前も、そしてそれ以降もたびたびあったように、それはすべて石油の問題だった。フランスはすでにビアフラの味方についていたので、ビアフラが勝った場合、イギリスはブリティシュ・ペトロリアムとシェルの石油掘削権をライバルのフランスに奪われるのではないかと恐れていた。しかも中国もビアフラへの軍事専門家と武器の提供にくわわったために、状況はますます悪くなった。

こうしてイギリスがぐらついているあいだに、ほかのヨーロッパの地域ではキリスト教団体を中心とする人々がビアフラに肩入れをした。飢饉に苦しむ人を少しでも救おうと、救援物資の空中投下が計画された。

1968年　国旗と研究者を描いた切手。ビアフラの独立1周年記念日に発行された。

またヨーロッパの軍将校など軍関係者も、ひどく慎ましい軍に専門技能をよろこんで提供した。ビアフラ軍は当初わずか三〇〇〇人規模で、兵は武器の訓練を満足に受けていなかった。そうした軍事専門家のひとり、スウェーデン人のカール・グスタフ・フォン・ローゼンは、「ビアフラ・ベビーズ」を立ち上げた。この私設空軍を編成するスウェーデンの訓練機は、フランスでカムフラージュの塗装をほどこして、対装甲ロケット弾を搭載したあと、ビアフラに向かって飛び立った。
裏目に出たのは、こうした援助がただ戦争を長引かせたのに過ぎなかったことだ。何ひとつ問題を解決しないまま停戦は訪れた。その一方でこうした干渉から、旧宗主国がいまだにこの地域に関心をもちつづけている事実が浮き彫りになった。アフリカの人々がこうした方面について予期できる良いこと、悪いことについて、もうひとつの教訓を得られたことを願いたい。もっともほとんどが後者の教訓になるだろうが。

文献

チヌア・アチェベ（一九五八年）
『崩れゆく絆』（粟飯原文子訳、光文社、二〇一三年）
カール・グスタフ・フォン・ローゼン（一九六九年）
『わたしの見たビアフラ *Biafra: som jeg ser det*』
チママンダ・ンゴズィ・アディーチェ（二〇〇六年）
『半分のぼった黄色い太陽』（くぼたのぞみ訳、河出書房新社、二〇一〇年）

自衛手段用の武器に限定する。航空機搭載爆弾や精密兵器はナシだ

ナイジェリアへの武器供与について

ハロルド・ウィルソン英首相

アッパーヤファ

泥の家と悪趣味な切手

存続年　一八〇〇－一九六七年
国名・政権名　アッパーヤファ
人口　三五、〇〇〇人
面積　一、六〇〇平方キロメートル

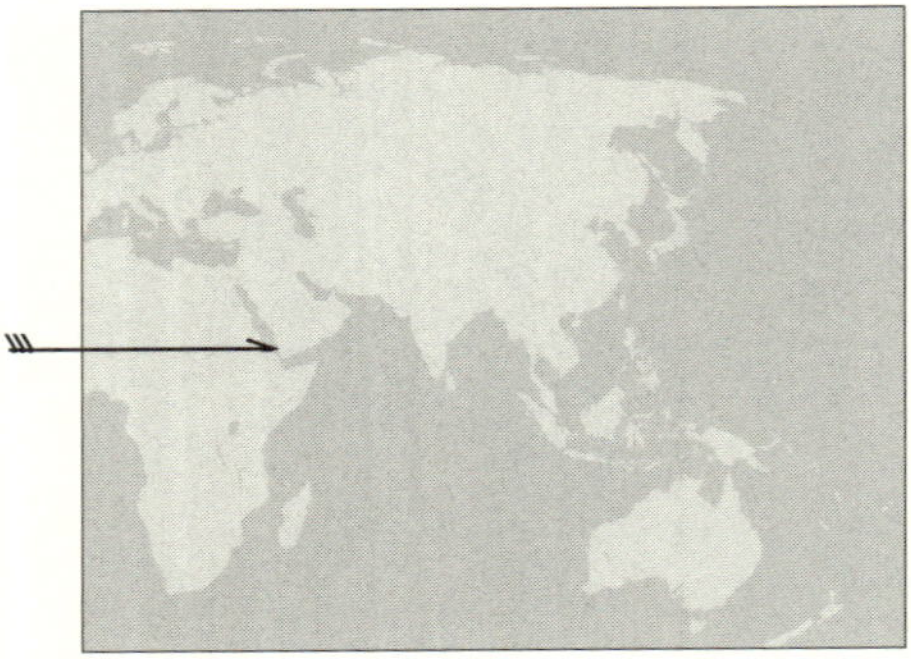

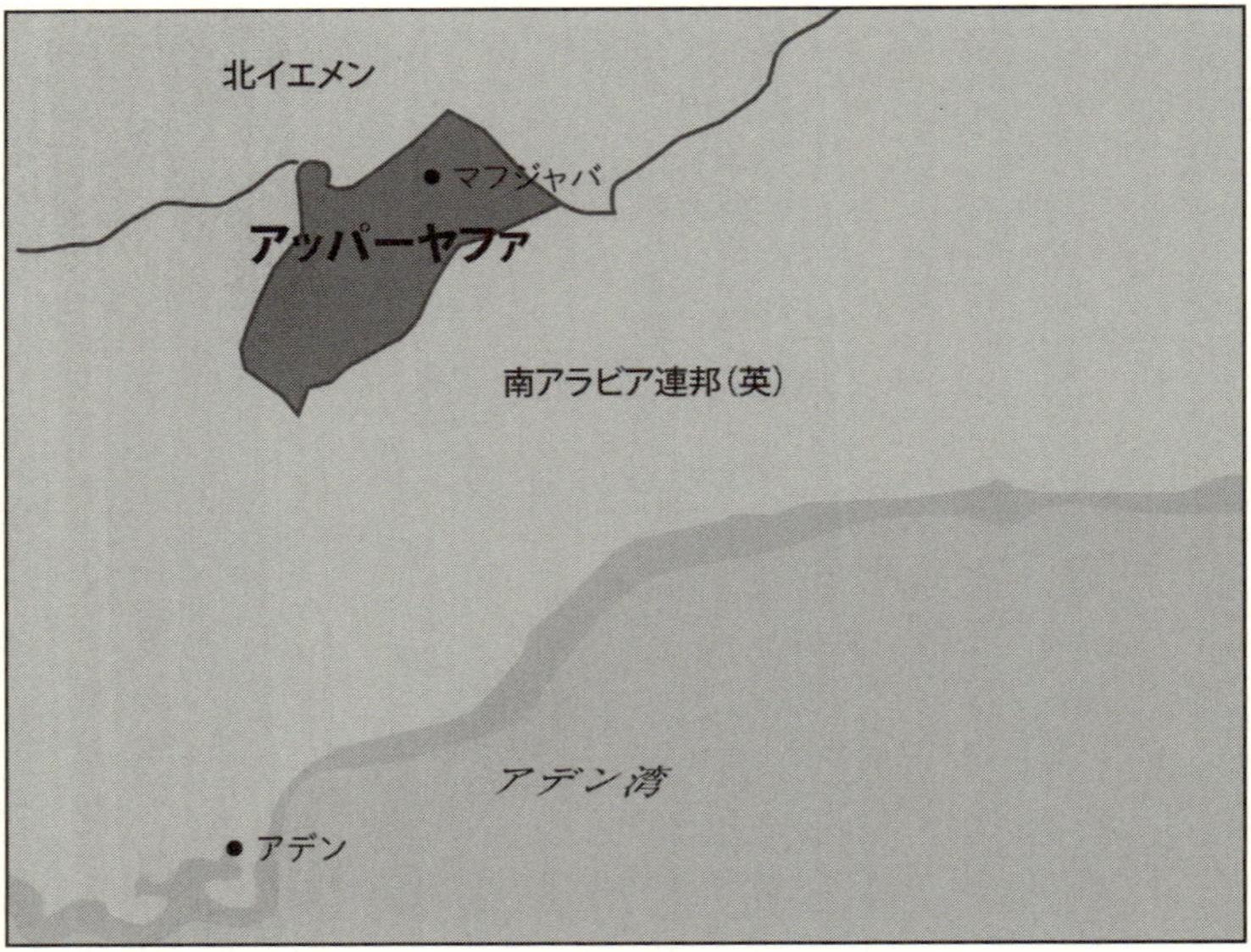

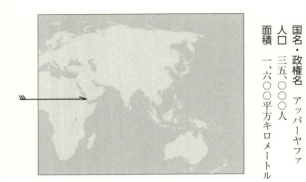

アデン湾の沿岸から内陸に一二〇キロほど行くと、標高二〇〇〇メートルの狭い山あいにマフジャバ村がある。現代の地図や統計でこの村が取り上げられるのはまれなので、人口は純粋に推測するしかない。おそらくは数百人くらいだろう。一八〇〇年代の初めから、ここはスルタン国アッパーヤファの首都だった。アッパーヤファは、ヤファ地域北部のヤファ族の統一を果たしている。

マフジャバは二、三〇棟の塔のような建物から成っていた。七階程度の高さがあり、互いにひしめくように立っていて、マンハッタンのミニチュア版のようにも見える。石の基礎の上に圧縮した日干し泥レンガを重ねて作った壁は、厚さが最下部で八〇センチ、屋根の棟部で一五センチあった。建物全体の組み立てを終えたあとに、この地方の粘土のモルタルで下塗りをすると、太陽にジリジリ照りつけられる自然の風景の一部に見えてくる。ここにコンクリートは入りこんでいない。またそれは幸いでもある。なぜならこの地方の夏は暑くて、日中の気温が五〇度まで上昇する日もあり、そうしたときに室温を涼しく安定させるとなると、泥にかなう建材はないからだ。泥は温度を一度あげるために必要な熱量が高く、優れた調湿機能がある。マフジャバで家を建てるのは女で、屋内の階段はアルス（花嫁）と呼ばれている。[243] 窓枠は目の覚めるような鮮やかな青で彩られ、家の正面に真っ白な水平な線で各階の境目が示されている。建物と建物の隙間で影になっている傾斜地には、アカシアの木とタマリンドの灌木の生えている台地があり、そのあいだを小道が走って、あちこちにキビ畑が散らばっている。

アッパーヤファの面積は一六〇〇平方キロメートル、およそ大ロンドンと同じ広さだ。人口は三万から四万人だった。住民はすべて保守的なイスラム教徒だったが、太鼓の魔力や雨乞いを信じるなど、昔の迷信と神秘主義に驚くほど傾倒していた。

イギリスは一八〇〇年代の初めに、周辺海域の海賊征伐を口実にアデンを植民地化したあと、さらに内陸にある隣のスルタン国も遠慮せずに頂戴することにした。一九〇三年にアッパーヤファのスルタン、カフターン・イブン・ウマル・イブン・アルフサイン・アルハルハラが、相互防衛条約に応じたため、少なくとも形式的にはこの部族地域はイギリスのアデン保護領の一部となった。それから一九六〇年にいたるまで、この地区を訪れたヨーロッパ人はほんのひと握りしかいなかった。訪問者は住民の態度が剣呑で、道はロバとラクダを使わないと通れないと伝えている。また、スルタンの兵士からつねに嫌がらせを受けていたことにも言及している。

部族地域の中でも衝突はあった。一九五〇年代は確執が確執を呼んで、ついにはスルタンに対する激しい反乱が勃発した。このときのスルタン、ムハンマド・イブン・サーリフ・イブン・ウマル・アルハルハラは、一九四八年にハルハラ王朝を継承していた。終いにはスルタンがイギリスに助けを求めたために、ホーカーハンター対地攻撃機が送られて、反逆者に対し繰り返し空爆を行なう事態になった。多くの村が灰燼と化した。攻撃の調整に携わっていたあるイギリス人将校は、その結果を次のように要約している。「[領土は] 征服が進まず敵地のままで、峡谷は血気さかんで不遜なヤファイ人で沸き立っていた[244]」

一九六三年にイギリスがこの地域のスルタン国を融合して、南アラビア連邦を形成したとき、アッパーヤファのスルタンは東部のいくつかの小国とともに、それよりは拘束力が緩い南アラブ保護領にくわわることにした。とはいえそれもイギリスの権威の傘の下で統合されることを意味したが、アッパーヤファは主権を取り戻したも同然だと感じていた。そこで一九六七年九月三〇日に、独立を祝って一〇種類の切手を発行した。図柄の緑と赤のはためく国旗には、三日月とシミタール（三日月）刀があしらわれている。この王国では国内でも国外とのやりとりでも、現実的な郵便物の配達は皆無に等しかったことを考えると、この決断は奇異な感じがする。アッパーヤファでは郵便制度はまったく整っておらず、マフジャバにはそれ以前もそれ以降も、一基の郵便ポストも出現していない。実をいうと、その全てがイギリスのハリソン&サンズ社の口車に乗せられてのことだった。この切手印刷会社は、世界中の切手収集家に切手を売れば莫大な収益が見込めて、直接国庫を潤すことになるといって、スルタンの関心を引いた。スルタンはエサに食いついた。

国旗シリーズに続いて、その数週間後に世界的に有名な絵画をモチーフにした大判切手が発行されると、バカバカしさは頂点に達する。そのひとつはアメリカのケネディー大統領の没後五周年を記念していた。別の切手はオランダの風車の絵だった。わたしの手元にある切手は、フランスの印象派画家エドガー・ドガの有名な踊り子の絵が図柄になっている。この絵の女性のドレスは、イスラム教にはまったくふさわしくない。スルタンはアッパーヤファに入って来なかったのを喜んでいたはずだ。どんなに接近したとしても、アデンのオフィスの棚までだったろう。アッパーヤファはここを事実上の郵便局にしていたのだ。

イギリスの非人間的な行為のために、この地域では次第に反植民地主義と民族主義の風潮が強まった。当時の中東ではまたあらゆる場所で、同じ気風が広がっていた。英雄はガマル・アブデル・ナセルだった。ナセルはエジプトで政権の座に就くと、一九五六年には侵攻しようとするイスラエルとイギリス、フランスの連合軍を撃退した［第二次中東戦争］。このようなことはそれまでの歴史で一度も起こっていない。そうした戦勝ムードはやがて、アデン方面にも充満した。イギリスが片っ端から敵を粛清したとしても効果はあまりなかった。一九六七年一一月、かつては忠誠を誓った植民地軍が反旗を翻すと、全てにケリがついた。イギリスは一夜にして撤退した。

この地域で親英的な君主はすべて王座から引きずりおろされ、アッパーヤファのスルタンも一九六七年一一月二九日に暗殺された。その後この小国は一気に崩壊して、あらたに建国した南イエメン人民共和国の権威の下に置かれた。この国はその数年後にイエメン民主人民共和国に改称する。そしてソ連からの強固な支援を受けて、中東で最初で最後のマルクス主義国家となった。

そのイデオロギーの力も徐々に弱まり、一九九〇年には民主人民共和国はついに、北イエメンと統一してイエメンとなる。それ以来この地域は、絶え間ない国内紛争と内戦の流血で疲弊している。ヤファ族も巻きこまれている。またアメ

1967年　エトガー・ドガの絵画《舞台のバレエ稽古》（1874年）をモチーフにした切手。

リカのドローンがうるさく飛びまわる中、さまざまなイスラム教の派閥によって短命な首長国が樹立されており、支配権はそのあいだでひっきりなしに移動している。

凄まじい物質的な破壊は何度も繰り返されて、地元民はやり場のない怒りにとらわれている。だが丹精こめて作る泥レンガの家は、比較的修理と再建が容易だ。少なくともそのことが地元民の気休めになってきた。土の山は土の山である。爆撃で土くれになっても、千年にわたる自然の侵食からできた土でも、その性質に変わりはない。

［領土は］征服が進まず敵地のままで、峡谷は血気さかんで不遜なヤファイ人で沸き立っていた

イギリス兵ドナルド・S・フォスター

文献

スティーヴン・W・デイ（二〇一二年）『紛争の国、イエメンの地方分権主義と反乱 *Regionalism and Rebellion in Yemen:A Troubled Nation*』

サルマ・サマー・ダムルージ（二〇〇七年）『イエメンの建築物－ヤフィからハドラマウトまで *The Architecture of Yemen: From Yafi to Hadramut*』

訳者あとがき

歴史の中でうたかたのように現れては消えた国々。なかには地図に記載されず、国際社会にも認められないまま滅びた国もある。いや、本書で取り上げられた五〇の国の中には、一般的には国家とも政権とも呼べない例もある。たった二週間で消滅した東カレリア、国民がひとりもいないサウスシェトランド諸島、成金が独裁者を気取ったティエラデルフエゴ。セダン王国などは、切手以外に存在したことを示す痕跡は残っていない。

では本書で取り上げる国・政権とは、どのようなものなのだろうか。

共通しているのは、どの「国」も切手を発行していることだ。切手は筆者がいうように「存在意義」のアピールにほかならない。たとえそれが傀儡国家によるものでも、切手マニア相手の商売で国庫を潤すための発行でも。経緯はともかく、結果的に切手はその時代のその場所で国家というやぐらが構えられている事実を、世界に発信しているのだ。

めまぐるしく勢力図が変わる地域ではなおさら、切手は貴重な資料となる。そのためこの本は、切手発行の背景にフォーカスすることにより、一九–二〇世紀の国家誕生のいきさつをわかりやすく再現しているといえるだろう。主権の交代はそのまま、切手への加刷となって現れる。たとえば南カサイは独立後しばらく、宗主国ベルギーの切手に国名を加刷して使用していた。

とはいっても本書は切手をテーマにしているのではない。切手は、筆者にとってヤップ島の石貨フェイのようなものだ。

「もしその石にまつわるよい裏話があるなら、大きさに関わらず価値は劇的に上がった。できるならそれは不幸や死にかんするエピソードがよかった」

鉱物の利権、個人的野心、民族主義、大国のご都合主義、歴史の奥に封じこめられた暗い過去。悲劇はいつも、あまりにも人間臭い動機から起こる。筆者はその痕跡を切手の文字や目打ちの不揃いさ、モチーフ、糊の味や破損の状況から読みとろうとする。切手は歴史のロマンへの通行証になる。もはや存在しない国のロマンと、人々が生きていた確かなしるし。それが本書のテーマだろう。

ちなみに国際的に承認されていない国や政権は、呼称がまちまちなことがある。たとえばトリポリ共和国は、トリポリタニア共和国とも呼ばれるが、本書では参考文献のリサ・アンダーソン著 *The Tripoli Republic* にもとづく国名を採用している。

またどの国の項でも必ず、人々がどのような家屋に住み、町並みを作っているかについての記述があり、情景に彩りを添えている。それもそのはず、筆者のビヨン・ベルゲは現役の建築家で、エコロジーと建材に関する研究の大家でもある。建築家協会文学賞銀賞を受賞した二〇〇〇年の著書 *The Ecology of Building Materials* は、多くの国の大学で教材として採用されている。本書『世界から消えた50の国　1840－1970年』もすでに英語版、デンマーク語版が出ており、今後も多くの言語で翻訳される予定だ。

ノルウェー人のビヨン・ベルゲが、日本が深く関与した満州と琉球を取りあげているのも興味深い。その中で彼は「大江健三郎・岩波書店沖縄裁判」に触れている。この裁判について少し補足すると、判決は単純に日本軍将校が集団自決を命じたことを認定したのではなかった。大江の著書『沖縄ノート』に将校の実名が記載されていないために、自決命令を発した将校を特定できず、個人への名誉毀損にはあたらないという判断も下しているのだ。

補足ついでにこぼれ話をひとつ。インドのアルワルの荒ぶれる藩王が、腹立ちまぎれにロールスロイスの高級車をゴミを集められるように改造したエピソードが紹介されている。改造といっても、ほうきを結びつけて道路を掃けるようにした程度だった。当時の写真が残っている。もっとも、もったいない使い方であるのに変わりはないが。

密通の発覚からひとつの町が壊滅したギャングの抗争、南洋の島とヨーロッパの習慣が強烈に入り混じった海賊の結婚式。事実は小説より奇なり。歴史に埋もれ忘れ去られた事実が、ページをめくるにつれてパノラマのようによみがえる。筆者がいうように、確かにこれも世界を旅するひとつの方法かもしれない。

最後になったが本書の訳出にあたり、原書房の大西奈己氏には、自然な訳文の表現などについて、客観的で貴重なアドバイスをいただいた。オフィススズキの鈴木由紀子氏には、翻訳作業の効率化においてはもちろん、訳者の励まし役としてご苦労をかけた。この本が多くの人のご協力によって、世に送り出されていることを改めて実感している。この場を借りて心からお礼申し上げたい。

二〇一八年五月末日

消えゆく平成の時代を惜しみつつ

角　敦子

原注

まえがき

1 Jared Diamond (2012): *Collapse: How Societies Choose to Fail or Succeed.*（ジャレド・ダイアモンド『文明崩壊——滅亡と存続の命運を分けるもの』、楡井浩一訳、草思社）。

2 Terje Bongard & Eivin Roskaft (2010): *Det biologiske mennesket.*

3 Steven Pinker の引用。出典は Harald Hoiback (2014): *Krigskunstens historie fra 1500 til i dag.*

1840 年から 1860 年

4 Susan Sontag (1992): *Volcano Lover: A Romance.*

5 Julia Kavanagh (1858): *A Summer and Winter in the Two Sicilies.*

6 Giuseppe Tomasi de Lampedusa (2007): *The Leopard* (trans. Archibald Colquhoun).（ジュゼッペ・トマージ・ディ・ランペドゥーサ『山猫』、佐藤朔訳、河出書房新社）。

7 同書。

8 Tacitus (98): *Germania.*（タキトゥス『ゲルマーニア』、泉井久之助訳、岩波書店）。

9 M. L'Estrange & Anna Maria Wells (1850): *Heligoland Or Reminiscences of Childhood: A Genuine Narrative of Facts.*

10 同書。

11 絵葉書にあった詩 L. Von Sacher-Masoch: '*Grun ist das Land. Roth ist die Kant. Weiss ist der Sand. Das sind die Farben von Heligoland.*'

12 John Gribbin (1985): 'Uncertainty that settled many a doubt', *New Scientist* 6.

13 Stuart Cameron & Bruce Biddulph (2015): *SS Hungarian.*

14 M. H. Perley (1857): *A Hand-Book of Information for Emigrants to New-Brunswick.*

15 同書。

16 Alexander Monro (1855): *New Brunswick: With a Brief Outline of Nova Scotia and Prince Edward Island. Their History, Civil Divisions, Geography and Productions.*

17 同書。

18 Ovre Richter Frich (1912): *Kondoren: en Landflygtigs roman.*

19 Georg Wedel-Jarlsberg (1913): *Da jeg var cowboy.*

20 Jack Child (2008): *Miniature Messages: The Semiotics and Politics of Latin American Postage Stamps.*

21 Patricia Fernández-Kelly & Jon Shefner (2006): *Out of the Shadows: Political Action and the Informal Economy in Latin America.*

22 Captain Keppel の引用。出典は St John, Spenser, *The Life of Sir James Brooke, Rajah of Sarawak*, 1879.

23 Adolf Erik Nordenskiöld (1881): *Vegas fard kring Asien och Europa.*

24 同書。

25 Emilio Salgari (1900): *Sandokan: Le Tigri de Mompracem*, trans. Anna Cancogni in Umberto Eco's *Open Work* (1989).

26 Umberto Eco (1989): *Open Work* (trans. Anna Cancogni).（ウンベルト・エーコ『開かれた作品』、篠原資明、和田忠彦共訳、青土社）。

27 詩編 4 の 1 節。

28 Arne Lochen (1900): *J. S. Welhaven: liv og skrifter.*

29 Christopher Bruun (1964): *Soldat for sanning og rett. Brev fra den dansk-tyske krigen 1864.*

30 Joachim Toeche-Mittler (1971): *Die Armeemarschsammlung.*

31 Christopher Bruun (1964): *Soldat for*

sanning og rett. Brev fra den dansk-tyske krigen 1864.
32 Thorkild Hansen (1969): *Slavenes skip.*
33 Anonymous (1792): *Om livet pa plantagerne.*
34 Thorkild Hansen (1970): *Slavenes oyer.*
35 同書。
36 Jonathan Swift (1726): *Gulliver's Travels.*（ジョナサン・スウィフト『ガリバー旅行記』、平井正穂訳、岩波書店）。
37 Sidsel Wold (1999): *Warra! Warra! Da de hvite kom til Australia.*
38 同書。
39 Basset Hull (1890): *The Stamps of Tasmania.*
40 James Boyce (2010): *Van Diemen's Land.*
41 Mary Henrietta Kingsley (1897): *Travels in West Africa. Congo Francais, Corisco and Cameroons.*
42 Per Arne Aasen (1954): *Alfred Saker: Bantu-Afrikas Apostel.*
43 Mary Henrietta Kingsley (1897): *Travels in West Africa. Congo Francais, Corisco and Cameroons.*
44 同書。
45 Benita Sampedro Vizcaya (2012), 'Routes to Ruin', Article in *LL Journal*, Vol. 7, No. 2.
46 同記事。
47 デア・シュピーゲル誌（2006 年 8 月 28 日）。
48 Charles Edward Barrett-Lennard (1862): *Travels in British Columbia: with a narrative of a yacht voyage round Vancouver's Island.*
49 同書。
50 Robin Fisher (1992): *Contact and Conflict: Indian-European Relations in British Columbia.*
51 同書。
52 Edwin Ernest Rich (1959): *The History of the Hudson's Bay Company.*
53 Robin Fisher (1992): *Contact and Conflict: Indian-European Relations in British Columbia.*

1860 年から 1890 年

54 当時の銀 230 キロに相当する金額。
55 ダンキルは砂漠地帯の名称である。
56 Wyatt Alexander Mason (2003): *I Promise to be Good: the Letters of Arthur Rimbaud.*
57 同書。
58 同書。
59 Per Buvik, *Dekadanse* (2001).
60 Luisa María Mora を引用。出典は Juan Salamanca Uribe (2007): *La Gruta Simbolica: Una anecdota en si misma.*
61 Julio Floréz, 'Mis flores negras' の詩編 5 節のうちの最初の 1 節。
62 たとえば 1999 年に Carlos Gardel, 'Mis flores negras' があらたにレコーディングされている。
63 G. B. Malleson (1875): *A Historical Sketch of the Native States of India.*
64 Eliza Ruhamah Scidmore (1903): *Winter India.*
65 同書。
66 Olle Strandberg, (1961): *Tigerland og sydlig hav.*
67 Margaret Bourke-White (1949): *Halfway to Freedom.*
68 Erling Bjol (1986): *Imperialismen.*
69 A. J. P. Taylor (1972): *The Struggle for Mastery in Europe 1848–1918.*
70 Ingvald Schroder-Nilsen (1925): *Blant boerne i fred og krig.*
71 同書。
72 同書。
73 同書。
74 Andrea Lollini (2011): *Constitutionalism and Transitional Justice in South Africa.*
75 Ingvald Schroder-Nilsen (1925): *Blant boerne i fred og krig.*

76 Martin Meredith (2008): *Diamonds, Gold and War: The British.*
77 Robin Clarke (1991): *Water: The International Crisis.*
78 William Edmundson (2011): *The Nitrate King: A Biography of 'Colonel' John Thomas North.*
79 同書。
80 同書。
81 Eduardo Galeano (2009) : *Open Veins of Latin America,* trans. Cedric Belfrage.
82 Eduardo Galeano (1985): *Memory of Fire 3: Century of the Wind,* trans. Cedric Belfrage.（エドゥアルド・ガレアーノ『火の記憶 3（風の世紀）』、飯島みどり訳、みすず書房）。
83 Carsten Jensen (1999): *Jeg har hort et stjerneskud.*
84 Tariq Ali (1985): *An Indian Dynasty: the Story of the Nehru-Gandhi Family.*（タリク・アリ『インドを支配するファミリー』、出川沙美雄訳、講談社）。
85 Anne-Marie Schimmel (1980): *Islam in the Indian Subcontinent.*
86 Iqubal A. Nanjee & Shaid Zaki (year of publication unknown): 'Bhopal Puzzle'.
87 Nawab Sultan Jahan Begum (1912): *An Account of My Life,* trans. C. H. Payne.
88 同書。
89 Hugh Clifford (1906): *Heroes in Exile.*
90 同書。
91 Jan Dodd & Mark Lewis (2008): *Rough Guide to Vietnam.*
92 1800 年代末に一般的に受け入れられていたミアズマ説では、コレラやクラミジア、黒死病（ペスト）などの病気の原因は、腐ったものから発生する不快で不健康な空気であるとされていた。
93 Isabella L. Bird (1883): *The Golden Chersonese.*
94 現在のマレー半島。
95 H. Conway Belfield (1902): *Handbook of the Federated Malay States.*
96 Isabella L. Bird (1883): *The Golden Chersonese.*
97 同書。

1890 年から 1915 年

98 Bjarte Breiteig (2013): *Ile Sainte-Marie.*
99 Charles Johnson (1724): *A General History of the Pyrates.*（チャールズ・ジョンソン『海賊列伝－歴史を駆け抜けた海の冒険者たち』、朝比奈一郎訳、中央公論社）。
100 Peter Hawkins (2007): *The Other Hybrid Archipelago: Introduction to the Literatures and Cultures of the Francophone Indian Ocean.*
101 R. V. Russell (1916): *The Tribes and Castes of the Central Provinces of India.*
102 *American Journal of Philately* (1891).
103 Laxmibai Tilak (2007): *Sketches from Memory.*
104 同書。
105 Ernest F. Ward & Phebe E. Ward (1908): *Echoes from Bharatkhand.*
106 Laxmibai Tilak (2007): *Sketches from Memory.*
107 1897 年 12 月 6 日の国会での討論。出典は Gilbert Krebs and Bernard Poloni(1994): *Volk, Reich und Nation: Texte zur Einheit Deutschlands in Staat, Wirtschaft und Gesellschaft 1806–1919* .
108 Philip Alcabes (2010): *Dread: How Fear and Fantasy Have Fuelled Epidemics from the Black Death to Avian Flu.*
109 S. C. Hammer (1915): *Wilhelm II.*
110 同書。
111 いわゆる「フン族演説」。S. C. Hammer (1915):*Wilhelm II.* より翻訳。
112 Joachim Schultz-Naumann (1985): *Unter Kaisers Flagge,Deutschlands Schutzgebieteim Pazifik und in China einst und*

heute.

113 Otto Hornung (1982): *The Man from Tierra del Fuego.*

114 1769 年、キャプテン・クックの日誌を引用。出典は John C. Beaglehole(1961): *The Journals of Captain James Cook: The Voyage of the Endeavour 1768–1771.*

115 Patricio Manns (1996): *Cavalier seul.*

116 Robert Baden-Powell (1933): *Lessons from the Varsity of Life.*

117 Solomon Plaatje (1990): *The Mafeking Diary.*

118 Hope Hay Hewison (1989): *Hedge of Wild Almonds: South Africa, the Pro-Boers & the Quaker Conscience, 1890–1910.*

119 Sarah Isabella Augusta Wilson (1909): *South African Memories. Social Warlike & Sporting, from diaries written at the time.*

120 William Hillcourt (1964): *Baden-Powell: Two Lives of a Hero.*（ウィリアム・ヒルコート『ベーデン・パウエル―英雄の２つの生涯』、安斎忠恭訳、産業調査会）。

121 James Lawrence (2006): *The Middle Class: A History.*

122 William Furness (1910): *The Island of Stone Money.*

123 Paul Rainbird (2003): *The Archaeology of Micronesia.*

124 Lawrence Klingman & Gerald Green (1952): *His Majesty O'Keefe.*

125 Dennis M. Powers (2010): *Tales of the Seven Seas: The Escapades of Captain Dynamite Johnny O'Brien.*

126 Joe Race (2010): *The Royal Headley of Pohnpei: Upon a Stone Altar.*

127『運河業務報告書』(1911 年 12 月 6 日)。「運河より古いアメリカの入植地がガトゥン湖の水中に沈んでいる」

128 現在のクレブラ・カット。

129 デヴィッド・ドゥ・ボーゼ・ゲイラードの言葉。米第 3 義勇工兵連隊が発行した書簡集（1916 年）より。

130 Noel Maurer & Carlos Yu (2010): *The Big Ditch: How America Took, Built, Ran, and Ultimately Gave Away the Panama Canal.*

1915 年から 1945 年

131 T. E. Lawrence (1927): *Revolt in the Desert.*（T・E・ロレンス『砂漠の反乱』、柏倉俊三訳、角川書店）。

132 メッカの正式名はマッカ・アル＝ムカッラマ（Makkah al-Mukarramah）。

133 Philip Knightley & Colin Simpson (1969): *The Secret Lives of Lawrence of Arabia.*

134 Alexander Solzhenitsyn (1972): *August 1914.*（ソルジェニーツィン『一九一四年八月』、江川卓訳、新潮社）。

135 1919 年 6 月 28 日に締結された、「同盟及連合国ト独逸国トノ平和条約（ヴェルサイユ条約）」より。

136 現在のルブフ。

137 Reha Sokolow, Al Sokolow & Debra Galant (2003): *Defying the Tide: An Account of Authentic Compassion During the Holocaust.*

138 1999 年以降はヴァルミア＝マズールィ県。

139 Thor Heyerdahl (1970): *Ra.*（トール・ハイエルダール『葦舟ラー号航海記』、永井淳訳、草思社）。

140 Arthur Cotton (1894/2012): *The Story of Cape Juby.*

141 Antoine de Saint-Exupéry (1929): *Courrier Sud.*（アントワーヌ・ド・サン＝テグジュペリ『南方郵便機』、山崎庸一郎訳、みすず書房）

142 Antoine de Saint-Exupéry (1939): *Terres des Hommes.*（アントワーヌ・ド・サン＝テグジュペリ『人間の大地』、山崎庸一郎訳、みすず書房）。

143 同書。
144 同書。
145 同書。
146 Carl Eric Bechhofer (1923): *In Denikin's Russia and the Caucasus, 1919–1920.*
147 Chris Wrigley (2002): *Winston Churchill: A Biographical Companion.*
148 Gwyneth Hughes (1991): *Red Empire: The Forbidden History of the USSR.*（ギネス・ヒューズ『赤い帝国—発表を禁じられていたソ連史』、内田健二訳、時事通信社）。
149 Carl Eric Bechhofer (1923): *In Denikin's Russia and the Caucasus, 1919–1920.*
150 同書。
151 Gwyneth Hughes (1991): *Red Empire: The Forbidden History of the USSR.*（ギネス・ヒューズ『赤い帝国—発表を禁じられていたソ連史』）。
152 A. I. Denikin (1920): *The Russian Turmoil, Memoirs, Military, Social and Political.*
153 Knut Hamsun (1903): *I Aventyrland. Opplevet og dromt i Kaukasien.*
154 Eric Linklater (1941): *The Man on my Back.*
155 Fridtjof Nansen (1927): *Gjennom Armenia.*
156 同書。
157 Brita Asbrink (2010): *Ludvig Nobel: 'Petroleum har en lysande framtid': En historia om eldfangd och olja och revolution I Baku.*
158 Anthony Sampson (1975): *The Seven Sisters.*（アンソニー・サンプソン『セブン・シスターズ』、大原進・青木榮一訳、日本経済新聞社）。
159 Hermann Rauschning (1939): *Hitler Speaks*.（ヘルマン・ラウシュニング『永遠なるヒトラー』、船戸満之訳、天声出版）。
160 Günter Grass (2009): *The Tin Drum*, trans. Breon Mitchell.（ギュンター・グラス『ブリキの太鼓』、高本研一訳、集英社）。
161 Hermann Rauschning (1939): *Hitler Speaks*.（ヘルマン・ラウシュニング『永遠なるヒトラー』、船戸満之訳、天声出版）。
162 Jan H. Landro (1998): *Gunter Grass.*
163 Boris Pasternak (1959): *Doctor Zhivago* (trans. Max Hayward & Manya Harari).（ボリス・パステルナーク『ドクトル・ジバゴ』、原子林二郎訳、時事通信社）。
164 Roman Brackman (2001): *The Secret File of Joseph Stalin: A Hidden Life.*
165 Nicholas Griffin (Ed.) (2002): *The Selected letters of Bertrand Russell, Volume 2: The Public Years 1914–1970.*
166 Roman Brackman (2001): *The Secret File of Joseph Stalin: A Hidden Life.*
167 Michael Scammell (2014): *The CIA's: 'Zhivago'.*
168 Lisa Anderson (1982): *The Tripoli Republic.*
169 Anna Baldinetti (2014): *The Origins of the Libyan Nation.*
170 Ali Abdullatif Ahmida (2011): *Making of Modern Libya: State Formation, Colonization and Resistance.*
171 Anna Baldinetti (2014): *The Origins of the Libyan Nation.*
172 Khalid I. El Fadli et al. (2013): 'World Meteorological Organization Assessment of the Purported World Record 58°C Temperature Extreme at El Azizia, Libya (13 September 1922)'.
173 *Kalevala*, after a Swedish rendering by Lars and Mats Huldén.（リョンロット編『フィンランド叙事詩 カレワラ』、小泉保、岩波書店）。
174 Jussi Niinistö (2001): *Bobi Sivén – Karjalan puolesta.*
175 Kim Leine (2015): *Avgrunnen.*
176 現在のクイト。

177 ダンヌンツィオの1919年の演説。出典は、Lucy Hughes-Hallett (2013): The Pike: Gabriele D'Annunzio, Poet, Seducer and Preacher of War（ルーシー・ヒューズ＝ハレット『ダンヌンツィオ 誘惑のファシスト』、柴野均訳、白水社）。
178 1919年、イタリア首相フランチェスコ・ニッティの演説。出典はEnzo Biagi (1964): *Storia del fascism, Volum 1.*
179 Edvard Nilsen & Hans Vatne, Ed. (1955): *Verden i bilder*.
180 Fred Licht (1982): *The Vittoriale degli Italiani.*
181 Rebecca West (1941): *Black Lamb and Grey Falcon.* 1925 *to* 1945
182 Simon Winchester & Aisin-Gioro Pu Yi (1987): *From Emperor to Citizen. The Autobiography of Aisin-Gioro Pu Yi.*（サイモン・ウィンチェスター、愛新覚羅溥儀『わが半生－満州国皇帝の自伝』、小野忍訳、筑摩書房）。
183 Gregory Dean Byrd, (2005): General Ishii Shiro: 'His Legacy Is that of Genius and Madman', Electronic Theses and Dissertations. Paper 1010. http://dc.etsu.edu/etd/1010
184 同サイト。
185 ナンチンとも読む。
186 Hassoldt Davis (1952): *The Jungle and the Damned.*
187 Henri Charriere (1970): *Papillon.*（アンリ・シャリエール『パピヨン』、平井啓之訳、河出書房新社）。
188 ヴェトナムの安南から。
189 Hy V. Luong (1992): *Revolution in the Village.*
190 Comité Français de L'Union Internationale pour la Conservation de la Nature (2003): *Guyane.*
191 Tim Severin (1987): *The Ulysses Voyage.*
192 David Abulafia (2011): *The Great Sea: A Human History of the Mediterranean.*
193 出典はCaterina Gerardi (2013): *L'Isola di Rina: Ritorno a Saseno*.
194 Otto Mänchen-Helfen (1931): *Reise ins asiatische Tuwa*.（オットー・メンヒェン＝ヘルフェン『トゥバ紀行』、田中克彦訳、岩波書店）。
195 同書。
196 Samuel M. Blekhman (1997): *The Postal History and Stamps of Tuva.*
197 Johnny Haglund (2003): *Forunderlige steder*.
198 Graham Stuart (1931): *The International City of Tangier.*
199 Paul Bowles (1958): *The Worlds of Tangier.*
200 Greg Mullins (2002): *Colonial Affairs: Bowles, Burroughs and Chester Write Tangier.*
201 Paul Bowles (1958): *The Worlds of Tangier.*
202 同書。
203 Stacey A. Suver (2012): *A Dream of Tangier: Revolution and Identity in Post-War Expatriate Literature.*
204 Michael K. Walonen (2010): *Lamenting Concrete and Coke: Paul Bowles and Brian Gysin on the Changing Spaces of Postcolonial Morocco.*
205 Paul Bowles (1958): *The Worlds of Tangier.*
206 Franz Werfel (1934): *The Forty Days of Musa Dagh.*（フランツ・ヴェルフェル『モーゼ山の四十日』、福田幸夫訳、近代文藝社）。
207 Hans-Lukas Kieser (2006): *Turkey Beyond Nationalism: towards Post-Nationalist Identities.*
208 Sverre Rodder (1990): *Min are er troskap: om politiminister Jonas Lie*.
209 Jonas Lie (1940): *I 'fred' og ufred.*
210 Franz Werfel (1934): *The Forty Days of*

Musa Dagh.（フランツ・ヴェルフェル『モーゼ山の四十日』）。

211 Jonas Lie (1940): *I 'fred' og ufred.*

212 同書。

213 Robert D. Kaplan (1996): *The Ends of the Earth. A Journey at the Dawn of the 21st Century.*

214 *Ewan W. Anderson (2014): Global Geopolitical Flashpoints: An Atlas of Conflict.*

215 Simon Hamon (2015): *Channel Islands Invaded: The German Attack on the British Islands in 1940 Told Through Eye-Witness Accounts, Newspaper Reports, Parliamentary Debates, Memoirs and Diaries.*

216 Robert Fisher (2013): *German Occupation of British Channel Islands.*

217 Simon Hamon (2015): *Channel Islands Invaded.*

218 Dan Bortolotti (2008): *Wild Blue: A Natural History of the World's Largest Animal.*

219 アフテンポステン紙（1919 年 7 月 30 日）。

220 Leo Oterhals (2000): *Hvite horisonter.*

221 Erland Kolding Nielsen, Arild Hvidtfeldt, Axel Andersen & Tim Greve (1982): *Australia, Oceania og Antarktis.*

222 Ruben Stehberg & Liliana Nilo (1983): 'Procedencia Antarctica inexacta de dos puntas de proyectil'

1945 年から 1975 年

223 イタリア語では *La Ragazza di trieste* (1982).

224 Jan Morris (2001): *Trieste and the Meaning of Nowhere.*

225 Claudio Magris (2001): *Microcosms* (trans. Iain Halliday)

226 同書。

227 Winston Churchill (1946): *The Sinews of Peace.*

228 Jan Morris (2001): *Trieste and the Meaning of Nowhere.*

229 南西諸島の琉球国に属する部分。

230 Katsu Moriguchi (1992): *Fukki ganbo.*（森口豁『復帰願望』、海風社）。

231 Kenzaburō Ōe (1970): *Okinawa Notes.*（大江健三郎『沖縄ノート』、岩波書店）。

232 Leo Zelig (2008): *Lumumba: Africa's Last Leader.*

233 Toril Opsahl, University of Oslo.

234 Gunnerius Tollefsen (1963): *Men Gud gav vekst. En pionermisjonar ser seg tilbake.*

235 Eric Packham (1996): *Freedom and Anarchy.*

236 Juakali Kambale (2011): *Who is stealing DRC's gold?*

237 Antoine M. Hol & John A. E .Vervaele (2005): *Security and Civil Liberties: The Case of Terrorism.*

238 ソウモキルのグループの指導者、J・A・マヌサマの発言。出典は Richard Chauvel (2008): *Nationalists, Soldiers and Separatists: The Ambonese Islands from Colonialism to Revolt, 1880–1950.*

239 Wim Manuhutu (1991): *Moluccans in the Netherlands: A Political Minority?*

240 ビアフラ国歌「Land of the Rising Sun」の 1 番。作詞はナーム・ディ・アジキウェ。

241 作者はビル・ワターソン。1985–1995 年。

242 Kwasi Kwarteng (2011): *Ghosts of Empire: Britain's Legacies in the Modern World.*

243 Salma Samar Damluji (2007): *The Architecture of Yemen: From Yafi to Hadramut.*

244 Donald S. Foster (1969): *Landscape with Arabs.*

参考文献

Aasen, Per Arne (1954): *Alfred Saker: Bantu-Afrikas apostel.* Stavanger, Misjonsselskapets forlag.

Abulafia, David (2011): *The reat Sea: A Human History of the Mediterranean*. Oxford, Oxford University Press.

Achebe, Chinua (1958): *Things Fall Apart*. New York, Anchor Press.（アチェベ、チヌア『崩れゆく絆』、粟飯原文子訳、光文社）。

Adichie, Chimamanda Ngozi (2006): *Half of a Yellow Sun.* New York, Anchor Books.(アディーチェ、チママンダ・ンゴズィ『半分のぼった黄色い太陽』、くぼたのぞみ訳、河出書房新社)。

Ahmida, Ali Abdullatif (2011): *Making of Modern Libya: State Formation, Colonization and Resistance*. New York, State University of New York Press.

Alcabes, Philip (2010): *Dread: How Fear and Fantasy Have Fueled Epidemics from the Black Death to Avian Flu*. ReadHowYouWant.com.

Ali, Tariq (1985): *The Nehrus and the Gandhis, An Indian Dynasty.* London, Chatto & Windus.（アリ、タリク『インドを支配するファミリー』、出川沙美雄訳、講談社）。

Andelman, David A. (2014): *A Shattered Peace: Versailles 1919 and the Price We Pay Today*. Hoboken, John Wiley & Sons, Inc.

Anderson, Ewan W. (2014): *Global Geopolitical Flashpoints: An Atlas of Conflict*. New York, Routledge. ×

Anderson, Lisa (1982): *The Tripoli Republic*. Wisbeck, Menas Press. ×

Anderssen, Justus & Henrik Dethloff (1915): *Frimerkesamlerens ABC*.Kristiania, Aschehoug.

Anonymous (1792): 'Om livet pa plantagerne'. *Minerva* magazine, Copenhagen.

Anonymous (1875): *Sketch of the Orange Free State*. Bloemfontein, Brooks & Fell, Printers.

Asbrink, Brita (2010): *Ludvig Nobel: "Petroleum har en lysande framtid": En historia om eldfangd olja och revolution i Baku.* Stockholm, Wahlström & Widstrand.

Awa, Okonkwo Okuji (2009): *My Journey from Stamp Collecting to Philately*. Lulu.com.

Baden-Powell, Robert (1933): *Lessons from the Varsity of Life*. London, C. A. Pearson.

Baldinetti, Anna (2014): *The Origins of the Libyan Nation*. New York, Routledge.

Baldus, Wolfgang (1970): *The Postage Stamps of the Kingdom of Sedang. History and Background Stories of Unusual Stamps, No. 4*.

Barrett-Lennard, Charles Edward (1862): *Travels in British Columbia: With a Narrative of a Yacht Voyage Round Vancouver's Island.* London, Hurst and Blackett, Publishers.

Beaglehole, John C. (1961): *The Journals of Captain James Cook: The Voyage of the Endeavour 1768–1771*, Cambridge, Hakluyt Society.

Bechhofer, Carl Eric (1923): *In Denikin's Russia and the Caucasus 1919–1920*. London, W. Collins Sons & Co, Ltd.

Beck, Peter J. & Clive H. Schofield (1994): *Who Owns Antarctica? Governing and Managing the Last Continent*. Durham, University of Durham.

Begum, Nawab Sultan Jahan (1912): *An Account of My Life,* trans. C. H. Payne. London, John Murray.

Belfield, H. Conway (1902): *Handbook of the Federated Malay States*. London, Edward

Stanford.
Berrichon, Paterne (1899): *Lettres de Jean-Arthur Rimbaud – Egypte, Arabie, Ethiopie.* Paris, Société du Mercure de France.
Biagi, Enzo (1964): *Storia del fascismo*, Vol. 1. Rome, Sadea della Volpe Editori.
Bird, Isabella Lucy (1883): *The Golden Chersonese*. New York, G. P. Putnam's Sons.
Bjol, Erling (1986): *Imperialismen.* Oslo, Cappelen.
Blekhman, Samuel Markovich (1997): *The Postal History and Stamps of Tuva*. Woodbridge, Scientific Consulting Services International.
Bongard, Terje & Eivin Roskaft (2010): *Det biologiske mennesket*. Trondheim, Tapir forlag.
Bortolotti, Dan (2008): *Wild Blue: A Natural History of the World's Largest Animal.* Toronto, Thomas Allen Publishers.
Bourke-White, Margaret (1949): *Halfway to Freedom*. New York, Simon & Schuster.
Bowles, Paul (1958): 'The Worlds of Tangier'. *Holiday* 23, no. 3.
Boyce, James (2010): *Van Diemen's Land.* Melbourne, Black Inc.
Brackman, Roman (2001): *The Secret File of Joseph Stalin: A Hidden Life*. London, Frank Cass.
Brebbia, Carlos A. (2006): *Patagonia, a Forgotten Land.* Southampton, WIT Press.
Breiteig, Bjarte (2013): *Île Sainte-Marie*. Oslo, Flamme forlag.
Brochmann, Georg (1948): *Panamakanalen*. Oslo, Dreyers forlag.
Bruun, Christopher (1964): *Soldat for sanning og rett. Brev fra den dansk-tyske krigen 1864*. Oslo, Samlaget.
Buvik, Per (2001): *Dekadanse.* Oslo, Pax.
Cameron, Stuart & Bruce Biddulph (2015): *SS Hungarian*. The Clyde built ships database.
Caulk, Richard Alan (2002): *Between the Jaws of Hyenas: A Diplomatic History of Ethiopia*. Wiesbaden, Harrassowitz Verlag.
Cavling, Henrik (1894): *Det danske Vestindien.* Copenhagen, Reitzel.
Charriere, Henri (1970): *Papillon,* trans. Patrick O'Brian. London, Hart-Davis.（シャリエール、アンリ『パピヨン』、平井啓之訳、河出書房新社）。
Chauvel, Richard (2008): *Nationalists, Soldiers and Separatists: The Ambonese Islands from Colonialism to Revolt, 1880–1950*. Leiden, KITLV Press.
Child, Jack (2008): *Miniature Messages: The Semiotics and Politics of Latin American Postage Stamps*. Durham, Duke University Press.
Churchill, Winston (2014/1946): *The Sinews of Peace*, e-book. Rosetta Books.
Clarke, Robin (1993): *Water, The International Crisis*. Cambridge, MIT Press.
Clifford, Hugh (1906): *Heroes in Exile.* London, Smith, Elder & Co.
Cotton, Arthur (1894/1912): *The Story of Cape Juby.* London, Waterlow & Sons.
Criscenti, Joseph (1993): *Sarmiento and His Argentina*. Boulder, Lynne Rienner Publishers.
Damluji, Salma Samar (2007): *The Architecture of Yemen: From Yafi to Hadramut*. London, Laurence King Publishing.
Davis, Hassoldt (1952): *The Jungle and The Damned.* New York, MA. Duell/Sloan/Pearce/Little B.
Day, Steven W. (2012): *Regionalism and Rebellion in Yemen: A Troubled Nation*. Cambridge, Cambridge University Press.
Debo, Richard K. (1992): *Survival and Consolidation: The Foreign Policy of Soviet Russia 1918–1921.* Montreal, McGill-Queen's University Press.
Denikin, Anton I. (1922): *The Russian Turmoil, Memoirs, Military, Social and*

Political. London, Hutchinson.
Denikin, Anton I. (1975): *The Career of a Tsarist Officer: Memoirs 1872–1916*. Minneapolis, University of Minnesota Press.
Diamond, Jared (2005): *Collapse: How Societies Choose to Fail or Succeed.* New York, Viking（ダイアモンド、ジャレド『文明崩壊――滅亡と存続の命運を分けるもの』楡井浩一訳、草思社）.
Dodd, Jan & Mark Lewis (2008): *Rough Guide to Vietnam*. Rough Guides UK.
Dowson, E. M. (1918): *A Short Note on the Design and Issue of Postage Stamps Prepared by the Survey of Egypt for His Highness Husein Emir & Sherif of Macca & King of the Hejaz.* Survey of Egypt.
Duly, Colin (1979): *The Houses of Mankind.* London, Thames & Hudson.
Eco, Umberto (1962): *Opera aperta*. Milan, Bompiani.（エーコ、ウンベルト『開かれた作品』、篠原資明、和田忠彦共訳、青土社）。
Edmundson, William (2011): *The Nitrate King: A Biography of 'Colonel' John Thomas North.* New York, Palgrave Macmillan.
Evans, Stephen R., Abdul Rahman Zainal & Rod Wong Khet Ngee (1996): *The History of Labuan Island.* Singapore, Calender Print.
Falk-Ronne, Arne (1975): *Reisen til verdens ende*. Oslo, Luther.
Fernández-Kelly, Patricia & Jon Shefner (2006): *Out of the Shadows: Political Action and the Informal Economy in Latin America*. Pennsylvania, Pennsylvania State University Press.
Fisher, Robert (2013): *German Occupation of British Channel Islands*.Stamps.org.
Fisher, Robin (1992): *Contact and Conflict: Indian-European Relations in British Columbia.* Vancouver, UBC Press.
Foster, Donald S.(1969): *Landscape with Arabs*, London, Clifton Books.
Friberg, Eino (1989): *The Kalevala.* Helsinki, Otava.（リョンロット編『フィンランド叙事詩 カレワラ』、小泉保、岩波書店）。
Frich, Ovre Richter (1912): *Kondoren, En Landflygtigs roman.* Kristiania, Narvesen.
Furness, William (1910): *The Island of Stone Money.* Philadelphia, J. B. Lippincott Company.
Galeano, Eduardo (1973): *Open Veins of Latin America*, trans. Cedric Belfrage. Monthly Review Press.
Galeano, Eduardo (1999): *Memory of Fire III: Century of the Wind*, trans. Cecil Belfrage. New York, Pantheon.（ガレアーノ、エドゥアルド『火の記憶 3（風の世紀）』、飯島みどり訳、みすず書房）。
Gerardi, Caterina (2013): *L'Isola di Rina. Ritorno a Saseno.* Roma, Milella.
Gold, Hal (2004): *Unit 731: Testimony*. Boston, Tuttle Publishing.（ゴールド、ハル『証言・731 部隊の真相：生体実験の全貌と戦後謀略の軌跡』、濱田徹訳、廣済堂）。
Grannes, Alf, Kjetil Ra Hauge & Siri Sverdrup Lunden (1981): *Som fugl Foniks, Bulgaria gjennom 1300 ar.* Lysaker, Solum.
Grass, Günter (2009): *The Tin Drum*, trans. Breon Mitchell. Boston, New York, Houghton Mifflin Harcourt.（グラス、ギュンター『ブリキの太鼓』、高木研一訳、集英社）。
Gribbin, John (1985): 'Uncertainty that settled many a doubt'. *New Scientist* 6.
Griffin, Nicholas, ed. (2002): *The Selected Letters of Bertrand Russell, Volume 2: The Public Year 1914–1970*. London, Routledge.
Haglund, Johnny (2002): *Forunderlige steder.* Oslo, Orion.
Hammer, S. C. (1917): *William the Second as Seen in Contemporary Documents and Judged on Evidence of His Own Speeches.* London, Heinemann.

Hamon, Simon (2015): *Channel Islands Invaded: The German Attack on the British Islands in 1940 Told Through Eye-Witness Accounts, Newspaper Reports, Parliamentary Debates, Memoirs and Diaries*. Barnsley, Frontline Books.

Hamsun, Knut (1903): *I Aventyrland, Oplevet og dromt i Kaukasien.* Copenhagen, Gyldendal.

Hansen, Thorkild (1969): *Slavenes skip,* trans. Harald Sverdrup. Oslo, Gyldendal.

Hansen, Thorkild (1990): *Slavenes oyer,* trans. Georg Stang. Stabekk, Den norske bokklubben.

Harding, Les (1998): *Dead Countries of the Nineteenth and Twentieth Centuries, Aden to Zululand*. Lanham, Scarecrow Press.

Hawkins, Peter (2007): *The Other Hybrid Archipelago: Introduction to the Literatures and Cultures of the Francophone Indian Ocean*. Lanham, Lexington Books.

Hewison, Hope Hay (1989): *Hedge of Wild Almonds: South Africa, the Pro-Boers & the Quaker Conscience, 1990–1910*. London, James Currey.

Heyerdahl, Thor (1970): *Ra*. Oslo, Gyldendal.（ハイエルダール、トール『葦舟ラー号航海記』、永井淳訳、草思社）。

Hickey, Gerald Cannon (1988): *Kingdom in the Morning Mist. Mayrena in the Highlands of Vietnam*. Pennsylvania, University of Pennsylvania Press.

Hillcourt, William (1964): *The Two Lives of A Hero.* London, Heinemann.（ヒルコート、ウィリアム『ベーデン・パウエル―英雄の２つの生涯』、安斎忠恭訳、産業調査会）。

Hilton-Simpson, M. W. (1912): *Land and the Peoples of the Kasai.* London, Constable.

Hoiback, Harald (2014): *Krigskunstens historie fra 1500 til i dag.* Oslo, Cappelen Damm akademisk.

Hol, Antoine M. & John A. E. Vervaele (2005): *Security and Civil Liberties: The Case of Terrorism.* Cambridge, Intersentia.

Hornung, Otto (1982): 'The Man from Tierra del Fuego', *Stamp Collecting*, July.

Horsfield, Margaret & Ian Kennedy (2014): *Tofino and Clayoquot Sound: A History.* Madeira Park, Harbour Publishing.

Hughes, Gwyneth (1990): *Red Empire: The Forbidden History of the USSR*. New York, St. Martin's Press.（ヒューズ、ギネス『赤い帝国―発表を禁じられていたソ連史』、内田健二訳、時事通信社）。

Hughes-Hallett, Lucy (2013): *The Pike: Gabriele d'Annunzio, Poet, Seducer and Preacher of War*. London, Fourth Estate.（ヒューズ＝ハレット、ルーシー『ダンヌンツィオ 誘惑のファシスト』、柴野均訳、白水社）。

Hull, Basset (1890): *The Stamps of Tasmania.* London, Philatelic Society.

Idsoe, Olav (1978): *Et folkemord, Tasmanernes undergang.* Oslo, Dreyer.

Jensen, Carsten (1999): *Jeg har hort et stjerneskud*, trans. Bertil Knudsen. Oslo, Forlaget Geelmuyden Kiese.

Johnson, Charles (1724): *A General History of the Pyrates*. London, T. Warner.（ジョンソン、チャールズ『海賊列伝－歴史を駆け抜けた海の冒険者たち』、朝比奈一郎訳、中央公論社）。

Kamal, Mohammad Arif (2014): 'The Morphology of Traditional Architecture of Jeddah: Climate Design and Environmental Sustainability'. *GBER* 9, no. 1.

Kaplan, Robert D (1996): *The Ends of the Earth: A Journey at the Dawn of the 21st Century*. New York, Random House.

Kavanagh, Julia (1858): *A Summer and Winter in The Two Sicilies.* London, Hurst and Blackett Publishers.

Khan, Shaharyar M. (2000): *The Begums of*

Bhopal: A History of the Princely State of Bhopal. London, I. B. Tauris Publishers.

Kieser, Hans-Lukas (2006): *Turkey Beyond Nationalism: Towards Post-Nationalist Identities.* London, I. B. Tauris Publishers.

Kingsley, Mary Henrietta (1897): *Travels in West Africa. Congo Francais, Corisco and Cameroons.* London, Macmillan & Co.

Klingman, Lawrence & Gerald Green (1952): *His Majesty O'Keefe*. New York, Scribner.

Knightley, Philip & Colin Simpson (1969): *The Secret Lives of Lawrence of Arabia.* London, Thomas Nelson & Sons.

Krebs, Gilbert & Bernard Poloni (1994): *Volk, Reich und Nation: Texte zur Einheit Deutschlands in Staat, Wirtschaft und Gesellschaft 1806–1918*. Asnieres, Presses de la Sorbonne Nouvelle et CID.

Kwarteng, Kwasi (2011): *Ghosts of Empire: Britain's Legacies in the Modern World.* London, Bloomsbury.

Landro, Jan H. (1998): *Günter Grass.* Stabekk, De norske bokklubbene.

Lawrence, James (2006): *The Middle Class: A History.* London, Hachette Digital.

Lawrence, T. E. (1927): *Revolt in the Desert* (abridged version of *The Seven Pillars of Wisdom*). New York, Doran.（ローレンス、T・E『砂漠の反乱』、柏倉俊三訳、角川書店）。

Leighton, Ralph (1991): *Tuva or bust!* New York, W. W. Norton.

Leine, Kim (2015): *Avgrunnen.* Oslo, Cappelen Damm.

L'Estrange, M. & Anna Maria Wells (1850): *Heligoland Or Reminiscences Of Childhood: A Genuine Narrative Of Facts.* London, John W. Parker.

Licht, Fred (1982): 'The Vittoriale degli Italiani'. *Journal of the Society of Architectural Historians*, Vol. 41, no. 4.

Lie, Jonas (1940): *I 'fred' og ufred.* Oslo, Steenske Forlag.

Linklater, Eric (1941): *The Man on My Back.* London, Macmillan & Co.

Lochen, Arne (1900): *J. S. Welhaven: liv og skrifter.* Kristiania, Aschehoug.

Lollini, Andrea (2011): *Constitutionalism and Transitional Justice in South Africa.* New York, Berghahn Books.

Luff, John N. (1899): *What Philately Teaches.* New York, A Lecture Delivered in 1899 before the Section on Philately of the Brooklyn Institute of Arts and Sciences, February 24.

Luong, Hy V. (1992): *Revolution in the Village. Tradition and Transformation in North Vietnam 1925–1988.* Honolulu, University of Hawaii Press.

Macfie, Matthew (1865): *Vancouver Island and British Columbia: Their History, Resources and Prospects.* London, Longman, Green, Longman, Roberts & Green.

Magris, Claudio (2001): *Microcosms,* trans. Iain Halliday. London, The Harvill Press.

Malleson, G. B. (1875): *A Historical Sketch of the Native States of India.* London, Longmans, Green & Co.

Malraux, André, *La Voie Royale,* Paris, Grasset, 1930.（マルロー、アンドレ『王道』、渡部淳訳、講談社）。

Mänchen-Helfen, Otto (1931): *Reise ins asiatische Tuwa.* Berlin, Verlag Der Bücherkreis GmbH.（メンヒェン＝ヘルフェン、オットー『トゥバ紀行』、田中克彦訳、岩波書店）。

Manns, Patricio (1996): *Cavalier seul.* Paris, Phébus.

Manuhutu, Wim (1991): 'Moluccans in the Netherlands: A Political Minority?' *Publications de l'Ecole francaise de Rome* 146, no. 1.

Mason, Francis Van Wyck (1949): *Dardanelles Derelict: A Major North Story*. New York,

Doubleday.

Mason, Wyatt (2003): *I Promise to be Good: The Letters of Arthur Rimbaud.* New York, Modern Library, Random House.

Maurer, Noel & Carlos Yu (2010): *The Big Ditch: How America Took, Built, Ran, and Ultimately Gave Away the Panama Canal.* Princeton, Princeton University Press.

Melville, Fred. J. (1923): *Phantom Philately*. London, The Philatelic Institute.

Meredith, Martin (2008): *Diamonds, Gold and War: The British, the Boers, and the Making of South Africa.* New York, Public Affairs.

Monro, Alexander (1855): *New Brunswick; With a Brief Outline of Nova Scotia, Their History, Civil Divisions, Geography, and Production.* Halifax, Richard Nugent.

Morris, Jan (2001): *Trieste And The Meaning Of Nowhere.* New York, Simon & Schuster.

Mullins, Greg (2002): *Colonial Affairs: Bowles, Burroughs and Chester Write Tangier.* Madison, University of Wisconsin Press.

Murakami, Haruki (1998): *The Wind-up Bird Chronicle*, trans. Jay Rubin. New York, Vintage International.（村上春樹『ねじまき鳥クロニクル』、新潮社）。

Nanjee, Iqbal A. & Shahid Zaki (year of publication unknown): '*Bhopal Puzzle'*. Karachi, Stamp Society of Pakistan.

Nansen, Fridtjof (1927): *Gjennom Armenia.* Oslo, Jacob Dybwads Forlag.

Nassau, Robert Hamill (1910): *Corisco Days. The First Thirty Years of the West Africa Mission*. Philadelphia, Allen, Lane & Scott.

Nielsen, Erland Kolding, Arild Hvidtfeldt, Axel Andersen & Tim Greve (1982): *Australia, Oceania og Antarktis*, trans. Eldor Martin Breckan. Oslo, Cappelen.

Nielsen, Aage Krarup (1939): *Helvete hinsides havet: En straffanges opptegnelser fra Guyana*, trans. Alf Harbitz. Oslo, Gyldendal.

Niinistö, Jussi (2001): *Bobi Sivén – Karjalan puolesta.* Helsinki, Suomalaisen Kirjallisuuden Seura.

Nilsen, Edvard & Hans Vatne, eds (1955): *Verden i bilder.* Oslo, Norsk faglitteratur.

Nordenskiöld, Adolf Erik (1881): *Vegas fard kring Asien och Europa,* trans. B. Geelmuyden. Kristiania, Mallings boghandel.

Norman, Henry (1895): *The Peoples and Politics of The Far East.* New York, Charles Scribner's Sons.

Ōe, Kenzaburō (1970): *Okinawa Notes*. Tokyo, Iwanami shinsho.（大江健三郎『沖縄ノート』、岩波書店）。

Olsson, Hagar (1965): *The Woodcarver and Death: A Tale from Karelia*, trans. G. C. Schoolfield. Madison, University of Wisconsin Press.

Oterhals, Leo (2000): *Hvite horisonter.* Molde, Lagunen.

Packham, Eric (1996): *Freedom and Anarchy.* New York, Nova Science Publishers.

Pasternak, Boris (1957): *Doctor Zhivago*. New York, Pantheon.（パステルナーク、ボリス『ドクトル・ジバゴ』、原子林二郎訳、時事通信社）。

Perley, M. H. (1857): *A Hand-Book of Information for Emigrants to New-Brunswick.* London, Edward Stanford.

Plaatje, Solomon (1990): *The Mafeking Diary.* Cambridge, Meridon.

Powers, Dennis M. (2010): *Tales of the Seven Seas: The Escapades of Dynamite Johnny O'Brien.* Lanham, Taylor Trade Publishing.

Race, Joe (2010): *The Royal Headley of Pohnpei: Upon a Stone Altar.* Bloomington, Trafford Publishing.

Rainbird, Paul (2004): *The Archaeology of Micronesia.* Cambridge, Cambridge University Press.

Rauschning, Hermann (1939): *Hitler Speaks*. London, Butterworth.（ラウシュニング、ヘルマン『永遠なるヒトラー』、船戸満之訳、天声出版）。
Ricaurte, José Vicente Ortega & Antonio Ferro (1981): *La Gruta Simbolica.* Bogotá, Bogotá Banco Popular.
Rich, Edwin Ernest (1959): *The History of the Hudson's Bay Company.* London, Hudson's Bay Record Society.
Ritsema, Alex (2007): *Heligoland, Past and Present.* Lulu.com.
Rodder, Sverre (1990): *Min are er troskap: om politiminister Jonas Lie.* Oslo, Aschehoug.
Rokkum, Arne (2006): *Nature, Ritual and Society in Japan's Ryukyu Islands.* Abingdon, Routledge.
Rossiter, Stuart & John Flower (1986): *World History Stamp Atlas.* London, Macdonald & Co Publishers.
Russel, R. V. (1916): *The Tribes And Castes Of The Central Provinces Of India.* London, Macmillan & Co.
Saint-Exupéry, Antoine de (2000/1952): *Wind, Sand and Stars,* trans. William Rees. London, Penguin Modern Classics.（サン＝テグジュペリ、アントワーヌ・ド『人間の大地』、山崎庸一郎訳、みすず書房）。
Saint-Exupéry, Antoine de (2016/1954): *Night Flight*, trans. David Carter. Richmond, Alma Classics.（サン＝テグジュペリ、アントワーヌ・ド『夜間飛行』、山崎庸一郎訳、みすず書房）。
Salamanca Uribe, Juana (2007): 'La Gruta Simbólica: Una anécdota en sí misma'. *Revista Credencial Historia* 216.
Salgari, Emilio (2007): *Sandokan: The Tigers of Mompracem,* trans. Nico Lorenzutti. ROH Press, rohpress.com, Genoa, Donath.
Sampson, Anthony (1975): *The Seven Sisters: The Great Oil Companies & the World They Shaped.* New York, Viking Press.（サンプソン、アンソニー『セブン・シスターズ』、大原進・青木榮一訳、日本経済新聞社）。
Scammell, Michael (2014): 'The CIA's "Zhivago"'. *New York Review of Books*, 10 July.
Schimmel, Annmarie (1980): *Islam in the Indian Subcontinent.* Leiden, E. J. Brill.
Schroder-Nilsen, Ingvald (1925): *Blandt boerne i fred og krig.* Oslo, Steenske forlag.
Schultz-Naumann, Joachim (1985): *Unter Kaisers Flagge: Deutschlands Schutzgebiete im Pazifik und in China einst und heute.* München, Universitas.
Scidmore, Eliza Ruhamah (1903): *Winter India.* London, T. F. Unwin.
Severin, Tim (1987): *The Ulysses Voyage.* New York, Dutton Adult.
Smedal, Gustav (1938): *Nordisk samarbeide og Danmarks sydgrense.* Oslo, Fabritius.
Smits, Gregory (1999): *Visions of Ryukyu: Identity and Ideology in Early-Modern Thought and Politics.* Honolulu, University of Hawaii Press.（スミッツ、グレゴリー・J『琉球王国の自画像－近世沖縄思想史』、渡辺美季訳、ぺりかん社）。
Sokolow, Reha, Al Sokolow & Debra Galant (2003): *Defying the Tide: An Account of Authentic Compassion During the Holocaust.* Jerusalem, Devora Publishing.
Solzhenitsyn, Aleksander (2000): *August 1914*, trans. H.T. Willetts. New York, Farrar, Straus and Giroux.(1972): *August 1914.*（ソルジェニーツィン、アレクサンドル『一九一四年八月』、江川卓訳、新潮社）。
Sontag, Susan (1992): *Volcano Lover: A Romance*. New York, Farrar Straus and Giroux.（ソンタグ、スーザン『火山に恋して－ロマンス』、富山太佳夫訳、みすず書房）。
Stehberg, Ruben & Liliana Nilo (1983): 'Procedencia antartica inexacta de dos puntas de proyectil'. *Serie Cientifica del Instituto*

Chileno Antartico 30.

Stiles, Kent B. (1931): *Geography and Stamps.* New York, Whittlesey House.

St. John, Spenser (1879): *The Life of Sir James Brooke, Rajah of Sarawak, From His Personal Papers and Correspondence.* Edinburgh. W. Blackwood & Sons.

Strandberg, Olle (1961): *Tigerland og sydlig hav.* Bergen, Eide.

Stuart, Graham (1931): *The International City of Tangier.* Redwood City, Stanford University Press.

Suver, Stacey A. (2012): *A Dream of Tangier: Revolution and Identity In Post-War Expatriate Literature.* Tallahassee, Florida State University.

Tacitus, Cornelius (1935): *Germania*, trans. Trygve With. Oslo, Johan Grundt Tanum.（タキトゥス『ゲルマーニア』、泉井久之助訳注、岩波書店）。

Taylor, Alan J. P. (1971): *The Struggle for Mastery in Europe 1848–1918.* Oxford, Oxford University Press.

Tilak, Laxmibai (2007): *Sketches from Memory.* New Delhi, Katha.

Tollefsen, Gunnerius (1963): *Men Gud gav vekst: En pionermisjonar ser seg tilbake.* Oslo, Filadelfiaforlaget.

Tomasi Di Lampedusa, Giuseppe (2007): *The Leopard*, trans. Archibald Colquhoun. London, Vintage.（トマージ・ディ・ランペドゥーサ、ジュゼッペ『山猫』、小林惺訳、岩波書店）

Vizcaya, Benita Sampedro (2012): 'Routes to ruin'. *LL Journal*, Vol. 7, no. 2.

Von Rosen, Carl Gustav (1969): *Biafra. Some jeg ser det*, trans. Oyvind Norstrom. Oslo, Cappelen.

Wallis, Wilson D. & Ruth Sawtell Wallis (1955): *The Micmac Indians of Eastern Canada.* Minneapolis, University of Minnesota Press.

Walonen, Michael K. (2010): *Lamenting Concrete and Coke: Paul Bowles and Brion Gysin on the Changing Spaces of Postcolonial Morocco.* Helsinki, University of Helsinki.

Ward, Ernest F. & Phebe E. Ward (1908): *Echoes From Bharatkhand.* Chicago, Free Methodist Pub. House.

Wedel-Jarlsberg, Georg (1913): *Da jeg var cowboy og andre opplevelser.* Kristiania, Norli.

Weicker, Hans (1908): *Kiautschou, Das deutsche Schutzgebiet in Ostasien.* Berlin, A. Schall.

Werfel, Franz (1934): *The Forty Days of Musa Dagh*, trans. G. Dunlop. New York, The Viking Press.（ヴェルフェル、フランツ『モーゼ山の四十日』、福田幸夫訳、近代文藝社）。

West, Rebecca (1941): *Black Lamb and Grey Falcon.* New York, The Viking Press.

Wilson, Sarah Isabella Augusta (1909): *South African Memories, Social, Warlike & Sporting, From Diaries Written at the Time.* London, E. Arnold.

Winchester, Simon & Aisin-Gioro Pu Yi (1987): *From Emperor to Citizen: The Autobiography of Aisin-Gioro Pu Yi.* Oxford, Oxford University Press.（ウィンチェスター、サイモン & 愛新覚羅溥儀『わが半生——満州国皇帝の自伝』、小野忍訳、筑摩書房）。

Wold, Sidsel (1999): *Warra! Warra! Da de hvite kom til Australia.* Oslo, Omnipax.

Wrigley, Chris (2002): *Winston Churchill: A Biographical Companion.* Santa Barbara, ABC-CLIO.

Zelig, Leo (2008): *Lumumba: Africa's Lost Leader.* London: Haus.

◆著者
ビヨン・ベルゲ（Bjørn Berge）
ノルウェーの建築家・研究者。1954年生まれ。建築と建築関連のエコロジーについての記事と著書を多数執筆している。英訳された著書『建材のエコロジー *The Ecology of Building Materials*』は世界各地の大学で教材として用いられており、2000年にエルゼヴィア・サイエンス社から初版が、2009年にラウトレッジ社から第2版が出版された。

◆訳者
角 敦子（すみ　あつこ）
1959年、福島県会津若松市に生まれる。津田塾大学英文科卒。「事実は小説よりも奇なり」の真髄、ノンフィクションに魅入られ、様々なジャンルの翻訳に取り組む。訳書に、エリザベス・ウィルハイド編『デザイン歴史百科図鑑』、イアン・グラハム『図説世界史を変えた50の船』、チェ・ゲバラ他『チェ・ゲバラわが生涯』、マーティン・ドアティ他『銃と戦闘の歴史図鑑:1914→現在』（以上、原書房）などがある。

◆カバー画像
World in hemispheres 1875 / THEPALMER / iStockphoto

LANDENE SOM FORSVANT 1840-1970
(NOWHERELANDS 1840-1975)
by Bjørn Berge

Norwegian edition published by Spartacus Forlag AS, Oslo
Published in agreement with Hagen Agency, Oslo
through Tuttle-Mori Agency, Inc., Tokyo

世界《せかい》から消《き》えた50の国《くに》
1840 － 1975年《ねん》

●

2018年7月30日　第1刷
2019年4月13日　第2刷

著者……………ビョルン・ベルゲ
訳者……………角敦子《すみあつこ》
装幀……………川島進
発行者……………成瀬雅人
発行所……………株式会社原書房
〒160-0022 東京都新宿区新宿 1-25-13
電話・代表　03(3354)0685
http://www.harashobo.co.jp/
振替・00150-6-151594
印刷……………シナノ印刷株式会社
製本……………東京美術紙工協業組合

ISBN 978-4-562-05584-5, printed in Japan